A
Ilha

DA AUTORA:

Um Caso de Verão
Os Náufragos
A Ilha

Elin Hilderbrand

A Ilha

ROMANCE

Tradução
Ana Beatriz Manier

Rio de Janeiro | 2015

Copyright © 2010 *by* Elin Hilderbrand

Título do original: *The Island*

Capa: Humberto Nunes

Imagem de capa: Bill Ling | Getty Images

Editoração: FA Studio

Texto revisado segundo o novo
Acordo Ortográfico da Língua Portuguesa

2015
Impresso no Brasil
Printed in Brazil

Cip-Brasil. Catalogação na publicação
Sindicato Nacional dos Editores de Livros. RJ

H543i	Hilderbrand, Elin
	    A ilha / Elin Hilderbrand; tradução Ana Beatriz Manier. –
	1. ed. – Rio de Janeiro: Bertrand Brasil, 2015.
	    490p.: 23 cm.

	Tradução de: The island ISBN 978-85-286-1729-0
	1. Romance americano. I. Manier, Ana Beatriz. II. Título.
14-13897	CDD: 813 CDU: 821.111(73)-3

Todos os direitos reservados pela:
EDITORA BERTRAND BRASIL LTDA.
Rua Argentina, 171 – 2º andar – São Cristóvão
20921-380 – Rio de Janeiro – RJ
Tel.: (0xx21) 2585-2070 – Fax: (0xx21) 2585-2087

Não é permitida a reprodução total ou parcial desta obra, por
quaisquer meios, sem a prévia autorização por escrito da Editora.

Atendimento e venda direta ao leitor:
mdireto@record.com.br ou (0xx21) 2585-2002

Para minha mãe, Sally Hilderbrand,
que me deu raízes e asas

A CASA DA FAMÍLIA TATE

Estava abandonada havia treze anos. O que acontecera sem aviso.

Era uma casa de verão, um chalé, embora muito bem-construído, com madeira de altíssima qualidade e pregos quadrados de aço. Isso nos idos de 1935, durante a Grande Depressão. Os carpinteiros estavam ávidos por trabalho; foram cuidadosos ao alinhar as tábuas, lixando-as, espanando-as, depois lixando-as de novo com uma lixa mais grossa. O corrimão tinha uma textura tão suave quanto um vestido de cetim. Os carpinteiros – todos vindos de Fall River – olhavam pelas janelas do segundo andar e assobiavam diante da vista: um dos quartos dava de frente para o imponente oceano; o outro, para os pastos bucólicos e para os lagos extensos da ilha de Tuckernuck.

A casa era ocupada apenas em julho e, às vezes, em agosto. Nos outros meses, ficava sob os cuidados do caseiro – que dava uma olhada para verificar se as janelas estavam bem-fechadas, além de retirar pequenas carcaças amarronzadas das ratoeiras.

A casa fora testemunha de uma grande variedade de comportamentos dos membros da família proprietária. Eles comiam e dormiam como qualquer pessoa; bebiam e dançavam ao som das músicas vindas do rádio de ondas curtas. Faziam amor e brigavam (sim, a família Tate era daquelas que gritava, toda ela; devia ser genético). As mulheres engravidavam e tinham seus bebês; havia crianças pela casa, chorando e rindo, desenhando nas paredes com giz de cera, lascando as telhas com boladas certeiras, apagando cigarros roubados na balaustrada da varanda.

A casa nunca pegara fogo, graças a Deus.

E então, durante treze anos, ninguém apareceu. Bem, não exatamente. A casa recebia a visita constante de camundongos e de um exército de pernilongos. Contava também com três morcegos que entravam pela janela do sótão, que a família se esquecera de fechar quando fora embora da última vez e que o caseiro não percebera estar aberta. Como ficava virada a sudoeste, livrava-se do pior do vento e da chuva e servia como ventilação, permitindo que a casa respirasse.

Um dia, um quarteto de crianças levadas arrombou a frágil porta telada da varanda e, por um momento, a casa se sentiu otimista. Humanos! Jovens! Mas eram invasores. Apesar de não serem, graças a Deus, vândalos. Exploraram seus arredores, mas não encontraram comida alguma, a não ser uma lata de carne de porco com ervilhas e uma caixa de aveia Quaker cheia de larvas (o que apavorou tanto a menina que a segurava que ela a deixou cair, e o conteúdo se espalhou pelo piso de linóleo). As crianças encorajaram umas às outras a se aventurarem escada acima. Na ilha, corria o boato de que aquele chalé era mal-assombrado.

Não há ninguém aqui além de mim, teria dito a casa, se pudesse falar. *Bem, eu e os morcegos. E os camundongos. E as aranhas!*

Em um dos quartos, as crianças encontraram uma escultura de um homem de uns 30 centímetros, toda feita com gravetos, conchas e pedrinhas de vidro. Tinha os cabelos feitos de alga.

Que maneiro!, exclamou uma das crianças, um menino ruivo e com sardas. *Vou levar isso aqui!*

Isso é roubo!, rebateu a menina que havia derrubado a aveia.

O menino colocou a escultura no lugar. *É só uma estátua idiota mesmo. Vamos dar o fora daqui.*

Os outros concordaram. E foram embora sem achar mais nada de interessante. O banheiro nem água tinha.

Mais uma vez, silêncio. Vazio.

Até que um dia, o caseiro usou sua chave antiga e a porta da frente se abriu, suas dobradiças gemendo. Não era o caseiro, mas o filho dele, crescido agora. Ele inspirou – a casa sabia que não devia estar cheirando muito bem – e deu batidinhas afetuosas no batente da porta.

— Eles estão voltando – disse. – Eles estão voltando.

BIRDIE

Os planos para as férias mudaram e depois mudaram de novo.

Em março, quando os preparativos para o casamento de Chess estavam se encaixando tão perfeitamente quanto lajotas num piso de jardim, uma ideia ocorreu a Birdie: uma semana só para as duas na casa da ilha de Tuckernuck. Três anos atrás, tal pensamento teria sido inconcebível; desde que Chess era garotinha, ela e Birdie se digladiavam. Elas "não se davam bem". (O que queria dizer que Chess não se dava bem com Birdie, certo? Birdie tentara de tudo para ganhar a simpatia da filha, mas, ainda assim, era sempre tratada com desdém. Falava a coisa errada, fazia a coisa errada.) Porém, nos últimos tempos, as coisas haviam melhorado entre mãe e filha – pelo menos o suficiente para Birdie sugerir uma semana estreitando os laços no chalé da família antes de Chess ir passar o resto da vida com Michael Morgan.

Birdie telefonou para o trabalho da filha para ver se a ideia pegava.

– Ligo para você mais tarde – respondeu ela com uma voz contida, que queria dizer que Birdie deveria ter esperado para telefonar para sua casa.

Chess era a editora de culinária da revista *Glamorous Home*. Era a editora mais jovem do quadro de funcionários da revista; era a editora mais jovem a trabalhar para o grupo editorial Diamond, e dava o máximo de si para se provar competente. Como cozinheira gourmet entusiasta e talentosa, mesmo que apenas em casa, Birdie secretamente invejava seu trabalho. Tinha muito, muito orgulho de Chess, mas sentia inveja também.

– Tudo bem, querida! – respondeu Birdie. – Mas deixe a ideia em banho-maria: só eu e você na casa de Tuckernuck, na semana do Quatro de Julho.

– Eu e você? – rebateu Chess. – E quem mais?

– Só nós duas – respondeu Birdie.

– A semana inteira?

– Você poderia? – perguntou. O trabalho de Chess tinha flexibilidade sazonal. O verão era devagar; os feriados, de enlouquecer.
– Você iria?

— Vou pensar — respondeu e desligou.

Birdie andou pela casa, tensa e agitada. Sentia-se da mesma forma que em 1972, quando aguardava ansiosa para saber se conseguira uma vaga na fraternidade Alpha Phi. Será que Chess pensaria sobre a viagem? Birdie decidiu que não levaria para o lado pessoal caso ela recusasse. A filha era ocupada, e uma semana era muito tempo. Será que ela mesma teria concordado em passar uma semana sozinha com a própria mãe? É bem provável que não. Birdie pegou sua xícara de chá, mas a bebida já estava fria. Colocou-a no micro-ondas para reaquecer e sentou-se na frente do computador que mantinha na cozinha para ler notícias e pegar novas receitas. Checou a caixa de e-mails. A filha mais nova, Tate, era maníaca por computadores e lhe enviava pelo menos um e-mail por dia, mesmo que fosse uma piadinha ou uma daquelas correntes, que Birdie deletava sem ler. Hoje, sua caixa estava vazia. Birdie se recriminou. Chess nunca iria querer passar uma semana sozinha com ela. Não devia nem ter convidado.

Mas então, quando estava prestes a se deixar atormentar pelas dúvidas que costumavam assombrar quase todas as interações que tinha com Chess (por que sua relação com a filha mais velha era tão problemática? O que fizera de errado?), o telefone tocou. Birdie correu para atendê-lo. Era Chess.

— De primeiro a sete de julho? — perguntou a filha. — Você e eu?

— Vai topar? — quis saber.

— Claro que sim — respondeu. — É uma ótima ideia. Obrigada, Bird!

Birdie suspirou — de alívio, felicidade, empolgação! Uma semana em Tuckernuck era *mesmo* uma ótima ideia. Uma das vantagens de ser divorciada agora, após três décadas de casamento, era poder fazer o que bem entendesse. A casa em Tuckernuck estava havia 75 anos na família Tate – *sua* família, não a de Grant. Enquanto Birdie crescera com lembranças de dias de verão simples e despreocupados em Tuckernuck, Grant não tivera isso. Fingira gostar de lá nos dois verões em que eram apenas namorados, mas, depois que se casaram e tiveram filhos, ele logo revelou seu desprezo pelo lugar – a casa era rústica demais, não dava para confiar no gerador. E ele não era um pioneiro desbravador; não queria bombear manualmente a água que depois seria aquecida à lenha para tomar banho. Não gostava de camundongos, de mosquitos nem de morcegos pendurados nos caibros. Também não gostava de ficar sem televisão ou telefone. Era advogado de metade de Wall Street. Sinceramente, como Birdie poderia esperar que ele vivesse sem telefone?

Grant sofrera duas semanas por verão na casa em Tuckernuck, até Tate se formar no ensino médio. Depois disso, bateu o pé: não iria mais.

Havia treze anos que Birdie não ia lá. Já passava da hora de voltar.

Assim, além de planejar o casamento de Chess com Michael Morgan, Birdie também planejou uma semana de férias na ilha. Ligou para o caseiro, Chuck Lee. Enquanto discava o número – por muito tempo renegado ao esquecimento, embora ainda familiar –, viu-se com os nervos à flor da pele. A esposa de Chuck, Eleanor, atendeu ao telefone. Birdie jamais vira Eleanor, muito menos conversara com ela, apesar de saber de sua existência e ter certeza de que Eleanor também sabia da sua. Decidiu não se identificar no momento; seria mais fácil assim.

A ILHA   🐚   13

Disse:

— Por favor, estou procurando Chuck Lee. Ele está?

— No momento, não — respondeu. — Quer deixar recado?

— Tenho uma pergunta sobre serviços de caseiro — respondeu.

— Chuck não trabalha mais como caseiro — informou a esposa.

A mulher usava um tom de voz simpático, percebeu Birdie. Em sua imaginação juvenil, Eleanor pesava uns 200 quilos, tinha a pele da textura de uma lula e um bigode ralo.

— Ah — respondeu.

Imaginou se o número do telefone de Chuck e Eleanor teria um identificador de chamadas, mas concluiu que não. Chuck era um homem firmado com raízes no ano de 1974, e sempre fora assim.

— Meu filho, Barrett, assumiu o negócio — respondeu Eleanor. — Quer o número dele?

Após desligar, Birdie precisou sentar-se e aguardar um momento. Como os anos passavam impiedosamente! Birdie conhecia Barrett Lee desde pequeno. Lembrava-se dele com 5 anos, um menino bem lourinho, num colete salva-vidas laranja, ao lado do pai no barco que trazia Birdie, Grant e as crianças da enseada de Madaket, em Nantucket, e os deixava no pedaço de praia tão branco e macio quanto miolos de pão, diante da propriedade deles, na pequena ilha de Tuckernuck. Será que Barrett Lee tinha maturidade suficiente para assumir o serviço? Quanto à idade, ficava entre Chess e Tate, que tinham 32 e 30 anos, respectivamente, o que deixava-o com mais ou menos 31. E Chuck se aposentara, como um homem comum de 65 anos, enquanto Grant ainda pegava o trem todas as manhãs para o centro da cidade e, até onde Birdie sabia, ainda levava seus clientes ao Gallagher para tomar martínis e jantar no final do expediente.

Birdie telefonou para o celular de Barrett Lee e, sem sombra de dúvida, foi um homem-feito quem atendeu.

— Barrett? — perguntou. — Aqui é Birdie Cousins. Sou proprietária da casa da família Tate, em Tuckernuck.

— Olá, sra. Cousins — respondeu casualmente, como se eles tivessem se falado na semana passada. — Como está a senhora?

Birdie tentou lembrar-se da última vez que vira Barrett Lee. Tinha uma vaga lembrança dele ainda adolescente. Era um rapaz muito bonito, como o pai. Jogava futebol pelo Nantucket Whalers; tinha ombros largos e cabelos louro-claros. Certa vez, numa manhã bem cedo, viera sozinho no barco do pai para levar uma delas para pescar. E depois, numa outra vez, levara uma das meninas para um piquenique na hora do almoço. Não conseguia de jeito algum se lembrar se ele havia levado Chess ou Tate.

Como está a senhora? Como deveria responder a essa pergunta? *Grant e eu nos divorciamos há dois anos. Ele mora em um loft em Norwalk e sai com mulheres a quem chama de "panteras", enquanto eu fico esbarrando nas paredes da casa que era nossa, em New Canaan. São mais de 500 m², com tapetes, antiguidades e retratos que documentam uma vida que agora não existe mais. Preparo uma refeição elaborada às segundas-feiras e a como durante toda a semana. Ainda faço parte do clube de jardinagem. Frequento um grupo de leitura uma vez por mês e, normalmente, sou a única que lê os livros selecionados; as outras mulheres estão ali só por causa do vinho e da fofoca. Chess e Tate são adultas agora e cuidam de suas próprias vidas. Eu gostaria de ter um emprego. Passo mais tempo do que deveria furiosa com Grant por nunca ter me encorajado a trabalhar fora. Porque agora, aqui estou eu, com 57 anos, divorciada, tornando-me o tipo de mulher que impõe sua presença às próprias filhas.*

— Está tudo bem — respondeu Birdie. — Imagino que falar comigo seja quase um choque.

A ILHA 🐚 15

— Um choque — confirmou Barrett.

— Como está o seu pai? — perguntou. — Está aposentado?

— Sim, se aposentou. Teve um derrame pouco antes do Dia de Ação de Graças. Está bem agora, embora isso tenha reduzido bastante o seu ritmo.

— Sinto muito em saber — respondeu Birdie. A notícia também a fez parar. Chuck Lee tinha tido um derrame? Chuck Lee, com seu corte de cabelo tipo militar, cigarro no canto da boca e bíceps que se contraíam sempre que puxava a âncora do fundo do mar? Ele estava com o ritmo reduzido agora? Birdie imaginou uma tartaruga careca e desajeitada, mas logo apagou a imagem da mente. — Escute, Chess e eu passaremos a semana do feriado de Quatro de Julho aí na casa. Você poderia aprontá-la?

— Bem... — disse Barrett.

— Bem, o quê?

— Ela vai precisar de uns reparos — respondeu ele. — Dei uma passada lá em setembro, e a casa está caindo aos pedaços. Vai precisar de telhas novas, talvez de um telhado todo novo. O gerador também precisa ser trocado. E a escada que dava para a praia apodreceu. Eu não fui lá dentro, mas...

— Você pode resolver esses problemas? — perguntou Birdie. — Quero que ela fique habitável. Pode comprar um gerador novo e consertar o resto? Eu mando um cheque amanhã. Cinco mil? Dez mil?

No divórcio, Birdie ficara com a casa e uma pensão mensal generosa. Grant também lhe prometera que, caso ela tivesse despesas maiores, ele as cobriria, desde que as julgasse "razoáveis". Grant detestava a casa de Tuckernuck; Birdie não fazia ideia se ele consideraria o custo para consertá-la razoável ou não. Pressentia uma possível batalha, mas não poderia deixar a casa cair aos pedaços após 75 anos, poderia?

— Dez mil para começar — respondeu Barrett. — Sinto muito lhe dizer isso...

— Não, não sinta. Não é culpa sua...

— Mas se a senhora quiser que a casa volte a ser o que era...

— Não temos escolha! — rebateu Birdie. — Era a casa da minha avó.

— A senhora gostaria que ela estivesse pronta para primeiro de julho?

— Isso. Primeiro de julho. Seremos apenas Chess e eu para sua despedida de solteira. Ela vai se casar em setembro.

— Casar? — perguntou Barrett.

Ele fez uma pausa, e Birdie percebeu que deveria ter sido Chess quem ele levara para o piquenique.

— No dia 25 de setembro — respondeu, orgulhosa.

— Uau.

Em meados de abril, mês do imposto de renda, todos os últimos detalhes do casamento de Chess com Michael Morgan já haviam sido decididos — incluindo o vestido da dama de honra, o bufê e a seleção de músicas para a igreja. Com isso, Birdie passou a ligar para o escritório da filha com muito mais frequência para ouvir sua opinião e obter sua aprovação. Na maioria das vezes, o que Chess respondia era: "Tudo bem, Birdie. O que você achar melhor." Birdie ficara surpresa e lisonjeada quando a filha lhe pedira para ajudar com os preparativos do casamento. Ela praticamente deixara tudo nas mãos da mãe, sendo bem taxativa: "Você tem um bom gosto extraordinário." Birdie sabia que isso era verdade; seu bom gosto era indiscutível, assim como seus olhos verdes e seus lóbulos da orelha presos. Mas ter a confiança de Chess era gratificante.

Trezentas pessoas seriam convidadas para o casamento; a cerimônia aconteceria na igreja episcopal Trinity e seria presidida por Benjamin Denton, pastor da época em que Chess era garota. Após a cerimônia, haveria uma recepção no jardim da casa de Birdie. Os paisagistas haviam começado a trabalhar com um ano de antecedência. O *pièce de résistance*, na opinião de Birdie, era uma ilha flutuante que seria colocada no lago da casa e na qual o casal dançaria sua primeira valsa.

Grant ligara apenas uma vez para reclamar dos gastos, e isso se dera por conta dos 20 mil dólares para a construção da ilha flutuante. Birdie lhe explicara pacientemente a ideia ao telefone, mas ele ou não entendeu ou não gostou.

— Já não estamos pagando por uma pista de dança comum?

— Sim — respondeu Birdie. — Essa é uma pista especial, para as primeiras danças. Chess dançando com Michael, Chess dançando com você, você dançando comigo.

— Eu dançando com você?

Birdie limpou a garganta.

— Emily Post diz que, se nenhuma parte de um casal divorciado se casou novamente, então... sim, Grant, você terá que dançar comigo. Sinto muito.

— Vinte mil dólares é muito dinheiro, Bird.

Foi preciso um telefonema de Chess para convencê-lo. Só Deus sabe o que ela disse, pois Grant assinou o cheque.

No final de abril, Birdie teve seu primeiro encontro com outro homem após o divórcio. Tudo foi arquitetado por sua irmã, India, curadora na Academia de Belas Artes da Pensilvânia, em Center

City, na Filadélfia. India fora casada com o escultor Bill Bishop e criara três filhos enquanto o marido viajava pelo mundo, ganhando notoriedade. Em 1995, Bill dera um tiro na cabeça em um hotel em Bangkok, e o suicídio a devastara. Por algum tempo, Birdie temera que a irmã não se recuperasse. Que acabasse os dias como uma mendiga em Rittenhouse Square ou como uma reclusa, criando gatos e lustrando porta-retratos com fotos do marido. Mas, de alguma forma, ela ressurgira das cinzas, colocara seu mestrado em história da arte em prática e tornara-se curadora. Ao contrário de Birdie, India era moderna e elegante. Usava vestidos Catherine Malandrino, saltos de mais de 10 centímetros e óculos de leitura de Bill Bishop, pendurados em uma corrente em volta do pescoço. Namorava todos os tipos de homens — mais velhos, mais jovens, casados —, e o homem que apresentara a Birdie fora um dos quais descartara. Era velho demais. Que idade era velho demais? Sessenta e cinco, a idade de Grant.

O nome dele era Hank Dunlap, diretor aposentado de uma escola particular de elite em Manhattan. Sua esposa, Caroline, era extremamente rica. E fazia parte do conselho administrativo do museu Guggenheim; India conhecera os dois num evento beneficente do museu, anos atrás.

— O que aconteceu com Caroline? — perguntou Birdie. — Eles se divorciaram? Ela faleceu?

— Nem uma coisa, nem outra — respondeu India. — Ela tem Alzheimer. Está numa clínica no norte do estado.

— Então a esposa dele ainda está *viva*, eles ainda são *casados* e você saiu com ele? E agora você quer que *eu* saia com ele?

— Deixe de ser moralista, Bird — disse India. — A esposa dele está em outro mundo e não vai voltar. Ele quer companhia. E faz exatamente o seu tipo.

— Faz? — perguntou Birdie. E como *era* o seu "tipo"? Alguém como Grant? Grant era o advogado do diabo. Só queria saber de uísques puro malte e automóveis caros, com assentos forrados de couro. Nada tinha a ver com o tipo diretor de escola bondoso, satisfeito com um salário abaixo de seis dígitos. — Ele joga golfe?

— Não.

— Ah, então é o meu tipo. — Birdie jurara que nunca mais em sua vida se envolveria com um jogador de golfe.

— Ele é um fofo — disse India, como se estivessem falando de um garoto de 16 anos. — Você vai gostar dele.

Surpresa! Birdie gostou dele. Decidiu esquecer toda aquela preocupação descabida de "não posso acreditar que estou saindo em um encontro na minha idade!" e ser apenas realista. Estava *mesmo* saindo em um encontro na sua idade, mas, em vez de ficar nervosa à toa, tomou banho, vestiu-se e maquiou-se como se ela e Grant estivessem indo ao teatro ou ao country club com os Campbells. Usava um vestido simples e transpassado, saltos altos e algumas joias caras, incluindo seu anel de diamante de noivado (havia pertencido à sua avó e, um dia, iria para uma de *suas* netas). Birdie sentou no banco do jardim, naquela noite de primavera amena, com uma taça de Sancerre, e Mozart ecoando pelas caixas de som que ficavam do lado de fora, enquanto aguardava o velho Hank aparecer.

Seus batimentos cardíacos pareciam normais.

Ouviu o barulho de um carro na frente da casa e entrou, enxaguou a taça, retocou o batom no espelho e pegou um casaco leve. Com um suspiro profundo, abriu a porta. E lá estava o velho Hank, com um buquê de jacintos roxos e perfumados. Tinha cabelos grisalhos e usava óculos sem armação. Era, como India lhe garantira, um fofo. Muito fofo. Assim que viu Birdie, abriu um largo sorriso. De mostrar os dentes. Era mesmo um amor de pessoa.

— Você é ainda mais bonita do que a sua irmã! — exclamou ele. Birdie ficou encantada.

— Meu Deus — respondeu ela. — Já amo você.

E os dois riram.

A noite fora de boa para melhor. Hank Dunlap era inteligente e bem-informado, engraçado e interessante. Escolhera um restaurante novo, em uma rua badalada em South Norwalk, entre galerias de arte e boutiques caras. Aquele Soho de mentira (conhecido como SoNo) era onde Grant agora morava. Birdie ficou pensando se o ex-marido costumava andar por aquela rua badalada (teve dificuldade de visualizar isso acontecendo); imaginou se o veria, ou se ele *a* veria saindo com o fofo e erudito Hank. Estava quente o bastante para eles se sentarem do lado de fora, e ela decidiu aproveitar a oportunidade.

A comida do novo restaurante era maravilhosa. Birdie adorava uma boa comida e um bom vinho e, como teve a chance de descobrir, Hank também. Provaram o prato um do outro e decidiram dividir a sobremesa. *Não posso acreditar que estou saindo em um encontro na minha idade.* Birdie pensou no quanto estava se divertindo e em como tudo estava sendo fácil; talvez fosse mais fácil jantar com aquele homem que ela mal conhecia do que jantar com Grant. (Afora sua predileção por carne maturada, Grant não dava a mínima para o que comia. Alimentava-se apenas para se manter vivo.) Nos últimos anos de casamento, Birdie e Grant mal falavam um com o outro quando saíam para jantar. Ou melhor, Birdie ficava tagarelando sobre as coisas que a interessavam, e Grant concordava automaticamente com a cabeça enquanto assistia a algum jogo dos

Yankees por cima do ombro dela ou checava seu BlackBerry em busca de relatórios de ações. Enquanto jantava com Hank, Birdie pensou no quanto era bom estar ao lado de uma pessoa que não apenas a interessava, como a achava interessante. Que não apenas falava, mas que ouvia.

Birdie brincou:

— Eu fugiria com você e me casaria nesta noite mesmo, mas me contaram que já é casado.

Hank concordou e sorriu tristemente.

— Minha esposa, Caroline, está numa clínica em Brewster. Não reconhece mais a mim nem as crianças.

— Sinto muito — disse Birdie.

— Tivemos uma vida boa juntos — continuou ele. — Lamento que ela precise terminar seus dias fora de casa, mas eu não conseguia mais dar conta sozinho. Ela está melhor onde está. Sempre vou vê-la às quintas-feiras à tarde e aos domingos. Levo caramelos com cobertura de chocolate, e todas as semanas ela me agradece como se eu fosse um estranho muito gentil, o que, para ela, acho que sou mesmo. Mas ela adora os caramelos.

Birdie sentiu os olhos encherem de lágrimas. O garçom chegou com a sobremesa. Um *parfait* de maracujá com creme de coco. Hank começou a comer; Birdie enxugou as lágrimas. Seu casamento havia acabado mal, embora não tão mal quanto outros, e o casamento de Hank também estava acabando mal, embora não tão mal quanto outros. A esposa não o reconhecia mais, porém, mesmo assim, ele ainda levava caramelos com cobertura de chocolate para ela. Era o gesto mais gentil que Birdie poderia imaginar. Será que Grant, algum dia, fizera algo tão gentil assim por ela? Não conseguia pensar em nada.

* * *

Hank despediu-se de Birdie com um beijo à porta de sua casa, e essa foi a melhor parte da noite. O beijo foi suave e intenso, e alguma coisa há muito tempo esquecida agitou-se dentro dela. Desejo. Ela e Grant fizeram sexo até o final, com o auxílio de uma pílula – mas o desejo pelo corpo do marido já havia evaporado desde a época em que Tate fora para a escola primária.

— Eu ligo para você amanhã ao meio-dia – disse Hank.

Birdie concordou com um gesto de cabeça. Estava sem fala. Entrou tropeçando e andou pela cozinha, olhando-a com novos olhos. O que Hank acharia de sua cozinha? Era uma mulher que acreditava que os pequenos detalhes faziam a diferença: frutas sempre frescas, flores sempre recém-colhidas, café sempre recém-passado, creme feito em casa, sucos feitos na hora, jornal da manhã entregue na porta, música clássica. Vinhos sempre de boa safra. Será que Hank apreciaria essas coisas da mesma forma que ela?

Preparou uma xícara de chá e arrumou os jacintos que ele trouxera em um dos vasos de vidro decorado. Estava nas nuvens. A vida perfeita, concluiu, seria assim, cheia de primeiros encontros como aquele. Cada dia traria uma promessa cheia de eletricidade, uma fagulha, uma conexão e desejo.

Deus do céu, desejo. Havia se esquecido completamente disso.

Despiu-se e deitou-se na cama com sua xícara de chá fumegante. Pegou o romance que seu grupo de leitura selecionara, mas logo o largou. Flutuava como a assistente de um mágico. Fechou os olhos.

O telefone tocou no meio da noite. O relógio marcava três e vinte. Birdie sentou-se na cama. A luz do abajur ainda estava acesa. O chá estava frio na mesinha de cabeceira. O telefone? Quem seria a uma hora dessas? Então Birdie se lembrou de sua noite e encheu-se de calor e de uma alegria melosa. Poderia ser India telefonando para saber como tinha sido o encontro. India tinha horários esdrúxulos. Desde a morte de Bill, ela sofria de uma insônia horrível; às vezes, ficava 72 horas sem dormir.

Ou a ligação também poderia ser de Hank, que, talvez, não estivesse conseguindo dormir.

Atendeu ao telefone.

Uma mulher chorando. Logo soube que era Chess; uma mãe sempre reconhece o choro da filha, mesmo quando essa filha tem 32 anos. E também logo intuiu o que viria pela frente, sem precisar ouvir uma só palavra. Sentiu-se arrasada, mas já sabia.

— Está tudo acabado, Birdie.

— Acabado? – perguntou a mãe.

— Acabado.

Birdie puxou as cobertas até o queixo. Este era um dos momentos definidores do que é ser mãe, e ela estava determinada a brilhar.

— Conte o que aconteceu – disse ela.

Michael Morgan tinha 2 metros de altura, bem-apessoado, bonito. Louro, olhos verdes e um sorriso que fazia os outros sorrirem. Jogara lacrosse na universidade de Princeton, onde se formara *summa cum laude* em Sociologia; era ótimo em palavras cruzadas e adorava filmes em preto e branco, o que o fazia ser querido por pessoas da geração de Birdie. Em vez de arrumar um emprego na J.P. Morgan, onde seu pai era sócio-gerente, ou ir para a Madison Avenue, onde sua mãe gerenciava as contas de publicidade de todos os avassaladores sucessos da Broadway, Michael pegara um empréstimo astronômico e comprara uma agência de empregos falida. Em cinco anos, já estava lucrando: arrumara emprego para 25 por cento dos formandos do Curso de Administração da Universidade Columbia.

Chess conhecera Michael Morgan numa casa de shows de rock, no centro da cidade; Birdie não conseguia se lembrar do nome. Chess estava no bar com uma amiga, e Michael fora lá para assistir a uma apresentação de seu irmão, Nick, que era vocalista de uma banda chamada Imunidade Diplomática. Era assim que os jovens se conheciam, Birdie sabia. Mas, diferente dos outros rapazes que Chess conhecia socialmente, ela e Michael logo estavam em um relacionamento sério.

O início do namoro deles coincidiu com o fim do casamento de Birdie e Grant. Quando os dois conheceram Michael, já estavam tecnicamente separados. (Grant estava hospedado num quarto no hotel Hyatt, em Stamford. Isso foi antes de alugar e, depois, comprar o loft em South Norwalk.) Chess sabia que os pais estavam separados, mas queria que eles conhecessem Michael *juntos*, como uma *unidade familiar*. Birdie fora contra. Seria estranho. Aquilo acabaria se transformando num encontro com Grant, a quem ela pedira recentemente e sem sombra de dúvida para deixar sua vida. Mas Chess insistira. Acreditava que os pais poderiam ser civilizados e agradáveis um com o outro por uma noite, a pedido seu. Grant concordara com a ideia; fizera uma reserva para quatro no La Grenouille, restaurante predileto do antigo casal. Foram juntos à cidade; não faria sentido irem separados. Ele tinha o mesmo cheiro; usava um terno cáqui e uma das camisas Paul Stuart que Birdie lhe comprara, junto com a gravata rosa-choque com estampa de sapos que sempre usava quando iam ao La Grenouille. Birdie lembrava-se de ter tido o sentimento reconfortante, porém avassalador, de que nada havia mudado. O maître do La Grenouille, Donovan, os cumprimentara como um casal — não fazia ideia de que haviam se separado — e os conduzira à sua mesa preferida. No percurso do estacionamento até o restaurante, Birdie contara a Grant o que sabia sobre Michael Morgan. Ele e Chess estavam namorando havia três semanas.

— Três semanas? — perguntara Grant. — Conseguiu uma audiência depois de apenas três semanas?

— Acho que é sério — dissera Birdie.

— Sério? — rebatera Grant.

— Apenas seja simpático — instruíra Birdie. — Faça-o se sentir à vontade.

Chess estava linda num vestido florido lilás, e Michael Morgan estava estonteante num terno grafite e gravata lilás Hermès. (Eles haviam combinado as roupas! Primeiro, isso parecera adorável a Birdie; depois, ela ficara preocupada, achando que estavam vivendo secretamente juntos.) Chess e Michael Morgan pareciam ter saído diretamente das páginas da *Town and Country*. Parecia que já estavam casados.

Michael Morgan cumprimentara Grant com um aperto de mão firme e beijara o rosto de Birdie. Oferecera a ambos aquele seu sorriso brilhante, que os fez sorrir em retribuição. (Aquele queixo quadrado, aqueles dentes perfeitos, a luz em seus olhos... ele era magnético!) Birdie fora ao jantar muito pessimista com relação ao amor e aos relacionamentos, mas até mesmo ela fora cativada por Michael Morgan e por Michael e Chess como um casal. Com belas maneiras à mesa, ele levantara quando Chess saíra para ir ao toalete e, quando ela voltou, contara a Grant e Birdie sobre seus negócios e planos de crescimento de uma forma ao mesmo tempo impressionante e agradavelmente modesta. Apreciara o vinho, bebera uísque com Grant depois da sobremesa, agradecera imensamente aos dois pelo jantar, elogiando-os por terem uma filha tão linda, inteligente e bem-sucedida como Chess. Como não gostar dele?

Por isso, o que Birdie ouviu ao telefone a surpreendeu. Chess havia terminado o noivado. Saíra para jantar no Aureole com sua amiga Rhonda. De lá, foram tomar uns drinques no Spotted Pig e depois seguiram para uma boate. Chess fora embora sem avisar a Rhonda. Caminhara 67 quarteirões até o seu apartamento (Birdie tremeu só de imaginar o perigo) e telefonara para São Francisco, onde Michael acompanhava seus candidatos numa entrevista para o cargo de diretor de uma prestigiada empresa de tecnologia. Ela cancelara o casamento. Michael voltaria na manhã seguinte, contou-lhe, mas de nada adiantaria. O relacionamento tinha chegado ao fim. Ela não iria se casar.

— Espere um momento — disse Birdie. — O que aconteceu?

— Nada *aconteceu* — respondeu Chess. — Simplesmente não quero me casar com Michael.

— Mas por que *não?* — perguntou Birdie. Não era nenhuma ingênua. Será que Chess havia usado algum tipo de droga enquanto estivera na boate? Será que ainda estaria sob efeito delas?

— Não tenho uma boa justificativa — respondeu. Começou a chorar de novo. — Apenas não quero.

— Não quer?

— É. Não quero.

— Não está apaixonada por ele? — insistiu.

— Não — respondeu Chess. — Não estou.

O que Birdie poderia dizer?

— Entendo.

— Entende?

— Apoio qualquer decisão que tomar. Eu amo você. Se não quer mais se casar com Michael Morgan, cancelaremos todos os planos do casamento.

Chess soltou o ar pela boca, soluçando.

— Meu Deus, Birdie, obrigada. Obrigada *mesmo* — sussurrou.

— Tudo bem, está tudo certo.

— Você pode contar para o papai?

— Eu?

— Por favor? — As lágrimas ameaçaram cair. — Eu não conseguiria. Não tenho forças para isso.

O que Chess estava dizendo é que não queria ser ela a contar. Quem seria louco suficiente para querer ligar para Grant Cousins, cujo emprego era intimidar todos e qualquer um, de investidores caseiros até a CVM, e dizer que ele tinha jogado fora cerca de 150 mil dólares em coisas como convites manuscritos e uma ilha flutuante no lago da casa da ex-mulher? Birdie estava ciente de que sua maior falha como mãe fora não ensinar às filhas a assumirem total responsabilidade por seus atos. Jamais as forçara a arcar com as consequências. Quando Tate, aos 6 anos, roubou lápis de cera de uma loja, Birdie não a fez voltar para confessar seu ato ao sr. Spitko, o proprietário, como deveria ter feito. Deixara o incidente passar com uma mera bronca, colocara 5 dólares num envelope e o enfiara por baixo da porta da loja após o expediente.

— Acho que você deveria telefonar para o seu pai e contar sobre a sua decisão com as suas próprias palavras — disse-lhe. — Eu não vou conseguir me explicar tão bem quanto você.

— Por favor.

Birdie suspirou. A hora pesava sobre ela, assim como a realidade de que Não Haveria Mais Casamento — todo aquele trabalho por nada! —, a perspectiva de conversar com Grant sobre o rumo catastrófico que os eventos tomaram. Mas ela não deveria pensar sobre o assunto em termos de catástrofe. Pensaria naquilo como Chess se livrando de uma vida de infelicidade. Catástrofe seria ela se casar, ter três filhos e então descobrir que qualquer uma das centenas de outras opções teria sido melhor do que subir ao altar com Michael Morgan. Só se vive uma vez, e Chess iria cuidar da sua vida com muito cuidado.

Birdie estava exausta.

— Vamos conversar pela manhã. E depois que você falar pessoalmente com Michael também. Aí então podemos nos preocupar com o seu pai. Talvez tudo acabe se resolvendo.

— Não, Birdie, isso não vai acontecer.

— Está bem, mas...

— Birdie — disse Chess. — Acredite em mim.

Chess se manteve firme em sua decisão. Michael voltou exausto e assustado da Califórnia, disposto a fazer qualquer coisa para que ela mudasse de ideia, mas Chess nem o deixou tentar. Não se casaria com ele em setembro. Não se casaria com ele em época alguma. Michael Morgan, ex-Rei do Mundo, ex-Menino de Ouro, ex-atleta da Ivy League, eleito um dos Jovens Empreendedores do Ano pela revista *Inc.,* fora renegado a segundo plano.

Michael telefonou para Birdie no começo da noite seguinte. Era domingo, horário do drinque que antecedia o jantar, e Hank Dunlap estava na sala de Birdie com uma taça de vinho na mão, comendo seus deliciosos *palmiers* e ouvindo Ella Fitzgerald no aparelho de som. Birdie o convidara para jantar frango assado com aspargos, apesar de seu mundo estar desmoronando. Ou melhor, não exatamente o seu mundo, mas o mundo de pessoas que ela amava.

Quando Hank lhe telefonou no sábado ao meio-dia, Birdie lhe disse:

— Estou passando por uma séria crise familiar.

E Hank lhe perguntou:

— Prefere companhia ou quer ficar sozinha?

A parte mais maravilhosa de sair em encontros na sua idade era o fato de lidar com um parceiro emocionalmente maduro. Poderia escolher tanto companhia quanto ficar sozinha, e Hank entenderia. Decidiu-se pela companhia. Mal conhecia Hank Dunlap, mas sentia que ele lhe daria uma perspectiva sensata. Fora diretor de uma escola. Havia lidado com alunos, professores, pais, dinheiro, emoções, logística e, muito provavelmente, dezenas de corações despedaçados. Talvez fosse capaz de ajudar. Caso contrário, poderia apenas ficar sentado ali, e Birdie se sentiria melhor só de olhar para ele.

Chegou à sua casa com uma garrafa de Sancerre, seu vinho predileto, e ela logo serviu duas taças, tirou os *palmiers* do forno e lhe contou a história. *Minha filha, Chess, telefonou no meio da noite com a notícia de que havia terminado o noivado. Não deu nenhuma razão. Apenas não está mais apaixonada.*

Hank concordou, pensativo. Birdie começou a se sentir ligeiramente constrangida pelo comportamento de Chess. Por que diabo concordara em se casar com Michael Morgan se, para início de conversa, não estava apaixonada por ele? Michael a pedira em casamento no palco durante um show de rock, o que parecera algo exagerado para Birdie, beirando o inapropriado, mas Chess e Michael haviam se conhecido num show de rock, e ele estava em busca de uma simetria significativa. Ele já tinha tudo planejado; pedira a mão de Chess a Grant uma semana antes. Ela, por sua vez, não parecera incomodada com a natureza pública do pedido, talvez só um pouquinho. Sua resposta fora *Como eu poderia dizer não?*, mas o disse num tom de brincadeira, e o que Birdie achara que ela queria dizer era *Por que eu iria querer dizer não?* Afinal, Michael e Chess haviam sido feitos um para o outro.

Hank interrompeu os pensamentos de Birdie, colocando as mãos em sua cintura e a puxando para perto. Sentiu-se desorientada pela emoção e largou a taça de vinho. Hank a beijou. Na mesma hora, Birdie sentiu-se incendiar.

Ele parou e disse:

— Estou me sentindo como um garoto que, em vez de estudar, só pensa em sexo.

— Sexo? — respondeu Birdie. — Estudar?

Hank retirou os óculos e voltou a beijá-la.

E então o telefone tocou. De início, Birdie o ignorou. *Nada* iria separá-la de... mas então percebeu que precisava atender. Recuou. Hank assentiu e colocou novamente os óculos.

— Alô?

— Sra. Cousins? É Michael Morgan.

Ela lhe pedira mais de um milhão de vezes para chamá-la de Birdie, mas ele nunca a obedeceu — seu rígido senso de educação não permitia —, ao que ela agora agradecia.

— Ah, Michael — exclamou, e Hank voltou para o sofá da sala de estar com o vinho e a bandeja de *palmiers*.

A voz de Michael estava trêmula, depois ficou firme, e então trêmula de novo, com momentos em tons agudos e infantis. O que havia feito de errado? Como poderia fazer Chess mudar de ideia? Aparentemente ela não conseguiu lhe apresentar um argumento convincente. Não queria mais se casar com ele, mas não tinha uma razão específica. Ele não estava acreditando nela.

— Não faz o menor *sentido* — disse Michael. — Às oito horas da noite estava tudo bem. Ela me ligou enquanto estava indo para o Aureole. Disse que me amava. — Fez uma pausa, deixando Birdie expressar sua solidariedade com um estalo de língua. — Então, às dez da noite de Nova York, recebi uma mensagem de texto dizendo que ela estava saindo do restaurante e indo a um bar.

— Certo — respondeu Birdie.

— Quatro horas depois, ela tirou a aliança. — A voz dele ficou mais forte, mais feroz. — Sra. Cousins, eu quero saber o que aconteceu naquela boate.

— Ai, minha nossa. Eu não sei o que aconteceu.

— Ela não lhe contou?

— Não disse nem uma palavra sobre a boate. Somente que saiu sem se despedir da outra moça. Voltou para casa a pé, sozinha e no meio da noite.

— A senhora tem certeza de que ela estava sozinha? — perguntou Michael.

— Foi o que ela me disse. Por quê? Você acha que há outra pessoa?

— Por que outro motivo ela desmancharia o noivado? — perguntou Michael. — Não há outra razão, há?

Há? Ele pedia a opinião de Birdie. Ela encontrava-se dividida entre o desejo de confortar Michael e o desejo de defender o ponto de vista da filha. Percebeu que estava sendo jogada bem no centro daquele problema.

— Não posso falar por Chess, Michael. Ela me disse que não quer se casar. Que seus sentimentos mudaram. Você a pediu em casamento de uma forma muito pública. — Esse argumento veio como uma desaprovação, e era; se Michael Morgan tivesse pedido a mão de sua filha num momento em que estivessem a sós, Chess talvez tivesse dado outra resposta. — Talvez Chess tenha se sentido na obrigação de aceitar, quando o que queria dizer era que gostaria de pensar sobre o assunto.

— Pedi a mão dela há seis meses — rebateu Michael. — Ela teve tempo para pensar.

— Ela teve tempo para pensar — concluiu Birdie. — E eu sei que isto não é o que você quer ouvir, mas ela perceber isso agora é muito melhor do que perceber daqui a dez anos, quando vocês já tiverem quatro filhos e uma hipoteca. Essa é uma perspectiva que vem com a idade, e você vai ter que acreditar em mim.

— Não posso perder a esperança. Eu a amo, sra. Cousins. Eu sou loucamente apaixonado pela sua filha e não posso simplesmente desligar esse sentimento como se fosse uma torneira. Meu coração... — Neste momento, ele começou a soluçar, e Birdie sentiu-se constrangida. O rapaz estava acostumado a ter tudo o que queria, mas não podia ter Chess. Ele não sabia ainda, mas uma decepção tão arrebatadora como aquela seria boa para ele. — Meu coração está aos cacos.

— Você precisa conversar mais com Chess — aconselhou Birdie.

— Acabei de passar quatro horas conversando com ela.

— Talvez um pouco mais tarde. Depois de ela ter tido tempo para refletir.

— Preciso voltar para São Francisco — disse ele. — Deixei dois candidatos para um cargo que paga sete dígitos me esperando no Marriott.

— Volte então para São Francisco. E converse com Chess quando voltar.

— Se ela não mudar de ideia, eu não sei que diabo vou fazer.

— Você vai sobreviver — disse Birdie, olhando para Hank, no sofá, limpando migalhas dos lábios com um guardanapo. — Todos nós sobrevivemos.

* * *

Na semana que se seguiu, houve todos os tipos de conversa, conversas e mais conversas. Birdie nunca conversara tanto. Uma das mais difíceis, como era de se prever, foi a que teve com Grant, que ela escolheu deixar para as nove da noite, quando ele estaria em seu loft e não no escritório.

Foi taxativa:

— Grant, estou ligando para dizer que Chess terminou o noivado. O casamento foi cancelado.

— Cancelado?

— Cancelado.

Silêncio. Birdie ficou imaginando como Grant estaria recebendo a notícia. Após 30 anos de casamento, ela não fazia ideia, o que dizia muito sobre o relacionamento deles. Achava que sua preocupação maior seria com o bem-estar da filha e, depois que percebesse que o assassinato fora cometido pela mão da própria Chess, ficaria preocupado com o dinheiro. Birdie ficou aguardando as perguntas, mas nenhuma veio.

— Grant?

— Sim?

— O que você está pensando?

— O que eu poderia pensar? Você quer fazer o favor de me contar que diabo aconteceu?

Claro. Ela devia ter adivinhado que ele não reagiria até ela lhe dizer como deveria se sentir. Sempre fizera todo o trabalho emocional por ele.

— Chess quis terminar. Não está mais apaixonada.

— Não está mais apaixonada?

— Este é o cerne da questão. — Não era mais trabalho de Birdie proteger Grant das realidades desagradáveis das filhas. Birdie tinha que lidar com isso e, agora, ele também. – Não, não está. E não quer passar o resto da vida com ele.

– Não estou entendendo – disse Grant.

É claro que não estava entendendo. Por isso que Chess pedira a ela para lhe telefonar; esperava que a mãe o fizesse entender. Grant era oito anos mais velho que ela; tinha 31 anos, e ela, 23, quando se casaram. Ele acabara de se tornar sócio da firma; era de esperar então que se casasse, tivesse filhos, mudasse para um bom bairro na cidade e virasse sócio de um country club. Correra atrás de Birdie como um touro selvagem, perseguira-a como um psicopata. *Quero você, você, você.* Seguiram-se jantares, musicais e fins de semana esquiando em Poconos, onde dormiam em quartos separados para manter as aparências. Na época, Birdie tinha um emprego modesto na Christie, onde descobrira ter um talento com tapetes. Idolatrava o chefe da seção de tapeçaria de luxo, um homem chamado Fergus Reynolds, que estava sempre viajando para Marraquexe ou para a Jordânia. Falava francês, espanhol e árabe fluentemente, e usava lenços de seda ao estilo Amelia Earhart. Birdie queria ser a versão feminina de Fergus. Queria fumar cigarros de cravo e avaliar propriedades na Riviera Francesa. Mas, em vez disso, sucumbira a Grant. Um ano de casamento e largara o emprego; dois anos e ficara grávida de Chess. As formas como Grant Cousins podara seu potencial foram demais para enumerar.

E então, depois que já estavam casados, as filhas haviam nascido e a casa estava estabilizada, Grant desaparecera. Ainda se fazia presente fisicamente – sentado à cabeceira da mesa de jantar com sua dose de uísque e seu sorriso afável e ligeiramente misterioso –, mas tinha a cabeça em outro lugar. Vivia em estado de constante distração. O escritório, os casos, os clientes, as horas extras, o golfe, o jogo dos Yankees, o jogo dos Giants. Birdie passara a sentir que tudo e qualquer coisa era mais importante para ele do que ela e as meninas. Era gentil e generoso com as filhas, mas nada que fizessem prenderia sua total atenção.

— Não sei de que outra forma explicar — disse Birdie. — Ela não vai mais se casar com ele. E, em vez de ficarmos recriminando nossa filha, nós devíamos parabenizá-la por terminar o relacionamento antes que fosse tarde demais. Se ela tivesse seguido em frente e concordado em se casar com ele, se arrependeria depois.

— Do jeito que você se arrepende de ter casado comigo? — perguntou Grant.

Birdie respirou fundo. Sinceramente!

— Não me arrependo de ter casado com você — respondeu.

— É claro que se arrepende.

— Não me arrependo de ter criado nossas filhas. E, durante muitos anos, não me arrependi de ter casado com você.

— Você se arrependeu de ter se envolvido num certo tipo de vida — disse Grant. — Desejava que sua vida tivesse sido mais do que reuniões de pais e professores e clubes de jardinagem. Eu ouço quando você fala, Birdie.

Irritante. Estava encenando agora, tentando embromar na prova quando nem havia lido o livro.

— Bem, tenho certeza de que você vai ficar surpreso, mas eu ainda não morri. Na verdade, estou saindo com alguém.

— Parabéns — respondeu.

Como ele se achava superior! Birdie repreendeu-se por ter lhe contado. Sua vida amorosa não era da conta dele, e nenhuma reação — nem mesmo um falso ciúme — teria lhe deixado satisfeita. Sair com Hank era uma fonte particular de prazer; tornar a relação deles pública iria envená-la.

— Bem, enfim — continuou Birdie —, há ainda a questão dos preparativos para o casamento. Presumo que você queira que eu tente reaver o valor das reservas.

— Sim, por favor.

— Tudo o que posso fazer é tentar — disse ela. Chegara a considerar deixar o investimento de Grant ir por água abaixo, mas o dinheiro dele era seu também; desperdiçá-lo seria uma tolice.

— E Grant?

— Sim?

— Ligue para a sua filha, por favor.

— Para dizer o quê?

— O que você acha? — perguntou ela. — Diga que a ama.

Nos dias e semanas que se seguiram, Birdie teve dificuldades para falar com Chess. Quando ligava para a filha no trabalho, era barrada por sua assistente, Erica, que explicava que Chess não estava mais aceitando ligações pessoais no escritório.

— Mas ela está aí, certo? — perguntou Birdie. — Está viva?

— Afirmativo — respondeu Erica.

Quando tentava telefonar para seu celular, inevitavelmente caía na caixa postal, onde as mensagens se acumulavam como jornais na entrada da casa de alguém que se mudara.

— Ligue para mim — pedia Birdie. — Estou preocupada.

Birdie encontrava refúgio nas conversas com a outra filha, Tate. Não amava uma delas mais do que a outra, mas o fato é que Tate era mais fácil de lidar.

— Conversou com sua irmã? — perguntou Birdie.

— Algumas vezes — contou Tate. — Mas, na maior parte do tempo, eu só deixo mensagens.

— Ai, que bom. Achei que eu estava sozinha nessa.

— Você sabe que eu nunca deixaria você sozinha, mamãe — consolou-a.

Tate — Elizabeth Tate Cousins — era, aos 30 anos, um gênio da computação, contratada por várias empresas nos Estados Unidos para corrigir falhas em seus sistemas. Tinha tanto conhecimento e habilidade que podia fazer suas próprias exigências: usava jeans até mesmo nas empresas mais refinadas; no volume máximo, seu iPod gritava Bruce Springsteen; enquanto trabalhava, almoçava sanduíche de atum e sopa de tomate com manjericão da rede de restaurantes Panera e, em cidades onde não havia Panera, da rede Cosi. E cobrava salários astronômicos.

— Onde você está hoje? — perguntou a mãe.

Tecnicamente, Tate morava em Charlotte, na Carolina do Norte, opção que Birdie não entendia. Era uma cidade "nova", conhecida como capital financeira. O primeiro trabalho de Tate fora em Charlotte, e ela acabara investindo espontaneamente num apartamento em um condomínio, com uma bela piscina e uma academia de ginástica supermoderna.

Por que Charlotte?, perguntara Birdie.

E Tate respondera, *Porque sim.*

Houve um tempo, no ensino fundamental, em que Tate se vestia como um garoto. Usava calças jeans, camiseta branca, dessas que os meninos usam por baixo da camisa, e uma bandana vermelha enrolada, ora no pulso, ora no tornozelo; e tinha os cabelos muito curtos também, ora espigados, ora jogados para trás, com gel. Chegava até a falar como um garoto e constantemente fazer observações irreverentes. Fora pega uma vez copiando a letra de "Darlington County" numa carteira da escola. Quando lhe perguntaram por que fizera isso, ela dera de ombros e respondera: *Porque sim.* Birdie queria que a menina fosse a um terapeuta, mas os psicólogos da escola lhe asseguraram que ela estava apenas atravessando uma fase e que isso passaria. Passara, mas aquele menino adolescente ainda vivia dentro dela. Tate continuava louca por Bruce Springsteen, por computadores e futebol americano. E comprara seu primeiro imóvel numa cidade em que não conhecia ninguém, simplesmente "porque sim".

— Estou em Seattle — disse Tate.

— A Microsoft está com problemas em seus computadores?

— Estou numa conferência.

— O que Chess disse a você?

— Imagino que as mesmas coisas que disse para você. Disse que mudou de ideia. Não quer mais casar com Michael. — Fez uma pausa. — E disse que você ficou supertranquila com a notícia. Que não deu nenhum ataque.

Birdie lutou contra um sentimento de inquietação. Não gostava da ideia de Chess e Tate falando sobre ela, embora, obviamente, ela e a irmã, India, tenham analisado e desconstruído a própria mãe a partir do momento em que começaram a conversar, entre três e cinco anos.

— Ela falou se aconteceu alguma coisa? — perguntou Birdie.

— Aconteceu?

— Algo precipitou a decisão dela? Ou tudo simplesmente veio do nada?

— Acho que veio do nada — disse Tate.

— Certo — respondeu Birdie. — Porque Michael acha que aconteceu mais alguma coisa. Algo que Chess não deve estar querendo contar. Nem para ele, nem para mim. Como ter conhecido outra pessoa, por exemplo.

— Ela não falou nada sobre outra pessoa — respondeu Tate. — Mas estamos falando de Chess. Tenho certeza de que tem homens em volta dela dia e noite. Que tem homens a seguindo até em casa desde a saída do metrô, como cachorros de rua tentando cheirá-la por baixo da saia.

Birdie suspirou.

— Francamente, Tate, precisa ser tão rude?

— Preciso – respondeu. Ela ficou em silêncio por um instante. — Então... e quanto a Tuckernuck?

— Ah! – respondeu Birdie. Havia se esquecido de Tuckernuck. – O que tem?

— Chess disse que vocês duas iam para lá. Eu quero ir também. Quero ficar duas semanas, como a gente costumava fazer. Podemos? Chess disse que poderia.

Birdie foi pega de surpresa. Era impressionante como, aos 57 anos, ainda conseguia sentir tantas emoções surpreendentes ao mesmo tempo. As duas filhas em Tuckernuck, durante duas semanas? Era um exagero de felicidade, uma tremenda dádiva, algo que Birdie jamais ousaria desejar. A razão da viagem fora dar a ela e Chess um tempo juntas. Mas agora que Chess não iria mais se casar com Michael Morgan, Birdie achou que a necessidade de um tempo a sós com a filha seria menos urgente. E a viagem para Tuckernuck seria mais divertida com a presença de Tate. Decidiu então ser feliz. Teria as duas filhas com ela em Tuckernuck durante duas semanas inteiras!

— Você pode ir? E quanto ao trabalho?

— Sou minha própria chefe. Duas semanas não é nada. Eu poderia tirar o mês inteiro, se quisesse.

— Tem certeza de que quer ir? – Birdie sabia que as duas filhas adoravam Tuckernuck tanto quanto ela. Mas eram adultas agora, com responsabilidades. Não havia internet nem tevê. E o sinal para telefone celular era muito fraco.

— Meu Deus, é claro! Claro que quero ir! A casa ainda está um lixo, não está? Sempre penso nisso. As teias de aranha?

Os morcegos? As estrelas à noite, as fogueiras na praia. E a caminhonete? Adoro aquele carro.

— Falei com Barrett Lee — disse Birdie. — Você se lembra do filho de Chuck, Barrett? Ele assumiu os cuidados da casa.

— Se eu me *lembro* de Barrett Lee? Sim, me lembro dele. Ele era o objeto das minhas fantasias secretas até eu assistir a *Onze homens e um segredo*, com George Clooney e Brad Pitt.

— Então foi você que saiu com ele? Para um almoço no barco?

— Não, ele *me* levou para pescar. Levou *Chess* para fazer um piquenique. Foi a querida Mary Francesca que conseguiu um encontro com o homem dos meus sonhos, tomou seis latinhas de cerveja, ficou enjoada e vomitou seu sanduíche de presunto na água.

— Sério? — perguntou Birdie. Ela sabia que um encontro havia ocorrido, mas não fazia ideia do que acontecera.

— Típico da Chess, não? A mulher consegue o que quer e depois ferra com tudo. É o *modus operandi* dela, inclusive na presente situação.

— Bem, Barrett está consertando a casa. Está repondo as telhas e consertando o telhado. Vai comprar um gerador novo. Trocar o piso do sótão e acho que pintar todas as esquadrias. Vou comprar lençóis e toalhas novos. Talvez algumas panelas também, para a gente não ficar com Alzheimer por causa do alumínio corroído...

— Não leve coisas demais — pediu Tate. — O objetivo da...

— Eu sei qual é o objetivo — retrucou Birdie. — Eu inventei o objetivo. — Isso não era exatamente verdade; seus avós o tinham inventado e seus pais o haviam redefinido. O objetivo era viver com simplicidade. — Então iremos nós três por duas semanas?

— Mal posso esperar — disse Tate.

* * *

A ILHA 🐚 41

Então seguiu-se uma segunda conversa com Barrett Lee.

— Chess e eu ficaremos duas semanas em vez de uma – informou Birdie. – E minha outra filha, Tate, irá conosco.

— Que boa notícia! – disse Barrett. – Vai ser muito bom rever todo mundo.

— A razão da mudança de planos é o fim do noivado de Chess. O casamento foi cancelado.

— Ah! – exclamou Barrett.

— Foi opção de Chess – explicou Birdie. – Não estava preparada.

— Ela ainda é muito jovem – disse ele. Então pigarreou. – Ah, sra. Cousins? Eu enviei uma conta para a senhora. De 24 mil dólares.

— Você recebeu o cheque que eu mandei? De 10?

Os 10 mil dólares haviam saído da poupança pessoal de Birdie. Não queria pedir dinheiro a Grant até saber quanto seria o total.

— Sim, senhora, obrigado. Essa conta é de 24 mil além dos 10. A casa estava precisando de muitos consertos. Só o gerador foi 8 mil e, detesto dizer isso, mas acho que ainda vai custar mais uns 10 ou 12 mil, pelo menos.

Birdie fez as contas. Cinquenta mil dólares para consertar a casa de Tuckernuck. Tentou não entrar em pânico. Tuckernuck era a casa de veraneio de seus ancestrais; fora deixada para ela pelos pais e, um dia, iria para suas filhas. Mas Grant, certamente, jamais colocaria os pés ali de novo. Sendo assim, por que ele gastaria todo aquele dinheiro em reformas e melhorias? O desejo das filhas seria suficiente para ele? Birdie teria que implorar pelo valor. Não era justo: durante 30 anos apoiara Grant e, por essa razão, o advogado do divórcio lhe garantira que ela teria direito à metade de tudo o que ele ganhara no período. E Grant ganhara milhões. Cinquenta mil dólares era uma quantia insignificante. Era uma migalha.

Além disso, nas últimas duas semanas, Birdie recuperara 75 por cento do dinheiro que ele gastara no casamento. Ela havia pedido, implorado, negociado – em um dado momento, até chorado – em nome do dinheiro dele. Iria lembrá-lo disso.

– Tudo bem, Barrett, sem problemas – consentiu. – A casa precisa de telhado, paredes, eletricidade. Obrigada por todo o seu esforço.

– De nada – respondeu Barrett. – E, olha, sinto muito pelo casamento de Chess ter sido cancelado.

– Foi melhor assim – disse Birdie, pelo que julgava ser a milésima vez.

A última conversa, uma que Birdie vinha temendo e quase se convencera de que era desnecessária, foi com Evelyn Morgan, mãe de Michael. Birdie jamais se encontrara com Evelyn, a outra metade do intimidante casal Cy e Evelyn Morgan, mas sabia por Chess que a mulher era um furacão. Não apenas era sócia-gerente de uma mega-agência de publicidade na Madison Avenue, como também fazia parte do quadro de diretores da Casa de Repouso Bergen, além de ser membro ativo da igreja presbiteriana e presidente do Fairhills Country Club. Era extremamente ativa, fazia caminhadas incansáveis e lia seis jornais por dia. Tinha dois filhos – Michael e seu irmão mais novo, Nick – e uma filha, Dora. Evelyn Morgan estava sempre se movendo na velocidade da luz – pedalava, negociava, exercitava-se, supervisionava, cantava e dançava.

Birdie percebera o jeito de Evelyn em seus e-mails ansiosos e extremamente detalhados sobre o jantar após o ensaio final da cerimônia, que deveria acontecer no Zo, o restaurante mais badalado do Flatiron District. Seriam servidos caipirinhas e petiscos brasileiros para todos os convidados de fora da cidade; Evelyn havia contratado um grupo de samba com um vocalista transexual. *Poderíamos oferecer o jantar no nosso country club*, escreveu Evelyn. *Mas, francamente, seria a mesma chatice de sempre — filé mignon com molho, martínis e sprinklers ligados no final da tarde para molhar a grama. Com certeza os jovens vão preferir a cidade!*

Todos os planos já haviam sido cancelados; o jantar fora jogado no lixo junto com todo o resto. Chess e Evelyn tinham se dado maravilhosamente bem; viraram mais amigas, Birdie tinha de admitir, do que ela e a filha. Encontravam-se para almoçar no sétimo andar do Bergdorf, caminhavam no Central Park depois do trabalho e visitavam galerias de arte no centro da cidade à procura de quadros para o apartamento onde Chess e Michael morariam depois de casados. Mas Chess não conversara pessoalmente com Evelyn depois do rompimento. Telefonar para Evelyn Morgan era mais uma das coisas que a filha deveria ter feito, mas que se recusava a fazer. Assim sendo, ficou a cargo de Birdie.

Birdie não tinha muita certeza de como seria a única ligação telefônica entre ela e a mulher que não seria mais a sogra de Chess; achava que talvez expressassem um pouco de solidariedade, externando o pesar de que não seriam mais avós dos mesmos futuros netos. Mas o que a incomodava era que talvez precisasse se desculpar com Evelyn. Sua filha havia partido o coração do seu filho. Qual a diferença entre esse telefonema e o que Birdie tivera que fazer para Helen Avery quando Tate empurrara Gwennie Avery do alto do escorrega e a menina quebrara o braço?

Birdie enfrentou a ligação às dez da manhã de sábado, hora que julgava civilizada. Tinha horário marcado no cabeleireiro às onze, seguido de manicure, pedicure e massagem. Sairia com Hank às seis. Seu dia seria muito, muito agradável depois que concluísse aquela ligação.

Digitou o número apoiada na bancada da cozinha e ficou olhando para a fruteira, para o abacaxi, os limões e as maçãs.

Evelyn atendeu no primeiro toque.

— Eu estava imaginando se você teria coragem de telefonar para mim — disse.

— Alô? — respondeu Birdie.

— Eu estava imaginando se você, Birdie Cousins, mãe de Mary Francesca Cousins, teria coragem de telefonar para mim, Evelyn Morgan, mãe do pobre coitado, embora reconhecidamente superprotegido, Michael Kevin Morgan.

Será que a mulher estava bêbada? Tinha a voz alta e teatral, como se não estivesse falando apenas para Birdie, mas também para uma plateia que Birdie não via.

— Sim, tenho coragem — confirmou Birdie. — E estou telefonando.

— Você é uma mulher mais corajosa do que eu — respondeu em alto e bom som. — No seu lugar, eu teria dado um jeito de me livrar desta ligação.

Birdie suspirou.

— Sinto muito, Evelyn.

— Você não tem motivos para se desculpar — respondeu a outra. — *Você* não fez nada de errado.

— Chess também sente muito — acrescentou Birdie.

— Se também sente muito, deveria me telefonar e me dizer isso — rebateu Evelyn. — Eu já deixei sabe lá Deus quantas mensagens para essa moça. Já telefonei até para o trabalho dela e me disseram que não está mais aceitando ligações pessoais.

— Se isso faz você se sentir um pouco melhor, ela também não está atendendo as minhas ligações – respondeu Birdie.

— Eu simplesmente não entendo – continuou Evelyn. – Isso aconteceu do *nada*. Eu estava lá quando Michael a pediu em casamento. Nunca *vi* uma moça tão feliz. E é por isso que eu gostaria de conversar com ela. Gostaria de descobrir o que aconteceu.

— Acho que nada *aconteceu* – disse Birdie. – Ela simplesmente mudou de ideia.

Seguiu-se uma pausa do lado de Evelyn, e Birdie imaginou se seu último comentário tinha sido banal demais: Chess partira o coração de Michael simplesmente por que mudara de ideia? Seria ela tão frívola assim? Tão insensível?

Quando falou novamente, a voz de Evelyn estava normal.

— Chess se sente da forma como se sente, não existe certo ou errado. Não podemos forçá-la a se casar com ele. Ela precisa querer. Eu a admiro por ter tido coragem suficiente para tomar uma atitude.

— Sério?

— Sim – respondeu Evelyn.

— Como está Michael?

— Arrasado. Não está comendo nem se cuidando. Trabalha o tempo todo, porque, quando está trabalhando, não tem tempo para pensar e, como você deve bem saber, é pensar que machuca. Mas está com uma viagem marcada. Vai escalar com o irmão em Moab, no próximo feriado.

— Será bom para ele.

— Vai sobreviver – disse Evelyn. – Mas sofreu uma perda. Toda a família Morgan sofreu. Chess é uma moça maravilhosa. Eu a amo como se fosse minha filha. Somos nós que estamos perdendo.

— Gentileza sua dizer isso — respondeu.

Birdie ficou chocada ao descobrir que *gostava* de Evelyn Morgan. Talvez tivesse apreciado ter uma ligação com essa outra mulher enquanto elas viviam em lados opostos do espelho d'água que é Nova York.

— Que bom que você telefonou — disse Evelyn. — Obrigada.

— De nada. — Birdie não queria que a conversa acabasse. Talvez nunca mais voltasse a falar com aquela mulher. — Só achei que...

— Achou certo — completou Evelyn. — E, por favor, peça a Chess para telefonar para mim quando estiver pronta. Eu gostaria de falar com ela.

— Pedirei — assentiu Birdie. — Tchau.

No dia 20 de maio, que por acaso seria o aniversário de casamento de Birdie e Grant, Chess telefonou para dizer que havia se demitido do emprego na *Glamorous Home*. Pelo barulho de tráfego e de sirenes ao fundo, Birdie percebeu que a filha estava telefonando da rua. Ficou perplexa.

— Você realmente *se demitiu*? — perguntou. — Foi embora?

— Fui embora. Acabamos de montar a edição de julho, e pensei *Pronto*.

Birdie ficou imaginando o que estaria acontecendo. Será que o fato de sua filha mais velha ter aberto mão, em sequência, de dois compromissos importantes na vida — aparentemente sem planejamento ou reflexão — era um sinal de alguma doença mental em desenvolvimento?

— Não acredito — respondeu Birdie. — Você trabalha lá há tanto tempo!

— Oito anos.

Chess trabalhava na revista havia oito anos; fora promovida à editora de culinária um mês antes de seu aniversário de 30 anos. Birdie ficara extremamente orgulhosa. Sua filha era um prodígio; era o Yo-Yo Ma das revistas de gastronomia. Um dia, seria diretora de criação ou editora-chefe. Mas agora talvez não conseguisse nem um cargo equivalente ao que tinha. Se Birdie a entendera bem, ela fora embora sem cumprir aviso prévio.

Uma de suas preocupações recorrentes, desde que as filhas eram pequenas, era que a vida privilegiada que tinham fosse mais prejudicial do que benéfica a elas. Essa preocupação veio à tona agora: terminar o noivado e sair do emprego? O que Chess estava pensando em fazer para ganhar dinheiro? Pedir ao pai? (Birdie estremeceu por dentro. Isso, claro, era o que *ela* fazia quando precisava de dinheiro.)

Sentiu vontade de telefonar para Hank e perguntar sua opinião. Continuava a encontrá-lo todos os fins de semana e, frequentemente, passavam a noite juntos. Ele era o homem mais carinhoso, gentil e maduro que ela já conhecera. Não só lhe comprava flores, como passava duas horas ajoelhado em seu jardim, ajudando-a a retirar ervas daninhas. Levou-a para assistir *Jersey Boys*, um musical da Broadway, e depois tomaram champanhe e dividiram batatas fritas no Bar Americain. Hank cantou-lhe serenatas durante todo o trajeto para casa e depois subiu as escadas com ela no colo, como se fosse uma noiva, para levá-la para a cama. Num outro fim de semana, enquanto passeavam por Greenwich Village, ele a encorajara a entrar em lojas que vendiam roupas para mulheres vinte anos mais jovem e experimentar algumas peças. Fora algo parecido com um desfile de moda erótico, com Hank espiando de vez em quando por cima da cabine. Birdie não queria tornar seu relacionamento pesado com preocupações a respeito de Chess. Não queria que ele achasse que sua filha era uma doida varrida. Chess era seu orgulho, sua filha de ouro. Só largaria o emprego na *Glamorous Home* depois de garantir outro ainda mais fabuloso na *Bon Appétit* ou na *Food and Wine*. Mas telefonara da rua. Será que *era* uma doida varrida?

— O que vai fazer? — perguntou Birdie. — Tem algum plano?

— Não — respondeu Chess. Sua voz soou tão indiferente que Birdie se perguntou se seria mesmo sua filha quem estava falando. Estaria brincando? — Estou pensando em viajar.

— Viajar? — indagou a mãe. — Como assim?

— Estou pensando em ir à Índia — respondeu. — Ou talvez ao Nepal.

— Índia? — questionou Birdie. Estava tentando não ficar histérica. — *Nepal*?

— Escute, Bird, podemos falar sobre isso quando eu chegar em casa?

— Em casa? — perguntou.

— Subloquei o meu apartamento durante o verão. Estou indo para a sua casa no próximo fim de semana.

O "próximo fim de semana" era feriado, e Birdie tinha planos de ir a North Fork, em Long Island, com Hank. Relutantemente, cancelou a viagem.

— Chess pediu demissão do emprego, sublocou seu apartamento e está vindo para casa. É bom eu estar aqui se ela precisar. Sou a mãe dela.

— Quer conversar sobre o assunto?

Birdie pensou por um minuto. Hank lidou com o fim do noivado de sua filha com maestria, convencendo-a de que se Chess não estava mais apaixonada por Michael, então o rompimento era a única coisa decente e humana a fazer. Talvez tivesse a mesma lucidez com relação a esses novos acontecimentos. Mas Birdie se conteve.

— Não — disse —, melhor não.

— Tem certeza?

— Tenho.

— Está bem, então iremos a North Fork num outro fim de semana. Prometo. Agora, vá cuidar da sua menina.

Birdie trocou os lençóis do quarto de Chess e colocou rosas em um vaso ao lado da cama. Preparou frango à Toscana com molho de limão, o prato favorito dela, para a noite de sexta-feira. Birdie tinha considerado organizar um churrasco para o domingo à tarde e chamar alguns amigos de escola da filha, mas depois pensou melhor. E que bom! Quando chegou, Chess não parecia uma bela jovem de 32 anos, livre do compromisso de um noivado e de um emprego que a consumia, mas uma mulher abatida, com os olhos inchados e uma magreza de dar dó. Seus longos cabelos louros estavam oleosos e embaraçados; os ombros, caídos. Vestia uma camiseta surrada com o símbolo da banda Imunidade Diplomática e uma bermuda camuflada. Não se dera ao trabalho de usar maquiagem ou joias; os furos nas orelhas estavam vermelhos e inchados. Parecia uma indigente.

Drogas, pensou Birdie. *Ou alguma seita. Índia? Nepal?*

Chess tirou o telefone celular de sua bolsa Coach, inadequada de tão elegante, e o jogou na lata de lixo da cozinha de Birdie.

— Chega de ligações telefônicas — disse ela. — Chega de e-mails e de mensagens de texto. Não quero falar com Michael e nem com ninguém sobre Michael. Não quero falar com ninguém do trabalho sobre o motivo pelo qual saí e para onde estou indo. Estou de saco cheio de conversar. Está bem? – Olhou para Birdie, como se lhe pedisse permissão, e seus olhos encheram de lágrimas. – Só estou muito confusa, Bird. A forma como tudo aconteceu... as coisas que aconteceram... sinceramente? Estou de saco cheio de todo mundo. Quero virar eremita e morar numa caverna.

– Qual é o problema? – perguntou Birdie. – Que "coisas" aconteceram?

– Você não ouviu o que eu disse? – perguntou Chess. – Não quero falar sobre isso.

Sem saber mais o que fazer, Birdie serviu uma taça de Sancerre e conduziu Chess à mesinha do lado de fora, posta para duas pessoas, com vista para o jardim. (Será que Chess se sentiria desconfortável ao olhar para o pedaço de terra onde seria realizada a festa de seu casamento? Provavelmente, mas o que Birdie poderia fazer? Aquele era o seu quintal.) Serviu-lhe o frango à Toscana com molho de limão, batatas gratinadas com erva-doce, vagens de feijão-verde cozidas com alho e pãezinhos com manteiga. E uma fatia de torta de ruibarbo, como sobremesa. Sob o olhar atento de Birdie, Chess comeu quatro garfadas de frango, uma vagem, um pedaço de pão e duas garfadas de torta. Não queria conversar, e Birdie — apesar dos quatro ou cinco assuntos extremamente importantes que ficaram pairando sobre a mesa como beija-flores – não iria forçá-la.

Depois do jantar, Birdie resgatou o telefone da filha da lata de lixo. Checou a tela. Catorze novas mensagens. Ficou tentada a ver de quem eram. Que tipo de "coisas" tinham acontecido? Achava sua curiosidade natural, mas estava determinada a brilhar como mãe, ou seja: respeitar a privacidade da filha. Limpou o telefone e o colocou sobre a bancada, ao lado do fixo.

No andar de cima, preparou um banho com lavanda na banheira vitoriana e pôs para tocar o "Cânon" de Pachelbel. Colocou também uma camisola branca em cima da cama e uma cópia do livro escolhido por seu grupo de leitura sobre a mesinha de cabeceira.

Antes de se recolher para seu quarto naquela noite, deu uma espiada na filha, após ter batido à porta e aguardado o convite para entrar. Ficou feliz ao vê-la lendo, coberta por lençóis fresquinhos. A luz estava suave; as rosas ao lado da cama, perfumadas.

Chess levantou o olhar.

— Obrigada por tudo, Birdie.

Birdie assentiu com a cabeça. Era isso que ela fazia, era isto que era: uma mãe. Chess estava em casa. Estava segura.

O que foi uma boa coisa, porque, três dias depois, na segunda-feira, em pleno feriado, recebeu a ligação sobre a morte de Michael Morgan.

Ele caíra de uma altura de 10 m enquanto escalava em Moab. Quebrara o pescoço e morrera na mesma hora.

Aquilo era uma crise. *Aquilo* era histeria. Ao ouvir a notícia — do irmão de Michael ao telefone —, Chess gritou como se estivesse sendo esfaqueada. Birdie correu até o quarto da filha, onde ela estava sentada no chão, vestindo seu biquíni molhado. (Ela e Birdie tinham passado a maior parte do fim de semana na piscina do country club, comendo sanduíches e se escondendo de conhecidos atrás de revistas *Vogue*.)

— Chess, o que houve? — perguntou Birdie.

A filha soltou o telefone, olhou para a mãe e respondeu:

— Ele morreu, mamãe! Ele morreu!

Por um tenso segundo, Birdie achou que a filha se referia a Grant. Pensou: *Grant está morto*. E sentiu uma vertigem que quase a fez cair dura no chão. As filhas haviam perdido o pai; ela era tudo o que lhes restava agora e teria que ser forte. Mas como conseguiria ser forte com Grant morto? Birdie não tinha muita certeza do que a levara a finalmente entender que fora Michael Morgan quem havia morrido, e não Grant. Talvez algo que Chess dissera ao telefone para Nick ou o fato de ser Nick quem ligara tenha lhe dado a pista certa. Birdie, então, entendeu a história: Michael e Nick foram escalar em Moab. Tudo estava dando certo; a escalada estava indo bem. O tempo estava bom, em perfeitas condições. Na segunda-feira de manhã, Michael levantara logo ao amanhecer e fora escalar sozinho, em Labyrinth Canyon. Não prendera o equipamento adequadamente, escorregara e caíra. Fora encontrado por um guarda florestal.

O velório seria na sexta-feira, na igreja presbiteriana do condado de Bergen.

Birdie não sabia o que fazer. Telefonou para Hank, mas ele estava a caminho de Brewster com os filhos, para visitar Caroline na clínica, e não podia ser interrompido. Telefonou para Grant e foi atendida pela secretária eletrônica, o que queria dizer que ele estava jogando golfe. (Claro, Grant sempre jogava golfe nos feriados.) Telefonou, então, para o médico da família, Burt Cantor, em sua casa. Burt também estava jogando golfe, mas sua esposa, Adrienne, que era enfermeira, ligou para a farmácia e prescreveu Ativan. Chess gritava alto, com a cabeça enterrada no travesseiro, fungando e soluçando. Birdie sentou-se na cama ao seu lado, pôs a mão em suas costas e se sentiu mais inútil do que nunca. Pensou: se Chess estava triste assim agora, como estaria se ainda fosse noiva de Michael? Ou, talvez, de alguma forma, daquele jeito era pior; Birdie não sabia.

Seus olhos se encheram de lágrimas quando pensou em Evelyn Morgan. Que tipo de inferno estaria vivendo no momento? Perder um filho. Perder seu primogênito, um homem alto, bonito, inteligente, talentoso, charmoso e atlético — e que deveria ser apenas um menino aos olhos de Evelyn. Birdie esfregou as costas de Chess e acariciou seus lindos cabelos, agora duros por causa do cloro da piscina. Ser mãe era um dos maiores privilégios do mundo. Mas Deus sabia o quanto também era difícil.

Disse à filha:

— Adrienne Cantor prescreveu um sedativo. Vou correndo à farmácia para buscar.

Chess ergueu a cabeça. Seu rosto parecia estar derretendo. Tentava falar, mas as palavras não faziam sentido. Birdie a acalmou e lhe entregou um lenço de papel. Chess assoou com força o nariz e disse:

— A culpa é *minha*.

— Não, Chess. Não é. — Aproximou-se da filha e a abraçou. — Querida, não é. Ele caiu. Foi um acidente.

— Mas há coisas que você não sabe.

— Podemos falar sobre isso se você quiser. Podemos analisar a situação de diversas maneiras diferentes e de nenhuma forma será culpa sua.

Chess afundou a cabeça sob o travesseiro. Começou a gemer.

— Está bem — disse Birdie, e levantou-se. Seria seguro deixá-la sozinha? Mas ela com certeza precisava de um remédio. — Volto logo.

* * *

Birdie tremia quando entrou no carro. O final da tarde estava esplendoroso, tão verde e dourado quanto um dia poderia ser. Birdie sentiu cheiro de carvão. Os vizinhos estavam fazendo o primeiro churrasco do ano. Ela mesma pensara em grelhar hambúrgueres no quintal apenas uma hora antes, quando estacionou com Chess na frente da casa. Não é justo como as coisas acontecem tão inesperadamente. Alguém cai, quebra o pescoço, você recebe uma ligação telefônica e toda a sua vida muda para sempre. Saiu com o carro para a rua, incrédula.

Ir à farmácia buscar sedativos a fez lembrar de algo. *A culpa é minha.* O dia lindo escarnecia o que acontecia dentro da casa. Ir à farmácia a fez lembrar-se de... quê? E foi então que lhe ocorreu: a fez lembrar-se de India.

No dia seguinte, terça-feira, Birdie telefonou para India em seu escritório na Academia de Belas Artes da Pensilvânia. A secretária parecia não querer passar a ligação; dissera que India estava no cofre, até que Birdie insistiu:

— É a irmã dela e é urgente.

Então a secretária, como num passe de mágica, transferiu a ligação.

— India, sou eu — disse Birdie.

— O que houve?

E então ela explicou a situação com toda a franqueza, da única forma que conseguia explicar tudo à irmã: o rompimento do noivado, o abandono do emprego, a morte de Michael Morgan.

— Morto? — perguntou India, como se, talvez, Birdie tivesse se enganado sobre esse detalhe.

— Morto.

— Quantos anos tinha?

— Trinta e dois. — Ambas fizeram uma pausa, e Birdie imaginou-se aos 32 anos: casada com Grant, mãe de Chess, com 7 anos, e Tate, com 5 anos. Ainda muito, muito jovem. Então continuou: — Tenho uma proposta.

— Ai, meu Deus.

— Vou levar as meninas para Tuckernuck. Seria só por duas semanas, mas agora quero ficar todo o mês de julho. Chess vai precisar de um tempo... fora, *fora* mesmo... e eu achei que... bem, você já passou por algo parecido. Poderia ajudá-la de uma forma que eu não posso. Quero que vá conosco.

— Para Tuckernuck? — perguntou India. — Durante o mês de julho?

— Sei que é loucura. Que você precisa trabalhar. Mas eu tinha que pelo menos pedir.

— Você não sabe como tem sorte — disse India. — Porque acontece que eu também *preciso* de um tempo fora. Só não me entenda mal, eu estava pensando em Capri ou nas Ilhas Canárias. Não estava pensando na velha e feiosa Tuckernuck. Estava mais para limoncellos gelados do que para banhos gelados.

— Por favor? — pediu Birdie. — Você iria com a gente?

— Tem certeza de que quer que eu vá? Tem certeza de que eu não estarei me intrometendo no seu tempo com as meninas?

— Eu não só quero — complementou Birdie — como preciso de você. E elas são suas meninas também, você sabe disso.

India fungou. Birdie conseguia imaginá-la limpando as lentes dos óculos de leitura de seu falecido marido, da forma que fazia quando não sabia o que dizer.

— Quem estamos tentando enganar aqui? — perguntou. — Eu é que sou a sortuda.

* * *

Mais tarde, Birdie abriu a porta do quarto de Chess. Ela estava dormindo, roncando como um velho. Birdie ouviu o som de sinos tocando. Começou a procurar pelo quarto e encontrou o celular de Chess dentro da lata de lixo. Checou a tela: era Nick Morgan. Suavemente, soltou o telefone e aguardou o toque cessar. (Veio-lhe à mente a visão da entrada da casa de Bill e India quando a mídia descobriu que ele havia se suicidado. Havia tantos carros: advogados, jornalistas, negociantes de arte, todos eles falando ao telefone. India olhara para fora da janela e gritara: *Sobre o que poderiam estar falando? Faça-os parar, Bird! Faça-os parar!*)

Trinta dias na velha e feiosa Tuckernuck, pensou Birdie. Isso faria bem a todas elas.

CHESS

Antes de ir para Tuckernuck, ela cortou todos os cabelos.

E quando disse todos os cabelos, foram *todos os cabelos* mesmo: 60 centímetros de fios louro-mel ficaram enrolados no braço do cabeleireiro como um meado de lã. Chess o fizera raspar sua cabeça e os últimos resquícios de cabelos macios flutuaram, até caírem no chão encerado como flocos de neve.

Estava em um salão de beleza caro em Nolita, onde acontecia de tudo e ninguém fazia perguntas. Mesmo assim, sentiu-se compelida a dizer ao cabeleireiro que estava fazendo uma doação de cabelos a uma ONG que fabricava perucas para crianças com câncer. Pagou à recepcionista; a moça lhe devolveu o recibo do cartão de crédito e sorriu como se não houvesse nada de errado. O couro cabeludo de Chess parecia tão frágil e exposto quanto uma bola de soprar. Vestiu um gorro azul de crochê que levara consigo. Não por vaidade, mas porque não queria ninguém com pena dela. Não merecia a piedade de ninguém.

A mãe a olhou assustada, ou com repulsa, ou com tristeza – Chess não conseguia identificar as próprias emoções, que dirá a dos outros. Raspar a cabeça fora... o quê? Algum tipo de afirmação? Uma alternativa a cortar os pulsos? Uma renúncia à própria beleza? Uma forma de mudar de identidade? Uma pirraça? Quando criança, Chess uma vez cortou os cabelos por raiva, usando tesouras cegas. As franjas foram reduzidas a apenas um quarto do que eram. Na época, a mãe reagira boquiaberta, mas a menina tinha apenas cinco anos.

— Seus cabelos – disse Birdie.

— Eu cortei – respondeu ela, sem rodeios. – Raspei a cabeça. Doeu tudo.

Birdie concordou com um aceno. Estendeu a mão e tocou o gorro de crochê.

Agora, Chess, a mãe, a irmã e a tia India estavam na Mercedes de Birdie, atravessando a I-95 rumo ao norte, na direção de Cape Cod, Nantucket, e à ilha de Tuckernuck, onde viveriam numa simplicidade rústica durante um mês. Nem Tate nem tia India disseram uma palavra sequer sobre Chess ter raspado a cabeça, o que queria dizer que Birdie já havia conversado com elas e lhes avisado para não tocarem no assunto. O que Birdie dissera?

Ela está pior do que nós imaginávamos.

Chess alisou a cabeça embaixo do gorro, um hábito novo e irresistível. O couro cabeludo estava áspero e com pequenos calombos;

coçava. Sentia a cabeça tão leve que precisava se certificar de que ainda estava ali, colada no pescoço. Ela sentira a necessidade de *fazer* algo, algo grande, algo drástico, algo que expressasse uma pequena parcela de sua dor. Poderia ter ateado fogo ao corpo em frente ao Flatiron Building ou ter se dependurado pelas mãos na parte mais alta da ponte George Washington, mas decidira ir ao salão em Nolita – o que era, no entender de Chess, uma opção covarde. Seus cabelos, afinal de contas, cresceriam de novo.

Nos últimos 28 dias, Chess fora a uma terapeuta chamada Robin, que lhe dissera que ela deveria colocar "tudo o que havia acontecido" numa gaveta com forro de seda, e abri-la somente quando tudo fosse menos doloroso. Nesse meio-tempo, dissera a terapeuta, ela deveria tentar pensar em outras coisas: no que almoçaria, na cor do céu...

Robin era psiquiatra, uma verdadeira médica da mente com diploma da John Hopkins. O pai de Chess insistira que ela procurasse o melhor dos melhores e, para Grant Cousins, o melhor dos melhores traduzia-se no mais caro. Ainda assim, por 350 dólares a hora, Robin (ela queria ser chamada pelo primeiro nome, e não por dra. Burns) falava de gavetas com forro de seda, um exercício mental que estava além das possibilidades de Chess. Dizer a ela para não pensar "em tudo o que havia acontecido" era o equivalente a lhe dizer para passar o dia inteiro plantando bananeira, quando o máximo que ela conseguia suportar eram três ou quatro segundos.

Seria melhor elas voltarem com o carro. Chess não conseguiria aguentar aquela viagem. Estava "deprimida". O rótulo lhe fora colado na testa; fora sussurrado entre a mãe, a irmã e a tia. (E, com a visita ao salão, "deprimida" estava ficando cada vez mais parecido com "louca", mesmo que todas no carro estivessem se esforçando ao máximo para que aquilo parecesse normal.) Chess estava tomando um antidepressivo que, como prometera Robin, a faria se sentir como antes.

Ela sabia que as pílulas não adiantariam. Antidepressivos não podem fazer voltar o tempo; não podem mudar as circunstâncias. E o remédio não estava sendo particularmente eficaz em fazer cessar as vozes em sua cabeça, acalmar seu pânico, abrandar sua culpa e preencher seu vazio. Achava que "depressão" seria ficar sentada numa cadeira de balanço sem ser capaz de movê-la. Achava que seria algo que cobriria seu corpo como um nevoeiro, deixando as coisas turvas, tingindo-as de cinza. Mas a depressão era ativa, andava em círculos, fazendo gestos nervosos. Ela não conseguia parar de pensar; não conseguia encontrar um caminho que a livrasse da apreensão. Para onde quer que olhasse, lá estava ela, a situação, tudo o que acontecera. Chess sentia-se como se estivesse nadando em um emaranhado de algas marinhas. Sentia como se seus bolsos estivessem se enchendo de pedras; ela ficava cada vez mais pesada, estava afundando no chão. Robin uma vez lhe perguntara se ela tinha pensamentos suicidas. A resposta fora sim, é claro; tudo o que Chess queria era escapar das circunstâncias atuais. Mas não tinha energia para se matar. Estava condenada a ficar sentada, silenciosa e inútil.

Nos raros momentos de clareza, percebia que sua situação não era nada original. Formou-se em inglês na faculdade. Aquilo era shakespeariano; estava, na verdade, em *Hamlet*. Apaixonara-se pelo irmão de seu noivo – estava louca, insensata e insanamente apaixonada por Nick Morgan.

Reconhecer esse amor fora o mesmo que atirar uma granada para o alto – matara Michael e a deixara emocionalmente amputada. Caso seu corpo fosse aberto por cirurgiões, encontrariam uma bomba-relógio no lugar do coração.

Coloque isso na gaveta com forro de seda e abra-a somente quando tudo for menos doloroso.

Como aquilo havia acontecido com ela? Ela, Mary Francesca Cousins, tivera uma vida fácil. Adaptara-se bem a tudo; sempre muito bem-sucedida.

Desde criança, fora considerada uma estrela. Era linda e sorria, graciosa, rodopiando e fazendo reverências. Sua professora de balé a colocara na fila da frente, no centro. Tinha a melhor postura, a presença mais marcante. Era excepcional na escola, tirava notas mais altas que todos os rapazes, sua mão era sempre a primeira no ar; professores que ensinavam duas ou três séries à frente conheciam o seu nome. Todos gostavam dela, a menina mais popular da escola; era uma líder gentil e benevolente. Editava o anuário da escola, era líder de torcida e presidente do conselho estudantil. Jogava tênis como se estivesse no country club, mais social do que competitiva, e jogava golfe com o pai. Era boa nadadora e excelente esquiadora. Fora aceita na Brown, mas escolheu a Colchester, porque era mais bonitinha. Fora secretária da fraternidade estudantil à qual pertencera; durante dois anos, escrevera para o jornal da faculdade e depois tornara-se a editora. Saía-se bem em todas as aulas e graduara-se com honras, apesar de ser encontrada tomando chope e dançando no bar da fraternidade em qualquer sábado à noite.

Depois que se formou, Chess se mudara para Nova York e arrumara um emprego no departamento de marketing da *Glamorous Home*; em seguida, fora promovida para o editorial, onde seus talentos eram mais necessários. Realizara o desejo de uma vida inteira de estudar culinária, ao participar de um curso no French Culinary

Institute nos fins de semana e aprender a maneira correta de cortar uma cebola e usar o sistema métrico. Descobrira o Zabar's e o Fairway e a feira da Union Square. Oferecia jantares em seu apartamento, convidando pessoas que mal conhecia e preparando pratos difíceis que as impressionavam. Chegava ao trabalho cedo e saía tarde. Sorria para todo mundo, sabia o nome de todos os porteiros, frequentava a igreja episcopal na East 71st Street e era voluntária do sopão. Fora promovida mais uma vez. Virara, aos 29 anos, a mais jovem editora do grupo editorial Diamond. A vida de Chess fora um carretel de fita de seda que se desenrolara da forma como se esperava — então fora como se ela tivesse olhado para baixo e descoberto que a fita virara um ninho de ratos, enredada e cheia de nós. Sendo assim, pegara a fita e a jogara fora — com carretel e tudo.

Sua terapeuta sugerira que ela mantivesse um diário. Precisava dar vazão aos sentimentos enquanto estivesse fora. Comprou, então, um caderno de espiral comum na papelaria, setenta páginas, com uma capa dura cor-de-rosa — o tipo de caderno que usava nas aulas de química no ensino médio. Poderia escrever sobre "tudo o que havia acontecido", dissera-lhe Robin, embora não fosse obrigada. Poderia escrever sobre a paisagem de Tuckernuck; sobre o canto dos pássaros, o formato das nuvens.

Gaveta com forro de seda, o formato das nuvens. Robin Burns era *médica* mesmo? Apesar do diploma da universidade de Hopkins pendurado na parede, Chess tinha suas dúvidas. Não tinha certeza se conseguiria escrever uma só palavra. Tal qual uma posição de ioga que não conseguia fazer.

Tente, Robin e seu diploma de médica lhe disseram. *Você vai se surpreender.*

Está bem. Ali no carro, Chess pegou o caderno de dentro da bolsa. Encontrou uma caneta. O esforço de fazê-lo já foi suficiente para deixá-la quase sem fôlego. Expressar um pensamento ou um sentimento no papel... não conseguiria fazer isso. Não conseguia escapar daquele mar de algas. Ele era denso, verde vivo, retorcido como papel crepom e a estrangulava, amarrava-a pelos pulsos e pelos tornozelos. Era uma prisioneira. Michael. Nick. Um estava morto, o outro, fora do seu alcance. Culpa sua. Não conseguiria escrever sobre isso.

Olhou de relance para a irmã. Nos primeiros dez anos de suas vidas, elas foram grandes companheiras; nos dez seguintes, não. Naquela década primordial — digamos, dos 10 aos 20 anos de Chess e dos 8 ao 18 de Tate —, elas fizeram o melhor que podiam para criar suas próprias identidades. Fora mais fácil para Chess, por ser mais velha e se sentir mais em casa neste vasto mundo. Era inteligente, popular e talentosa. Sendo assim, a forma previsível que Tate usara para se distinguir da irmã fora ter um desempenho abaixo de seu potencial e andar com perfeitos perdedores. Tate era boa em matemática e um gênio no computador; aos 14 anos, adquirira um gosto pelas músicas de Bruce Springsteen que beirava a idolatria. Enquanto Chess era candidata a ganhar bolsas de estudos para a faculdade por bom desempenho e organizava a viagem dos formandos a Paris, Tate passava horas e horas no laboratório de informática, com jeans rasgados, na companhia dos nerds da escola, todos rapazes, míopes, com espinhas e cabelos oleosos.

Quem a visse atualmente jamais adivinharia como passara a adolescência. Tate agora era magra, tinha um corpo malhado, cabelos lindos — louros, espessos, bem-cortados — e uma carreira que não conhecia limites. Era solteira, e Chess não se lembrava da irmã ter tido qualquer namorado desde o último ano do ensino médio. Importava-se com isso? Era solitária? Chess jamais perguntara; desde que haviam crescido e saído da casa dos pais, falavam-se somente quando as circunstâncias exigiam — sobre o presente de aniversário para a mãe, planos para as férias, e, mais recentemente, o divórcio dos pais. Tate ficara arrasada com a separação. Simplesmente não entendia: viveram juntos tanto tempo, 30 anos, conseguiram superar o período em que as filhas eram pequenas e que o pai iniciava a carreira como advogado. Agora que eram ricos e as filhas haviam saído de casa, por que tinham que se separar? Seguiram-se algumas conversas difíceis, com Tate chorando e Chess confortando-a, e essas conversas uniram tanto as duas irmãs que Chess chamara Tate para ser sua madrinha quando Michael Morgan a pedira em casamento.

— Eu aceito, desde que você me prometa nunca se divorciar — respondera Tate.

— Prometo — dissera Chess.

— Então, tudo bem.

Desde "tudo o que havia acontecido", Tate vinha dando apoio e amor incondicional à irmã, apesar do fato de ela não ter lhe dito nada. Tate não era conhecida por sua profundidade emocional. Se Chess lhe contasse sobre o emaranhado de algas ou sobre as pedras nos bolsos, Tate não entenderia. Chess teria que dar uma explicação plausível sobre seus cabelos. Uma amiga com câncer. Insanidade temporária.

Seu coração acelerou dentro do peito. *Aquilo* era depressão: a urgência constante de fugir de si mesma. De dizer *já fiz tudo o que tinha a fazer* e desistir da vida. Do lado de fora da janela do carro, a paisagem – com infinitas árvores intercaladas por paradas desagradáveis para descanso (McDonald's, Nathan's, Starbucks) – passava depressa. Robin lhe garantira que sair um pouco de cena seria bom, mas Chess sentia um pânico terrível que subia feito vômito pela garganta.

— Bird? – chamou.

A voz quase um sussurro, mas Birdie estava tão ligada em qualquer som ou movimento seu que imediatamente abaixou o rádio e perguntou:

— Sim, querida?

Chess queria pedir à mãe para diminuir a velocidade; estavam correndo como se fugissem de alguém. Mas não conseguiu formar a frase; não conseguiu encontrar o tom que expressaria o que queria dizer. Se pedisse à Birdie para diminuir, ela pararia completamente o carro. Pararia no acostamento para se certificar de que a filha estava bem. Precisava de ar ou de água gelada? Ofereceria a ela o lugar de India, na frente.

— Nada, não importa – respondeu.

Birdie a olhou pelo espelho retrovisor, a voz já uma oitava mais aguda, tamanha a preocupação.

— Tem certeza, querida?

Chess concordou com um aceno de cabeça. *Sua mãe está muito preocupada com você*, dissera Robin. Preocupada mesmo; Birdie estava tratando Chess como se ela tivesse uma doença terminal. Mas as coisas entre ela e a mãe sempre foram desequilibradas. Como explicar? Quando Chess se formara na faculdade, Birdie lhe dera de presente uma pasta grossa, caprichosamente preparada, repleta com todos os registros de seus feitos. A pasta continha todos os boletins ao longo dos seus doze anos de escola, o programa de cada recital de dança e das cerimônias em que fora premiada, o conto que ela havia publicado na revista de literatura do ensino médio, seu discurso de despedida da escola e seu primeiro artigo no jornal da faculdade. Continha também cartas de recomendação de seus professores do ensino médio e cartas das universidades Brown, Colchester, Hamilton e Connecticut, dizendo que a aceitavam como aluna. A mãe *guardara* todas aquelas coisas? Incluíra fotografias também: Chess em seu elegante vestido preto antes do baile de formatura, na plataforma de mergulho da piscina do country club, como um bebê de fraldas, segurando um picolé que pingava. Chess folheara a pasta, surpresa e constrangida. A mãe acreditava que sua vida valia a pena ser documentada, enquanto ela nunca tinha dado a mínima para a vida da mãe. A mãe, pensava Chess, jamais a *interessara*.

Chess começara a chamar a mãe de "Birdie" aos 12 anos, idade em que passou a ver as duas como iguais – e nem a mãe, nem o pai comentaram. Birdie poderia ter achado que a filha cansaria daquilo, ou que talvez significasse que estavam se tornando amigas, quando, na verdade, era apenas uma afirmação de sua adolescência. Hoje, continuava a chamá-la assim por força do hábito.

As coisas entre elas mudaram com o divórcio. Chess passara a admirá-la: Birdie colocara Grant Cousins para fora. Aos 55 anos, mudara a própria vida. Dissera não à infelicidade; abrira-se para novas possibilidades. Encorajara a mãe a arrumar um emprego, e ela se mostrara receptiva à ideia, embora compreensivelmente hesitante.

O que eu faria? Quem me daria emprego na minha idade? Se eu começar a trabalhar, quem tomará conta de vocês?

Ao que Chess respondera: *Birdie, sou uma mulher adulta. Posso tomar conta de mim mesma.*

E agora que Chess havia despedaçado sua vida, como se a tivesse passado num moedor de carne, virara um trabalho em tempo integral para a mãe.

Será que poderia contar a ela "tudo o que acontecera"? Poderia confessar que se apaixonara por Nick Morgan? Se contasse à mãe, ela a amaria de qualquer forma. Afinal de contas, era a sua *mãe*. Mas também ficaria mortificada. E a imagem que tinha da filha — a brilhante menina de ouro celebrada naquela pasta — seria denegrida.

Coloque isso na gaveta com forro de seda e abra-a somente quando tudo for menos doloroso.

A pessoa de quem Chess se sentia mais próxima no momento era sua tia India. India fora ao inferno e voltara num trem expresso. Chess se lembrava da madrugada de outubro em que ela telefonara para dizer que tio Bill havia se matado. Era o seu ano de formatura, a semana do baile de volta às aulas. Birdie recebera o telefonema às quatro da manhã; fora de camisola para a minivan da família. Iria dirigindo até a Pensilvânia, embora o sol ainda nem tivesse nascido. Fora Tate, com 15 anos, quem saiu correndo pela porta com uma bolsa, arrumada às pressas, com as roupas da mãe. Chess queria que a mãe aguardasse até o dia seguinte, domingo, por causa do baile. Estava se formando e todos esperavam que seus pais fossem à festa para acompanhá-la quando seu nome fosse anunciado. Se a mãe não aparecesse, seria estranho.

Implorara à mãe para ficar. Lembrava-se de seu olhar severo pela janela aberta do carro, no amanhecer daquele dia: "Estou indo porque India é minha *irmã. E não tem outra pessoa além de mim.*"

Somente mais tarde Chess entendeu o que significara seu tio Bill cometer suicídio e deixar para trás uma esposa, três filhos e um legado artístico grandioso. E somente agora Chess entendia como a tia devia ter se sentido. Ainda assim, olhe só para India: estava rindo de alguma coisa que Birdie lhe dizia. Ela conseguia rir! Estava inteira de novo. Ficara tão estilhaçada quanto Chess estava agora, ou pior, e, ainda assim, nem dava para ver as rachaduras.

Chess colocou o caderno e a caneta de volta na bolsa, e a imagem lhe invadiu a mente: Michael deslizando, soltando-se, caindo. *Caindo! Soltando-se!* Agitando os braços, arregalando os olhos. *Espere! Espere!* Ele morrera aos 32 anos. A morte, às vezes, fazia sentido – quando a pessoa era idosa, quando estava doente há bastante tempo. Michael morrera – seu novo negócio fora por água abaixo, e seus planos, cuidadosamente elaborados, não significavam mais nada. *Aquilo não fazia sentido!*

Ela imaginou Nick com um baralho de cartas na mão, os olhos semicerrados e os dedos mexendo ansiosos nas fichas. Quando pensava nele, estava sempre jogando. Por quê? Chess precisava de ar. Podia ouvir o som baixinho de Bruce Springsteen tocando no iPod de Tate. Ela não conseguiria! Não conseguiria fingir que estava bem. Precisava que a mãe parasse o veículo. Sairia do carro e voltaria andando para Nick. Mas Nick não ficaria com ela. Coloque isso na gaveta com forro de seda.

Respirou fundo pelo nariz e soltou o ar pela boca. Essa era a respiração que as mulheres grávidas usavam para controlar a dor. Recostou a cabeça no vidro, que vibrava com o movimento dos pneus em alta velocidade pela estrada.

Um sanduíche de salada de frango, pensou. *Azul,* pensou.

TATE

Tate nunca havia se apaixonado e achava que era melhor assim. O que o amor causava? Sofrimento. Prova disso era a irmã, sentada ao seu lado: Mary Francesca Cousins. Chess se apaixonara, Chess se desapaixonara, e então – plaft! Em vez de conseguir se recuperar, sacudir a poeira e seguir em frente, seu namorado abandonado *morreu*. Quando Tate descobrira que a irmã iria se casar, sentira pena dela (e pena de si mesma por ter de usar um vestido chique de madrinha que custava 400 dólares, com babados de cetim em tom bronze). Quando Chess anunciara que havia chutado Michael Morgan para longe, como se fosse uma égua selvagem num rodeio, Tate sentira certa conexão com a irmã. Talvez elas tivessem alguma coisa parecida, afinal de contas. E, para grande desgosto da mãe, iriam, por escolha própria, passar o resto da vida solteiras. Quando Michael Morgan morrera no acidente que Chess julgara ser culpa sua, mesmo eles estando a mais de 3 mil km de distância, Tate pensara: *mas que merda*. O drama perseguia Chess como uma sombra. Algumas pessoas, Tate aprendera, eram assim, e, para pessoas como ela, só restava sentar e assistir ao espetáculo.

Tate estava indo para Tuckernuck em nome do amor e da preocupação com a irmã. Porque, veja bem: Chess havia raspado a cabeça, deixando o couro cabeludo à mostra como um astro da NBA ou um neonazista. Birdie ficara chocada. Telefonara para Grant, que lhe dissera para telefonar para a terapeuta de Chess, que dissera a Birdie para não ter uma reação exagerada. Raspar a cabeça fora apenas a sua forma de mostrar ao mundo que estava sofrendo. A irmã sempre fora muito vaidosa com os cabelos, e com razão (cabelos longos, pesados, naturalmente ondulados, da cor do sol). Por isso, para raspar a cabeça, ela realmente devia estar sofrendo muito. Ainda assim, pensou Tate, foi um castigo que infligiu a si mesma. Não era como se estivesse com câncer e perdido os cabelos com a quimioterapia. Mas aquele era um pensamento mesquinho, e, já que estava ali por amor e preocupação com a irmã, resolveu tirá-lo da cabeça.

Tate tinha seus próprios planos para Tuckernuck. Entre eles, correr a circunferência da ilha todas as manhãs, nadar toda a extensão do lago North Pond e voltar e fazer 150 abdominais por dia, pendurada pelos joelhos no galho da única árvore de sua propriedade castigada pelo vento. Iria se deitar ao sol, fazer Sudoku, beber vinho e deixar a mãe alimentá-la. Assim como Chess, Tate queria fugir do mundo. Em Tuckernuck não haveria telas de computador, teclados, nenhuma conexão com o maldito sistema defeituoso de alguém, nenhum hacker, nenhum vírus, nenhum hardware, nenhum software, nenhuma incompatibilidade. Não checaria o iPhone em busca de e-mails ou mensagens de textos, não veria a previsão do tempo nem o mercado de ações, não participaria de jogos com bebidas nem escutaria rádio pela internet. Adeus a tudo isso.

Tate era uma programadora de quarta geração. Era mágica. Conseguia consertar absolutamente qualquer coisa, de marcianos explodindo seu sistema com armas alienígenas a um totalmente inundado por água salgada (isso acontecera uma vez, num hotel cinco estrelas na Cidade do Cabo). Mas o trabalho de Tate Cousins, na verdade, era viajar. Estava sempre a caminho de Toledo, Detroit, Cleveland, San Antonio, Peoria, Bellingham, Cheyenne, Savannah,

Decatur, Chattanooga, Las Vegas. Sua vida era um vasto saguão de embarque; uma cadeia infinita de cafeterias e livrarias de aeroporto. Sacos de vômito, pacotes de biscoito e revistas de avião. Põe sapato, tira sapato. Algum líquido ou gel? Havia um segurança baixinho, gordinho e ruivo em Fort Lauderdale que se lembrava dela e a chamava de "Rosalita", porque essa era a música que ela ouvia em seu iPod na primeira vez em que passou pela vistoria. Tate tinha 1,6 milhão de milhas acumuladas, o suficiente para comprar tanto uma propriedade compartilhada em Destin quanto um Range Rover. Era, às vezes, acometida por imagens de um Lar: uma casa em algum bairro residencial, mãe, pai, crianças, cachorro – todos do lado de fora, no gramado da frente, lavando o carro ou jogando frisbee. Ela sabia que isso era o que deveria querer: um lar, um ponto final. Não deveria viver permanentemente em trânsito. Deveria parar em algum lugar e se sentir acolhida.

A parte importante daquele dia, primeiro de julho, era que havia um ponto final. Havia um lar. A mãe de Tate, Birdie (apelido de Elizabeth, que também era o primeiro nome de Tate), as levara em segurança até a vila de Hyannis e deixara sua Mercedes num estacionamento em regime de temporada. As quatro, então, pegaram um voo rápido para Nantucket e um táxi do aeroporto até a enseada de Madaket. Uma vez em Madaket, o coração de Tate começou a acalmar como um cachorro aninhado em sua caminha, como um bebê em sua cestinha forrada. Havia cruzado os Estados Unidos da América dezenas de vezes com muito pouca expectativa ou ansiedade, mas a mera visão da enseada, reluzindo azul e verde sob o sol de julho, cheirando a sal e umidade e se apresentando *exatamente* como ela se lembrava da última vez em que estivera ali, aos 17 anos, a deixara com as pernas bambas.

Lar!

E ali, assobiando, acenando o braço bronzeado, deixando um rastro espumoso pela água plácida da enseada, estava seu príncipe encantado num cavalo branco – Barrett Lee, num barco Boston Whaler 250 Outrage, de 33 pés. Em letras douradas, de um lado ao outro da traseira do barco, lia-se: *Namorada, NANTUCKET, MASS.*

– Barrett Lee – disse Chess.

Sua voz parecia surpresa, como se ele tivesse surgido das profundezas das suas mais antigas lembranças. Tate, por outro lado, não pensara em nada além de Barrett desde que a mãe mencionara seu nome pela primeira vez.

Imaginou se era casado. Procurara por ele no Facebook e não encontrara nada. Buscara seu nome no Google, mas não fora capaz de encontrar evidências do seu Barrett Lee em meio a 714 outros Barrett Lees que haviam deixado suas digitais no ciberespaço. Pesquisara nos arquivos online do *Inquirer and Mirror*, jornal semanal de Nantucket, e descobrira – aha! – que Barrett Lee participara da liga de jogadores de dardos em 2006 e 2007, nas noites de terça-feira.

Tate questionou se ainda nutria algum sentimento por ele e, caso nutrisse, se esses sentimentos seriam novos ou antigos, ressuscitados. Ela não era a mesma pessoa de treze anos atrás, e ele também não. Sendo assim, aqueles sentimentos antigos ressuscitados contariam, uma vez que ela não o conhecia mais?

Tudo isso era uma reflexão muito profunda para ela. Preferia lidar com coisas tangíveis e, neste caso, o tangível era: Barrett Lee estava mais atraente do que nunca. Um tipo de beleza que a fez sentir como se seu coração estivesse sendo arrancado pelo nariz. Aquilo era tangível o suficiente?

— Tenho uma namorada para ele bem aqui — disse ela.

Chess podia estar com o coração partido, medicada e tosada, mas de jeito nenhum ficaria com Barrett Lee. Tate fixou os pés no chão, tirou os fones do ouvido e acenou de volta.

Barrett Lee era a pessoa de seu passado que evocava anseios mais profundos e contundentes. Em suas lembranças, amava-o desde que ele tinha 6 anos, e ela, 5. Aos 6, Barrett fora o que seus pais chamavam de lourinho; tinha cabelos quase brancos, como os de um velho. Suas lembranças mais intensas se centravam no verão em que ela tinha 17 anos, o último verão em que estivera em Tuckernuck com a família. Para Tate, aquele fora um verão especial em sua vida, assim como deve acontecer para muitos outros jovens da mesma idade. Estava no último ano do ensino médio. Barrett Lee, lembrava, tinha acabado de se formar, e, embora a Plymouth State tivesse lhe oferecido uma bolsa no time de futebol americano, ele não cursaria faculdade. Tate achara aquilo bem exótico. Chess acabara de concluir seu primeiro ano na Universidade de Colchester, em Vermont — que era a epítome da experiência universitária na Nova Inglaterra desejada por todos na escola de New Canaan onde Tate estudava: os prédios de tijolinhos com as pilastras brancas, o pátio verde, as árvores com folhas cor de abóbora flamejantes, os suéteres tricotados, os rabos de cavalo, as chopadas, os grupos de cantores a capela que saíam cantando durante os jogos de futebol quando Colchester jogava contra sua rival Bowdoin. Em vez de ir para a faculdade, Barrett Lee trabalharia para o pai; aprenderia a construir casas e, depois de prontas, a tomar conta delas. Azulejaria banheiros, instalaria lava-louças e bocas de fogão. Faria prateleiras e assentos de janela. Ganharia dinheiro, compraria o próprio barco, pescaria percas listradas, dirigiria seu jipe até Coatue nos fins de semana, iria ao Chicken Box, o bar local, beber cerveja, assistir a shows de bandas e conhecer várias garotas. Viveria a vida. Meu Deus! Tate se lembrava como se fosse ontem do quanto aquilo lhe parecera melhor do que ir à faculdade, dividir um quarto com alguém, gastar o dinheiro dos pais.

Passara aquele verão inteiro observando Barrett Lee. Era ele quem levava compras, lenha, jornais e livros para a família. Recolhia os sacos de lixo e jogava-os na lixeira, assim como as roupas sujas, que levava para a lavanderia Holdgat, e as devolvia em belas caixas brancas, como guloseimas de uma confeitaria. Em dias muito bons, ele fazia consertos na casa, normalmente sem camisa. Tate não conseguia se cansar dele – o bronzeado escuro de suas costas, as incríveis mechas douradas que o sol deixava em seus cabelos. Ele era lindo, e isso já teria lhe bastado; afinal de contas, Tate tinha apenas 17 anos. Mas Barrett também era um cara bacana. Ele sorria e se divertia junto com todos os membros da família Cousins – até mesmo com o pai mal-humorado de Tate, que, naquele último verão, exigira o *Wall Street Journal* todos os dias, às dez da manhã em ponto, de forma que Barrett começara a levá-lo dentro do saco de pão. Barrett Lee tornara as férias em Tuckernuck agradáveis para todos; tornara isso possível. Todos enxergavam isso.

Fora tia India quem dissera que ter duas adolescentes de biquíni na praia ajudava o rapaz a desempenhar suas tarefas. O coração de Tate acelerara com essa insinuação, mas, no fundo, ficara com medo e ciúme. Se Barrett tivera interesse por uma das meninas Cousins, fora por Chess – e, francamente, quem poderia culpá-lo? Chess tinha os cabelos compridos, ondulados, da cor de mel, seios magníficos, experiência universitária em como sorrir e conversar com rapazes, como flertar com eles, como esbanjar a confiança que vinha com o fato de gabaritar a prova de introdução à história da arte e, ao mesmo tempo, ser mestre em jogos de bebida. Lera livros grossos naquele verão – Tolstói, DeLillo, Evelyn Waugh –, que lhe atribuíram uma aura de inteligência e inacessibilidade que muito atraíra Barrett. Tate, por outro lado, era magra como uma vara e achatada como uma tábua. Passara seu tempo batendo incessantemente em uma bola de tênis com uma raquete velha de madeira que encontrara no sótão; ouvira sua fita cassete de *Born to Run* até o walkman ficar sem bateria e Bruce parecer cantar como um velho de 90 anos após dez doses de uísque. Sempre que precisavam de alguma coisa das lojas de Nantucket, escreviam em hidrocor na "lista" que, na maioria das vezes, era feita no papel pardo de uma sacola de compras. Mas o pai mal-humorado se recusara a pagar pelo pacote de dezesseis pilhas AA para o walkman enquanto Tate não acabasse sua leitura de verão, *Seus Olhos Viam Deus*, que ela achara incrivelmente entediante. Tate não lera o que tinha de ler, e Barrett não levara as pilhas novas que tanto melhorariam o seu verão.

Ela fora um moleque e demorara a desabrochar. Uma noite, após o jantar, ouvira tia India perguntar à sua mãe se achava que a filha poderia ser lésbica. Birdie respondera: "Ah, pelo amor de Deus, India, ela é só uma criança!" Tate morrera de constrangimento, vergonha e raiva. Uma vez, no colégio, fora chamada de sapatão, mas isso partira de uma menina extremamente ignorante, que não entendia a devoção dela pelo Boss* e pelos computadores Mac do laboratório de informática. Ouvir tia India, uma mulher

---

* Apelido pelo qual o cantor e compositor Bruce Springsteen é popularmente conhecido. (N. T.)

vivida, suspeitar que ela fosse lésbica fora um baque. Tate deitara na cama, na casa escura — e a escuridão em Tuckernuck era bem mais escura do que em outros lugares –, ouvindo sons que ela sabia serem causados pelo bater das asas de morcegos (Chess dormia com um cobertor cobrindo sua cabeça, mesmo depois de a irmã ter lhe explicado que os morcegos tinham radares naturais e, por isso, nunca passariam acidentalmente perto de seu rosto ou cabelos), pensando no quanto era irônico tia India questionar sua orientação sexual no momento em que ela sentia a maior paixão da sua vida. Também chegara à conclusão de que qualquer que fosse o motivo que tivesse levado sua tia India a pensar que ela, Tate, era lésbica, era exatamente o mesmo motivo que impedia Barrett de olhar para ela da forma que olhava para Chess.

Como era de se esperar, as coisas pioraram naquele verão. Um dia, Barrett fora convidado para almoçar, um momento que envolvera todos os familiares sentados à mesa do jardim, com vista para a praia, comendo hambúrgueres grelhados, e durante o qual o pai de Tate interrogara o rapaz sobre seus planos para o futuro. As respostas formaram o somatório do que Tate sabia sobre Barrett Lee. Durante o almoço, Barrett olhara catorze vezes para Chess. Tate contara; foram como catorze pregos no caixão de suas esperanças amorosas.

Passara a vida toda perdendo para Chess, mas não suportaria a ideia de perder Barrett para ela, e, por isso, empregara sua única tática que funcionava com rapazes: mostrou interesse pelas coisas que ele se interessava. Isso dera muito certo na escola — gostava de Lara Cross, gostava de Bruce Springsteen, e muitos meninos também. E esses meninos lhe davam atenção; achavam-na "legal", diferente do resto das meninas do colégio, que só se preocupavam com maquiagem e Christian Slater.

De que Barrett gostava? Ele gostava de pescar. Até o final daquele fatídico almoço, Tate pronunciara várias vezes, alto demais para ser ignorada, o seu desejo ardente de ir pescar. Estava *louca* para pescar. Faria *qualquer* coisa para pescar. Se ao menos conhecesse alguém que pudesse levá-la para... pescar.

Seu pai a interrompera:

— Nós já entendemos, querida. Barrett, você estaria disposto a levar minha filha para pescar?

Barrett sorrira, constrangido. Olhara rápido para Chess.

— Bem, as duas ou...

— Pelo amor de Deus, não. Pescar, para mim, é só mais uma forma de crueldade com os animais.

Tate revirara os olhos. Isso parecia muito com as outras posições radicais que Chess adquirira no grêmio estudantil de Colchester, como um vírus de gripe.

— Você *come* peixe — retrucara ela. — Isso é cruel?

Chess a fitara irritada:

— Não *quero* ir pescar — rebatera.

— Bem, eu quero — respondera ela. Sorrira para Barrett, sem se preocupar com o quanto estava sendo óbvia. — Então, você me leva?

— Sim, acho que sim. Ou então o meu pai...

O pai de Tate interferira:

— Tenho certeza de que Chuck está ocupado demais para levar Tate para pescar. Se você concordar, Barrett, eu o pagarei de bom grado.

Tate ficara horrorizada.

Barrett dissera:

— Tudo bem, sim, sem problemas. Bem... teremos que sair bem cedo. Eu pego você às sete, está bem?

Para ele, ela não era nada além de um pagamento por hora, mas o que poderia fazer agora?

— Tudo bem — concordara.

Naquela noite, Tate não dormira. Fechara os olhos e imaginara os braços de Barrett envolvendo-na enquanto lhe mostrava como lançar o anzol. Imaginara que o beijava, tocando seu peito nu, aquecida pelo calor do sol. Suspirara e relaxara diante do fato de que, definitivamente, sentia-se atraída pelo sexo oposto.

Já estava de pé logo cedo, de biquíni, shorts e uma camiseta curta que havia roubado da gaveta de Chess. A irmã dormia profundamente e não iria perceber até ela voltar, quando então já seria tarde demais – a mágica da camiseta já teria funcionado. Se Chess quisesse reclamar por ela ter pegado uma camiseta sua sem pedir, que ficasse à vontade. Ela estaria anestesiada pelo poder do amor de Barrett.

Faltando quinze minutos para às sete, Tate fora esperar na praia, levando consigo uma bolsa impermeável com um moletom, três sanduíches de manteiga de amendoim e mel, duas bananas e uma garrafa térmica com chocolate quente. O biquíni e a camiseta curta de Chess não ofereciam muito no quesito aquecimento, e ela aguardara à margem enevoada da praia com os braços cruzados e os mamilos tão duros e gelados quanto os seixos sob seus pés. Quando ouvira o motor do barco de Barrett, tentara parecer sexy e atraente, muito embora estivesse batendo os dentes de frio, e seus lábios, com certeza, estivessem roxos.

Seu coração acelerara dentro do peito à medida que fora se aproximando do barco; estava tendo convulsões de tanto frio.

Barrett oferecera-lhe a mão para ajudá-la a subir. Por um breve e doce momento, eles ficaram de mãos dadas! Ele então dissera:

— Preparei uns sanduíches, cervejas e outras coisas para um piquenique depois da pescaria.

Tate percebia agora que prova da sua baixa autoestima fora ela não ter achado que o piquenique ao qual ele se referia fosse para ele e *ela*.

— Ah, e você vai...

Barrett confirmara com a cabeça.

— Perguntar à sua irmã se ela iria comigo. O que acha que ela vai responder?

Tate apertara os lábios para não gritar.

— Ela vai dizer sim.

— Acha mesmo?

— Eu sei — respondera.

Embora Tate e Chess nunca tivessem conversado sobre como Barrett Lee era insanamente bonito, elas eram irmãs e, portanto, toda aquela novela sobre como Tate amava Barrett e Barrett amava Chess — e como isso acabaria revelado para o horror de Tate e a felicidade acanhada de Chess — já estava subentendida, embora não colocada em palavras.

— Ótimo — afirmara ele.

A pescaria fora ridiculamente bem-sucedida. Barrett pescara três anchovas e uma perca listrada, e Tate, duas anchovas e duas percas listradas, uma delas enorme, com 1 metro de comprimento. O sonho de Tate de ter Barrett envolvendo seu corpo com os braços enquanto a ensinava a jogar a isca não se materializou, pois sua primeira tentativa alcançara uma distância de 27 metros.

— Você tem jeito para o negócio! — exclamara ele. — Parece que passou a vida inteira pescando.

Barrett estava de bom humor — não por estar pescando com Tate, mas por estar sendo pago (e muito bem-pago: o pai dela era

A ILHA 🐚 79

bastante generoso) para fazer o que adorava. E eles estavam se divertindo ali.

— Essa é a melhor pescaria que faço em décadas — dissera Barrett, embora só tivesse 18 anos; então, de quantas décadas poderia estar falando?

Tale sabia que ele devia estar feliz por pensar em seu iminente almoço com a bela e presunçosa Chess. Quando pescou seu último peixe, o monstro listrado, e Barrett mediu seu 1 metro de comprimento, ela dera um assobio baixo e impressionado, quase sexy.

— Deveríamos levar este! — dissera. — Mas acho que ele aborrecerá a sua irmã. — Devolvera então o peixe ao mar.

Quando Barrett e Tate atracaram perto da enseada, Chess estava deitada de biquíni, pegando sol e lendo. Ela ergueu os olhos quando Barrett acenou.

— Venha! — gritara ele. — Sua vez de dar uma volta!

A única esperança de Tate era que Chess declinasse do convite, mas, tão logo desceu do barco, a irmã se colocara de pé. As duas passaram uma pela outra na água rasinha sem trocarem uma palavra sequer — nem mesmo uma reclamação pela camiseta roubada —, e então, simples assim, trocaram de posição. Chess estava agora no barco de Barrett, e Tate, na praia.

A diferença era que o pai delas não havia pagado Barrett para levar Chess a lugar algum.

Tate subira as escadas com passos pesados. Decidira que amarraria uma corda em seu pescoço não lésbico, se penduraria no galho da única árvore da propriedade em Tuckernuck e se enforcaria.

* * *

Em vez disso, no entanto, Tate roubara uma das cervejas geladas do pai e duas pilhas do rádio transistorizado, que ele mantinha por perto na (vã) esperança de conseguir ouvir algum jogo dos Yankees com os Red Sox, e passara a tarde no sótão bebendo, arrotando, chorando e cantando "Thunder Road" baixinho para os morcegos que dormiam nos caibros. Aquilo fora previsível. O que não fora previsível era que Chess estava mais nervosa com o encontro com Barrett Lee do que Tate poderia imaginar. Chess bebera seis latinhas inteiras de cerveja em duas horas. Exatamente no momento em que Barrett começara a agir — colocando a mão em sua cintura nua e a mantendo-a ali —, o balanço excessivo das ondas acometera a irmã, junto com a suspeita de que a maionese do sanduíche de presunto da cesta de piquenique lhe caíra mal, e ela vomitara nos fundos do barco.

Mais tarde, Chess contara os detalhes de sua desgraça a Tate:

— Foi nojento — dissera. — A cerveja saiu numa golfada só, como uma mangueira de alta pressão. E, depois, os pedaços do sanduíche e da salada de batata ficaram flutuando na água. Então, Barrett fez um comentário sobre como o meu vômito atrairia os peixes e eu acabei vomitando mais.

As duas estavam deitadas na cama e Tate ficara feliz pela escuridão mais escura de Tuckernuck, pois não queria que a irmã visse sua expressão de alegria. Chess vomitando e a subsequente rejeição de Barrett deixaram-na empolgada. Dissera ainda que Barrett lhe oferecera um colete salva-vidas verde-escuro, mas que não a tocara de novo, não a beijara e não falara em outro encontro. Aquele era o melhor resultado que Tate poderia ter esperado. Era maldade sua, sabia. Ela não tinha a menor chance com Barrett Lee, mas, pelo menos, Chess também não.

* * *

A ILHA 81

Barrett era adulto agora. Tinha cabelos castanhos dourados em vez do tom platinado da juventude; a barba de um dia por fazer no rosto. Usava viseira com óculos de sol apoiados sobre sua aba, e uma camiseta azul com a propaganda de um torneio de pesca de tubarões. Tate deu uma olhada em sua mão: nenhuma aliança.

Birdie foi a primeira a entrar no barco. Barrett estendeu a mão para cumprimentá-la.

— Olá, sra. Cousins, que bom vê-la de novo.

— Quero um abraço — disse ela. — Eu conheço você desde que era um bebê.

Barrett riu e a beijou ao lado da boca.

— Aaaah, quero um desses também. Eu conheço você pela mesma quantidade de tempo e dividi um cigarro com o seu pai quando tinha só 14 anos! — disse India.

Birdie repreendeu a irmã:

— Que coisa horrível para se contar, India!

— É? — perguntou. — Bem, mas é verdade.

Barrett riu. Ele abraçou e beijou India.

Então foi a vez de Tate. Estava nervosa. Abraço? Beijo? Aperto de mão? Disse:

— Olá, sou Tate.

— Como se algum dia eu pudesse esquecer você. Nunca mais vi uma perca listrada de 1 metro depois do dia em que pescamos juntos — respondeu ele.

— Sério? — perguntou. Ele segurou sua mão, ajudou-a a descer até o barco, e ela pensou *Ah, dane-se,* e disse: — Bem, é bom vê-lo de novo. — Aproximou-se e o beijou em algum lugar entre o lado da boca e a bochecha; um local estranho para se beijar qualquer um, o que foi embaraçoso. Repreendeu-se. *Sua idiota!* Mal havia chegado e já estava forçando a barra. Certamente ele se lembrava desse traço dela.

Tate foi para os fundos do barco, onde havia um semicírculo de almofadas brancas para sentar. Havia outras almofadas brancas pela proa e duas cadeiras de capitão na frente do painel de controle. Uma para Barrett, supôs, e outra para a namorada. Tate percebeu quando ele olhou para o gorro de crochê de Chess que, claramente, escondia um ovo careca. Tocou-a no ombro e disse:

— Sinto muito pelos seus problemas.

— Obrigada — respondeu.

Por um segundo, pareceu que Chess começaria a chorar, e Tate viu Barrett hesitar, preocupado.

— Chess, sente aqui do meu lado! Isso vai ser tão divertido! — disse.

Chess sentou-se ao lado da irmã, que segurou sua mão. Ela estava sofrendo, e Tate pensou se deveria deixar que ela investisse primeiro em Barrett. Mas não, decidiu ela. O que a irmã precisava era de uma *folga* dos homens. Para ela, atirar-se de cabeça em outro relacionamento seria o pior que poderia acontecer.

Barrett colocou a bagagem delas no barco, e Tate observou os músculos de seus braços retesarem. Olhou para suas belas pernas, para a bainha desfiada de seus shorts cáqui, para o pedacinho da cueca boxer azul que aparecia por baixo de uma das bordas. Ele era perfeito de tão autêntico, o menino-agora-homem dos seus sonhos. E ele estava *ali*, ela poderia estender a mão e tocá-lo.

Barrett assumiu o timão e afastou suavemente o barco da doca. Tate respirou a fumaça do diesel, que, misturada ao sol e à água lodosa da enseada, deu-lhe uma sensação prazerosa de bem-estar. Barrett foi se afastando do porto — Tate não tirava os olhos de seus ombros fortes — e acelerou os motores.

* * *

A ILHA 83

Tate apertou a mão da irmã. Eles estavam voando pelo mar aberto na direção da ilha de Tuckernuck. Inclinou a cabeça para trás para receber a luz do sol em cheio no rosto. O barco batia nas ondas e água salgada borrifava nas laterais. Ela adorava o verão na Nova Inglaterra. Era muito diferente do verão em Charlotte, onde todo mundo saía de um ambiente refrigerado para o outro, onde "nadar" significava dar braçadas numa piscina aquecida e cheia de cloro.

Decidiu que nunca mais passaria um dia de verão trabalhando. No ano seguinte, sairia de férias não apenas pelo mês de julho, mas também pelo de agosto. E viria para a casa de Tuckernuck. Deus do Céu, queria pedir a Barrett para ancorar o barco ali mesmo, para que pudesse tirar a roupa e mergulhar. Queria que ele a visse nadando nua como uma criatura nativa – uma foca, uma sereia de Tuckernuck. Tudo bem, estava feliz, estava exultante! Seria inapropriado se gritasse? Eles estavam aqui! Barrett reduziu a velocidade pela metade. A praia clara, perfeita, em forma de uma meia-lua, estava na frente deles. A casa as esperava no alto do morro.

A ilha de Tuckernuck era uma pedra sobre a palma aberta do oceano. O nome queria dizer "pão", e ela realmente se parecia um pouco com um pão – era ligeiramente oval –, embora Tate sempre tivesse achado que se parecia mais com um ovo frito. A costa era amorfa e mudara ao longo dos anos devido às tempestades, supunha, e ao aquecimento global. A ilha tinha apenas 3.600 quilômetros quadrados, todos divididos em propriedades particulares; tinha dois lagos extensos – um ao noroeste, chamado North Pond, e outro ao nordeste, chamado East Pond. Tuckernuck tinha 32 casas, além de um corpo de bombeiros com um caminhão-tanque com capacidade para 950 litros. Não havia eletricidade na ilha, a não ser aquela fornecida por geradores, e nenhuma água encanada, a não ser aquela dos poços ativados pelos geradores. A casa da família Tate ficava na quase plana costa leste, voltada para Eel Point, em Nantucket. Logo ao sul, ficava a faixa de areia chamada Whale Shoal. A casa mais próxima estava a 400 metros de distância, ao sudoeste.

O desembarque não ficara mais fácil nem mais glamoroso com o passar dos anos. Barrett ancorou o barco e pulou para dentro da água, que batia na altura dos joelhos, para ajudá-las a descer. Pobre Birdie! Ela estava em boa forma; tinha apenas 57 anos, mas continuava pequena, ativa e, como seu nome indicava, leve como um passarinho. Tirou os tênis brancos, pulou para a água e foi andando até a areia. Tia India usava uma saia fina com bainha assi-métrica que provavelmente custara uns 6 mil dólares; isso tornou o desembarque gracioso um desafio. Ela acabou caindo como uma noiva nos braços de Barrett, e o que mais Tate poderia fazer além de admitir que ficou com inveja?

Havia um novo lance de escadas para subir a ribanceira da praia. A escada antiga, sempre traiçoeira e bamba, estava firme agora, feita de madeira tratada em tons vivos de amarelo.

— Uau! — exclamou Birdie. — Olhem só, meninas!

Elas subiram até o alto do morro. Lá estava a árvore solitária, com seus galhos retorcidos, a mesma árvore em que Tate quisera se enforcar. Era bom saber que elas duas haviam sobrevivido. No jardim, a antiga mesa estava no centro de um círculo de terra batida, de onde saía um caminho de conchinhas brancas que levava à porta da frente. A casa estava com telhado novo e cheirava a resina. A porta tinha a mesma cor azul desbotada e, perto dela, estava a placa de madeira que Birdie e tia India haviam feito quando crianças. Usando conchinhas do tamanho de um polegar, elas haviam formado a palavra TATE. A placa era o que a casa tinha de mais próximo de uma antiguidade. Era tirada dali quando iam embora no final do verão, guardada numa gaveta na cozinha, e colocada de volta para anunciar sua volta. TATE.

Do outro lado da casa, onde as conchas brancas se alargavam para formar o caminho de acesso para a garagem, ficava a verdadeira peça de museu, uma caminhonete Scout, fabricada pela International Harvester em 1969, com teto branco de vinil e uma alavanca de marcha mais comprida do que o braço de Tate. Apesar de um dia ter sido vermelho-fogo, agora desbotara para um rosa acinzentado. Tate via o carro como um animal de estimação há muito tempo renegado, um veterano fiel, porém acabado, dos verões da família Tate na ilha de Tuckernuck. A caminhonete fora levada de balsa para lá por seu avô, em 1971; Tate, Chess e os três filhos do casal Bishop haviam aprendido a dirigir nela quando tinham 12 anos. Tate lembrava de sua estreia, com o pai no assento do carona, ensinando-a a passar a marcha e a apertar a embreagem. Apesar da aparência, trocar a marcha da caminhonete era como cortar manteiga, o que era bom, porque as "estradas" de Tuckernuck eram desafiadoras. Eram de terra batida, cascalho ou capim, cheias de buracos e calombos, uma droga para dirigir. Tate sempre tivera afinidade com máquinas; aprendera a dirigir com uma facilidade incrível e aproveitara cada segundo de liberdade atrás do volante. Liberdade! Aos 13 e 14 anos, saíra sozinha com a caminhonete, explorara cada centímetro das estradas da ilha e quase causara um infarto na mãe, ficando fora até depois do anoitecer quando a caminhonete tinha só um farol funcionando.

Tate deslizou a mão pelo capô. Será que ainda funcionava? Acreditava que sim, que era um carro mágico – como Herbie, o fusca falante ou o Calhambeque Mágico. Ele funcionaria por ela.

86 ◉ *Elin Hilderbrand*

* * *

Birdie mencionara por alto que o pai das meninas concordara em investir "um pouco de dinheiro" na casa para as melhorias necessárias, conforme recomendação de Barrett Lee, e Tate temeu que isso quisesse dizer que a casa estaria completamente diferente — reluzente, nova, irreconhecível. Mas a casa parecia a mesma. Tate foi a primeira a entrar; tinha o mesmo *cheiro* — cheiro de mofo e naftalina, pinho e mar. Foi diretamente à cozinha — comprida e estreita, onde uma pia, um fogareiro a gás e uma geladeira pequena ocupavam uma parede, e, do outro lado do piso de linóleo, a 1 metro de distância, uma bancada de fórmica cobria os armários. A "mesa de jantar" acomodava três pessoas — quatro se apertadas —, e por isso nunca era usada a não ser quando chovia, e ficava encostada do outro lado da parede da cozinha. Depois da mesa, ficava a "sala de estar", decorada com um tapete de cordas, um sofá e duas poltronas forradas com um tom verde-garrafa cáustico, que parecia capaz de sobreviver a um holocausto nuclear, e uma "mesinha de centro" que consistia num pedaço de vidro sobre uma armadilha para pegar lagostas. Ela era outra antiguidade da casa; fora feita pelo avô de Birdie e India, Arthur Tate.

Birdie e India suspiraram quando viram a mesa, e Tate suspirou com elas. Chess não suspirou. A irmã não estava ali, percebeu Tate. Estava do lado de fora da casa, sentada à mesa, a cabeça entre as mãos.

Tate abriu a porta de tela.

— Ei — disse à irmã. — Vamos dividir o sótão, certo?

Chess concordou lentamente com a cabeça. Tudo bem, não era nada maravilhoso dividir o quarto com a irmã durante um mês, mas não havia um certo clima de festa do pijama naquela aventura? Não era parte da ideia que todas elas recebessem constante conforto da relação irmã-mãe-tia? Nunca ficariam sozinhas e, por serem todas parentes, não haveria necessidade de Tate tomar banho, cortar as unhas do pé, passar desodorante. Ela soltaria gases, arrotaria e palitaria os dentes sem preocupação. As outras continuariam a amá-la a despeito disso.

Não havia muitas opções quanto aos quartos. No segundo andar, havia dois – o quarto dos Cousins e o quarto dos Bishops. O quarto dos Cousins era um pouco maior; era o quarto "principal", embora só tivesse duas camas de solteiro. Os pais de Tate sempre dormiam lá. (Será que alguma vez haviam feito sexo naquelas camas estreitas? Certamente, embora Tate não quisesse nem pensar nisso). O quarto dos Bishops tinha uma cama *queen*, com um colchão macio que ficava bem baixo no chão. Tia India e tio Bill dormiam lá quando ele ainda era vivo. Tate deu uma espiada ali dentro, a caminho do terceiro andar. Ficou feliz ao ver Roger, nome dado à escultura quixotesca de um homem que tio Bill fizera de gravetos, conchas, algas e pedrinhas de areia. Roger era facilmente reconhecido como uma escultura de Bishop, embora bem menor do que os outros trabalhos dele (que eram de cobre e vidro e decoravam quase todas as áreas metropolitanas de países ricos). Roger poderia ter sido vendido para um museu por dezenas de milhares de dólares, e era isso que tornava extraordinário o fato de ele ficar em cima da penteadeira da casa de verão abandonada da família.

Tate ouviu passos, virou-se e viu Barrett Lee subindo as escadas com as malas.

— Terceiro andar? – perguntou.

— Adivinhou — respondeu Tate. — As crianças dormem no sótão.
— Estendeu o braço para pegar sua bolsa.

— Eu levo — disse ele.

— Você já fez muita coisa. A casa está maravilhosa.

— Espero que vocês não estivessem esperando banheiras de hidromassagem e bancadas de granito. Talvez fosse o que a sua mãe queria...

— Não, não era — assegurou-lhe Tate.

— Já custou uma fortuna fazer a casa voltar à estaca zero — disse Barrett.

Ele subiu as escadas estreitas até o sótão, com Tate atrás. Como sempre, o sótão estava quente e escuro, ventilado apenas por uma janela pequena, alta demais para deixar qualquer brisa arejar o local. Lá, cabiam seis pessoas: havia duas camas de casal e um beliche. A ideia era que todos os cinco primos (as meninas Cousins e os meninos Bishop) pudessem dormir ali, juntos, se preciso fosse, embora os três filhos dos Bishops — Billy, Teddy e Ethan — sempre tenham preferido dormir lá embaixo, na varanda telada. Isso tornava pegar cerveja da geladeira e fazer xixi no jardim mais fácil, imaginava Tate. A varanda telada era terrível quando chovia, então as camas no sótão eram usadas quando o tempo estava ruim. Tate viu uma caixa grande de papelão da Pottery Born aos pés do beliche. Deu uma espiada dentro dela e encontrou lençóis leves, estalando de novos, em tons vivos de picolés de fruta.

— O que é isso? — perguntou. Os lençóis e os cobertores da casa de Tuckernuck deveriam ser velhos e gastos, cheios de furos, como a fantasia de Halloween de Charlie Brown. Isso era parte do charme. — O correio entrega aqui?

— Entrega para mim. Eu a trouxe na semana passada. Foi sua mãe que pediu. Ela disse que quer que vocês fiquem confortáveis.

— Não preciso de lençóis de seiscentos fios para me sentir confortável — disse Tate.

Ela sentou-se na cama de casal que, por tradição, era dela, por ficar mais longe da porta (além de Chess ter uma bexiga do tamanho de uma bola de golfe, ela também precisava fugir dos morcegos).

— Os outros lençóis estavam *muito* ruins — disse Barrett. — Usei-os para forrar o chão quando pintei as paredes lá de baixo.

Tate respirou profundamente o ar abafado do sótão.

— Então, como *você* está, Barrett Lee? — perguntou ela. Tate tinha seu próprio negócio, 200 mil dólares no banco, um apartamento, uma tevê de plasma, dezesseis calças jeans da True Religion e um milhão de milhas de voo. Seria direta com Barrett Lee.

Ele riu, como se ela tivesse lhe contado uma piada:

— Ha! — Seus olhos azuis se fixaram nela por um segundo, e ela achou, eufórica, que ele diria alguma coisa sobre a qual ela ficaria pensando depois. Talvez lhe dissesse o quanto estava linda. Barrett tirou os óculos de sol, passou a mão pelos cabelos claros, colocou os óculos no topo da cabeça e disse: — É melhor eu pegar o resto das coisas. — E desapareceu ao descer as escadas.

Tate imaginou se deveria se sentir ofendida. Barrett Lee não estava mais interessado nela do que estivera quando tinha 18 anos. *Por enquanto!*, pensou Tate. Afinal de contas, aquela era apenas a primeira hora do primeiro dia. Haveria muito tempo pela frente.

INDIA

Cometera um erro imenso ao ir para lá.

E, droga, *ela* geralmente não tinha lapsos de consciência. Era a única pessoa em cujo julgamento confiava. Ela, India Bishop, tomava decisões com base na única coisa que jamais lhe decepcionara: seu bom senso. Não ia contra seus princípios; não se deixava influenciar. Sendo assim, o que estava *fazendo* ali?

India era viúva de um dos escultores mais importantes dos Estados Unidos e mãe de três rapazes belos e bem-sucedidos. Certa época, ser esposa e mãe eram suas únicas identidades, mas então Bill dera um tiro na cabeça (já fazia quinze anos) e os rapazes cresceram, se formaram na faculdade, seguiram suas carreiras. Billy era casado e esperava o nascimento do primeiro filho para o final do verão. Um menino que teria o mesmo nome de seu pai (claro). Os filhos precisavam cada vez menos dela, e era assim que deveria ser. India então se vira livre para se reinventar. Tornara-se a mulher mais reverenciada no mundo artístico da cidade da Filadélfia. Era curadora da Academia de Belas-Artes da Pensilvânia — que não era apenas um museu, mas também uma universidade — e consultora do Museu de Arte da Filadélfia e da Fundação Barnes. Havia aqueles (pessoas de mente pequena, emocionalmente bitoladas) que acreditavam que India havia conseguido tal posição e reconhecimento simplesmente por ser viúva de Bill Bishop. Apesar de ser verdade que a fama mundial de Bill lhe permitira conhecer todas as pessoas certas, e apesar de ser verdade que todos tanto na Cidade do Amor Fraterno quanto em seus bairros residenciais bucólicos tivessem demonstrado grande solidariedade por India depois do suicídio do marido, essas duas coisas, juntas, não eram capazes de criar uma boa curadora. India tinha um mestrado em História da Arte, na Universidade da Pensilvânia. Viajara o mundo todo com Bill – Peru, África do Sul, Bombaim, Zanzibar, Marrocos, Copenhagen, Roma, Paris, Dublin, Estocolmo, Xangai – e, em cada lugar, era exposta à arte em suas diversas formas. Além disso, era inteligente – em seu QI, em sua praticidade e em seu comportamento social. Vestia-se bem, dizia as coisas certas para as pessoas certas, bebia vinho branco Burgundy e ouvia Mahler. Usara o dinheiro do espólio de Bill – e era muito dinheiro – para se cercar de coisas maravilhosas (uma Mercedes conversível rebaixada, luminárias Jonathan Adler, um elegante relógio Patek Philippe, as primeiras edições de *Madame Bovary* e *Anna Karenina*, e ingressos para a temporada do Balé da Pensilvânia e da Orquestra da Filadélfia). O sucesso não lhe fora dado por compaixão. Ela o conquistara.

Mas chega de exaltar seus méritos. Hoje, ela devia levar uma bronca! Hoje, fizera besteira. Concordara em passar um mês em Tuckernuck, uma ilha do tamanho do Central Park. Um local tão remoto quanto uma das luas de Júpiter, e ficaria ali por trinta dias de &%$#! (India adorava xingar, um péssimo hábito aprendido com Bill que ela não perdera, embora soubesse que Birdie o odiasse.) Sob as melhores circunstâncias, quando a mente de Bill estava saudável e os rapazes já estavam na idade para aventuras ao ar livre, eles passavam duas semanas na ilha. India retornara nos dois primeiros verões após o suicídio, mas não conseguira ficar mais do que cinco dias.

Portanto, o que estava *fazendo* ali?

India atendera à ligação de Birdie em um momento de fraqueza. Acabara de descobrir, havia apenas algumas horas, que a mais promissora artista da Academia, Tallulah Simpson, havia desistido do curso de quatro anos e levado seu talento considerável para a Parson, em Nova York. Tallulah Simpson, conhecida na Academia como "Lula", era protegida de India, e não apenas protegida, mas amiga, e não apenas amiga, mas amiga íntima. E sim, a situação era mais complicada do que isso, e sim, algo havia acontecido entre Lula e India que provavelmente instigara Lula a se unir ao maior rival da Academia. Se Lula tornasse público o motivo daquele rompimento, haveria um escândalo. A notícia de sua saída chegara como um choque para ela — um *choque* mesmo, de arrepiar os cabelos, de fazer tremer o corpo, de 150 volts —, mas India não deixara transparecer. Quando sua secretária, Ainslie, lhe informara gentilmente ao trazer seu café com leite habitual, ela nem sequer piscara ou, se piscara, o fez muito discretamente. (Nunca mais seria pega de surpresa de novo, acreditava, após ter recebido a notícia de que o marido metera uma bala na cabeça.) India precisava fingir que havia previsto a situação. Precisava manter-se calma e indiferente, quando, por dentro, estava magoada e assustada, afundada em arrependimento.

A Academia estava em polvorosa: as pessoas só queriam falar sobre a saída de Lula. India fechara silenciosamente a porta do escritório e fumara dez cigarros enquanto tentava decidir o que fazer. Deveria entrar em contato com Lula? Chamá-la para beber alguma coisa no El Vez — ou em algum lugar em Nova York? Deveria procurar Virgil Seversen, o diretor da Academia, e explicar tudo o que havia acontecido? Deveria passar por cima de Virgil e ir direto a Spencer Frost, presidente da diretoria? As ações de India estavam acima de qualquer reprovação. Até nos momentos mais intensos com Lula, ela seguira sua doutrina de comportamento impecável. Mas Lula era jovem (tinha 26 anos), uma artista vibrante que se apaixonara loucamente por India. Quem poderia dizer como ela apresentaria os fatos?

Os consagrados corredores e galerias da Academia, que ao longo dos anos, desde a morte de Bill, haviam servido como inspiração e refúgio para India, eram agora um campo minado. Estaria Virgil Seversen olhando-a de forma estranha? Será que Ainslie suspeitava de alguma coisa? Teria Lula postado alguma fofoca no Facebook? A maior preocupação de India quando atendeu ao telefonema de Birdie era como escapar da estranheza de sua atual situação. E lá viera a irmã com a resposta: Tuckernuck. India não poderia nem imaginar um refúgio mais isolado do que aquele. Birdie fora convincente: Chess precisava dela. E então India aceitara. Um ex-noivo tragicamente morto se encaixava perfeitamente na área de conhecimento emocional de India; ela *poderia* ajudar. Tinha férias acumuladas mais do que suficiente para viajar; os verões na Academia eram tranquilos. India estaria junto de pessoas que amava, mas que não via com frequência. A irmã. As filhas da irmã.

Suas intenções foram boas e fizeram sentido no momento, mas a verdade era que ela não poderia ficar ali. Jamais amara Tuckernuck como Birdie — e fora por isso que os pais deixaram a casa para Birdie e deram o equivalente em dinheiro para ela. India era urbana demais para a ilha. Precisava de ação. Precisava de cappuccinos.

Estavam sentadas à mesa do jardim, preparando uma lista de compras para Barrett Lee. Barrett tinha a mesma beleza máscula que seu pai tivera em sua idade. India olhou para Chess e Tate; uma delas iria fisgá-lo. Qual?

— Pão — disse Birdie. — Leite. Cereal. Açúcar. Amoras, queijo fatiado, biscoitos. — Ela ditava para Tate, que escrevia.

— Queijo fatiado? — perguntou India. — Biscoitos? Vamos pensar como mulheres adultas. Quando as meninas eram pequenas, nós comprávamos queijo fatiado e biscoitos, mas agora podemos comprar camembert, baguetes e um bom pedaço de salame italiano. Isso e alguns damascos frescos, um pouco de framboesas e meia dúzia de figos.

Birdie olhou para India, que pensou: *Mais cinco dias e será quarta-feira. Será que consigo aguentar até quarta-feira?* Não fumara nem um cigarro desde que deixara a Filadélfia, e seu corpo estava louco por nicotina, em níveis de alerta máximo. Tinha um maço na mala, no andar de cima. Assim que possível, pegaria um.

— Você tem razão — concordou Birdie. — Podemos comer figos e queijo se quisermos. E podemos tomar vinho.

— Meu Deus, mas é claro! — respondeu India.

— Chess, tem alguma coisa que *você* gostaria?

Chess encolheu os ombros. India reconheceu os ombros caídos e a expressão distante. Ali estavam elas, como bandeirantes num acampamento, fazendo listas de compras, e Chess não estava nem aí. India sabia muito bem como a sobrinha se sentia. Não raspara a cabeça depois da morte de Bill, mas tomara outras atitudes autodestrutivas: passara meses vivendo à base de Coca Diet e torradas até que desmaiou atrás do volante do carro (por sorte, estava na entrada de casa). Havia se recusado a retornar as ligações do advogado até sua conta corrente ficar negativa e passar um cheque sem fundos para pagar o uniforme de futebol do colégio de Ethan. Ela e Chess precisariam ter uma conversa longa e franca antes de India sair correndo daquele inferno monótono, e ela lhe diria... o quê? *Você vai sobreviver. Isso vai passar, como tudo na vida.*

Mas, neste exato momento, tudo o que India queria era fumar. Estava se comportando muito mal.

— Patê de anchova — disse Birdie. — Um pacote daquelas torradas italianas. Salada de lagosta, alface manteiga, espigas de milho, papel-alumínio.

India tirou os óculos de leitura. Eram os antigos óculos de Bill e, sem dúvida, seu bem mais valioso. Analisou o faz-tudo Brad Pitt.

— Barrett — interpelou-o —, você é casado?

Birdie interrompeu seu ditado. As bochechas de Tate adquiriram um atraente cor-de-rosa.

— Hum, não. Não mais.

— Divorciado?

— Não — respondeu. — É... é difícil. Minha esposa, Stephanie? Ela morreu. Teve esclerose lateral amiotrófica? — Da forma como falou, parecia uma pergunta. India concordou com a cabeça e pensou, *Aaaah, esclerose. Uma das piores formas de partir.* — Ela morreu há dois anos. Há pouco mais de dois anos.

Todos à mesa ficaram em silêncio. India se sentiu uma idiota por ter perguntado. Era mais uma prova de que não combinava com aquele lugar. Nunca metia os pés pelas mãos; nunca deixava as outras pessoas constrangidas. Agora, estava com vontade de se enfiar embaixo da mesa. Havia se coroado como a Rainha dos Viúvos, tendo uma reserva emocional profunda para aqueles que haviam perdido um ente querido, e acabara de fritar Barrett como um inseto sob uma lente de aumento ao sol.

— Sinto muito — disse. — Você tem filhos?

— Dois meninos, de 5 e 3 anos.

— Como se chamam?

— Cameron e Tucker. Tucker por causa de Tuckernuck.

— Que maravilha! — exclamou India. — Adoro garotinhos! Você os trará aqui qualquer dia desses para que possamos conhecê-los?

— Talvez — respondeu. — Eles ficam com a minha mãe durante o dia, e com os pais de Stephanie, em Chatham, em fins de semana intercalados. — Ficou quieto por um segundo, olhando para a água. — Sim, vou trazê-los aqui um dia.

Seguiu-se um silêncio; se foi por respeito ou por estarem sem jeito, India não sabia dizer. As meninas não ajudaram. Chess passava o dedo em um buraco na madeira da mesa, e Tate olhava para Barrett da única forma que se poderia olhar para ele: com compaixão e admiração.

— Acabamos a lista, Birdie? — perguntou India. — Tem tanta coisa aqui que o barco de Barrett vai afundar.

— Não se preocupem — disse ele. — Acabem a lista. Trago tudo no final da tarde.

India deixou escapar um suspiro. Ter Barrett Lee por perto tornaria as coisas mais toleráveis. Ele seria o herói romântico delas neste verão, da mesma forma que Chuck fora o herói romântico dela e da irmã no final dos anos 1960. Chuck Lee fora sua introdução a um certo tipo de homem; tinha um corte de cabelo militar, uma tatuagem e um forte sotaque da Nova Inglaterra. India o desejara bem antes de saber o que era desejo. Agora, ali estava o seu filho: bonito, prestativo e tragicamente viúvo. Barrett Lee e sua revelação surpreendente encheram-na de energia.

Quando Barrett foi descer o morro, India soltou um assobio prolongado. As outras ficaram boquiabertas, escandalizadas.

— India! — brigou Birdie. — Francamente!

Barrett virou-se e acenou.

— É melhor ele se acostumar.

CHESS

Primeiro dia.

Aqui vai minha confissão.

Conheci Michael e Nick na mesma noite, na primeira sexta-feira de outubro, há menos de dois anos. Eu tinha acabado de concluir a edição do Dia de Ação de Graças — um grande acontecimento no mundo das revistas de culinária — e saí para comemorar com minha melhor amiga na cidade, Rhonda, que era uma eterna estudante e morava um andar abaixo do meu, num apartamento bancado por seu pai influente. Convidei Rhonda para minha casa para tomarmos uns martínis. Ouvimos Death Cab for Cutie, bebemos, nos maquiamos, arrumamos os cabelos e escolhemos nossas roupas. Finalmente o outono chegara, após um verão quente e abafado. Estávamos prontas para sair.

Fomos ao Bowery Ballroom assistir a uma banda chamada Imunidade Diplomática. Havia uma fila que dava a volta pelo quarteirão, mas o pai de Rhonda era um mandachuva das Nações Unidas, tendo ele mesmo algum tipo de imunidade diplomática. Ele parecia conhecer alguém em todos os lugares da cidade, inclusive no Ballroom, e nós entramos direto. Além disso, Rhonda era linda. Sempre fora naturalmente bonita, mas, depois de colocar silicone nos seios, conseguíamos furar todas as filas em Manhattan.

Michael estava no bar. Tinha 2 metros de altura, impossível de não ver, sua cabeça se destacava no meio das outras pessoas. Era bonito do jeito que eu gostava — cabelos curtos, inteligente, olhos brilhantes —, e eu sorri para ele.

— Você parece feliz por estar aqui — disse para mim.

— Sim, estou. Estou muito feliz! — respondi.

Seu rosto se iluminou. Felicidade gera felicidade.

— Posso lhe pagar uma bebida, garota feliz?

— Tudo bem — respondi. Ele me conquistou em cinco segundos.

A banda ainda não começara a tocar, então ficamos conversando. Ele me contou sobre Princeton, Upper East Side (aluguel), ter começado o próprio negócio (caça talentos, mas isso não era tão agressivo quanto parecia, prometeu). Falou do condado de Bergen, Nova Jersey, pais ainda casados, um irmão, uma irmã. Falou de correr no parque, comida e vinho, palavras cruzadas do New York Times, *pôquer às quartas-feiras.*

Eu contei a ele sobre Colchester, editora de culinária na Glamorous Home, West 63rd Street *(aluguel). Falei de New Canaan, Connecticut, pais haviam acabado de anunciar o divórcio após 30 anos de casamento, uma irmã. Falei de correr no parque, comida e vinho, ler, fazer compras, esquiar e ir à praia.*

Ele falou de R.E.M., Coldplay. Falou de A mulher faz o homem, Os bons companheiros. *Falou de Hemingway, Ethan Canin, Philip Roth.*

Eu falei de Death Cab for Cutie, Natalie Merchant, Coldplay. Falei de O paciente inglês, Ghost, Beleza Americana. *Falei de Toni Morrison, Jane Smiley, Susan Minot.*

Ele perguntou:

— *Somos compatíveis?*

Eu respondi:

— *Você é homem. Eu sou mulher. Se tivesse dito que seu filme favorito é* Ghost, *eu teria ido embora.*

Ele disse:

— *Você tem cabelos lindos.*

Eu respondi:

— *Obrigada.* — *Esse era um elogio ao qual eu já estava acostumada.*

Quando apresentei Michael para Rhonda, poucos minutos depois, ele estendeu a mão e disse:

— *Sou o namorado de Chess, Michael Morgan.*

Eu bati nele e esclareci:

— *Ele não é meu namorado.*

Michael disse:

— *Sou noivo dela.*

A ILHA ❧ 99

*   *   *

A banda começou a tocar. Eu tinha ouvido falar que eles eram muito bons, e eram mesmo. Michael nos conduziu pela multidão até a primeira fila. Foi quando vi Nick pela primeira vez. O que dizer? Meu coração derreteu. Ele era lindo de um jeito misterioso, como uma estrela do rock. Tinha cabelos castanho-claros que caíam sobre seus olhos azuis. Seu nariz era um pouco torto, como se tivesse sido quebrado. Usava uma camiseta do Death Cab for Cutie. Era alto, embora não tão alto quanto Michael, mas era mais magro e forte. Sua voz era misteriosa, cheia de nuances e rica, rouca em alguns momentos e clara como a de um corista em outros. Naquele instante, não sabia que ele era irmão de Michael. Sabia apenas que era o vocalista da banda e que parecia interessado em mim. Nós nos olhamos por um tempo, e eu me afoguei em seus olhos. Tocava uma música que acho que parecia se chamar "Ok, Baby, Ok", porque essa era a parte mais repetida da letra, e, quando cantava essas palavras, olhava para mim. Cantava para mim. Michael gritou acima do barulho da multidão:

— Acho que ele gostou de você.

Aquela era uma situação peculiar: eu tinha acabado de conhecer um homem fabuloso, feito sob medida para o meu lado brilhante, e agora me deparava com uma estrela do rock, mais atraente e mais intrigante, a alma gêmea para o meu lado obscuro.

Michael, para mérito dele, não tentou encostar em mim enquanto a banda tocava. Estava envolvido pela música; sabia todas as letras de todas as canções.

— Você é mesmo fã deles, hein? — comentei.

Ele sorriu.

— É, dá para dizer que sim.

No intervalo, Michael convidou:

— Vamos para o camarim.

— Camarim?

— *Nick, o vocalista, é meu irmão — disse.*

— *Seu irmão? — perguntei.*

Irmão dele? Eu não sabia se aquilo era uma boa ou uma má notícia. Se o vocalista fosse qualquer outra pessoa, ele teria desaparecido da minha vida, e a próxima vez que eu o veria seria na televisão. Mas, daquele jeito, eu o conheceria.

Michael nos levou para o camarim. A banda estava sentada em sofás verdes e sujos, tomando água mineral e secando o suor com toalhas. Michael apertou a mão dos outros integrantes — Austin, Keenan, Dylan, fomos todos devidamente apresentados — e então abraçou Nick, que parecia muito mais interessado em Rhonda e em mim.

— *Qual delas é a sua? — perguntou Nick a Michael.*

— *Chess é minha — respondeu ele. — Nós vamos nos casar.*

Nick olhou para mim. Eu nunca esqueceria daquele olhar penetrante.

— *Desgraçado — respondeu.*

Rhonda, que nada tinha de tímida, disse:

— *Mas eu estou livre.*

Chess pensou em suicídio em Tuckernuck: poderia encher de pedras os bolsos da capa de chuva amarela do seu avô e entrar no mar. Poderia entupir o cano de descarga da caminhonete com sua camiseta da Imunidade Diplomática e virar a chave na ignição. Também havia uma caixa de veneno de rato no fundo do armário de produtos de limpeza. Poderia cortar os pulsos com o saca-rolhas enferrujado que estava na gaveta da cozinha; caso não sangrasse até morrer, pelo menos pegaria tétano. Conseguia fazer piada com o assunto, o que era positivo. Estava escolhendo permanecer viva, o que era positivo. Cada dia trazia uma conquista.

Tinha cinco páginas de confissões escritas no caderno. Enfiou-o entre o colchão e o estrado, longe de olhos curiosos.

* * *

Tate estava feliz. Assim que chegaram, colocara o biquíni e correra para a praia. Agora estava sentada em sua cama desarrumada, pingando de tão molhada, folheando as páginas de um livro mofado sobre flora e fauna que havia encontrado na prateleira da sala de estar. Chess olhou para a caixa com os novos lençóis coloridos que a mãe havia comprado e, em seguida, para os caibros, à procura dos morcegos que haviam habitado os pesadelos de sua infância. Não viu nenhum, mas sabia que eles estavam ali. Ou que chegariam.

— Adoro este lugar. E adoro o fato de estarmos juntas aqui. Para mim, este é o meu lar. É mais meu lar do que o apartamento em Charlotte. Ou mesmo a casa em New Canaan — disse Tate.

O sótão era cavernoso, empoeirado, abafado e tinha um cheiro azedo. Chess abriu o zíper de sua mala, que era do tamanho de um caixão. Ainda bem que Michael não fora enterrado, mas cremado, e suas cinzas colocadas numa caixa sofisticada de cedro com detalhes em bronze. Durante o funeral, seus pais levaram a caixa, juntos, pelo corredor da igreja, enquanto todos observavam de pé. Chess estava sedada; antes da cerimônia, tomara três Ativan. Era o único jeito. Evelyn convidara Chess para se sentar junto da família Morgan. Aquilo a pegara de surpresa. Em seu estado anestesiado, não conseguira imaginar as razões para Evelyn convidá-la. Estaria com pena dela? Estaria querendo manter as aparências ao ter Chess junto do resto da família, como se o rompimento nunca tivesse acontecido? Gostaria de ser vista como uma pessoa superior? Era uma pessoa superior? Acharia que Chess ali, sentada com a família, seria o desejo de Michael? Teria Nick feito pressão a favor dela? Chess não sabia, mas não conseguira aceitar o convite. Sentara-se no lado oposto da igreja, com a mãe e o pai a ladeando como se fossem do Serviço Secreto. Ansiava pelo anonimato, mas as pessoas ali presentes eram, em sua maioria, as mesmas que iriam ao casamento. Esta fora a primeira coisa ruim: pessoas que ela não conhecia apontavam para ela e cochichavam, e Chess se virara achando que havia alguém importante ou digno de nota atrás dela, quando, na verdade, era para ela que estavam olhando. A ex-noiva. A segunda coisa ruim foram as homenagens. O pastor falara primeiro. Discursara sobre a vida que Michael vivera, tão completa para alguém tão jovem.

— Amou — dissera o pastor. — E perdeu o seu amor.

Chess sentira o coração se incendiar como estopa embebida em gasolina. Seu pai tossira.

E então fora a vez de Nick. Chess achara difícil até olhar para ele, embora tenha sentido seus olhos nela. Nick relembrara os momentos mais felizes da vida de seu falecido irmão: vencer a escola Englewood no campeonato de lacrosse, montar o próprio negócio e pedir Chess em casamento no Knitting Factory, em frente a uma multidão de estranhos.

Nick pigarreara e se dirigira diretamente a ela:

— Ele queria que o mundo inteiro soubesse o quanto a amava, Chess.

Chess o olhara nos olhos por um momento terrível, sentindo-se traída e confusa. Nick *dissera* mesmo aquilo? Birdie apertara a mão da filha, e o programa da cerimônia, que estava no colo de Chess, caíra no chão. Seu pai tossira de novo. Chess abaixara-se para pegar o folheto; o sangue pulsava em seus ouvidos. Sentira vontade de sair correndo da igreja, atravessar os túmulos antigos até encontrar um lugar para se esconder.

Nick.

A ILHA 103

Permanecera sentada graças ao efeito dos sedativos e por uma questão de educação. Não queria constranger os pais. Mas, na hora do hino final, batera em retirada pela porta lateral da igreja, deixando que os pais apresentassem seus pêsames. Ficara aguardando por eles no banco traseiro do carro de seu pai, chorando como uma criança. Eles aceitaram quando ela lhes disse que não iria de jeito algum à recepção no country club, e, no caminho de volta a Connecticut, o pai perguntara se ela queria parar para tomar sorvete. Sorvete? Chess ficara atônita. Será que ele achava que seus problemas poderiam ser resolvidos com um *sorvete*? Mas era o início do verão, o dia estava quente, e um sorvete, pensara, até que cairia bem. Então, eles pararam numa sorveteria e se sentaram a uma mesinha do lado de fora, na sombra. Chess e seus pais divorciados, com suas roupas fúnebres, tomaram casquinhas com cobertura de chocolate. Não falaram nada – o que poderiam dizer um ao outro? –, mas Chess ficara agradecida por sua companhia. Não sabia como se sentir em relação a qualquer outra coisa, mas sabia que amava os pais, e eles, claro, a amavam também.

Chess abriu a mala e revelou todo seu guarda-roupa de verão, caprichosamente dobrado.

— Caramba, você trouxe muita coisa – disse Tate.

— Vá se foder – respondeu.

Tate olhou para o pulso, no qual usava um relógio de plástico, preto e pesado, com tantos botões e controles que ela provavelmente poderia usá-lo para aterrissar uma aeronave.

— Não demorou muito.

— Desculpe – disse Chess.

— Você não parece arrependida, parece furiosa.

— Furiosa, sim – explicou Chess. – Minha raiva é generalizada, e não dirigida a você.

— Mas está descontando em mim porque pode – respondeu Tate. – Porque estou dividindo o quarto com você. Porque sou sua irmã e a amo incondicionalmente, e você pode dizer o que quiser para mim, que vou aceitar e perdoar. – Tate levantou e tirou a parte de cima do biquíni molhado. – Tudo bem. É para isso que estou aqui. Para que você possa descontar sua raiva generalizada. – Tirou a calcinha do biquíni. Há quanto tempo elas não ficavam sem roupa na frente uma da outra? O corpo de Tate era magro e musculoso. Fazia Chess se lembrar de uma gazela ou de um antílope. Qualquer coisa que apresentasse energia e poder. – Estou aqui para você. Se quiser brigar, podemos brigar. Se quiser conversar, podemos conversar. Mas não pode me afastar. Eu amo você com ou sem cabelos. Você é minha...

— Única irmã – completou Chess.

Tate vestiu shorts e uma camiseta.

— Vou sair para caminhar – avisou. – Quer vir comigo?

— Não – respondeu Chess.

Tate saiu, e Chess ficou aliviada. Junto com a raiva, estava abrigando uma centena de outras emoções como convidadas indesejadas de uma festa – entre elas, tristeza, desespero, autocomiseração, culpa e inveja. A inveja chegara no momento em que ficou claro que Tate estava feliz. Ela possuía todos os motivos para se sentir assim. Administrava seu próprio negócio de sucesso; era, em todos os aspectos, sua própria chefe. E era bonita agora. Mas sua felicidade também vinha de outro lugar, daquele lugar ilusório de onde vem a alegria. Conseguia ser amável porque não era ela que estava sofrendo.

Nunca, em seus 32 anos de vida, sentira inveja de Tate. Fora sempre o contrário; era nessa direção que corria o rio. Chess fazia tudo primeiro; fazia tudo melhor. Era linda, inteligente e talentosa de uma forma que fazia com que Tate desistisse sem nem mesmo tentar. Chess iria se casar, enquanto Tate não saía com alguém por mais de três encontros desde que se formara na faculdade. Chess era a noiva, Tate, a madrinha.

A mala caprichosamente arrumada zombava dela. Chess a empurrou pelo empoeirado chão de madeira até a velha penteadeira que, tradicionalmente, era sua. Dentro dela, o forro de papel estava ressequido e enrolado nas pontas; havia fezes de rato, que a fizeram suspirar. Essa, no entanto, era a vida na casa de Tuckernuck. Tudo estava da mesma forma como ela se lembrava, treze anos antes, exatamente como fora por décadas antes disso. Tate chamara a casa de Tuckernuck de "lar", e Chess sabia exatamente o que ela queria dizer. Cada centímetro daquele lugar era familiar, sólido e imutável. Chess sabia muito bem onde estava. Por que, então, se sentia tão perdida?

BIRDIE

Quando Barrett retornou com as oito sacolas de compras, surpreendeu Birdie sentada à mesa da sala de jantar, mexendo em seu celular. Ela ficou tão surpresa quando o viu que engasgou e levou o aparelho ao peito. Se tivesse sido rápida o suficiente, o teria enfiado dentro do sutiã.

— Opa, desculpe — disse ele. — Não tive intenção de assustar a senhora.

Ela nem se deu ao trabalho de tentar se recompor. Estava exausta, o clima estava quente, elas haviam levantado às seis da manhã, e Birdie dirigira o tempo todo. Já eram quase cinco da tarde; ela estava morta de cansaço.

— Tem vinho numa dessas sacolas?

— O vinho ainda está no barco. Vou buscar.

— Você faria isso? — perguntou Birdie.

— Pela senhora, madame, eu faria qualquer coisa.

Barrett sorriu, e ela se sentiu ruborizar, mais por vergonha do que por qualquer outro motivo. Barrett Lee navegara entre Nantucket e Tuckernuck dezenas de vezes esta semana por causa delas, e então Birdie descobrira que o pobre rapaz havia perdido a esposa, tinha dois filhos pequenos para criar sozinho e, ainda assim, conseguia se manter charmoso e bem-humorado. Birdie precisava se controlar.

Quando Barrett saiu para pegar o vinho, ela encontrou o cheque para lhe pagar. Os consertos na casa tinham custado 58.600 dólares. Birdie colocara seu terninho de linho e fora à cidade, ao escritório do ex-marido, para lhe apresentar a conta. Desde a morte de Michael Morgan, Grant telefonava todos os dias para sua casa — para falar com Chess, para falar com Birdie sobre Chess. Fora com a filha e a ex-esposa ao funeral e estava pagando um valor exorbitante por hora para que Chess fosse todos os dias à psiquiatra. A dra. Burns achara que a ida a Tuckernuck seria uma boa ideia e, assim, a reforma da casa fora validada. Se Chess precisava ir para Tuckernuck, então seria preciso consertar Tuckernuck. Certo? Birdie não tinha muita certeza se Grant veria as coisas dessa forma; fora conversar com ele pessoalmente para defender sua causa.

O escritório de Grant era vinho. Birdie escolhera a cor quase duas décadas atrás, quando ele se tornara sócio-gerente. Havia escolhido toda a mobília do local; era impressionante como, dois anos após o divórcio, nada mudara. Ainda havia fotografias dela e das filhas, assim como paisagens de campos de golfe – Pebble Beach, Pinehurst e Amen Corner, em Augusta.

Birdie entregara as contas a Grant. Sentira-se como uma menina de 16 anos.

– Sinto muito por ter sido tão caro – dissera.

Grant dera uma olhada rápida nas contas e as jogara dentro da caixa de correspondências, o que queria dizer que iria pagá-las.

– Você ainda não entendeu, não é, Bird? – perguntara ele. – Isso é apenas dinheiro.

Birdie colocou o cheque na sua frente, em cima da mesa da sala de jantar. Barrett retornou com o vinho; as garrafas batiam uma na outra. Birdie pegou um saca-rolhas e duas taças.

– Bebe comigo? – perguntou.

– Vou deixar a senhora aproveitar sua família – respondeu.

– Por favor? – insistiu. – Está todo mundo espalhado por aí.

Barrett fez uma pausa. Seus olhos passaram por ela e, talvez, pelo cheque sobre a mesa.

– Está bem – concordou. – Ficarei alguns minutos.

– Ótimo – respondeu Birdie.

– Permita-me – disse Barrett, tirando a garrafa e o saca-rolhas da mão dela. Abriu a garrafa como um profissional. – Fui garçom em um restaurante durante alguns verões. Fiquei bom nisso.

– Estou vendo.

Serviu duas taças de Sancerre.

—Não deve estar tão gelado quanto a senhora gostaria. A senhora sabe que a geladeira não gela muito. Amanhã, trarei gelo e um bom cooler. Vou trazer combustível para a caminhonete também. Ela ainda funciona. Eu testei na semana passada.

— Fantástico – disse Birdie. — Sabe, uma vez fiquei atolada com essa caminhonete em Bigelow Point, quando estava grávida de Tate. Chess era só um bebê. Ela ficou chorando, enquanto Grant tentava tirar a areia dos pneus com um balde de plástico e a maré começava a subir. Achei que o carro iria inundar, mas Grant continuou a cavar e a empurrar, e nós devemos ter recebido ajuda lá de cima, porque conseguimos dar um jeito de sair dali. Lembro disso como se fosse ontem.

Barrett sorriu. Será que estaria sendo chata?

— Aqui está o cheque pelo trabalho na casa – disse ela. – E nós combinamos 750 dólares por semana para você enquanto estivermos aqui, mais qualquer despesa e o combustível para o seu barco. Sei que não é barato.

— É mais do que o suficiente – respondeu Barrett.

— E você virá todas as manhãs e todas as tardes?

— Virei.

— Vai ser sempre a mesma coisa – continuou Birdie. – Compras, jornais, gasolina, gelo, lixo, lenha, roupas para lavanderia, desentupir o vaso lá de fora...

— Lembre-se de não jogar papel dentro dele nem qualquer outra coisa – disse Barrett. – Coloque um aviso se for preciso.

— O chuveiro externo está funcionando?

— É uma ducha, só água fria.

Birdie sorriu.

— Isso deixava Grant enlouquecido.

— Faz parte do charme de Tuckernuck — brincou Barrett.

— E... — Fez uma pausa por tempo suficiente para atrair a atenção dele, mas, depois que a recebeu, sentiu-se constrangida. — Ah, não sei como dizer isso...

— O quê?

— Bem, não quero que o seu tempo aqui seja só trabalho — disse ela. — Você não é nosso empregado, afinal de contas. Quero que relaxe, tome uma taça de vinho conosco, traga seus meninos, se puder. Sei que Tate e Chess iriam adorar... passar um tempo com você. Principalmente Chess. Eu contei que ela estava para se casar e que o casamento foi cancelado. O que eu não falei foi que, durante o último feriado, o noivo dela, ex-noivo então, morreu num acidente horrível.

— Não — respondeu Barrett. — A senhora não me disse isso.

— Ele estava escalando em Moab — explicou Birdie. — Escorregou e quebrou o pescoço.

— Nossa! — exclamou Barrett.

— Era um bom rapaz — continuou Birdie. — E Chess se sente culpada porque não o tratou muito bem no final. — Calou a boca. Os dois goles de vinho pareciam já afetar a sua mente.

Barrett concordou com a cabeça.

— Chess está deprimida, precisa de ajuda, e não sei muito bem o que fazer. Percebeu que ela raspou a cabeça?

— Percebi.

— Estou morrendo de preocupação. Mais cedo, quando você disse que havia perdido sua esposa...

Nesse momento, Barrett olhou para a mesa.

— Pensei que você e Chess têm algo em comum. Mais ou menos. E talvez conversar com você pudesse ajudá-la.

Barrett deu um gole do vinho, baixou a taça e girou-a pela haste.

— Não gosto muito desse negócio de grupo de apoio.

— Eu não estava pensando em nada tão estruturado...

— Preciso sobreviver. Tenho dois filhos pequenos com quem me preocupar. Eles exigem muito de mim. Não tenho tempo para ficar me lamentando com outras pessoas que perderam seus entes queridos...

— Entendo — afirmou Birdie.

— Talvez a senhora entenda — disse ele. — Mas é provável que não.

Birdie olhou para ele.

— Ai, meu Deus, você tem razão. Talvez eu não entenda mesmo. Só achei que talvez vocês dois pudessem passar um tempo juntos.

— Um tempo juntos?

— Talvez você pudesse levá-la para dar uma volta de barco.

Barrett olhou para Birdie por cima da taça.

— Você não saiu com ela quando eram adolescentes?

— Eu a levei para um piquenique em Whale Shoal — disse ele. — Eu era meio apaixonado por sua filha naquela época.

Birdie tentou não parecer ansiosa. Tentou não pensar em Chess da forma como a vira vinte minutos antes — sozinha, no quarto escuro do sótão, olhando para o nada, parecendo tão infeliz quanto Sylvia Plath ou alguma outra alma torturada. Tirara o gorro, e sua cabeça calva estava à mostra. Birdie precisou desviar os olhos. Sem cabelos, Chess parecia doente, estranha. Parecia um bebê crescido. Birdie precisava que alguém a ajudasse. Tentou não soar como se estivesse pagando 750 dólares por semana a Barrett Lee para que agisse como um acompanhante da filha, porém nada a faria mais feliz do que ver uma amizade surgir entre eles. Ele poderia ajudar a restaurar sua confiança, fazê-la rir. Se Grant soubesse que estava pensando assim, ele a repreenderia: *Pelo amor de Deus, o que você está pensando, Bird? Fique fora disso!*

Ela empurrou o cheque pela mesa.

— Seria bom se vocês passassem um tempo juntos — insistiu. — Todos nós gostamos de você.

— Bem, também gosto de vocês — respondeu Barrett. Fez um gesto com a cabeça na direção do telefone de Birdie em cima da mesa. Ela havia se esquecido dele. — Não há esperança de isso funcionar aqui.

— Ah, eu sei — assentiu rapidamente. Pegou o telefone e o analisou. — Mesmo? Nenhuma esperança?

— Para falar a verdade, tem um único lugar na ilha onde há sinal.

— Tem? Onde?

— Se a senhora se comportar bem, eu conto. — Barrett se levantou, colocou o cheque no bolso e disse: — Obrigado pelo vinho, sra. Cousins. Até amanhã.

— Ah, meu Deus. Detesto insistir... — Detestava mesmo insistir, mas estava desesperada de uma forma que não poderia nem explicar, nem justificar. Barrett virou-se com um olhar cauteloso; certamente achou que ela falaria de Chess de novo. — Pode me dizer onde fica o lugar em que há sinal de celular? Por favor?

Barrett riu.

— A senhora quer ligar para alguém?

Birdie não sabia como responder. Em sua última noite com Hank, ele a levara para jantar no Lespinasse e depois para tomar champanhe e dançar no último andar da Beekman Tower. Hank reservara um quarto para eles no Sherry-Netherland, e eles passaram a noite fazendo amor sobre lençóis maravilhosos. A janela aos pés da cama tinha vista para a Fifth Avenue. Hank mandara vir rosas na bandeja do café da manhã, junto com champanhe, melão e morangos. Eles estenderam a diária para que pudessem apreciar o champanhe e um ao outro, e depois voltaram a dormir mais um pouco. Birdie ficara preocupada com a fortuna que tudo aquilo deveria estar custando, mas Hank lhe dissera: "Pode até ser caro, mas estamos vivos e apaixonados, e eu ficaria muito feliz em ir à falência namorando você, Birdie Cousins." Ela quase chegou a preferir que tivessem passado a última noite juntos num bingo ou numa pizzaria, pois assim, talvez, seu coração não doesse tanto. O mero fato de pensar nas rosas dentro daquele belo vasinho na bandeja já lhe dava vontade de chorar.

— Quero — respondeu Birdie a Barrett.

Ele disse:

— Bigelow Point. Talvez no mesmo lugar onde a senhora ficou atolada com a caminhonete, lá na ponta. O sinal ali é ótimo. Mas não conte para ninguém. A última coisa que as pessoas nesta ilha querem ver são vocês quatro, naquela praia, falando em seus celulares.

Birdie respondeu:

— Isso não vai acontecer. Obrigada, Barrett, por tudo. Mesmo.

— De nada.

Ficou triste ao vê-lo ir embora, mas feliz por ele ter lhe dito onde usar o telefone, feliz por ele ter admitido sua paixão por Chess, anos atrás, feliz por ele não ter se recusado veementemente a passar tempo com ela. Isso era tudo o que ela estava pedindo como uma mãe preocupada; não podia fazê-los trocarem confidências. Se Barrett achava que ela era maluca, estava certo: ela era mesmo. Estava cansada e confusa por causa da viagem, ainda tinha que se aclimatar e estava preocupada com a filha. Perguntou-se como era possível estar se sentindo mais solitária ali, com outras três pessoas, do que quando estava sozinha na casa em New Canaan.

Sentia falta de Hank de uma forma que não achava mais possível na sua idade.

Graças a Deus havia oito sacolas de compras para esvaziar. Graças a Deus havia um jantar para cozinhar. Levantou-se e começou a trabalhar.

A casa de Tuckernuck fora construída 75 anos antes pelos avós paternos de Birdie e India, Arthur e Emilie Tate. Arthur Tate era ortopedista e havia escrito um artigo médico de extrema importância, que era usado, na época, por médicos de todo o país. Ocupava uma cadeira na Faculdade de Medicina de Harvard, e ele e Emilie moravam numa linda casa de pedras na Charles Street. Passavam os verões em Nantucket. Tinham uma casa de madeira amarela na Gay Street; a varanda frontal era cheia de fúcsias e samambaias. A meia-irmã de Emilie, Deidre, fruto do segundo casamento de seu pai, se casara com um executivo parisiense rico, e eles também passavam os verões ali, numa casa na Orange Street, com vista para a enseada reluzente.

Emilie odiava Deidre. Essa era a lenda da família, mas o pai de Birdie guardara seus diários, e Birdie pudera comprovar isso com os próprios olhos: *abomino, detesto, nova-rica, sem modos, egoísta, francesa, Franco, parece um sapo, falsa, falsa, inimiga!* As meias-irmãs só se encontravam em Nantucket, e mesmo assim não era sempre, porque os moradores de Gay Street e os de Orange Street não se misturavam. Arthur gostava de navegar. Ele e Emilie eram membros do Iate Clube de Nantucket, onde jantavam, iam a bailes, velejavam e jogavam tênis. Os problemas entre Emilie e Deidre surgiram somente no início da Grande Depressão. Ninguém tinha dinheiro, o país estava afundando, a moeda desvalorizava. De alguma forma, o marido francês de Deidre, Hubert, conseguira comprar um título do Iate Clube de Nantucket, em vez de entrar por indicação, como era o costume – ou pelo menos era o que desconfiava Emilie. E, assim, no verão de 1934, quando Arthur e Emilie chegaram a Nantucket, se depararam com Deidre e Hubert sentados à mesa ao lado, durante o jantar, e jogando tênis em dupla na quadra perto da deles. Emilie encontrara sua inimiga mortal no *seu clube*! No final do verão, um incidente aconteceu entre as duas irmãs durante o Baile do Comandante, na pista de dança. A orquestra parara de tocar. Emilie insultara Deidre, que levantara a mão para ela. As duas mulheres saíram do clube aos prantos.

No verão seguinte, em 1935, Arthur e Emilie venderam a casa na Gay Street e compraram um terreno na frente da praia em Tuckernuck, por 105 dólares. Construíram a casa, grandiosa para a época. Em seu diário, Emilie disse que eles queriam *algo mais simples. Uma vida simples.* A vida urbana de Nantucket estava cheia de obrigações sociais. *Acabou se tornando pouco diferente da vida em Boston*, escreveu Emilie. *Procuramos um lugar mais tranquilo, um refúgio mais remoto.*

Tuckernuck.

Mas a verdade era que Emilie fora para Tuckernuck para fugir da irmã.

A ILHA 🐚 115

* * *

Birdie lembrou à India dessa história quando elas estavam fora de seus respectivos quartos, usando apenas lanternas como luz. Birdie estava completamente exausta, mas India parecia querer fazer algo às nove horas da noite. Sabia que não havia boates em Tuckernuck, certo? Nem bares, nem restaurantes, nem bordéis. Havia só paz e tranquilidade, e o peso da história de sua família. Elas haviam ido para lá quando meninas, assim como seu pai antes delas, e seus avós antes dele.

— Emilie construiu esta casa para se livrar da irmã – disse Birdie. — Mas agora a casa está reunindo irmãs. Você e eu. Chess e Tate.

India bufou.

— Você sempre quer bancar a Poliana, Bird?

Birdie não mordeu a isca. Não discutiria à toa com India, não na primeira noite delas.

— Você sabe que sim — disse, sorrindo docemente. — Boa noite.

TATE

Ela acordou de manhã e pensou, em pânico, *só restam 29 dias pela frente!*

Chess estava agarrada nela, como um carrapato. Tate se sentia tanto irritada quanto emocionada. Na noite anterior, depois de um jantar calado, quase sombrio (*Qual o problema com todo mundo?*, pensou. Até Birdie parecia desanimada e distraída), ela e Chess haviam subido as escadas com uma lanterna e colocado os lençóis mais bonitos em suas camas. Tate planejara começar uma longa e significativa conversa com a irmã – esse, afinal de contas, era o objetivo principal ali –, mas Chess deixara claro que não queria falar.

Tate dissera:

— Você não vai melhorar se não colocar para fora. É como não limpar um machucado. Ele vai infeccionar. Sabe disso, não é?

Chess prendeu um travesseiro sob o queixo e colocou a fronha nele. Nenhuma resposta.

Tate havia pensado em cinco palavras: *Certo, tudo bem, tanto faz.* Não sentira Chess pular para sua cama na noite anterior, mas não ficou surpresa. A irmã tinha medo do escuro; durante toda a vida delas, pulara para a cama de Tate.

Ela se levantou sem acordá-la. Chess tinha dificuldade para dormir e dificuldade para acordar. Mas Tate, não. Era uma pessoa matinal. Vestiu um top (com cuidado, pois havia pegado muito sol no dia anterior), shorts, calçou seus tênis de corrida e foi para o segundo andar, usar o banheiro.

A casa de Tuckernuck só tinha um banheiro, espremido entre os dois quartos. Fora construído ali quando Tate era criança, e todos ficaram maravilhados em ter um vaso com descarga. (Antes, o banheiro ficava do lado de fora.) Só saía água gelada da pia e da banheira. Quem quisesse banho quente teria que aquecer a água no fogão da cozinha e subir com ela pelas escadas. A água da pia do banheiro tinha um tom amarronzado e gosto de ferrugem (*Completamente segura para beber!*, Birdie sempre lhes assegurara). Tate era a única que não se incomodava com isso. Era tradicionalista; a água em Tuckernuck sempre fora escura e com sabor metálico, e se tivesse chegado lá e encontrado água limpinha, sem gosto, saindo da torneira com uma pressão de impressionar, ficaria decepcionada.

Escovou os dentes e deu uma olhada rápida em todos os produtos que estavam sobre a caixa do vaso sanitário (a única superfície reta do banheiro). Havia produtos para mulheres jovens – Noxema, Coppertone – e para mulheres mais maduras (Tate tentou não analisá-los muito de perto). Viu um novo aviso colocado na parede oposta à privada. Estava escrito com a caligrafia da mãe e dizia: *Não jogue papel nem qualquer outro objeto no vaso (por favor!)*.

A porta do quarto de Birdie estava aberta, as cortinas amarradas e as camas de solteiro tão bem-arrumadas que Tate não saberia dizer em qual delas a mãe dormira. O sol brilhava. (No sótão, não dava nem para dizer se o sol havia nascido.) Uma brisa entrava pela janela. O quarto de Birdie tinha uma vista de zilhões de dólares que dava para a ribanceira e para o mar. O dia estava tão claro que ela quase conseguia distinguir as silhuetas dos pescadores que haviam saído cedo para pescar nas margens de Nantucket.

Na cozinha, Birdie havia passado café na prensa francesa. Quando os pais se separaram e a mãe fez alarde dizendo que arrumaria um emprego, Tate se divertiu com a ideia de contratar Birdie para morar com ela e ser... sua mãe. Porque era disso que precisava: de uma mãe. Alguém para fazer o seu café de manhã (Tate gastava uma pequena fortuna no Starbucks), alguém para lavar sua roupa, para cozinhar para ela, telefonar para ela e perguntar se estava tudo bem quando passava noites em hotéis.

— Venha morar comigo e ser minha mãe – dissera. Birdie rira, embora Tate pudesse jurar que ela estava considerando a proposta.

Tate serviu-se de uma xícara de café.

— Leite? — perguntou Birdie.

Ela abraçou a mãe e a levantou do chão. A mulher não pesava nada. Birdie soltou um riso ou um grito, e Tate a largou.

— Adoro este lugar — disse ela.

Birdie quebrou dois ovos na tigela antiga de cerâmica azul, a qual sempre usava para fazer panquecas quando estavam ali.

— Panquecas de mirtilo? — ofereceu Birdie.

— Quando eu voltar — respondeu Tate. — Vou correr.

— Cuidado — disse Birdie.

Tate levou o café à mesa do jardim para se alongar. Nada havia a temer durante uma corrida por Tuckernuck, mas ela gostava de ouvir a mãe dizer *Cuidado*. Seria bom ouvir isso quando estivesse em Nova York, digamos, indo para o Central Park às cinco da manhã. Ou quando estivesse em Denver, onde quase desmaiou por causa da altitude. Ou em Detroit, onde seguiu uma direção errada e logo acabou numa parte esquisita da cidade. Ou em San Diego, onde se deparara com uma gangue de marinheiros bêbados, com uniforme azul-marinho e remate branco, como alunos de uma creche; tivera a impressão de que eles a teriam devorado se tivessem conseguido pegá-la.

Cuidado!

Ela desceu com pressa as escadas novas para a praia. Estava pronta para ir! E saiu correndo.

A circunferência da ilha media 8 quilômetros; Tate demorou uma hora para percorrê-la. Fora mais difícil do que havia imaginado. Era rochosa em algumas partes e lamacenta em volta de North Pound, onde afundara até os tornozelos. Mas, no todo, a corrida fora maravilhosa e revigorante. Viu duas focas dentro da água na costa oeste; viu pescadores de ostras, batuíras-melodiosas e bandos de andorinhas-do-mar. Viu duas gaivotas, tão grandes quanto terriers, brigando pelos restos de uma anchova. Perguntou-se se seriam irmãs. Uma delas bicava a carcaça do peixe enquanto a outra grasnava para ela — seu bico abria e fechava, produzindo um protesto quase humano e definitivamente feminino. Então, o outro pássaro bicava o peixe, e o primeiro protestava como Edith Bunker. E assim elas se alternavam, trocando de turno para comer e para reclamar.

De repente, Tate se lembrou de um momento da noite anterior. Lembrou-se de Chess subindo em sua cama, jogando o braço por cima dela e perguntando:

— Você já se apaixonou?

Abrira os olhos. Estava muito, muito escuro e ela ficara confusa. Então lhe ocorrera: o sótão de Tuckernuck, Chess. Ela não respondera à pergunta, mas Chess deve ter percebido que a resposta era não. Ou talvez a irmã acreditasse que a resposta fosse sim; afinal de contas, o que ela sabia sobre os detalhes de sua vida? Tate poderia estar apaixonada pelo diretor executivo do Kansas City Tool & Die, para quem trabalhara horas a fio naquele ano; poderia ter se apaixonado pelo porteiro do Hard Rock Hotel & Casino, que era o lugar onde ela gostava de se hospedar quando estava em Las Vegas. Tate convivia com dezenas de homens diariamente; pegava, em média, seis voos por semana. Poderia ter se apaixonado pelo pai casado de quatro meninas que se sentara ao lado dela na primeira classe, no trajeto de Phoenix para Milwaukee, ou pelo piloto fofo da United Airlines que tinha uma covinha no queixo.

Mas a resposta era não. Nunca se apaixonara. Nunca chegara nem perto. Tivera um namorado no ensino médio chamado Lincoln Brown. Lincoln Brown era o único aluno negro da sala. Era bonito e batedor do time de beisebol, e era, como Tate, maníaco por computadores. Tate amara Linc, sim, mas era um amor fraterno, um amor protetor, um amor orgulhoso. (Tinha orgulho de Linc ser negro, e ela, branca; tinha orgulho por seus pais não se importarem com isso; tinha orgulho de chamar uma pessoa tão fantástica quanto ele de namorado.) Perdera a virgindade com Lincoln Brown e gostara, mas não estava apaixonada por ele. Ele não era o dono do seu coração.

Houvera outros caras na faculdade – o gosto de Tate variava desde nerds fanáticos por computador até caras de fraternidade que eram engraçados e sinceros – mas esses caras eram só para sexo e diversão. Não se apaixonara por nenhum deles.

Não se apaixonara como uma mulher adulta. Às vezes, um homem da empresa X dava em cima dela enquanto estava tentando trabalhar, então ela olhava por cima da tela para a cara gorda do fulano, para sua camisa Van Heusen e gravata Charter Club, para suas calças vincadas, e pensava: *Você está curtindo com a minha cara? Estou aqui tentando consertar o seu sistema operacional!*

Não, nunca se apaixonara. Mas, na noite anterior, se sentira cansada demais para admitir. Além do mais, com Chess naquela situação, Tate temia que isso desse a impressão de que estava se gabando.

Depois da corrida, Tate subiu correndo as escadas da praia, balançando os braços como Rocky, o lutador, esperando encontrar a mãe e a irmã sentadas à mesa do jardim, prontas para aplaudi-la – mas a casa estava silenciosa. Ofegante, entrou na cozinha. A mãe espremia uma caixa de laranjas à mão. Estava com tanta sede que bebeu diretamente do jarro. Nojento, ela sabia, e grosseiro. Se a tia ou Chess estivessem por perto, teria tentado se controlar, mas estar só com a mãe era como estar consigo mesma. Birdie não a repreendeu nem suspirou.

A ILHA 121

Ela perguntou:

— Não está ótimo?

Tate precisava de uma mãe para espremer laranjas para ela todas as manhãs.

— Água? — indagou Tate.

Birdie tirou uma garrafa da geladeira pequena.

— Está aqui desde ontem à noite e ainda não está gelada — disse. — Sinto muito. Barrett vai trazer gelo hoje, dentro de um cooler.

Tate virou a garrafa e arrotou sonoramente. A massa de panqueca formava uma espuma dentro da tigela de cerâmica azul.

— Está todo mundo dormindo?

— Sim, dormindo.

Tate assentiu com a cabeça quando um entendimento tácito surgiu entre ela e a mãe. Eram quase nove horas! Como alguém ainda poderia estar dormindo? A vida era muito melhor quando se aproveitava a manhã.

— Vou lá fora fazer abdominais.

Birdie sorriu.

— Cuidado.

Tate se pendurou pelos joelhos no galho maior e mais forte de sua única árvore. Havia se imaginado ali quando estava na academia refrigerada e supermoderna em Charlotte, mas não fazia ideia se o galho do qual se lembrava seria forte ou alto o bastante para tornar os abdominais possíveis. Ficou encantada ao perceber que o galho era ideal. Levantou o corpo uma, duas vezes. Seu abdome gritou em protesto após cinco elevações, e o suco e a água chacoalharam dentro do estômago. Depois de dez abdominais, a parte traseira dos joelhos ficou dolorida por causa da superfície áspera do galho.

Não conseguiria fazer 150 abdominais. Conseguiria, talvez, com muita persistência, fazer 25. Mas, quando chegou a 25, ficou mais fácil. Ela fez 30, 32.

Então, ouviu uma voz:

— Uau.

Soltou o corpo para ficar pendurada pelos joelhos. Ele era bonito mesmo de cabeça para baixo. Droga. Suas coxas ficaram fracas; o coração, entalado na garganta. Agarrou o galho com as duas mãos, soltou as pernas e saltou para o chão, produzindo um baque.

— Bom dia — cumprimentou-o.

— Estou impressionado — disse Barrett.

Ele olhou para ela de uma forma que a deixou excitada. Tate malhava numa academia que tinha paredes espelhadas; sabia como estava a sua aparência. Suada, vermelha, cabelos desalinhados, olhos esbugalhados. E cheirava pior do que isso. Mas a expressão de Barrett parecia viva e interessada. Ela havia prendido sua atenção.

Porém, tinha que decidir rápido. O que fazer com ele?

— Corri em torno da ilha — respondeu ela. Está bem, essa foi ruim. Parecia que estava se gabando.

— Da ilha toda? Sério?

Estava sem fôlego. Era difícil soar adorável e atraente estando ofegante como um são-bernardo.

— O que tem aí? — perguntou, embora soubesse que era um cooler cheio de gelo.

Ele respondeu:

— Um cooler cheio de gelo.

— Posso deitar aí dentro? — pediu.

Ele riu e disse:

— Melhor não. É para o vinho da sua mãe.

A ILHA 123

Os dois estavam rindo. Barrett vestia shorts cáqui mais escuro, com uma cueca boxer azul quadriculada que aparecia por baixo da borda, e uma camiseta vermelha com a logomarca da Cisco beer. Usava viseira e chinelos; os óculos escuros estavam pendurados no pescoço por uma tira de borracha azul. Todos os detalhes de Barrett Lee eram fascinantes. E agora Tate sabia que sua esposa morrera. Achou isso romântico de uma forma inexplicável. E tinha dois filhos pequenos. Era pai. Existia algo mais sexy? Quando ele se virou para a casa, Tate o observou. Ainda teria 29 dias pela frente. Será que o beijaria? Será que dormiria com ele? Isso lhe parecia impossível, mas e se a resposta fosse sim?

E se a resposta fosse sim?

— Bom dia.

Naquele exato momento, Chess saiu de casa vestida com uma camisola branca e um gorro azul de crochê. Barrett ficou vermelho e, quando falou, tinha a voz rouca:

— Olá, Chess. Como está?

Chess segurava dois pratos de panqueca de mirtilo.

— Um destes é para você — disse ela.

— Para mim? — perguntou Barrett.

— Birdie insistiu — respondeu.

— Tudo bem. Só vou botar isto aqui no chão.

Tate assistiu horrorizada enquanto Barrett acomodava o cooler em uma sombra da casa e sentava-se à mesa com Chess. O que Birdie estava pensando? Era para ela estar no *seu* time, o time das que levantavam cedo. Mas ela fizera panquecas para Barrett e *Chess*? Aquilo estava errado. Já no primeiro dia, levantara com o pé esquerdo. Chess pegou um lugar no lado oposto e mais distante da mesa. Se fosse ela, teria sentado bem ao lado dele; teria dado as panquecas na sua boca. Barrett perguntou a Chess o que ela fazia da vida.

Ela respondeu:

— Bem, eu *era* a editora de culinária da *Glamorous Home*, mas pedi demissão.

— Você escrevia? – perguntou ele. – Lembro que, quando estava em Colchester, disse que queria escrever.

Ele se lembrava dessa informação de treze anos atrás? Tate tentou não entrar em pânico. Barrett Lee era a pessoa de seu passado que evocava os anseios mais profundos e contundentes – mas, e se, para Barret, essa pessoa fosse Chess? E se, mesmo quando se casou e teve filhos, ele estivesse pensando em Chess, imaginando como ela estaria, a desejando? E se, nas noites após a morte da esposa, ao se tornar um viúvo solitário, tivesse pensado em Mary Francesca Cousins, a garota que passava duas semanas no verão em Tuckernuck, com um belo corpo, o pai mal-humorado e livros imensos? E se, quando Birdie ligou para ele na primavera e disse *Conserte a casa porque eu e Chess estamos chegando,* seu coração bateu mais forte com a ansiedade, da mesma forma que o dela batera quando Birdie dissera o nome "Barrett Lee"? E se os sentimentos de Barrett espelhassem os dela, mas fossem direcionados à irmã errada?

Observou-os comer. Não sabia o que fazer. Sentiu cheiro de fumaça e viu India emoldurada pela janela do segundo andar, como a foto de um calendário do advento. Segurava um cigarro. Foi um pensamento momentâneo que a distraiu: India ainda fumava. (Tate se lembrava dos tios fumando quando ela e Chess eram crianças. Fumavam de maneira elegante, o que combinava com o fato de passarem as férias em Maiorca, frequentarem festas nos loft do Soho e conhecerem pessoas famosas como Roy Lichtenstein e Liza Minnelli.) Mas agora India estava fumando dentro da casa de Tuckernuck, aquele amontoado de toras que absorveria o cheiro da fumaça de seus cigarros e ficaria impregnada dele pelos próximos 75 anos. Birdie teria um aneurisma. Tate quase gritou isso tudo para India, mas ela não lhe daria a mínima.

Também ficou imobilizada pela forma como a tia olhava para eles três, pela forma como parecia entender *exatamente* o que estava acontecendo. Estava unindo os pontinhos para formar... um triângulo amoroso.

Tate se irritou. Anunciou em alto e bom som que iria tomar uma chuveirada.

Chess e Barrett olharam para ela, que sorriu. E disse:

— Chess, você faria a gentileza de pegar para mim uma daquelas toalhas novas e maravilhosas que Birdie comprou?

— Está bem, um minuto.

— Por favor? Estou imunda. Preciso tomar um banho *agora*.

Ela saiu apressada para o chuveiro do lado de fora e se fechou lá dentro. A porta do banheiro tinha os mesmos piquetes de madeira de antes, com intervalos de meio centímetro entre eles, e um "chão" de ripas, que era uma paleta sobre a grama. O chuveiro propriamente dito e as torneiras estavam incrustadas de minérios. Tate abriu a ducha e um jato fino de água fria caiu.

— Uh-uh! – gritou. – Está congelada!

— Ah, as alegrias de morar em Tuckernuck! – exclamou Barrett.

Tate o observou virar-se no banco e olhar para a sua direção. Será que a imaginava nua e molhada? Será que podia ver a silhueta de seu corpo no espaço entre os piquetes de madeira? Teria conseguido? Teria ganhado de Chess?

Chess voltou e jogou uma toalha felpuda de bolinhas por cima da porta.

— Aqui.

— Obrigada, meu amor — disse Tate. — E o xampu? E o sabonete? Não tem nada aqui!

— Esqueça — respondeu Chess. — Birdie pode ser sua escrava, mas eu, não. — Pegou o prato e voltou à cozinha.

— Você mal tocou na comida — constatou Barrett.

— Preciso de sabonete! — gritou Tate, mas ninguém estava ouvindo.

— Ando sem muito apetite ultimamente — respondeu Chess.

— É, sei como é.

Chess concordou cordialmente e desapareceu dentro da casa. Barrett observou-a partir. Abriu a boca para falar alguma coisa e a fechou de novo. Comeu as panquecas. Havia se esquecido de Tate no chuveiro.

Ela tombou a cabeça para trás e deixou a água cair no rosto. Barrett era um caso perdido. Mas ela o amava. Não conseguia parar.

Saiu do chuveiro enrolada na toalha, os cabelos molhados e escorridos. Naquele momento, Chess retornou com um sabonete.

— Aqui está — disse.

— Já acabei — respondeu Tate. Sentou-se à mesa, ao lado de Barrett.

— Você não vai se vestir? — perguntou Chess.

— E você?

As duas se encararam.

Barrett levantou-se com seu prato sujo de calda.

— As panquecas estavam muito boas — elogiou. — Vocês precisam de alguma coisa da ilha grande?

Tate sentiu cheiro de fumaça de novo. Olhou para cima. Tia India acenou.

INDIA

Bill estava em todos os lugares da ilha. Ouvia sua voz, sentia o cheiro da fumaça de seu cigarro e do limão de seu gim-tônica. Via-o de costas, parado na praia – os cabelos escuros, da forma como eram antes de ficarem escassos e grisalhos, as costas e os braços fortes o bastante para carregar um dos meninos sobre seus ombros. Podia até visualizar seu calção de banho – laranja fluorescente. Aquele calção era um escândalo. *Pelo amor de Deus, Bill, troque isso! Não consigo nem ouvir meus pensamentos!*

Ele era feliz aqui em Tuckernuck durante as duas semanas que passavam a cada verão. E, diferentemente de Grant, adorava desconectar-se do mundo. Nenhum negociante de arte telefonava, nenhum prazo o assombrava, nenhuma pressão para ser um grande artista. Aqui, ele era um pai comum. Montava fogueiras, fazia espetinhos de marshmallow, contava histórias de fantasmas (sempre com finais bobos para que as crianças não fossem dormir assustadas). Organizava corridas, campeonatos de biriba e caminhadas ecológicas. Dava aulas de direção na caminhonete. Catava conchas, gravetos, pedrinhas coloridas e fazia objetos com eles (porque não conseguia *parar* de ser um artista). Fizera a escultura que todos chamavam "Roger" para India no dia seguinte a uma briga séria. A discussão começara por causa da felicidade de India, e não de sua infelicidade. Isso foi exatamente na época em que a doença de Bill começara a se manifestar de uma maneira que ela não podia mais ignorar. Em Tuckernuck, ele se sentia relaxado e livre. Conseguia rir e ser seu amante. Faziam amor no colchão macio (recheado de gelatina, costumavam brincar) e do lado de fora – na praia, dentro da caminhonete, no finalzinho da estrada de terra e, uma vez, imprudentemente, no prédio da antiga escola. *Por que Bill não conseguia ser assim em casa?*, perguntara India. Estava chorando. Ela se sentia tão feliz ali, naquele momento, daquele jeito! E em casa, na vida real, as coisas eram tão sofridas!

Em casa, na vida real, Bill funcionava à base de emoções fortes e explosões de temperamento. Passava dias sem dormir e comer. Ficava em seu ateliê, e India lhe levava cigarros e garrafas de Bombay Sapphire, que ele bebia com gelo. Havia contratado um fabricante, em Santa Fé, para produzir suas obras maiores; o problema com as peças grandes era o esboço – primeiro a aparência geral e depois os detalhes excruciantes – e as medidas, que tinham que ser exatas. Bill era um perfeccionista – todos os grandes artistas, todas as grandes pessoas eram –, mas a perfeição só podia ser julgada por seus olhos. Algo que parecesse maravilhoso para India podia não estar certo para o marido. Ele gritava a plenos pulmões, atirava e quebrava coisas; mesmo de seu ateliê fechado, a centenas de metros de distância, os meninos conseguiam ouvi-lo. India tentava intervir, mas ele não deixava. Ele era o seu próprio algoz.

Esse era o Bill Maníaco, um monstro de verdade, alguém a ser temido e evitado como um furacão. Favor utilizar todas as rotas de fuga.

O Bill Maníaco era sempre seguido pelo Bill Depressivo, que era ainda menos bem-vindo. O Bill Depressivo era triste e patético.

Não trabalhava, não conseguia trabalhar, não conseguia atender ao telefone ou comer um sanduíche ou ter uma ereção nem, como acontecia inúmeras vezes, levantar da cama, exceto, graças a Deus, para ir ao banheiro. O primeiro episódio de depressão aconteceu devido a uma convergência de eventos em 1985: O *New Orleans Times-Picayune* publicara uma crítica severa a uma escultura sua que acabara de ser instalada no City Park. O jornal a considerara "horrenda e amorfa" e esculhambara o governo municipal por gastar 200 mil dólares do dinheiro dos contribuintes num "equívoco artístico grotesco feito por um artista bajulado". Apesar de ruim, a resenha fora publicada em Nova Orleans, onde nenhum conhecido de Bill ou de India a veria, mas então o *Philadelphia Inquirer* ficara sabendo e escrevera uma matéria sobre o que acontecia quando grandes artistas apresentavam um "produto de má qualidade" e citara o nome de Bill, assim como a resenha publicada em Nova Orleans. Na mesma época, Bill teve bronquite, que se transformou em pneumonia. Ficara de cama durante dias, depois semanas. Sujo e barbado. India passara a dormir no quarto de hóspedes. Ela se achava uma boa enfermeira. Levava para ele sopa italiana e focaccia de sua delicatéssen favorita na South Street, preparava bolo de tâmaras de uma receita inglesa da mãe de Bill, lhe dava antibiótico a cada quatro horas e mantinha uma jarra de água fresca com cubos de gelo sempre ao seu lado. Pegava livros na biblioteca e os lia em voz alta, ao lado de sua cama. Ele ficara melhor fisicamente; o fluido desaparecera dos pulmões. Mas não melhorara psicologicamente. Permanecera de cama. Perdera os jogos de futebol das crianças; perdera a festa beneficente do MOMA, o Museu de Arte Moderna, onde fora homenageado. Uma noite, India ouvira um barulho vindo de seu quarto e, quando abrira a porta, o encontrara soluçando. Sentara-se, então, ao lado da cama, alisara seus cabelos e considerara a ideia de abandoná-lo.

Em sequência, seu jogador predileto de hockey, Pelle Lindbergh, fora morto em um acidente de carro e, por alguma razão, isso fornecera o ímpeto que Bill precisava para levantar da cama. Não ficara triste com a morte de Lindbergh, ficara furioso. *Droga de desperdício de talento!* Voltara ao ateliê, retornara as ligações telefônicas e esboçara um novo projeto para um jardim particular em Princeton, Nova Jersey.

Entre o Bill Maníaco e o Bill Depressivo havia um homem normal, estável. Era Bill Bishop, morador da via Anthony Wayne, número 346, dono de 56 mil metros quadrados de terra e de uma antiga casa de fazenda, toda de pedras, com um celeiro que servia de ateliê, marido de India Tate Bishop e pai de Billy, Teddy e Ethan.

A família morava num bairro residencial, os filhos frequentavam uma renomada escola particular e praticavam esportes. Bill e India iam a eventos e festas, cinemas e restaurantes, e celebravam os feriados. Levavam o lixo para fora, varriam as folhas do chão e cortavam a grama. Tudo bem que Bill fosse um "artista famoso", mas eles tinham uma vida para viver, e essa vida exigia sanidade.

Naqueles dias, India dependia de Tuckernuck para clarear a mente de Bill. Ele ficava bem na ilha. Ficava forte; ficava são. Naquela época, quando o último dia de férias chegava, India nunca queria ir embora.

Ela se recostou no colchão – recheado de geleia, gelatina, pasta de dentes, coalhada de limão, caviar, alguma coisa inacreditavelmente macia – e analisou Roger. Chamavam-no Roger, mas, na verdade, aquele homenzinho com corpo de gravetos, olhos de pedrinhas azuis e cabelos de algas era Bill quando estava feliz.

Meu Deus, como sentia falta dele.

Decidira ir embora de Tuckernuck na quarta-feira. Para início de conversa, estava fumando. Fumar ajudava a acalmar seus nervos, matinha suas mãos ocupadas, permitia que pensasse – mas quando Birdie descobrisse que estava fumando, a expulsaria da casa. Da mesma forma que a diretora da Miss Porter's School a expulsara por fumar quando tinha 14 anos. (India, então, foi para Pomfret, onde se tolerava o cigarro, e depois para a faculdade de Bennington, onde fumar era obrigatório.)

Alguém bateu à porta. India entrou em pânico. Sentou-se na cama e tentou abanar a fumaça pela janela aberta – mas sem sucesso. Qualquer um que entrasse saberia que ela estava fumando. Tinha 55 anos; precisava assumir suas atitudes. Mas Birdie era extremamente certinha. Sempre fora. Não se casara com um escultor tempestuoso e mentalmente doente, jamais cheirara cocaína às duas da manhã numa boate clandestina, nunca beijara outra mulher na boca. Birdie fazia panquecas e espremia o sumo de laranjas; ia à igreja. Era a reencarnação da mãe delas.

— Pode entrar! – disse India, rezando para que fosse uma das meninas.

A porta se abriu. Era Birdie.

— Você está fumando? – perguntou ela.

India respirou fundo e concordou com a cabeça.

Birdie sentou-se na beira do colchão gelatinoso.

— Pode me dar um?

— Um o quê?

— Um cigarro.

India sorriu. Não conseguiu se controlar. Aquilo era *engraçado*. Birdie devia estar brincando, mas não era boa em sarcasmo nem em ironia; sua voz estava cheia da sua honestidade habitual. A querida Birdie, Mãe Birdie, não iria mandar India de volta para casa por fumar. Iria se unir a ela em seu vício horrendo.

India não teceu comentários. Não queria que a irmã fosse embora. Tirou um cigarro do maço e o entregou a ela. Birdie o colocou entre os lábios e India o acendeu com seu maravilhoso isqueiro Versace incrustado de joias. Birdie tragou, e ela observou fascinada. A irmã tinha os gestos suaves de uma fumante habitual. India percebeu, então, como conhecia pouco a vida adulta da irmã. Birdie e Grant não fumavam em casa, disso India tinha certeza. Grant baforava seus charutos no campo de golfe e enquanto bebia conhaque em churrascarias, mas quando Birdie encontrava ocasião para fumar? Nos bailes do clube, talvez, no banheiro feminino, enquanto as mulheres arrumavam os cabelos pensando em dormir com o marido uma da outra? Ou talvez o hábito de fumar tivesse começado após o divórcio. Talvez fosse um indício de mais uma rebeldia, pois, embora Birdie fosse tão certinha quanto a mãe delas, fizera algo impensável: abandonara o marido. Surpreendia-se agora com o quão pouco sabia sobre o divórcio da irmã.

Recebera uma ligação dela no escritório, na Academia. Logo soube que alguma coisa havia acontecido; Birdie só telefonava se alguém tivesse morrido ou estivesse doente.

— O que houve? — perguntara.

— Vou me divorciar de Grant — respondera. Sua voz fora seca, determinada.

— Vai?

— Vou — respondera Birdie. — Chegou a hora. — Como se estivesse falando que chegara a hora de sacrificar o cachorro.

— Ele a traiu?

— Não — dissera. — Não acho que se interesse por mulheres. E eu me incluo nisso.

— Ele é gay? — quisera saber. Isso não podia ser verdade. Grant, não! Mas ela vivia no mundo da arte, onde via as pessoas mais improváveis saírem do armário.

— Deus do céu, não! — respondera Birdie. — Mas ele tem o golfe, os Yankees, o mercado de ações, o trabalho, o carro, o uísque. Estou farta de tudo isso.

— Eu não a culpo — afirmara India. — Você tem o meu total apoio.

— Ah, eu sei que tenho — dissera Birdie. — Eu só queria contar primeiro para você. É a primeira pessoa a saber depois das crianças.

— Ah! Bem... obrigada.

Essa fora a única conversa que tiveram sobre o assunto, embora, hoje, India desejasse ter feito mais perguntas. Qual fora o fator determinante? Havia acontecido alguma coisa? Haviam brigado? Grant checara seu BlackBerry vezes demais? Havia deixado de erguer os olhos do *Wall Street Journal* quando ela o chamou? Deixara de agradecer pelos ovos (gema mole, com sal e pimenta na medida certa)? Ou será que algo mudara na cabeça de Birdie? Teria lido algum livro ou visto algum filme? Teria algum de seus amigos de New Canaan pedido divórcio? Será que Birdie tinha se apaixonado por outra pessoa?

India não fizera perguntas na época, mas poderia fazê-las agora. Estavam sozinhas, cara a cara, com uma sequência de horas livres pela frente. Estavam fumando juntas.

— O que foi que fez você decidir se separar de Grant? — perguntou India.

— Ah, meu Deus... — respondeu Birdie.

— Não, quero saber qual foi a gota d'água. O momento.

— O momento?

— O momento em que você soube. Quando foi impelida a agir. — India sentiu-se animada pela nicotina e pela proximidade atípica com a irmã. — Porque você sabe que Bill e eu tivemos nossos problemas, grande problemas, problemas enormes. Quantas vezes eu pensei em expulsá-lo de casa? Abandoná-lo no metrô em Estocolmo? Entregar os documentos do divórcio para ele assinar na quadra de squash? E, ainda assim, nunca consegui. Nunca tive coragem. Não quis virar nosso mundo de cabeça para baixo. Não quis abalar o *status quo*. — India bufou. — E ele, claro, fez o mesmo por mim.

Birdie aquiesceu, pensativa, e India sentiu-se envergonhada. Havia feito uma pergunta e então falara de si. Era uma vaca egoísta, sempre fora, e isso, no final das contas, fora o que fez Bill se matar.

Birdie disse:

— Bem... — India se inclinou para a frente. Queria saber. — Foram duas coisas em sequência. Primeiro, a viagem que fizemos a Charlotte para visitar Tate. Ela tinha acabado de se mudar sozinha para lá, e eu queria ver como estava se saindo. Nós chegamos na sexta à noite e fomos embora no domingo, mas aquilo foi um incômodo para Grant, você sabe, porque era o que ele chamava de "diversão obrigatória em família". Teria que interagir conosco, estar presente. A noite de sexta correu bem. Tate nos levou para dar uma volta pela cidade, vimos o estádio aceso à noite, esse tipo de coisa. No sábado, nos encontramos com ela no parque em que gosta de correr, depois fomos almoçar e fizemos algumas compras.

A ILHA 🐚 135

Eu queria comprar roupas novas para ela... roupas bonitas, para que ela tirasse um pouco as calças jeans. Durante a tarde inteira, Grant se comportou como um são-bernardo imenso e relutante que eu puxava pela coleira. Então, naquela noite, no jantar, estávamos numa churrascaria, e Grant se levantou da mesa. Eu achei que ele tinha ido ao banheiro, só que não voltou mais. Tate e eu terminamos de comer, eu paguei a conta e nós saímos para procurar por ele. Ele estava no bar, claro, onde tinha uma televisão. Conversava com um perfeito estranho sobre a chance do Giants ganhar do Panthers no dia seguinte.

— Isso é mesmo a cara do Grant — comentou India.

— *Era* Grant, *é* Grant. Mas me magoou. Ele nos amava, mas não gostava de nós.

— Você sabe que isso não é verdade...

— Ele gostava de nós, mas não tinha vontade de passar tempo conosco — disse Birdie. — Então foi isso o que antecedeu "o momento". O momento mesmo veio poucas semanas depois.

— O que aconteceu?

— Era um domingo lindo de outono, Grant tinha passado o sábado inteiro jogando golfe, e o nosso acordo era que ele só teria um dia no final de semana para jogar. Então, no domingo, ele seria meu, certo?

— Certo.

— Aí, nós acordamos e... fizemos amor.

— E como foi? — perguntou India.

— Ah, foi *bom* — disse Birdie. Nesse momento, Birdie soprou um fio de fumaça pela janela. Era estranho vê-la fumar. Era como ver o presidente Obama fumando. Ou o papa fumando. — Mas não era como se o ato me fizesse ouvir músicas românticas na minha cabeça. Eu estava casada havia trinta anos com o sujeito! Esperava outro tipo de conexão, algo mais profundo. Eu queria *fazer* coisas com Grant. Queria ser amiga dele.

— Entendi — respondeu India.

— Ele não ia à igreja comigo porque dizia que não sentia *vontade*... a única coisa que ele venera, e nós sabemos muito bem disso, é o dinheiro. Tudo bem, cada um com seu cada qual, mas aí perguntei se poderíamos comer um brunch, depois da igreja. Eu estava falando de um brunch ótimo que servem na Taverna Silvermine, com mimosas e Bloody Marys. Desde quando Grant recusa álcool? Mas ele disse que não, que não queria comer muito e não queria beber porque tinha planos de correr com Joe Price às duas da tarde. E foi assim. O momento.

— Assim?

— Grant nunca correu em toda a vida dele. Mas, naquele domingo, correria com Joe Price. Porque aceitaria qualquer desculpa para não passar tempo comigo.

India bufou e tirou um pedacinho de tabaco da língua. O que poderia dizer? Birdie provavelmente tinha razão. Grant era um homem másculo. Ele esbanjava masculinidade. Ele próprio escreveu o manual dos machos.

— Eu não queria me separar. Fiquei um tempão pensando nos Campbells, nos Olivers, nos Martinellis e nos Alquins, e em todos os nossos outros amigos que haviam resistido à primeira tempestade do divórcio, quando tínhamos 30 e tantos anos. Pensávamos que éramos os sobreviventes. Escapamos dos enteados e dos pagamentos de pensão. Tínhamos orgulho disso; eu tinha orgulho disso. Tinha orgulho de ainda ser casada. Mas percebi que a única coisa que eu estava mantendo era o meu sofrimento. Portanto, antes mesmo de ele começar a amarrar os tênis, pedi que saísse de casa. E ele respondeu: "Tem certeza, Birdie?" Foi gentil, mas de uma forma que mostrava que o casamento não era algo que ele valorizasse o bastante para insistir. E eu respondi: "Tenho certeza." E ele foi embora. Não naquela noite, mas duas noites depois.

— Foi estranho? – perguntou India. – Vê-lo sair com as coisas dele?

Birdie bateu as cinzas do cigarro na concha que India estava usando como cinzeiro.

— O estranho foi ver que ele tinha pouquíssimas coisas para levar. O que tinha? Ternos, escova de dentes, roupão e chinelos. Seu umidificador de charutos. Raquetes de tênis e dois sacos com tacos de golfe. Algumas fotos das meninas, sendo que isso foi sugestão minha. Levou a tevê de tela plana e o melhor uísque do armário de bebidas. Fez uma viagem só: tudo coube dentro do carro. E foi assim.

— E foi assim – repetiu India.

Meu Deus, Bill tinha tanta coisa! O ateliê dele era lotado de cadernos de desenho, argila, rolos de fios de cobre, folhas de cobre, telas, tintas, tabelas de cores roubadas de lojas de decoração, estudos inacabados de esculturas. Ele tinha centenas de CDs – de Mozart aos Beatles e The Cure. Amava música; sempre queria saber o que os meninos estavam ouvindo. Tinha coisas que comprara em outros países – um xale para orações do Tibete, uma flauta da Índia, máscaras, zarabatanas, adagas e um jogo de chá da China. Esculturas e pinturas de outros artistas. Tinha seu próprio kit de facas de cozinha e temperos indianos especiais que comprava na Harrod's. Tinha uma biblioteca cheia de livros. Milhares e milhares de livros. Se India tivesse lhe pedido para ir embora,

Bill teria demorado meses para reunir toda sua tralha. De qualquer forma, depois que ele morreu, ela guardou tudo. Foi sugestão de seu advogado. *Não jogue fora nada pessoal que tenha pertencido a Bill Bishop.* Um dia, no correr dos anos, poderia pensar em fazer doações. Ou criar uma fundação. Ou transformar a casa num museu.

— Qualquer um que andasse pela casa não sentiria falta de nada — disse Birdie. — E isso quer dizer muita coisa. Grant nunca se envolveu com a nossa vida em casa. A vida dele era em outro lugar: no escritório, no campo de golfe. Ele se sentia mais à vontade no Gallagher do que quando estava em casa. Quando foi embora, o que eu senti foi arrependimento por não ter pedido para ir antes.

— Sério? — perguntou India.

— Sério — respondeu Birdie, jogando fora o cigarro e pegando outro. India apressou-se para acendê-lo. — Desperdicei minha vida com ele.

— Você não desperdiçou sua vida — retrucou India. — Você tem filhas lindas.

— E o que mais?

— E uma casa linda.

— Você não acha que eu esperava mais de mim mesma do que apenas isso? — perguntou Birdie. — Recebemos uma boa educação. Pelo amor de Deus, estudei em Wellesley! Eu esperava ter feito coisas grandiosas.

— Você fez coisas grandiosas.

— Ganhei um campeonato em 1990 — disse. — Um torneio de golfe. Golfe, que eu detesto, e que aprendi a jogar só para ficar perto de Grant, que também não gostava de jogar comigo, pois eu não era boa o suficiente. Ganhei aquele torneio só para aborrecê-lo.

A ILHA 🐚 139

Comecei um grupo de leitura, o primeiro do gênero no condado de Fairfield, porque eu queria ler boa literatura contemporânea e discuti-la, e o que aconteceu? Ele acabou se tornando exatamente igual a todos os outros grupos de leitura: todo mundo bebendo Chardonnay Kendall-Jackson e lendo *A vida secreta das abelhas*.

— Você criou as meninas — continuou India.

— As meninas são como elas são — disse Birdie. — Não vou me dar crédito por elas.

India insistiu:

— Você é uma pessoa maravilhosa, Birdie. Está sendo muito dura consigo mesma.

— Olho para Chess e sinto *tanta inveja*! — lamentou-se Birdie.

— Inveja de Chess? — perguntou India. — Ela está arrasada!

— Está arrasada agora. Mas será mais feliz no final das contas. Ela se impôs. Defendeu a sua *vida*. E se eu tivesse feito isso? E se eu tivesse afastado Grant Cousins e todo o seu dinheiro e me focado em mim? Eu poderia ter me tornado uma especialista em tapetes finos.

India acendeu outro cigarro.

— É verdade, você sempre gostou de tapetes.

— A linguagem dos tapetes é fascinante. Eu sabia um pouco sobre o assunto. Agora... bem, é que nem trigonometria. Esqueci tudo.

— Você é uma excelente jardineira — disse India.

— Está vendo? Eu poderia ter sido paisagista! Poderia ter ganhado uma fortuna apenas em New Canaan. Poderia ter meu próprio negócio. Poderia ser uma *magnata* do paisagismo.

— Você está falando como se fosse um caso perdido — interveio India. — Ainda pode fazer essas coisas.

Birdie levantou da cama e olhou pela janela. A vista de India dava para o noroeste, na direção de North Pond e Muskeget.

— Quero ir para casa — disse ela.

— *Quer?*

— Quero.

Quando Birdie entrou no quarto, India estava imaginando como diria a ela que iria embora na quarta-feira. Mas, ao longo da conversa, percebeu que estava gostando dali e que estava se aproximando da irmã, o que era muito melhor do que lidar com as merdas que borbulhavam no caldeirão que se tornava Center City, Filadélfia, em julho. (No Quatro de Julho, o shopping Independence ficava lotado de turistas do Kansas e da Bulgária; India estremeceu.) E agora, exatamente quando decidira ficar, Birdie anunciava que *ela* queria ir embora?

— Tente se acostumar — pediu à irmã. — Por favor?

Birdie soprou a fumaça e não disse nada. Tinha o olhar distante.

CHESS

Segundo dia.

Naquela noite, saí do Bowery Ballroom com Michael, e Rhonda, com Nick. Meu coração estava aos pedaços, picado e fatiado como uma cebola, ou talvez não tão bem-organizado. Gostei de Michael, gostei mesmo. Na teoria, ele era perfeito para mim. Era o homem que eu achava que sempre quisera encontrar: um cara estudioso e atlético de uma escola Ivy League, com planos de conquistar o mundo. Um dia, ele seria um homem rico e bem-sucedido; transmitiria sua

A ILHA 141

genética maravilhosa para nossos filhos. Era honesto e gentil. Mas eu queria Nick; soube disso na primeira noite. Nick era chocolate e cigarro e uísque e perigo, tudo aquilo que eu deveria manter longe de mim. No táxi, no trajeto para meu apartamento, perguntei a Michael sobre o irmão. Ele vivia sempre encrencado, Michael disse. Sua vida não tinha rumo. Havia se formado com dificuldade no ensino médio e demorara sete anos para cursar a Penn State. Tocava violão em bares da faculdade, gravou um CD com uma banda, que depois se separou. No momento, vivia num flat na 121st Street. O apartamento fora pago pelos pais, mas Nick não tinha dinheiro para os móveis, para pagar a conta de tevê a cabo, nem para a comida. Gastava tudo o que ganhava em violões novos, em estúdios de gravação ou em equipamentos caros para alpinismo, que era sua segunda obsessão depois da música. Mas a banda nova, Imunidade Diplomática, era boa, era ótima. Nick precisava ter paciência e não estragar tudo. Bebia muito e era temperamental. Michael se preocupava com ele.

— Aham — concordei.

Nick, como era de esperar, não era o irmão que eu deveria escolher.

Mas era o que eu queria.

Fiquei aborrecida por Nick ter saído do bar com Rhonda. Rhonda era irresistível, e eu não conseguia suportar a ideia de eles dois juntos, um andar embaixo do meu. Mas depois ela me contara que Nick fora um cavalheiro. Ele a deixara na portaria do prédio, não quisera subir. ("Que saco!", reclamou. "Qual a forma melhor de se terminar a noite do que fazendo sexo com um gostosão, estrela do rock?") Ele a beijou à porta do elevador e saiu sem pedir o número do seu telefone.

— Acho que ele ficou meio caído por você — disse ela. — Fez um monte de perguntas sobre você.

— Sobre mim?

* * *

Comecei a sair com Michael. Eu gostava dele. Nós nos divertíamos juntos. Corríamos após o trabalho e depois jantávamos comida vietnamita. Eu cozinhava para ele no meu apartamento. Ele era bom de garfo, apreciava os ingredientes e a técnica, me ajudava na cozinha. Gostávamos dos mesmos filmes; começamos a ler os mesmos livros e a discuti-los. Ele era romântico — me mandava flores, me levava ao Café des Artistes, fazia café e levava uma xícara para eu beber na cama. Era um bom amante, atencioso, sincero, ávido por dar prazer. Ávido demais? Eu pensava em Nick na cama mais vezes do que ousava admitir. Eu queria sedução. Mas com Michael não tinha isso. Com Michael, o sexo era às claras e atlético.

Ele conheceu os meus pais e fez um tremendo sucesso. Meu pai o adorou. Ele não teria gostado de Nick.

Conheci os pais de Michael. Foi na casa deles, em Nova Jersey, e Nick estava lá. Estava usando jeans e uma camiseta com respingos de tinta; para ganhar dinheiro, estava pintando os quartos do andar de cima da casa dos pais. Aquela era a primeira vez que eu o via desde a noite no clube, mas Michael tinha um pôster da Imunidade Diplomática emoldurado e pendurado na parede da cozinha. Portanto, Nick me encarava e eu encarava Nick enquanto preparava o jantar para Michael e enquanto comia ovos pela manhã.

— É bom ver você de novo — disse a ele.

— É bom ver você — respondeu. Mais uma vez, o olhar penetrante. Ele me desejava, eu tinha certeza, ao mesmo tempo que não tinha tanta certeza assim. Eu me sentia sortuda por Michael gostar de mim. E não era vaidosa nem segura demais para acreditar que poderia atrair a atenção de Nick também.

O jantar foi tenso, mas isso não teve nada a ver com Cy e Evelyn. Eles eram fáceis de lidar, eram encantadores, gostaram de mim, dava para perceber, e também gostei deles. Respondi corretamente a todas as perguntas; ganhei uma estrela dourada. Nick olhava para mim, eu olhava para ele, e seus olhos me prendiam como se eu estivesse em seus braços.

A tensão era entre Michael e Nick. Eles se provocaram durante todo o jantar. Nick chamou Michael de puxa-saco corporativo, e Michael o chamou

A ILHA ✿ 143

de vagabundo sem noção. Cy e Evelyn pareciam não notar, ou talvez notassem, mas já estivessem acostumados. Enquanto tirava os pratos, Evelyn deixou escapar que o motivo de Nick ter quebrado o nariz fora um soco que Michael lhe dera no rosto, na época em que estavam no ensino médio.

Engasguei.

— Por quê? — quis saber.

Michael e Nick não responderam. Fuzilavam-se com o olhar.

Evelyn respondeu, da cozinha:

— Estavam brigando por causa de uma garota.

Antes da sobremesa, pedi licença para ir ao banheiro e andei pelos longos corredores da casa, olhando para as fotos de Michael, Nick e Dora quando crianças. Eu adorava os penteados e as roupas dos anos 1980, Michael com seu uniforme de lacrosse, Nick com seu terno de veludo, o nariz reto e perfeito. Encontrei o lavabo. Era fino e elegante, muito parecido com o lavabo da casa de Birdie. Havia uma saboneteira que parecia um conjunto de pedras de rio.

Quando abri a porta, Nick estava esperando. Tomei um susto. Ele me beijou. Seus lábios eram quentes, salgados, picantes. Então recuou e disse: "Seu gosto é igual ao que eu sonhei". E desapareceu pela casa. Não voltou para comer o mousse de chocolate. Não o vi de novo naquela noite.

Chess jogou o caderno no chão do sótão. Ele deslizou para baixo da penteadeira, incomodando sabe-se lá quantas aranhas. A confissão estava machucando, não ajudando. Robin era uma impostora.

Poucos segundos depois, Chess levantou da cama, pegou o caderno e o colocou entre o colchão e o estrado. Não queria que Tate o encontrasse.

Robin e seu diploma de medicina lhe disseram que a coisa mais importante a fazer ao chegar em Tuckernuck seria estabelecer uma rotina. Ela não deveria ser nem complicada, nem cansativa. Aquilo fizera Chess rir. Nada em Tuckernuck era complicado ou cansativo; só simples e chato.

Ainda assim, ela tentou. Levantou-se entre nove e dez horas da manhã, quando Tate já havia acordado há três horas, corrido em torno da ilha, feito seiscentos abdominais pendurada no galho da árvore, tomado banho, comido um café da manhã reforçado preparado pela mãe, colocado o biquíni, passado protetor solar e ido à praia. Insistira para que Chess fosse com ela.

— Desço daqui a pouco — disse.

Escovou os dentes e desceu lentamente as escadas, como uma lesma, ainda de camisola. Dormir até tarde não fazia ninguém se sentir bem; fazia a pessoa se sentir lerda. Birdie sempre se demorava na cozinha, depois de todo mundo ter terminado, para preparar um café da manhã fresco e quente para Chess. E o que ela fazia em agradecimento? Mordiscava a comida e deixava cair um pouco no chão, de propósito, para as formigas. Depois de não tomar o café, voltou para o sótão abafado e escreveu sua confissão no caderno.

Então colocou o biquíni e tentou ignorar o fato de seu corpo estar mudando da forma mais injusta. Estava esquelética, com as costelas aparecendo e os seios encolhendo. A pele nas laterais dos seios, que costumavam ser rijas, estavam flácidas; podia puxá-las. E seu bumbum não cabia direito na parte de baixo do biquíni; precisava puxá-la toda hora para não deixá-la cair. A casa de Tuckernuck não tinha espelho de corpo inteiro — para falar a verdade, a casa não tinha espelho algum a não ser pelo que ficava em cima da pia do banheiro em péssimo estado —, o que era muito bom, pois Chess, pela primeira vez na vida, estava feia. Sem cabelos. Todas as manhãs, acordava pensando que tinha cabelos longos e sedosos, inveja de qualquer mulher que já havia conhecido,

A ILHA ❧ 145

e logo via que sua cabeça estava tão abandonada quanto um terreno baldio. Seu couro cabeludo coçava. Isso a levou a outros pensamentos: não importava se estava feia. Amava somente um homem, esse homem era Nick, e Nick estava fora de alcance. E Michael estava morto. Morto? Não. Mas sim. Odiava pensar. Precisava estancar seu sangramento mental.

Sua rotina incluía acordar tarde, mordiscar o café da manhã, escrever sua dor e se reconfortar com alguma autoimagem negativa.

Para ir à praia, Chess vestiu o biquíni que não cabia nela, uma camiseta justa da Imunidade Diplomática, sua bermuda camuflada e o gorro azul de crochê. Levou uma toalha, um livro e uma garrafa de água. Decidira que só leria clássicos enquanto estivesse em Tuckernuck e, por isso, os dois livros que trouxera foram *Guerra e Paz* e *Feira das Vaidades*. Pensara neles porque eram romances ambientados em épocas passadas e os personagens teriam problemas diferentes e antiquados. Começou com *Guerra e Paz*. Ela se arrastava pelas cenas de guerra e se identificava mais do que o necessário com os problemas amorosos vividos por Natasha. Ler *Guerra e Paz* era, alternadamente, chato e doloroso. Deveria ter levado algo leve e engraçado, mas Chess não gostava de livros leves e engraçados; gostava de livros profundos e significativos com os quais sua mente, no momento, não conseguia lidar.

Mas isso pouco importava, porque, após cinco ou talvez dez minutos de leitura, Tate a interrompeu:

— Pelo amor de Deus, Chess, tudo o que você faz é ler!

E Chess largou o livro, pois Tate precisava que passasse protetor nas costas dela, ou queria nadar, ou queria jogar frisbee, ou queria caminhar para ver se conseguia identificar alguns dos pássaros citados no livro que estava "lendo" — o mesmo guia de fauna e flora que encontrara na prateleira no minuto em que chegaram à casa. Ir à praia com a irmã era o mesmo que ir à praia com um menino de cinco anos. Ela não conseguia ficar quieta nem de boca calada. Queria conversas, movimentação, atividade. Chess ficou aliviada quando Birdie e India desceram os degraus com suas cadeiras de praia, trazendo um cooler pequeno com o almoço e uma garrafa térmica com chá gelado. Birdie e India estavam de maiô e ficavam melhor neles do que Chess em seu biquíni. A mãe e a tia agora fumavam como duas jovens rebeldes, uma descoberta que no início a chocara, mas depois a reconfortara, porque era um comportamento autodestruitivo que ela (ainda) não adotara. Entre cigarros e fatias de pão com camembert, Birdie e India alternaram-se em divertir Tate. Caminharam e nadaram com ela, e tia India até jogou frisbee, lançando e pegando habilmente com uma só mão, enquanto segurava o cigarro com a outra. Isso permitiu que Chess se levantasse, fosse à beira do mar e começasse a jogar pedras na água, um exercício simbólico que deveria amenizar o seu peso. *Livre-se das coisas pesadas*, dissera Robin. No começo, Chess deu nome às pedras: *sofrimento, culpa, elogios fúnebres, limites*. E então jogava as pedras o mais longe que podia. O ato de arremessá-las era terapêutico por si só; três dezenas de pedras deixavam-na exausta. Tia India começou a se referir a esse exercício como o "treino de arremesso de peso" de Chess, mas ela tinha certeza de que a tia entendia. Depois, Chess adormeceu ao sol.

A rotina incluía cinco ou dez minutos de leitura torturante de clássicos, atividades na areia impostas por sua irmã hiperativa, mordiscar sanduíches de presunto de Parma e manteiga embrulhados em papel, o "treino de arremesso de peso" e um cochilo.

Elas saíram da praia às três e meia, quando todas foram tomar uma "chuveirada". Como Chess não conseguia suportar a água gelada e o sabonete não fazia espuma direito, tudo o que fez foi passar uma água no corpo. Por sorte, não precisava se preocupar com os cabelos. Depois do banho, Tate a convenceu a dar uma caminhada ecológica, que acabou se transformando numa jornada de quase 5 quilômetros por Tuckernuck, em estradas de terra. Fazia calor e havia mosquitos e mutucas. Para piorar, caso desse um passo para fora da trilha e encostasse na vegetação, se meteria no meio das folhagens de urtiga que lhe causavam uma tremenda alergia. Por que Tate insistira nessa caminhada quando já havia corrido 8 quilômetros pela manhã? A única natureza a ser vista ali eram as gaivotas, tão comuns quanto os ratos nos esgotos da Bastilha, e os búteos-de-cauda-vermelha, um dos quais mergulhou como uma bomba nos arbustos a poucos metros na frente delas e surgiu com uma ratazana que se debatia no bico. Tate achou a cena empolgante, enquanto Chess a achou triste e incômoda. Elas passaram por todas as casas que se lembravam da infância, incluindo a "casa mal-assombrada", que, na época dos avós ou talvez antes, pertencera a Adeliza Coffin. Adeliza, disseram às meninas, costumava ficar na frente da casa com uma espingarda para assustar os intrusos. Ela e o marido, Albert, foram enterrados ali no jardim da frente; as lápides saíam do chão como dentes tortos. Por força do hábito, Tate e Chess passaram correndo pela casa mal-assombrada, dando apenas uma olhadela.

Em sua maioria, os cidadãos de Tuckernuck eram pessoas simpáticas, divertidas e aparentemente felizes, cujas famílias eram proprietárias daquelas terras havia duzentos anos, e que, de um jeito ou de outro, eram todos parentes distantes.

— A vida é bela! — gritou um homem usando um chapéu surrado de pescador para elas.

E Tate, a embaixadora, gritou avidamente:

— A vida é bela!

"A vida é bela!" era o comprimento usual em Tuckernuck. Era uma senha. Ao gritar "A vida é bela!", Tate anunciava que elas faziam parte dali, apesar dos treze anos de ausência.

A melhor parte do dia de Chess foi chegar suada e exausta à casa depois da caminhada ecológica e sentar-se à mesa do jardim com Birdie e tia India para tomar uma taça de vinho. Era, oficialmente, o happy hour, sua hora predileta do dia. Sempre fora, mas agora era especialmente verdade. O que isso dizia a seu respeito? Tate preferia a manhã, como sua mãe, quando o dia começava cheio de possibilidades. Chess, no entanto, gostava mais do final do dia, tendo sobrevivido à manhã e à tarde, quando podia sentar e, como recompensa, tomar uma taça de vinho — que, pelo pouco que comera o dia inteiro, ia direto para sua cabeça. Birdie colocou pratinhos de amêndoas Marcona e patê de anchova defumada com bolachas de alecrim. Embora Chess não tivesse apetite o dia inteiro, acabou comendo esses tira-gostos. Esse "happy hour" só ficou comprometido quando Barrett Lee se uniu a elas.

Barrett a deixava desconfortável, não somente por ser membro do sexo masculino e, como tal, alguém que ela precisava manter distante. Ficava nervosa ao lado dele por causa do passado, que incluía um encontro frustrado ali em Tuckernuck e uma viagem ainda mais frustrada que ele fizera no outono seguinte a esse encontro. Chess o tratara tão mal quanto jamais tratara alguém na vida, incluindo Michael Morgan. E, muito embora Barrett não tenha feito nada além de se mostrar simpático e gentil desde sua chegada, suspeitava de que tudo aquilo fosse encenação. Ela o magoara, e os homens não esqueciam coisas assim. Ou talvez esquecessem. Talvez Barrett a tivesse perdoado; sua vida certamente lhe reservara desafios maiores do que a rejeição de uma estudante universitária relutante.

Chess ficara surpresa ao ouvir que Barrett perdera a esposa. Aos olhos de todas as outras, isso fazia dele um herói e um santo. Birdie e India o tratavam com luvas de pelica. E Tate, bem, Tate tinha o coração à mostra; era fácil ver como se sentia. Chess não achava que perder alguém que se ama faz de você um herói ou um santo. Faz de você uma figura digna de pena, isso sim; superar o estágio da pena era o que fazia alguém se tornar admirável. E Barrett superara a pena. Tinha filhos; precisava seguir com a vida.

Chess sempre soubera que Barrett era uma pessoa boa; um homem correto e responsável; alguém melhor do que ela. E isso, talvez, fosse o que a deixasse desconfortável na presença dele.

Ele ficou apenas para tomar uma cerveja. Tate, Birdie e India inclinaram-se para frente e fizeram perguntas que pudessem mantê-lo falando. Pouco antes das seis, enquanto o sol descia suavemente, Barrett anunciou:

— Bem, é melhor eu ir embora. Tenho boquinhas para alimentar.

E saiu levando duas sacolas de lixo, outra de roupa suja e uma lista de compras para o dia seguinte, sob os olhares de todas. Tia India, como parte de sua rotina, soltou um assobio, o que fez Tate xingá-la baixinho e Birdie balançar a cabeça com um sorriso divertido.

— Francamente, India.

— É melhor ele se acostumar — respondeu ela.

Com o fim do happy hour, Birdie começou a fazer o jantar, repetindo um milhão de vezes:

— Chess é a verdadeira cozinheira da família. Tem certeza de que não quer cozinhar, Chess?

Mas Chess declinou. Cozinhar, como todo o resto, perdera seu encanto. Lembrou-se das horas de planejamento e preparo que costumava gastar em jantares – já fizera a própria massa, os próprios molhos, o próprio pão. Para as refeições durante a semana, preparava frango à piccata, *laksa* tailandesa, um curry indiano rebuscado com oito acompanhamentos só para ela e Michael. Por que se dera a todo esse trabalho? Não fazia ideia.

Birdie era boa cozinheira, e as refeições eram simples. Grelhava filés de carne, frango ou peixe, cozinhava milhos no fogareiro, preparava saladas de alface ou de pepinos marinados em vinagre balsâmico e servia com os pãezinhos que Barrett comprava todas as manhãs na padaria. India costumava se oferecer para ajudar e, às vezes, Tate também, enquanto Chess ficava sentada tomando vinho.

Sou uma parasita, pensava. Mas não movia um dedo.

Entre o jantar e a sobremesa, Tate e Chess pegaram a caminhonete e foram a North Pond ver o sol se pôr. Levaram copos plásticos com mais vinho – na verdade, a essa altura, Chess já estava bêbada demais para dirigir, e Tate provavelmente também. Mas essa era a beleza de Tuckernuck: não havia mais ninguém na estrada. Tinham apenas que ficar atentas aos alces. A rádio do carro sintonizou uma estação alternativa de música vinda da universidade Brown, e assim elas conseguiram ouvir música. O pôr do sol, por si só, era um evento de outro mundo. Em Nova York, o sol nascia e se punha e, no meio de todas as pessoas, todos os táxis, todas as delicatessens coreanas e bolsas de valores, ninguém parecia perceber. Uma pena. Mas é claro que era muito melhor assistir ao sol sumir no mar do que vê-lo se pôr em Fort Lee, Nova Jersey. Aquilo deu paz a Chess, e talvez seu único momento diário de paz verdadeira fosse quando o sol ia embora, apagando-se como uma vela. Havia sobrevivido a mais um dia.

Quando voltaram para casa, Birdie serviu a torta de mirtilo que Barrett havia comprado na Bartlett Farm, coberta de chantili industrializado. Depois da sobremesa, foram todas para a varanda telada, que dava a impressão de estarem do lado de fora, ao mesmo tempo em que ficavam livres dos insetos. Havia uma mesa de carteado na varanda e alguns móveis de vime novos com almofadas confortáveis que Birdie havia comprado – a mobília antiga se desintegrara e as almofadas velhas estavam tão convidativas quanto fatias mofadas de pão. Tate queria jogar buraco, mas Chess não conseguia se concentrar. (Fechava os olhos e via Nick banhado pela luz verde da mesa de pôquer, cartas espalhadas em um leque na mão.) Birdie tricotou uma meia de Natal para o futuro neto de India, William Burroughs Bishop III, que seria chamado de Tripp. India jogou buraco com Tate por cerca de meia hora e então partiu para o que chamava de "hora de mim comigo mesma", a qual passava fumando o último cigarro do dia e lendo em seu quarto. Chess tentou ler na varanda, embora fosse difícil se concentrar com Tate xingando as cartas (depois que India fora deitar, ela ficou jogando paciência). Chess não subia ao sótão sem Tate, porque tinha medo dos morcegos. Ainda não vira nenhum, e Birdie fizera questão de dizer que Barrett dera um jeito de tirá-los do sótão, mas Chess continuava tendo medo.

Ela e Tate subiram juntas, escovaram os dentes, fizeram xixi na frente uma da outra, poupando o pobre banheiro de mais de uma descarga, e logo pularam para a cama. Chess tinha uma lanterna e uma luzinha para leitura, mas, uma vez deitada, ali ficou, sentindo o escuro. Duas vezes naquele dia Tate tentara conversar sobre "tudo o que havia acontecido" com Michael Morgan, mas ela não quisera discutir o assunto. *Não quero falar sobre isso.* Agora, debaixo do cobertor da total escuridão, achou que seria capaz de dividir pelo menos parte da história; poderia começar do início, da forma como fizera em seu diário, e ver até onde chegaria. Enquanto arrumava os pensamentos e as palavras em sua cabeça, Tate, que tivera um dia cheio e exaustivo, caiu no sono.

Chess ficou acordada, pensando que aquela escuridão, aquele breu absoluto, era o que Michael estaria presenciando agora. Ele fora afetuoso e íntegro; capaz de capturar uma bola de lacrosse e correr em torno do lago do Central Park. Conseguia olhar uma pessoa nos olhos e, ao mesmo tempo, apertar sua mão – mas agora ele estava morto e enterrado. Não havia desigualdade maior do que aquela entre os vivos e os mortos. Chess ficava sem fôlego só de pensar sobre o assunto. Aquilo a aterrorizava ainda mais do que a proximidade de qualquer morcego, até que não conseguiu mais aguentar e pulou para a cama da irmã. Aquele era o seu conforto mais básico: o corpo da irmã, quente e respirando, mantendo-a segura.

No terceiro dia, sofrendo demais para escrever, Chess atirou o caderno no chão.

O quarto dia era Quatro de Julho. A rotina se manteve a mesma, com exceção de Birdie ter colocado mirtilos *e* morangos nas panquecas e usado uma echarpe de seda estampada com bandeiras dos Estados Unidos em torno do pescoço, apesar do fato de uma echarpe daquelas ser chique demais para Tuckernuck. Tate e India implicaram com ela, dizendo que ela adorava dias festivos. Birdie usou a echarpe com bandeiras com o mesmo entusiasmo que usava suéteres com bordados de Natal. Chess não se manifestou nem a favor, nem contra.

Seguiu-se uma distração durante o tédio da leitura, do tricô e do carteado na varanda telada, que foram os fogos de artifício. Em Nantucket, fogos eram queimados na orla norte e podiam ser vistos da costa leste de Tuckernuck: círculos, grandes, brilhantes, pirotécnicos, sobrepostos e expansivos. Chess ouviu os estrondos. Não era grande apreciadora de fogos, mas eles pareciam belos e importantes porque ela estava viva e podia vê-los, e Michael estava morto e não podia. Seu corpo era um amontoado de cinzas dentro de uma caixa de cedro.

Barrett não apareceu por causa do feriado. Tate ficou de mau humor. Disse que estava assim porque ia ficar menstruada. Cantou "Independence Day", de Bruce Springsteen, na hora do almoço, mas soou terrivelmente desafiadora.

BIRDIE

Tinha um papel a desempenhar: era a mãe. Mãe das meninas, é claro, o que era tanto gratificante quanto frustrante (gratificante com relação a Tate, que apreciava tudo que Birdie fazia por ela, e frustrante com relação a Chess, que não reparava em nada que fizesse, de tão triste que estava). Era também mãe de India. Preparava seu café da manhã, lavava a sua louça, lavava suas roupas íntimas e as pendurava no varal, fazia os sanduíches que ela gostava, iguais aos sanduíches que eram servidos na cafeteria gourmet da Academia (queijo de cabra com pimentão, presunto de Parma com manteiga de ervas), debulhava o milho de sua espiga da mesma forma que fazia durante os verões em que as meninas usavam aparelho nos dentes, porque India estava tendo um problema em sua prótese. Fazia todas as tarefas desagradáveis dentro da casa – limpava as bancadas, escovava migalhas do sofá, cortava os pavios das velas de citronela, limpava os banheiros e o resto de pasta de dente que ficava na pia. Preparava listas de compras para Barrett e se certificava de que tinham o bastante de tudo. De fato, não havia nada pior do que algo acabar em Tuckernuck – porque, ao contrário do que faziam na cidade, não era possível dar um pulo no mercado para comprar mais. Em verões anteriores, houve dias em que Nantucket ficara coberta por neblina, os aviões não funcionavam, e Grant ficara sem o seu *Wall Street Journal* – o que fora muito ruim. Ficaram sem loção de calamina e só descobriram quando Tate foi picada por uma vespa. Ficaram sem manteiga para passar nas espigas de milho, sem pão e bolinhos, e tiveram que comer manteiga de amendoim pura. A caminhonete já ficara sem combustível a meio quilômetro da casa, quando India e Bill saíram para uma de suas excursões sexuais noturnas. Ficaram sem papel higiênico e tiveram que usar páginas do jornal. Ficaram sem lenços de papel e tiveram que assoar o nariz em retalhos cortados de lençóis velhos. Esses foram problemas pequenos e que se tornaram boas histórias, mas era responsabilidade de Birdie, como mãe, se certificar de que tinham o bastante de tudo o tempo todo.

Birdie não se ressentia de seu papel, nem mesmo quando bancava a mãe da própria irmã. (Embora isso, às vezes, a fizesse refletir. Afinal de contas, India também não era mãe? Criara três meninos e, em menos de dois meses, seria *avó;* ainda assim, seus instintos maternais pareciam inexistentes. Talvez os tenha perdido quando voltou a trabalhar no fabuloso mundo da arte da Filadélfia ou quando Bill morreu e ela passou a ter dinheiro suficiente para contratar pessoas que fizessem tudo que precisasse.) Birdie podia dizer, porém, que estava cansada de ser mãe, da mesma forma que se sentira cansada, três anos atrás, de ser esposa. Queria ser uma pessoa, da mesma forma que India era uma pessoa. India era importante, tinha uma carreira. Birdie não tinha carreira, mas, ainda assim, podia ser uma pessoa, certo? Estava tentando. Recentemente (quatro dias antes), voltara a fumar, fato que certamente assustara as filhas (embora nenhuma delas tenha comentado), porque elas não a conheceram quando era fumante. Começara a fumar aos 16 anos por apenas uma razão: Chuck Lee fumava. Chuck Lee, que tinha 24 anos, muito para os 16 de Birdie, fumava Newports ininterruptamente e sem se preocupar. Birdie lembrava de ter ficado sem fala quando vira Chuck jogar uma guimba de cigarro na água cristalina de Tuckernuck, água da qual ele era guardião. Mas, em vez de ficar decepcionada com ele por estar poluindo um sistema ecológico imaculado, Birdie aceitou que Chuck Lee era o capitão das águas locais e que, portanto, tinha permissão de fazer o que bem entendesse com elas. Ainda assim, em mais de uma ocasião, ela se debruçara sobre a borda do barco para pegar uma ou outra guimba ensopada que flutuava na água e a colocara dentro do bolso dos shorts. Chuck a vira fazer isso uma vez e balançara a cabeça em desaprovação.

Houve uma ocasião, no verão em que Birdie tinha 16 anos e India, 14, quando Chuck Lee as levou à ilha de Nantucket sem a presença dos pais. Algumas amigas da escola as tinham convidado para jogar croqué e almoçar, e parte do trabalho de Chuck era levá-as de barco de um lado para outro. Birdie ficara mais empolgada com o tempo que passaria sozinha com Chuck no barco do que com jogar croqué ou ver as amigas, e sabia que também era o caso de India. Assim que a praia branca sumiu do horizonte, Chuck lhes oferecera um cigarro. O gesto, que nada mais fora do que galante na época, hoje poderia causar cadeia.

— Alguma de vocês fuma? — Estendera o maço de cigarros amassado.

India aceitara primeiro e Birdie ficara olhando, boquiaberta como uma anchova. Chuck chamara India para trás do para-brisas do barco para acender seu cigarro com um fósforo. India tragara teatralmente, depois soltara a fumaça pelo canto da boca como se fosse uma garçonete cinquentona de uma lanchonete de beira de estrada. Birdie percebera imediatamente: India já havia fumado antes. Certamente atrás dos muros da escola pública com seus amigos encrenqueiros. Era bom que seus pais tivessem decidido mandá-la para a Miss Porter's, pensara. Eles não toleravam nem erros de gramática.

Chuck então olhara para Birdie e oferecera o maço amassado. Birdie nunca havia fumado na vida; ficara com medo de engasgar ou tossir ou mostrar, de alguma outra forma, como era boba. Mas não podia deixar India levar a melhor, justo ela que ainda estava a algumas semanas de completar 14 anos. Aceitara, então, o cigarro e imitara a irmã o melhor que pôde, embora o cigarro tenha parecido estranho em seus dedos. Chuck poderia muito bem ter lhe dado uma batuta e lhe dito para conduzir uma orquestra. Tragara com pouca força e jogara a fumaça bem no rosto de Chuck.

Ele sugerira que as meninas fossem se sentar na proa com seus cigarros. Elas foram.

— Você tem que *tragar* — dissera India.

A ILHA 157

— Cale a boca — respondera Birdie.

Ela sugara fundo o cigarro e começara a tossir. India rira. Birdie sentira vontade de jogá-la na água. Olhara para Chuck. Seus olhos estavam focados acima de suas cabeças, da enseada de Madaket. Não percebera Birdie cuspindo fogo. Ela tragara de novo. Ficara melhor.

Birdie fumara nos seis verões seguintes (somente quando Chuck lhe oferecia seu Newport, longe da presença dos pais) e depois fumara com mais afinco no ano em que trabalhara na Christie's. Depois conhecera Grant. Que odiava cigarros; seu pai fumava dois maços por dia e morrera de forma horrorosa, de enfisema. Então Birdie deixara de fumar pelo ex-marido e, ao parar, provavelmente salvara a própria vida. No entanto, em retrospecto, aquilo era mais uma coisa que tivera de abrir mão por ele, junto com a sua carreira, suas vontades e seus desejos. Gostava de fumar e estava feliz por voltar ao hábito, os outros que se danassem.

A outra coisa que Birdie fazia para afirmar sua personalidade era contra as regras de Tuckernuck: estava usando seu telefone celular. Quando se sentia disposta, caminhava até Bigelow Point, embora um dia, depois de beber muito vinho na noite anterior, fora de caminhonete. Como Barrett havia prometido, se ela tirasse os chinelos e fosse caminhando até a água bater em suas canelas, conseguiria sinal. Ela ligava para o número de Hank, Hank atendia e, quando ela falava, ele ouvia sua voz.

Birdie ficara impressionada com a saudade que sentia de Hank a partir do momento em que entrara na I-95 pela saída 15. Parecia quase uma doença. Seu coração doía; tinha dificuldade de se concentrar. India poderia estar falando sobre um artista ou sobre um filme italiano que vira, e Birdie olharia em seus olhos e concordaria com a cabeça, mas não ouviria uma palavra sequer. Só conseguia pensar em Hank. Hank ajoelhado em seu jardim, jogando nacos de terra com ervas daninhas dentro de um balde. Hank dormindo na cama do hotel (ao contrário de Grant, que roncava, Hank dormia em silêncio. Quando Birdie o observava, ficava cheia de desejo de tocá-lo, beijá-lo, acordá-lo!). Ele era tudo o que queria num homem. Sentia-se culpada de pensar, quando estavam na cama após fazer amor, que gostaria de ter se casado com Hank quando jovem, em vez de com Grant. Aquilo parecia ser verdade, mas provavelmente não era. Teria sido feliz com o Hank mais novo, que começara como professor de geografia na escola Fleming-Casper antes de se tornar diretor? Teria ela executado bem as responsabilidades de esposa do diretor — tendo que representar os valores elitistas da "escola" enquanto bajulava os pais? Caroline, esposa de Hank, fizera isso de forma brilhante, mas tivera a vantagem da fortuna pessoal e de fazer parte de outros conselhos durante sua vida adulta (no Guggenheim e na Sociedade Histórica de Nova York), de forma que seu envolvimento na escola Fleming-Casper fora, para ela, apenas mais uma atividade filantrópica. Birdie e Hank teriam sido um casal completamente diferente. Eles teriam sido forçados a morar em algum lugar como Stuyvesant Town, em um apartamento alugado, ou em Hoboken ou em Long Island. Em vez de pagar mensalidade, seus filhos teriam estudado na Fleming-Casper, com bolsa de estudos, como os filhos de Hank e Caroline. A união deles, apesar de potencialmente adorável, teria sido prejudicada por problemas econômicos. Poderiam ter se divorciado; Birdie poderia ter sido extremamente infeliz.

Mas agora Hank estava aposentado e tinha uma vida muito confortável. Seus filhos herdariam a fortuna de Caroline, mas ele ficaria com a casa em Silvermine e com o apartamento de quatro quartos na East 82nd Street. Estava em um momento da vida em que sabia o que o fazia feliz: comida e vinho, literatura, pinturas, filmes, viagens, o governo do presidente Obama, música e jardinagem. Essas eram exatamente as mesmas coisas que faziam Birdie feliz. E como ele era fofo com aqueles seus cabelos, aqueles óculos e aquele sorriso! Mascava um chiclete de frutas que ela gostava. Era um amante maravilhoso. Não tinham mais 30 nem 40 anos, mas isso não importava, pois havia química entre eles.

Saía com Hank havia apenas três meses, mas era razoável dizer que estava apaixonada. No último dia antes de sua partida, quando ele estacionou em sua casa e ela viu lágrimas em seus olhos, Birdie quase cancelou a viagem. Não poderia deixá-lo! Não poderia virar as costas para as rosas, para o romance, para a companhia. Aqui, em Tuckernuck, os dias que passara com Hank pareciam cruelmente distantes. A noite no Sherry-Netherland parecia ficção, como algo que lera em um dos livros do grupo de leitura. Sentia saudade dele. Isso a estava matando.

As ligações de Birdie para Hank não foram totalmente satisfatórias. Ligara a primeira vez no Quatro de Julho. Hank atendera e dissera, confuso:

— Alô?

Birdie respondera:

— Hank?

E ele perguntara:

— Birdie?

— Sim, sou eu! Estou ligando de Tuckernuck!

— Como? Por quê?

Ela lhe explicara que ficaria incomunicável por trinta dias. Não só era contra as regras da família olhar o telefone (Grant quebrava essa regra descaradamente; ligava quatro ou cinco vezes por dia para o escritório e teria feito o mesmo usando um rádio amador), como também era quase impossível conseguir sinal.

160   *Elin Hilderbrand*

— Há um único lugarzinho aqui onde consigo sinal. Você consegue me ouvir?

— Sim, consigo ouvi-la muito bem — disse. — Mas achei que era contra as regras da família.

— Ah, mas é — respondeu ela. — Tive que dar uma escapada.

Era verdade: havia esperado Chess cair no sono na praia, e Tate e India saírem à procura de ostras, para então subir discretamente as escadas do morro. Dentro de casa, deixara um bilhete sobre a mesa que dizia: *Saí para dar uma caminhada.* O que não era mentira. Ainda assim, sentiu uma pontada de culpa e um sentimento de pânico de que alguma coisa pudesse acontecer durante sua ausência. Uma onda mais forte poderia surgir e levar Chess embora.

— Bem — disse Hank —, não sei o que dizer, estou sem palavras.

Ele parecia desconfortável ou, talvez, tivesse apenas sido pego de surpresa. Ou talvez estivesse constrangido por ela ter quebrado a regra sagrada da família por sua causa. Ou talvez estivesse decepcionado com ela.

— Eu só queria lhe desejar um bom feriado — explicou ela. — E dizer que estou com saudade de você.

Birdie tentou enfatizar as palavras "saudade de você" porque esse era o motivo de estar ligando. Nada tinha a ver com o feriado; tinha ligado naquele dia simplesmente porque não conseguiria mais ficar sem ouvir sua voz.

— Isso é muito gentil da sua parte — elogiou ele. Mas não disse *Também estou com saudade de você.* Por que não?

— Onde você está? — perguntou Birdie. — O que está fazendo?

— Estou num piquenique na casa dos Ellises — respondeu. — Estava levando uma surra jogando ferraduras, mas você me salvou.

Os Ellises eram amigos de décadas de Hank e Caroline. Hank mencionara outros casais — os Cavanaughs, Vauls e Markarians

— que Birdie não podia conhecer porque eles não aprovariam vê-lo saindo com outra mulher enquanto Caroline fosse viva. Hank não via muito esses amigos desde que eles se conheceram, mas estava na casa deles agora e, por alguma razão, isso a magoou.

— Bem, não quero tirar você do jogo — disse ela, embora tivesse andado 3 quilômetros no calor para fazer exatamente isso.

— Está bem — respondeu Hank. — Espero que você esteja se divertindo...

— Ah, estou...

Se ser empregada de todas pudesse ser considerado diversão; se ficar vendo de perto a depressão da filha sem saber o que fazer pudesse ser considerado diversão; se banhos frios, cama de solteiro e leite morno pudessem ser considerados diversão; então, sim, estava se divertindo.

— Bem, foi bom ouvir a sua voz — disse ele.

Isso, percebeu ela, era o máximo de carinho que ele expressaria. Certamente estava a poucos metros dos amigos.

— Foi bom ouvir a sua também — afirmou ela.

— Cuide-se — disse, como se Birdie fosse uma conhecida da época da infância que ele tivesse encontrado por acaso no aeroporto.

— Está bem — respondeu ela, com o coração partido. — Tchau.

— Tchau.

Birdie desligou. Estava olhando para a água, num pedaço maravilhoso de praia, em uma ilha que durante toda a sua vida chamara de lar. Nada havia à sua frente além de mais água, tranquila e azul, poucas gaivotas, meia dúzia de barcos distantes e a orla de Muskeget. Estava arrasada. Seria essa uma palavra muito forte? Achava que não. Pensou neles dançando ao som de Bobby Darin, nos braços de Hank firmes em suas costas, no seu rosto aninhado em seu pescoço. Ele havia se esquecido? Birdie sentiu-se desmoronar por dentro. Duvidava de que fosse capaz de voltar andando para casa.

Hank!

Ele não a amava e não sentia saudade dela. Pareceu bem sem ela. Estava em um piquenique na casa dos Ellises, jogando ferraduras, rindo, tomando cerveja ou vinho, socializando com amigos que havia negligenciado desde que a conhecera. Não conversava com esses amigos sobre ela porque eles nem sabiam de sua existência; sabiam apenas de Caroline.

Birdie fez o caminho de volta e, a cada passo, ficava mais irritada consigo mesma. Dissera a Hank que não telefonaria, não poderia telefonar, e o que fizera? Desde que deixara New Canaan, não pensara em outra coisa exceto em como fazer aquela ligação. Fora um erro telefonar; uma fraqueza. Olhou para o celular. Sentiu vontade de ligar novamente naquele mesmo instante e perguntar: *Está com saudade de mim? Você me ama?* Mas não, não faria isso. Não telefonaria de novo.

Só que telefonar para Hank foi como coçar a mordida de um mosquito. Sabia que não deveria, mas o fez. E coçar era muito bom no início. Depois, não tão bom assim. Sempre acabava se coçando mais.

Tinha que ligar para ele no meio do dia; era o único momento em que podia fugir. Mas, no meio do dia, Hank estava ocupado. No dia seguinte, ele estava nadando na piscina. Birdie deixou uma mensagem, depois ligou duas vezes de volta. Quando finalmente conseguiu falar com ele, Hank estava numa loja de ferramentas e parecia concentrado em encontrar mangueiras de jardim. Dois dias depois do feriado, ele estava no carro junto com o filho e a nora, a caminho de Brewster, para visitar Caroline. Não podia falar livremente; mal conversou. Era aquele o mesmo homem que dissera que ficaria feliz em ir à falência namorando com ela?

— Sinto tanto a sua falta! — disse Birdie.

— Espero que esteja se divertindo — respondeu ele. — Estará de volta antes que se dê conta.

— Sente saudade de mim?

— Com certeza — respondeu ele. — Tchau.

Naquele dia, após ter sido rejeitada pela terceira vez (embora soubesse que era besteira sentir-se rejeitada. Hank não a estava rejeitando. Ela estava apenas telefonando numa hora ruim para ele conversar), Birdie desligou o telefone e ficou olhando para o mar. A água estava parada, e o dia, excessivamente quente. Havia moscas em Bigelow Point, e elas sobrevoavam seu rosto. Tão logo as espantava, elas pousavam de novo em seu nariz ou na pele sensível acima de seu lábio. Lembrou-se de uma piada antiga. *Como se sabe que Tuckernuck é mesmo tão boa? Porque cinquenta mil moscas não podem estar enganadas.*

Num impulso, telefonou para Grant.

Ligou para o celular dele, embora soubesse que estava no escritório. Ele atendeu no segundo toque.

— Alô?

— Grant?

— Bird? — perguntou. — Está tudo bem?

Sua voz saiu preocupada e gentil, e Birdie sentiu lágrimas surgirem em seus olhos. Teve a estranha sensação de que Grant era seu pai. Ele a protegeria, colocaria de lado todas as dúvidas que as conversas com Hank estavam causando.

— Está tudo bem, tudo ótimo.

— Está em Tuckernuck?

— Sim! Dá para acreditar em sinal de celular por aqui? Barrett Lee me contou o truque. Você tem que ir até a ponta de Bigelow Point e a recepção é clara como a água.

— Quem dera eu soubesse disso anos atrás — respondeu ele.

— Eu sei. — Lembrou-se de Grant em seu telefone celular, naquela época. Ligava da beira da ribanceira, mas, assim que conseguia falar com a secretária, a ligação caía. Tinha, então, que retornar a ligação umas dez ou vinte vezes para conseguir concluir um assunto. — Você se lembra de Bigelow Point, não lembra? Estou parada no lugar onde ficamos atolados com a caminhonete. Lembra? Quando Chess era bebê?

— Meu Deus, se lembro! — respondeu ele, rindo. — Eu empurrava o carro e a maré continuava subindo, cobrindo os pneus de trás com areia molhada. Achei que iríamos perder o carro.

— Eu também — disse ela.

Conseguia visualizar o que estava vestindo naquele dia: uma túnica com estampa de margaridas, por cima do maiô branco de gestante. Sentara-se atrás do volante da caminhonete, com Chess esperneando em seu colo, e acelerava o carro enquanto Grant empurrava. Curioso imaginar que eles ainda eram as mesmas pessoas.

Grant pigarreou.

— Como estão as meninas?

— Tate está bem, aproveitando os seus dias. Chess me preocupa. Não sei o que fazer por ela.

— Você não tem que fazer nada, Bird. Estar aí com ela já é o suficiente.

Birdie pensou *Você não faz ideia do que está falando*. Mas não havia telefonado para ser grosseira.

A ILHA 🐚 165

— E India está aguentando melhor do que eu esperava. Disse que há quinze anos não passava uma semana sem um cosmopolitan ou comida indiana, mas está se saindo bem; temos ficado horas ao sol, só esperando o câncer de pele nos pegar.

Grant riu.

— Eu queria estar aí.

— Ah, pelo amor de Deus! — disse Birdie. — Não queria, não. Você odeia isso aqui.

— Não odeio, não.

— Odeia, sim. Nunca se divertiu aqui.

— Isso não é verdade, Bird. Isso é a sua versão da história. Além do mais, naquela época, quando íamos todos os verões, eu ficava preocupado com o trabalho. Agora, seria diferente. Eu sairia para pegar onda na primeira luz da manhã. E ficaria fofocando com você e India na praia.

Ele estava falando bobagem, mas Birdie não discutiria.

— O que anda fazendo por aí?

— Aqui? Nada, estou sozinho com alguns sócios ambiciosos. O resto está de férias. No feriado, era só eu.

— Você trabalhou no Quatro de Julho?

Grant tossiu em seco, como sempre fez ao longo dos últimos trinta anos quando se sentia desconfortável.

— Eu tinha algumas pendências para resolver.

Ele não tivera para onde ir. Birdie sentiu pena. Imaginou Grant colocando terno e gravata e indo trabalhar no aniversário da nação. Pensou nele sentado à mesa, enquanto toda a firma permanecia silenciosa e escura; todos os outros funcionários estavam fazendo piqueniques e churrascos no country club ou na praia.

— Por que você não foi jogar golfe? — perguntou ela.

— Eu ia, mas meus parceiros deram para trás. É difícil encontrar pessoas com tanto tempo livre quanto eu. Os outros caras têm família e gramados para aparar.

Birdie quase perguntou a Grant se ele estava se sentindo solitário, mas se conteve. Claramente a resposta seria sim. Ficou com pena dele, e então lutou contra esse sentimento. Vivera trinta anos se sentindo solitária. Passara inúmeros feriados na piscina do clube com as crianças, enquanto Grant jogava golfe ou ficava três horas numa *ligação* com o Japão. Ainda assim, sabia o que era se sentir solitária. Teria ligado para ele se não estivesse se sentindo sozinha?

— Você gostaria de vir para cá, Grant? Passar alguns dias aqui? Seria fácil. Se chegar a Nantucket, Barrett pode trazê-lo aqui.

— Achei que era uma viagem só de mulheres. Pensei que fosse essa a ideia.

— As meninas adorariam ver você.

Grant ficou em silêncio, e Birdie entrou em pânico. E se ele dissesse que sim? E se ela tivesse acabado de arruinar a viagem, convidando o ex-marido para ir para lá? Não tinha nenhuma certeza de que as meninas gostariam de sua presença, e India, certamente, seria contra. E onde ele iria dormir? Na outra cama de solteiro no quarto em que estava? Meu Deus, aquilo estava fora de cogitação.

— Obrigado pelo convite, Bird, mas vou deixar vocês, mulheres, fazerem o que foram fazer. Conversem, cantem e compartilhem seus segredos sob a luz da lua. Vocês não estão precisando de mim aí.

— Tudo bem — respondeu ela. Que alívio!

— Foi bom falar com você, Bird.

— Também foi bom falar com você.

— Não, gostei de verdade — insistiu Grant. — Foi o ponto alto do meu dia.

— Que bom ouvir isso. — Birdie sentiu-se cheia de afeto. Essas eram as palavras que queria ouvir. Hank não fora capaz de dizê-las, mas Grant fora. A vida era cheia de surpresas. — A gente se fala outro dia — respondeu e desligou.

A água estava na metade das suas canelas. Sentia-se bem para ir para casa agora e, quando lá chegasse, prepararia um copo de Perrier com gelo e lima. Não seria maravilhoso, mas daria para o gasto.

TATE

Rezar funcionava. Às vezes, quando Tate tentava resolver um problema muito grave no sistema de alguém, fechava os olhos e rezava. E com mais frequência do que uma pessoa racional pudesse imaginar, o deus que vivia dentro do computador respondia. A tela limpava ou ligava, e ela voltava a assumir o controle.

Então, pensou, por que não pedir ao deus que habitava em Tuckernuck para ajudá-la com Barrett Lee? Passou a rezar um pouco todos os dias e torcer pelo melhor. *Me escolha, me escolha, me escolha. ME ESCOLHA!*

Estava tentando se tornar amiga de Barrett. O que era difícil, porque a mãe e a tia estavam sempre por perto e nunca surgia uma boa oportunidade para um bate-papo a sós.

O único momento do dia em que os dois tinham alguns minutos sozinhos era pela manhã. Barrett normalmente chegava quando Tate estava fazendo abdominais na árvore, e a visão dela pendurada pelos joelhos era simplesmente demais para ele resistir, pois sempre parava e mexia com ela. Passou a chamá-la de garota-macaco, o que não era um apelido dos mais lisonjeiros, mas dava para o gasto. Um dia, ela o desafiara a tentar fazer o mesmo. *Não, estou falando sério. Aposto que você não consegue fazer nem um!* E Barrett, aquele maldito homem lindo, colocara a viseira e os óculos escuros na mesa do jardim, subira na árvore e se dependurara pelos joelhos. Sua camisa descera, mostrando um abdômen perfeito. Ele fizera dez abdominais com as mãos atrás da cabeça, pulara do galho e dissera: *Nada mal, mas prefiro a academia.*

Bem, prefiro a academia também, mas olha só onde estou, respondera Tate.

Tenho que admitir uma coisa: você dá o seu jeito, elogiara Barrett.

Isso era verdade, ela dava o seu jeito! Na manhã seguinte, Tate saiu quinze minutos mais tarde para a sua corrida habitual. E, como esperava, estava terminando o exercício no mesmo momento em que o barco de Barrett chegava lentamente ao seu pedaço de praia. Tate estava ofegante e com as mãos nos quadris; bebeu toda a água da garrafa que deixara nas escadas e depois esticou as panturrilhas nos degraus. Barrett ancorou o barco. Tate sentou-se no degrau de baixo, esperando por ele. Tinha o rosto quente e vermelho, cheirava a queijo mofado, mas aquele era o momento — a sua chance!

Barrett saltou pela lateral do barco e pegou a sacola de compras e um saco de gelo de 5 quilos. Tate acenou; ele sorriu.

— Bom dia, garota-macaco. Dormiu até tarde?

— Decidi dar duas voltas em torno da ilha.

Ele arregalou os olhos.

— Você está *brincando* comigo.

— *Estou* brincando com você.

A ILHA 🐚 169

Ele se aproximou. Ela não fez nenhum movimento para se levantar. Ele... deu a impressão de que iria passar direto por ela e subir as escadas, mas então virou-se e sentou-se no degrau ao seu lado. Tate não sabia para onde olhar; portanto, ficou encarando o relógio. Oito e quinze. A hora e os minutos de sua primeira conversa de verdade com Barrett Lee. Mexeu nos botões do relógio; ele acendeu uma luz azul fantasmagórica. Era um relógio masculino e horroroso, embora ela se lembrasse de ter gostado dele quando o viu no departamento esportivo de uma loja em Charlotte — todas as coisas que aquele relógio podia fazer! Agora, desejava que tivesse comprado algo mais bonito, mais feminino. Sentada ali ao lado de Barrett, estava acanhada como nunca sonhara estar.

— E então, como você está hoje, Barrett Lee?

— Ah, você sabe.

— Não, não sei — respondeu. — Como é a sua vida aqui? O que você faz? Quer dizer, além de trazer geleia de ameixa para a minha mãe.

— Bem, ontem à noite fui pescar com meu pai — disse ele.

— Como está Chuck? — perguntou ela. — Lembro-me dele de quando eu era menina. Achava que esta ilha era dele. Achava que ele era o presidente daqui.

— Chuck Lee, presidente de Tuckernuck. Ele vai gostar disso.

— Ele está bem? Birdie disse que ele teve um derrame.

— Foi um derrame brando. Ficou com sequelas no braço esquerdo e com a fala mais lenta, mas ainda anda um pouco por aí; uma saída por dia, vai ao correio ou almoçar no clube. Não pode mais jogar golfe e fica difícil pescar, mas eu ajudo. Ele adora estar no mar. Jogo a linha, e ele fica segurando. Se algum peixe fisga, eu puxo e ele corta a linha.

Barrett era um santo, pensou Tate. Mas dizer tal coisa poderia deixá-lo constrangido.

— E aí, pescou alguma coisa?

— Três percas listradas, mas só fiquei com uma.

— Vai comê-la?

— Talvez hoje no jantar – disse. — Minha noite de ontem foi por água abaixo depois disso. Tenho uma cliente que é muito exigente. O marido passa a semana inteira em Manhattan, e ela fica sozinha em casa. Ela ouviu um barulho e achou que era alguém invadindo a casa, então chamou a polícia e os policiais verificaram o barulho, mas acabou que eram apenas canos rangendo. Aí ela me chamou.

— Você é bombeiro hidráulico?

— Sou um pouco de tudo. Consertei o encanamento dela.

— Mesmo assim, que saco ter sua noite arruinada.

— É – concordou Barrett. — Essa mulher tem problemas com limites. — Ele estava sentado ao lado dela; seus braços quase se tocavam. Tate tinha dezenas de perguntas. *O que você faz além de trabalhar e pescar? Faz coisas divertidas? Sai com outras mulheres?* Enquanto Tate pensava em quais perguntas fazer, Barrett indagou: — E aí, qual o problema de Chess?

Foi como um balde de água fria. Voltara ao verão dos seus 17 anos.

— Problema?

— Sim, sua mãe me disse que o noivo ou ex-noivo dela morreu. E que ela está arrasada. Foi por isso que raspou a cabeça?

— Essa seria a conclusão lógica – respondeu Tate. — Mas quem pode dizer?

— Sei que não é da minha conta – disse Barrett. — Mas ela era tão bonita. Seus cabelos... e parecia uma pessoa tão controlada, tão madura, sabe? E legal.

— Eu adoraria poder contar mais — respondeu Tate —, mas ela não me fala como está se sentindo. Não de verdade. Se quiser saber mais, terá que perguntar a ela.

— Tudo bem, nada mais justo — assentiu, levantando-se. — Mas eu tenho a sensação de que ela não gosta muito de mim.

— Ela não gosta muito de ninguém ultimamente. — Barrett pareceu cético. — É sério. É isso que eu sei — completou Tate. — Ela está muito mal no momento. E é por isso que estamos todas aqui.

Tate fez seus abdominais no galho da árvore sob uma aura de inveja doentia. Quando Birdie perguntou se estava tudo bem, ela respondeu:

— Aham.

E saiu correndo para o chuveiro. A água fria caiu bem, mas não a acalmou. Birdie havia feito ovos mexidos com queijo cheddar e bacon crocante. O café da manhã predileto de Tate, e, ainda assim, ela passou feito uma bala pela sua adorada mãe e pela refeição. Se apertou pelas escadas para passar por India, quando o normal seria esperar que ela descesse. As escadas eram estreitas e só dava para uma pessoa passar por vez. Nem cumprimentou a tia. Quando India chegou no primeiro andar, Tate a ouviu perguntar a Birdie:

— Ela está bem?

Tate parou no banheiro para passar desodorante e hidratante. E de lá, pela janela, viu Chess e Barrett recostados no capô da caminhonete. Estavam virados para a água, sem se olhar. Não havia razão para eles estarem ali, recostados na caminhonete, não fosse por ela estar do outro lado da casa, fora do campo de visão e audição de qualquer um na cozinha ou à mesa do jardim. Tate sabia que não devia, mas os espionou impiedosamente. A janela do banheiro estava aberta, e ela conseguia ouvir suas vozes, embora não entendesse o que diziam.

Então, Barrett virou-se para ela e perguntou:

— Tem certeza?

Ela respondeu alguma coisa, mas as palavras se perderam no vento e no mar. Barrett foi embora.

Ele a havia convidado para sair.

Tate fez uma careta para sua imagem no espelho manchado. Aquilo não era justo. Chess ganhara *de novo,* e a coisa que mais a incomodava e, ao mesmo tempo, a desmoralizava era que Chess não estava nem tentando. Estava parecendo com Telly Savalas, estava *careca*, pelo amor de Deus, e, ainda assim, Barrett se sentia atraído por ela. Enquanto isso, Tate era atlética, sorridente, feliz, entusiasmada e ávida por aventuras. Pesava 50 quilos, estava bronzeada e tinha dentes brancos e bonitos. Trabalhava na indústria líder da economia mundial. Neste verão, ela era a melhor opção. Será que ele não conseguia ver isso?

Ela está bem?

Sim, tia India, estou bem, pensou Tate, enquanto colocava o biquíni. *Exceto no que diz respeito à minha irmã.*

Quando desceu para a cozinha com sua mochila (que tinha protetor, seu Ipod — o qual ainda não ouvira desde que chegara —, duas toalhas e um exemplar de *As Regras da Casa de Sidra*, de John Irving, que ela já havia lido, mas ficaria feliz em ler de novo porque sabia que ia gostar), Birdie, tia India e Chess estavam todas sentadas em torno da "mesa da sala de jantar". Pareciam ler o jornal, mas Tate sabia que estavam esperando por ela. Decidiu partir para cima antes que elas o fizessem.

A ILHA 173

— Ninguém vai precisar da caminhonete, vai? Porque eu vou até North Pond, passar o dia lá hoje.

— Vou com você — disse India. — Ainda não fui a lugar algum, e meus músculos estão precisando de exercício.

— Eu gostaria de ir sozinha — disse Tate. Todas a olharam. — Estou precisando de uma "hora de mim comigo mesma".

Birdie perguntou:

— Tate, está tudo bem?

Ela não gostava de ser pressionada daquele jeito.

— Posso fazer uso do meu direito ao silêncio?

— É claro. Vamos todas fazer uso do nosso direito ao silêncio, sobretudo enquanto estivermos aqui, e ter um mês calado e improdutivo. E então, quando voltarmos à cidade, estaremos nos corroendo por todas as coisas que guardamos dentro de nós.

Tate foi pega de surpresa. Olhou para Chess, que apoiava a testa nas mãos.

— Não é nada importante, mãe. Você se importaria de preparar um lanche para mim?

Chess pareceu bufar, talvez para indicar que achava o pedido de um lanche audacioso, porque a mãe não era nem sua chef particular, nem sua escrava. (Elas eram irmãs; Tate podia ler sua mente com facilidade.) Mas Tate não mordeu a isca.

— Farei o lanche se você pedir desculpas à sua tia por ter sido grosseira nas escadas.

Tate olhou para India.

— Desculpe — disse.

India balançou a mão.

— Tudo bem.

Quando Birdie levantou, Tate sentou-se na cadeira e a mãe levou um prato com ovos, bacon frito, um copo de suco de laranja e um bolinho amanteigado para ela. Depois, voltou à cozinha para preparar o lanche para a praia. Chess deitou a cabeça sobre a mesa, e India leu o jornal e fumou um cigarro. Tate já estava se acostumando ao cheiro.

— Espero que você não tenha ficado chateada por eu querer ir sozinha.

— Claro que não. Posso ir amanhã ou depois de amanhã ou depois de depois de amanhã. Ou outro dia.

— Você tem certeza absoluta de que quer ir a North Pond? – perguntou Birdie.

— Tenho.

— Porque a correnteza lá é forte — sugeriu Birdie.

— É um lago, mamãe.

Chess não disse nada, mas Tate não se importou.

Barrett havia convidado Chess para sair, mas ela não queria pensar no assunto.

A caminhonete era um veículo mágico; poderia levá-la a um estado de espírito diferente. Tate dirigiu bem devagar pelas estradas de chão, tanto porque apreciava o passeio por aquele percurso quanto por saber que alguém da associação de moradores reclamaria se qualquer veículo chegasse a dez quilômetros por hora. Estacionou perto de North Pond e foi andando até o final de Bigelow Point. A areia era dourada e granulosa e, mesmo do lado que dava para o oceano, a água era límpida até o fundo e tão quente quanto água de banheira. Ela estendeu a toalha e colocou os fones de ouvido. Ouviu "Tenth Avenue Freeze-Out", "For You", "Viva Las Vegas", "Atlantic City", "Pink Cadillac" e "The Promised Land". Não havia vivalma por perto. Era libertador estar tão só. Foi nadar no lado do oceano. Nadou uns duzentos metros e depois mais duzentos.

Estava a meio quilômetro de distância; podia ver toda a costa oeste da ilha. A água estava calma, e Tate ficou tentada a ir ainda mais adiante. Mas havia tubarões por ali. Bem, havia tubarões de vez em quando, vistos por alguém a cada quarenta anos. Enquanto nadava no mesmo lugar, começou a sentir as pernas formigarem e ficarem vulneráveis. Estava irritada, sim, e com ciúmes. Amava Barrett, mas Barrett amava Chess. Ainda assim, ela não queria ser devorada por um tubarão. Amava demais a vida. Amava Bruce Springsteen e a comida da mãe. Amava correr na praia e dirigir a caminhonete. Amava dormir no sótão quente e amava a irmã. Sim, a amava; não havia como negar. A vadia ia todas as noites para a cama dela e, todas as manhãs, Tate acordava feliz por encontrá-la ali.

Voltou nadando para a praia.

Leu as primeiras páginas de *As Regras da Casa de Sidra*, mas logo se cansou. Nunca fora uma leitora ávida; nunca fora capaz de se concentrar, pensar no que as palavras queriam dizer e que mensagem existiria nas entrelinhas. Ler, para Tate, era trabalhoso demais. Chess achava isso uma falha em sua personalidade. Mas Tate nunca tivera um bom professor de inglês no ensino médio, ao passo que a irmã tivera todos bons e por isso lia o tempo todo. Tinha milhares de livros – uma "biblioteca", dizia –, lia ficção no *New Yorker* e no *Atlantic Monthly*. Tinha poemas colados no espelho do banheiro de seu apartamento em Nova York. Ela era esse tipo de pessoa, mas Tate, não. Tate gostava de computadores, de telas brilhantes, de informações que se faziam claras e interessantes através de gravuras. Clique aqui e a tela mudava, clique ali e você estava num lugar completamente novo. A internet era viva, como um animal que ela havia treinado, um planeta do qual conhecia o terreno. O mundo estava na ponta de seus dedos. Sendo assim, quem precisava de livros?

Usou *As Regras da Casa de Sidra* como travesseiro.

Mas não estava cansada. Ficar deitada ao sol lhe daria muito tempo para pensar. Não queria pensar.

Barrett convidara Chess para sair. Parecia que ela havia recusado. Mas não recusara por lealdade a ela. Recusara porque não tinha vontade de sair com ele e se divertir. Não conseguiria se divertir.

Tate pegou o lanche que Birdie havia embalado: um sanduíche de muçarela e tomate com manjericão, que acabara ficando quente e derretido sob o sol, um saquinho de batatas fritas, uma ameixa, um potinho com amoras e framboesas, uma garrafa de limonada e um brownie. Pensou em como amava a mãe e como seria perfeito se ela concordasse em morar em seu apartamento. Mesmo se por um ou dois meses no inverno. Em Charlotte, nunca fazia frio de verdade, não como no noroeste. Raramente nevava. O condomínio de Tate mantinha a piscina ao ar livre aquecida; a mãe poderia nadar ali em janeiro. Mas Tate nunca ficava em casa; estava sempre na estrada. Birdie ficaria entediada; não teria amigos nem muito para fazer. O apartamento dela não tinha jardim. Mal tinha mobília; apenas uma tevê de tela plana de 52 polegadas e um colchão queen size, que ficava de frente para a televisão. Ela não conseguia imaginar Birdie passando uma noite lá, nas atuais condições. Os pais tinham ido uma vez a Charlotte, dois anos antes, assim que ela se mudara. Eles ficaram no Marriott, e todos os três foram jantar numa churrascaria cujo nome Tate não conseguia se lembrar. Sua conexão com Charlotte era fraca. Talvez devesse se mudar para outro lugar. Las Vegas seria um lugar interessante — com todas aquelas luzes.

Tate precisava de uma vida.

Precisava de um namorado.

Barrett!

Não queria pensar nisso.

Após o almoço, ela nadou no lago, ignorando o senso comum que dizia que deveria aguardar uma hora para fazer a digestão. Estava boiando de costas quando, pelo canto do olho, viu alguma coisa se mover. Levantou-se – a água batia na altura do peito – e apertou os olhos. Havia outra pessoa vindo para Bigelow Point. Tate reconheceu o mantô azul felpudo e o chapéu branco e molenga que pertencera ao seu avô.

Era Birdie!

Acenou. Ficou aliviada. Sentira vontade de ter companhia, embora fosse orgulhosa demais para admitir. Passar o dia inteiro sozinha na praia era demais para ela. A mãe percebera e fora ao seu resgate. Ela era uma mãe maravilhosa.

Birdie não acenou em resposta. Tinha no rosto uma expressão que Tate não sabia identificar, embora uma coisa fosse certa: não parecia feliz. Seguiu caminho pela faixa de areia que dava dentro da água.

Tate gritou:

– Mãe! Estou aqui! – Será que a mãe a vira? Não olhara para ela. – Mãe!

Tate franziu os olhos de novo. Aquela era a sua mãe, não era? Era o mantô azul da mãe e o chapéu branco molenga de seu avô, que ele costumava usar quando levava Chess e ela para pescar caranguejo no barco a remo.

Era mesmo a sua mãe. E então Tate percebeu que ela estava usando o telefone. Isso não podia ser verdade. Mas sim, Birdie estava usando o telefone. Falava com alguém. Estava gesticulando. A ligação foi curta. Dois minutos, talvez menos. Fechou o aparelho e o enfiou dentro do bolso do mantô.

Tate aguardou. A mãe ficou um momento olhando para o mar, então respirou fundo e caminhou na direção do lago. Tate nadou até a areia.

Birdie se aproximou sem uma palavra ou sorriso. Qual era o problema? Quando chegou perto o bastante para falar com ela, Tate não sabia o que dizer. E, em vez de falar qualquer bobagem, ficou quieta. E aguardou.

Juntas, foram até onde estava a toalha de Tate e ali se sentaram. Birdie então falou:

— Sinto muito. Sei que queria ficar sozinha hoje.

— Para falar a verdade – admitiu Tate –, eu estava morrendo de vontade de ter companhia.

— Eu liguei para Hank.

— Quem é Hank?

— É o homem com quem estou saindo.

— Sério?

Sentiu como se tivesse levado uma punhalada no estômago. Havia alimentado a esperança de que, como os pais não estavam saindo com outras pessoas, talvez pudessem reatar. Sabia que era infantil querer que voltassem, mas era assim que se sentia.

— Sério.

— Por que nunca ouvi falar dele? – perguntou Tate.

— Não faz muito tempo que nos conhecemos – respondeu. – Começamos a sair no final de abril. Na mesma época em que sua irmã rompeu o noivado. Muita coisa aconteceu. E ainda não sei se é sério ou não.

— Você está apaixonada? — perguntou, torcendo para que a reposta fosse negativa.

— Estou — respondeu Birdie. — Pelo menos é o que acho. Mas ele não está apaixonado por mim. Achei que estava, ele disse que estava, mas as nossas conversas desde que chegamos aqui me dizem o contrário. Ele parece muito desinteressado.

Desinteressado, pensou Tate. Como Barrett.

— Hank é casado — revelou Birdie.

— Mãe! — exclamou.

Tentou parecer chocada, embora não estivesse nem um pouco. Sabia como funcionava o mundo; sabia que traições eram tão comuns quanto formigueiros.

— A esposa dele tem Alzheimer — explicou Birdie. — Está numa clínica. Ficará lá até morrer.

— Ah — comentou Tate.

— E aqui está uma coisa que eu não entendo, mesmo na minha idade — continuou Birdie. — Nos dois anos entre a época em que seu pai e eu nos separamos e a época em que eu e Hank nos conhecemos, eu me sentia bem. Estava razoavelmente feliz, tinha hobbies e interesses: jardinagem, leitura, a casa, vocês, meus amigos. Então conheci Hank. E ele gosta de fazer as mesmas coisas que eu: jantar fora, ir ao cinema, passar a noite em bons hotéis, dançar. Meu Deus, foi bom demais ter alguém com quem *fazer* essas coisas. Você não faz ideia. Sempre me senti sozinha enquanto estava casada, sozinha, sozinha. O problema é que agora a minha felicidade depende de Hank. — Birdie cerrou os punhos. — Não acho justo alguém ser capaz de me afetar dessa forma! Mas também não quero voltar para como as coisas eram antes de conhecê-lo. Eu estava solitária. Então, com Hank, não me sentia mais assim. Mas agora, sem ele, me sinto ainda mais solitária do que antes.

Tate observou a mãe. Não ficou feliz por saber da existência de Hank, mas compreendia a situação. Sentia-se da mesma forma. Era apaixonada por Barrett Lee desde os 17 anos ou desde os últimos seis dias – de qualquer forma, aquilo não era justo.

– Não entendo por que ele não quer falar comigo – disse Birdie. – Não entendo por que está se afastando. Agora mesmo eu telefonei, e ele estava com a neta de 3 anos, numa fazendinha. Quero que diga que sente saudade de mim, que me ama, mas tudo o que ele fala é que está fazendo 33 graus em Connecticut e que o nome da vaca é Calliope.

– Você ligou numa hora ruim – disse Tate.

– Todas as vezes que ligo é uma hora ruim.

– Liga para ele todos os dias?

– Todos os dias desde o feriado.

Tate já havia percebido que Birdie sempre sumia por volta desse mesmo horário, mas achava que a mãe saía numa de suas típicas missões: colher flores silvestres para pôr na mesa de jantar ou procurar cebolinhas para a salada.

– Se isso fizer você se sentir melhor, estou apaixonada por Barrett Lee.

Birdie engasgou.

– *Está?*

– Ah, que isso, mãe! – exclamou Tate. – Não me diga que não percebeu. Eu sempre o amei. Desde criança.

– Amou? Sempre achei que fosse Chess quem estava interessada em Barrett.

– Claro que achou. Chess é sempre a heroína romântica. Por quê?

— Ah, Tate...

— Não, estou curiosa. Por que é sempre ela que consegue se apaixonar e ter relacionamentos e nunca eu?

— Logo será você — disse Birdie.

— Tenho 30 anos, mãe. Quanto tempo mais terei que esperar?

— Eu não sabia que você está apaixonada por Barrett Lee. Sinto muito. Mas é bom saber. Estava tentando jogá-lo para cima de Chess.

— Pois então pode parar com isso? — perguntou. — Por favor?

— Não está funcionando mesmo — reconheceu Birdie.

— Ele me perguntou sobre ela hoje de manhã e depois a chamou para sair. Eu vi quando eles estavam conversando perto da caminhonete. Mas acho que ela não aceitou. Chess falou alguma coisa com você?

— Nenhuma palavra. Você ficaria feliz se ela tiver recusado?

— Isso não muda o fato de ele querer sair com ela.

— O amor é completamente cruel — disse Birdie. — Eu tinha me esquecido de como é cruel. Não me lembro de me sentir assim com o seu pai. Grant e eu nos conhecemos e logo soubemos. Não houve joguinhos. Unimos forças e fomos viver a vida. Ele trabalhou, nós compramos a casa, eu tive você e Chess. Depois, perdi os dois bebês, quase um atrás do outro, o que foi muito desagradável, mas me recuperei. Seu pai estava livre para se preocupar em fazer dinheiro e jogar golfe, e eu podia me preocupar em devolver os livros para a biblioteca no prazo certo e levar vocês para as aulas de dança. Não me lembro de ficar tão confusa. Amar o seu pai foi frustrante, mas não foi doloroso.

— Até o final?

— Não foi doloroso nem no final — respondeu Birdie. — Apenas cheguei ao meu limite. Eu não queria mais ficar com ele. Não estava ganhando nada com o nosso casamento.

Tate concordou com a cabeça. Esta estava parecendo a conversa que ela deveria ter tido com a mãe dois anos atrás, mas que nunca acontecera. Tate não sentira vontade de saber o que dera errado; queria apenas que eles consertassem o problema.

— Grant foi o meu grande relacionamento. Ele era o copresidente da corporação da nossa vida. Mas o que percebi quando conheci Hank — nesse momento Birdie descansou o queixo nos joelhos dobrados — é que ali estava a oportunidade de ter outro tipo de relacionamento. A sobremesa, se quiser chamar assim. Hank já tem a família dele, e eu tenho a minha; é aposentado. Nós dois temos dinheiro. Tudo o que sobra são possibilidades: dez, vinte, trinta anos para curtir a vida ao lado de alguém. Nunca consegui curtir a vida com o seu pai porque ele sempre estava ocupado. Hank gosta das mesmas coisas que eu: ele cozinha, faz jardinagem, escuta as mesmas músicas e gosta dos mesmos vinhos. E é isso que faz o meu amor por ele tão cruel. Não quero ficar me divertindo com qualquer um. Tem que ser com ele. Antes de eu vir para cá, estávamos inseparáveis. Chorei quando nos despedimos, ele chorou também. Mas agora... Estou perdendo ele. — Quando olhou para Tate, tinha os olhos cheios de lágrimas. — Ah, minha querida, estou me sentindo como uma menina.

— Não tem problema — consolou Tate. — Está tudo bem, mãe.

Tate achava *mesmo* que estava tudo bem. A mãe estava apaixonada, estava sentindo coisas. Era uma mulher, um ser humano: será que algum dia levara isso em consideração? Será que alguém pensava assim sobre a própria mãe? Que ela também é uma pessoa com desejos e vontades, e com questões sensíveis e dolorosas? Tate sempre amara muito a mãe, mas será que algum dia a conhecera?

Ela andou até a margem do lago, Birdie a seguiu. Pegou uma pedra e a jogou na água, da forma como vira Chess fazer.

— Barrett Lee — disse.

Birdie abaixou-se e pegou uma pedra do tamanho e do formato de um ovo. Atirou-a, e ela caiu a alguns metros da costa.

— Hank — disse.

Tate questionou se estavam se livrando dos homens ou chamando por eles.

— Eu devia ter jogado o meu celular — comentou Birdie.

Birdie preparou-se para voltar para casa; não queria que Chess e India se preocupassem. Nenhuma das duas sabia onde ela estava.

— Seu segredo está a salvo comigo — garantiu Tate.

— E o seu comigo — respondeu Birdie. — Se isso fizer você se sentir melhor, eu era completamente apaixonada por Chuck Lee quando era garota.

— Por Chuck? — perguntou Tate. — Sério? Era mesmo?

— E India também — completou. — É como se tudo andasse em círculos: mulheres da família Tate apaixonadas pelos homens da família Lee, geração após geração.

Depois que Birdie foi embora, Tate ficou deitada na toalha sob o sol. A mãe estava apaixonada por Hank. Isso se parecia com algo que ela e Chess poderiam cochichar nas noites escuras no sótão — mas Tate não queria dividir o segredo. Quando estava adormecendo, pensou na época em que a mãe havia perdido os dois bebês. Lembrava-se dela no hospital pelo menos uma vez; seu pai lhes dera sorvete de chocolate no jantar, e, quando Tate contara isso à mãe, ela chorara. Desde então, Tate não tomou mais sorvete de chocolate. Ela era muito novinha, tinha 4 ou 5 anos, e não se lembrava de ninguém ter lhe explicado o que havia acontecido, embora talvez o pai ou tia India tivessem tentado, porque fora bem na época em que ela começara a rezar fervorosamente por mais um irmão ou irmã. Chegara até a pedir para o Papai Noel trazer um na noite de Natal. E então, quando nenhum irmãozinho apareceu, ela o inventou. Alternava entre um irmão chamado Jaysen (era assim mesmo que se escrevia) e uma irmã chamada Molly. Surpreendeu-se: não pensava em Jaysen e em Molly havia muito, muito tempo. O importante, lembrava, era que eles eram os seus melhores amigos, dedicados somente a ela. O Jaysen e a Molly de sua imaginação nem sequer sabiam da existência de Chess.

Tate acordou com o som de um motor. Abriu os olhos e se apoiou sobre os cotovelos. O barco de Barrett Lee havia entrado no lago pelo canal. Ouviu um segundo barulho, uma música suave, uma canção distante, algo familiar. O iPod estava ligado aos seus pés. Tocava "Glory Days".

Pegou o aparelho e o desligou, feliz por ter uma distração do evento principal: Barrett Lee em seu barco. Aqui? Olhou para o ponto onde a pedra que jogara finalmente afundara; ele estava mais perto do que isso agora.

Precisava acordar.

Tomou o que sobrara da limonada; quente e azeda. Mas estava acordada; aquilo era real. Barrett ancorou o barco, saltou pela lateral e andou pela água. Tate ficou olhando para ele.

— Disseram que você estava aqui — disse ele.

Não podia arriscar falar algo errado. Aguardou.

A ILHA   185

— Olha só, vai ter um evento amanhã à noite. Aquela cliente que mencionei vai dar um jantar. A festa é na casa dela, em Brant Point. Vai ser bem chique. Gostaria de ir comigo?

— Sim — respondeu ela.

A resposta saiu sozinha, sem sua permissão. A mente é o computador mais rápido que existe. Tantos pensamentos em um mesmo instante, pensamentos sobrepostos, colidindo, sem palavras. Um jantar com Barrett. Sim. Qualquer lugar com Barrett. Fazia diferença ele ter chamado Chess primeiro? Ela ser sua segunda escolha e todo mundo ficar sabendo? Fazia, *sim*, mas não o bastante para ela recusar. Nunca dispensaria Barrett Lee.

— Sim? — Ele pareceu surpreso. Talvez tenha achado, quem sabe, que levaria um fora das duas moças da família Cousins.

— Eu adoraria. Você me pega em casa?

— Às seis. Amanhã à noite, às seis. O problema é que...

— O quê? — perguntou.

— Não posso trazer você de volta até o outro dia de manhã — disse. — Quando o jantar acabar já será muito tarde. Então, terá que ficar comigo. Eu a trago de volta no domingo de manhã. Cedo, a tempo de você sair para correr. Prometo.

A tempo de ela sair para correr. Tudo bem, isso era gentil. Era atencioso. Ele sabia quem estava chamando para sair.

— Vou ficar na sua casa?

— Na minha casa. Tudo bem?

— Tudo bem.

— Este é o único problema de sair com uma garota de Tuckernuck — disse ele. — Não há como levá-la para casa à noite.

Uma garota de Tuckernuck.

Eles falaram outras coisas, coisas sem importância. *Tchau. A gente se vê amanhã. Acho que vai ser chique. Vou de paletó.* Tate não se lembrava bem. Seus pensamentos estavam no deus de Tuckernuck. Estava diante dele agora, apertando suas mãos em agradecimento. Beijando seus pés.

INDIA

Quando Barrett apareceu à tarde, tinha uma carta para India.

— Correio! — anunciou ele.

Aquilo era muito incomum. Grant costumava receber correspondências, claro, documentos que precisavam de sua assinatura; eram enviadas para Chuck Lee, que então as levava em seu barco para Grant, junto com um olhar de desprezo. Receber correspondência era uma afronta ao estilo de vida de Tuckernuck. Esperava-se que ali não houvesse cartas, telefonemas, nenhuma comunicação com o mundo exterior. India fora educada dentro dessa tradição. Ainda assim, não podia simplesmente desaparecer da face da Terra por trinta dias. Deixara o endereço de Barrett com os filhos e com a secretária, Ainslie. E fora clara: *só deve ser usado em caso de emergência.* A visão de Barrett balançando o envelope à sua frente lhe causou preocupação, que logo se transformou em medo.

Seu primeiro pensamento foi: *O bebê.*

O bebê de Billy. Heidi, esposa de Billy, estava com 29 semanas de gestação. Tudo corria bem, a gravidez era acompanhada de perto. Heidi era obstetra; tinha um equipamento de ultrassonografia dentro do consultório e o usava em si mesma todo último dia do mês. Sentia uma grande responsabilidade por carregar o neto de Bill Bishop na barriga, herdeiro de um nome tão famoso, mas ela estava à altura da tarefa. Era uma médica que seguia as próprias prescrições: tomava vitaminas, comia verduras e bananas e parara de beber. Ainda assim, as coisas poderiam dar errado, muitas coisas poderiam dar errado durante uma gravidez e um parto – isso sem falar na variedade imensa de doenças e defeitos de nascença. Fora assim quando India ficara grávida? Talvez, embora nem tudo tivesse um diagnóstico como hoje em dia. Quando olhou para o envelope branco na mão de Barrett, ela pensou: *Heidi entrou em trabalho de parto prematuro. O bebê vai nascer antes de seus pulmões se desenvolverem completamente. Se sobreviver, ficará semanas na UTI, com respiradores e correndo risco de danos cerebrais.* Ah, Billy! Ele e a esposa eram perfeccionistas e tinham expectativas tão altas. Não lidariam bem com essa situação.

Ou, pensou India, a carta poderia se referir a Teddy. De seus três filhos, Teddy era o que mais a preocupava por ser o mais parecido com Bill. Gostava de trabalhar com as mãos; abrira uma firma de instalação de telhados no noroeste da Filadélfia – Harleysville, Gilbertsville, Oaks –, antigas terras de fazendas onde agora brotavam fábricas da indústria farmacêutica e condomínios de mansões padronizadas para executivos. Teddy tinha uma namorada havia muitos anos, chamada Kimberly, mas eles estavam sempre terminando e reatando. Ele era emocionalmente instável. Certa vez, ocorrera um episódio que o levara à ala psiquiátrica do Quakertown Hospital. Os médicos lhe receitaram Zoloft, mas ele bebia demais, o que potencializava o efeito depressivo. Ele era, India tinha de admitir, uma bomba-relógio. Que notícias viriam dentro daquele envelope? Que ele havia matado Kimberly? Ou se suicidado?

A carta não seria sobre Ethan. Com 27 anos, seu terceiro filho era a pessoa mais feliz que India conhecia. Era apresentador de um telejornal esportivo, o que lhe proporcionava certo status de celebridade e o ajudava a conquistar mulheres em bares. Ethan tinha um golden retriever chamado Dr. J. Morava em um loft em Manayunk. Tinha apenas 12 anos quando o pai falecera, mas sobrevivera sem traumas, o que servira para mostrar que as coisas nem sempre aconteciam da forma como se esperava.

India pegou o envelope de Barrett. Nele estava escrito: *India Bishop, Ilha de Tuckernuck*. E isso era tudo; não trazia o endereço de Barrett que ela dera aos meninos e a Ainslie. A carta fora postada na Filadélfia.

India Bishop, Ilha de Tuckernuck.

— Não posso acreditar que isso chegou até mim — disse.

— Ajuda um pouco o fato de o meu pai conhecer todos em Nantucket, inclusive o chefe dos correios — observou Barrett. — São colegas de clube. Quando a carta chegou, ele a entregou ao meu pai e meu pai me deu.

— Bem — disse India, tentando sorrir —, obrigada.

— De nada. A senhora sabe onde está Tate?

— North Pond.

— Perfeito.

Ele deixou duas sacolas de compras, um saco de gelo, mais uma caixa de vinho na cozinha e pareceu ansioso para voltar para o barco. India pensou em comentar que Tate fora taxativa ao dizer que queria ficar sozinha, mas, egoísta, queria que ele fosse embora logo para que pudesse ter privacidade para ler sua carta. Birdie saíra para caminhar em algum lugar, e Chess dormia no sofá da sala. Já havia dormido na praia por cerca de duas horas, depois voltara para casa porque estava muito quente na areia, e caíra no sono outra vez. Não comera nada no almoço. Birdie se preocupava com ela; antes de sair para caminhar, dissera a India o quanto estava nervosa e implorara para que conversasse com a sobrinha. Como Tate passaria o dia fora, esta seria a oportunidade perfeita. *Certo, tudo bem*, disse India. *Pretendo fazer isso, vou fazer.* Mas India não sabia o que dizer. Poderia contar a Chess sobre suas próprias experiências, mas quem poderia garantir que fariam diferença? Na opinião de India, toda mulher tinha que enfrentar seus próprios demônios.

E, agora, ficou distraída. A carta! Tão logo Barrett desapareceu nos degraus que davam na praia, India colocou os óculos de leitura de Bill e abriu o envelope com uma faca de manteiga.

Um pedaço de papel branco, dobrado em três. Nele, com caneta esferográfica vermelha, estava escrito: *Será que me enganei sobre você?*

India leu a frase duas, três vezes. Então suspirou, dobrou a carta e a colocou de volta no envelope. Deixou os óculos de Bill caírem sobre o peito.

A carta era de Lula.

Por um lado, sentiu-se aliviada. Uma carta dos filhos conteria apenas notícias trágicas. Por outro, sentiu-se terrivelmente exposta. Ela a encontrara em Tuckernuck, com um envelope endereçado ao pombo-correio.

Lula pode ter telefonado para Ainslie para saber seu paradeiro; talvez Ainslie tenha lhe dado o nome da ilha (mas não o endereço de Barrett). Ou talvez Lula se lembrasse de India ter mencionado que a casa de verão de seus ancestrais ficava naquela faixa de areia chamada Tuckernuck. Ficou aliviada por a carta não ser mais rude; se Lula ficara irritada a ponto de abandonar a Academia, então estaria irritada o suficiente para escrever mais do que uma linha. Lula se policiara; mostrara controle. Havia quase aceitado a culpa.

India não sabia como responder à pergunta.

Acendeu um cigarro e foi à cozinha se servir de uma taça de vinho. Eram apenas três horas da tarde, mas e daí? Barrett acabara de trazer outra caixa de Sancerre. As garrafas estavam geladas, e India recebera um choque. Beberia um pouco.

Sentou-se à mesa do jardim e correu a mão pelos cabelos espetados e endurecidos pelo sal, sentindo-se constrangida, como se alguém a estivesse observando. Fumou o cigarro quase até o filtro, bebeu o vinho, levantou o rosto para o sol, sem se importar com as rugas, olhou o envelope e balançou a cabeça. Meu Deus.

Será que Lula se enganara sobre ela?

Sim, Lula, você provavelmente se enganou, ouviu as coisas que eu disse e as interpretou de maneira errada, atribuindo-lhes significados demais. Era essa a resposta? *Eu a confundi, vacilei, não sabia o que queria nem o que estava sentindo, estava fora da minha zona de conforto.*

India terminou sua taça de vinho e serviu-se de outra. O vinho estava gelado e bom − Birdie sabia escolher −, e India pensou: *Mas que droga!* Passara a semana inteira sem pensar na Academia em termos gerais, sem pensar em Lula, especificamente, e agora isso.

Tallulah Simpson. Lula fora tarde para a Academia, o que quer dizer com 26 anos. Já era graduada em Línguas Latinas pela Universidade McGill. Falava francês, italiano, espanhol, português, árabe e hindu. As línguas eram seu dom, mais dom talvez até do que a sua arte. Desde garota, Lula queria ser intérprete de uma organização importante − Unicef, Banco Mundial, Cruz Vermelha. Trabalhara alguns anos como tradutora para a indústria de cigarros; viajara para Montreal, Paris e Índia. Nunca pintara durante toda a sua vida até contrair dengue na Índia e ver-se presa num hotel custeado pela empresa de cigarros. Levara três semanas para se recuperar da febre e mais três para começar a recobrar as forças. Foi quando começou a pintar – por causa do tédio, contara, e da fraqueza. Sentira vontade de escrever um romance, mas pensar lhe doía o cérebro. A pintura era mais fácil; usara aquarela e têmpera em papéis caros e pesados do centro executivo do hotel. Já sabia o que gostaria de pintar; as imagens lhe acompanhavam desde que nascera.

Lula contara tudo isso a India em seu primeiro encontro, enquanto tomavam café com leite no White Dog Cafe, no primeiro dia de outubro frio; o bastante para se apreciar uma bebida quente durante a tarde. Fora um compromisso oficial. India era orientadora de Lula, que cursava seu segundo ano. Sua posição na Academia era tão alta que ela podia escolher todos os seus orientandos; era uma das suas condições para trabalhar como orientadora. (India era uma megera.) Escolhia então os alunos do segundo ano que provaram ser os mais interessantes, os mais talentosos e os mais atraentes durante todo o primeiro ano. E Tallulah Simpson estava no topo de cada categoria. Era linda – cabelos longos, lisos e negros, olhos verde-claros, pele dourada. Tinha boca larga e um espaço entre os dentes da frente. Seu sotaque também era indecifrável. Fumava, bebia e usava frases estrangeiras; vestia roupas caras e cheias de estilo – blusas esvoaçantes, jeans apertados, saltos altíssimos (India acabara imitando seu gosto para roupas; em algumas compras, até plagiara Lula). Seu pai, agora falecido, fora um executivo iraniano que imigrara para o Canadá no final dos anos 1970, e a mãe de Lula vinha de uma família proeminente de Bangalore. Sua vida fora privilegiada, embora tenha sido marginalizada por causa

192 Elin Hilderbrand

de sua raça até mesmo entre os tolerantes canadenses. Entendia a dor de ser uma forasteira, e, dessa dor, vinha a inspiração para suas pinturas.

Ah, por favor, pensara India.

Sua história lhe parecera batida e típica; esperara mais dela. Mas a maioria dos alunos da Academia — aspirantes a artistas, entrando na casa dos 20 anos — tinham uma visão excessivamente romântica de si mesmos. Gostavam de falar de sua *dor*, de sua *inspiração*. Ainda não haviam percebido que seu ganha-pão seria trabalho duro e ambição.

Lula fora um pouco sonhadora naquele primeiro café, mas era uma pintora extremamente talentosa. Estava sempre no ateliê, sempre experimentando telas, tintas e técnicas novas. Levara o gesso de volta à moda, depois o guache. Fazia estudos com cores e texturas, pintando em camadas. Estudara história — Matisse, Modigliani, O'Keeffe, Pollock, Rothko. Adorava Rothko; sozinha, deu início a uma renascença de Rothko. De repente, referências às pinturas dele começaram a surgir nos quadros de todos, e os professores balançaram a cabeça. Era por causa de Tallulah. Ela lançava moda.

Corria o boato de que Lula nunca dormia. Herdara a insônia de seu pai iraniano, que tinha o mesmo problema. Lula falara de sua insônia com India quando elas se encontraram novamente para outro café no White Dog. India admitira que também não dormia, embora sua insônia fosse situacional e não hereditária. Fora causada pelo suicídio do marido.

India passava suas horas insones tomando chá de camomila e folheando revistas de moda. Ouvia John Coltrane; assistia *Love Story – Uma História de Amor* no TNT. Lula ia a bares; tomava champanhe oferecido por homens endinheirados; usava drogas leves.

Quando amanhecia, ia para casa, lavava os cabelos, comia um ovo cozido e chegava às sete no ateliê.

Em seu segundo ano, descobrira o nu feminino. Passava longas horas em Cast Hall, desenhando as formas do corpo humano esculpidas em gesso; podia passar uma hora inteira trabalhando em uma orelha e um dia inteiro em uma mão. Queria a técnica perfeita. O instrutor mais famoso da Academia, Thomas Eakins, encorajara os alunos a dissecar cadáveres. Pensando nisso, Lula conhecera um estudante do curso de medicina da UPenn e passara a semana inteira fazendo esboços de cadáveres. Notícias sobre esse esforço excessivo em nome da autenticidade vagaram pelos corredores da escola; Lula logo se tornara uma estrela com talento inquestionável, com uma ética de trabalho doentia. India e os outros professores sabiam que uma reputação marcante, quando se estava apenas no segundo ano, poderia ser tanto bom quanto ruim. Mas seu trabalho falava por si só: uma parede inteira do ateliê da moça era dedicada a um estudo em cor-de-rosa de uma mulher dançando. A mulher tinha 1,80 metro de altura e os braços esticados sobre a cabeça; Lula a desenhara dezesseis vezes em sequência, de forma que, ao olhar para a parede da esquerda para a direita, era possível ver a mulher rodando.

No final do ano, ganhara um prêmio em dinheiro de Aluna Mais Promissora. Aquilo fora assunto de muita conversa e controvérsia, pois era a única que não havia terminado uma só tela. Toda a sua produção consistia, até aquele momento, de estudos. Mas os estudos mostravam brilhantismo e, como India — que tinha o voto mais influente nesse prêmio — chamara a atenção, nenhuma tela finalizada dos outros alunos era tão promissora quanto os estudos de Tallulah.

No terceiro ano de Lula, os cafés no White Dog se transformaram em jantares em lugares como Susanna Foo e Morimoto. As pessoas fofocavam que aquilo era antiético (não havia uma só fofoca que não acabasse chegando aos ouvidos de India). Mas nada havia de antiético naqueles jantares. Lula e India eram amigas, com um gosto comum por comidas exóticas e bons vinhos. Elas sempre dividiam a conta.

Então, uma noite, India oferecera-se para receber Lula em casa. Cozinharia para ela. Lula pegara o carro de um amigo emprestado e fora até o bairro extremamente arborizado onde a professora morava. A aluna, rata da cidade, parecera intimidada pelo local. Era muito antigo e tradicional. Muito pomposo. Nada a ver com a cidade, dissera. Conseguia funcionar na cidade. Mas pontes cobertas e propriedades gigantescas, country clubs cercados por grades e árvores de centenas de anos... não eram a sua praia.

Olha só esta casa, dissera.

Referia-se ao fato de ela ter sido construída com pedras retiradas do rio Delaware no século XVIII. O vestíbulo tinha um teto abobadado e piso de lajotas. Algo imponente para Lula, que morava num apartamento moderno e minimalista.

India a convidara para ir à cozinha, um aposento enorme e esplendoroso com bancadas de mármore, um balcão enorme, panelas reluzentes, armários de nogueira com puxadores gastos pelo uso. Quando os meninos ainda moravam em casa e Bill ainda produzia, o único trabalho de India era manter tudo certo e funcionando. Cozinhava pratos grandes e elaborados, duplicando e triplicando receitas para atender ao apetite dos meninos. Dissera isso a Tallulah. E continuara:

— Agora, quase não a uso mais. Então, estou feliz que esteja aqui.

Lula beijara India em cheio na boca, o que a pegara de surpresa, mas não lhe assustara. Ela levara para a dona da casa uma gérbera cor-de-rosa num vaso embrulhado em papel cor-de-rosa, um presente que nada tinha a ver com Lula, mas que ela assim justificou:

— Bairro tradicional, eu não sabia ao certo o que trazer. — Levara também dois baseados finos dentro de uma embalagem de sanduíche. — Um para agora, outro para mais tarde, caso você não consiga dormir.

India servira vinho, e elas acenderam o primeiro baseado. Já fazia um tempo que ela não fumava maconha, e com certeza nunca fumara com uma aluna. Mas fora tranquilizada pela segurança da própria cozinha, e a erva era boa. India ficara muito chapada; qualquer preocupação que tivesse subiu ao teto junto com a fumaça. Mexera o molho da massa no fogão. Lula perguntara se poderia dar uma espiada no resto da casa. India sentira uma pontada de ciúmes, algo antigo e esquecido. Aquela era, afinal de contas, a casa de Bill Bishop e, lá fora, estava o seu ateliê. Lula certamente iria querer vê-lo; e essa, bem possivelmente, deveria ser a razão de ter concordado em ir lá.

— Pode olhar à vontade, mas não vou oferecer um tour — esclarecera India. — Sem querer ser grossa, mas acho cansativo ficar apontando para todas as *coisas* de Bill.

— Claro — concordara Lula. — Com certeza.

De qualquer forma, fora bisbilhotar. Abrira a porta dos fundos, acionando as luzes automáticas, e atravessara o gramado rumo ao ateliê de Bill, que estava trancado. Lula voltara correndo para a casa, e India decidira não comentar.

Tiveram um ótimo jantar. Salada de folhas, figos, pinhões tostados e queijo de cabra com ervas e o famoso molho de India.

Fettuccine com manteiga trufada, molho branco e queijo pecorino. Pão caseiro.

— *Pão caseiro?* — perguntara Lula. Estava se empanturrando de comida, de uma forma que India jamais a vira fazer em público. Talvez fosse a maconha. Ou talvez se sentisse à vontade ali. Ou talvez apenas estivesse com fome: como todos os workaholics insones, Lula mal comia. Vivia à base de café e cigarros, e mordiscava pedaços ressequidos de pão indiano. Agora, Lula besuntava de manteiga o pão caseiro. India estava encantada.

Enquanto comiam a sobremesa — torta de ameixa com sorvete de Amaretto —, Lula dissera a India que os nus femininos não eram por acaso. Eles haviam surgido de uma descoberta de um ano atrás: a descoberta do sexo com mulheres.

— Você está querendo dizer que é lésbica?

— Bissexual — respondera Lula. — Já saí com muitos homens para me considerar lésbica. Gosto de homens, mas, por enquanto, estou sexualmente cansada deles.

— Está?

— Gosto de mulheres.

— Alguém em especial?

— Não. Não de verdade. Você pensa em mulheres?

— Não. Nunca pensei.

Quando respondera, sentira-se imatura, provinciana.

— Deixe eu fazer outra pergunta — dissera Lula. Havia devorado a sobremesa e estava apertando os dentes do garfo contra os farelinhos que sobraram. — Você aceitaria posar para mim?

India fumara o segundo baseado no final da noite, soprando a fumaça para fora da janela aberta do quarto. A insônia, seu inferno particular, a agarrava pelo pescoço. Sua cabeça era um quarto vermelho com alarmes soando. Sabia que, a partir do momento em que concordara em posar para Lula, não conseguiria mais dormir. Temia que nunca mais dormisse de novo.

Primeiro, recusara. *Não, pelo amor de Deus, não há nada no meu corpo que mereça ser reproduzido de forma qualquer.*

Lula insistira. *Estou tentando mostrar o que está dentro do corpo. Mostrar força interior, capacidade de adaptação. Você já deve ter percebido isso.*

Sim, India percebera. Era isso o que tornava seus nus tão diferentes. Bastava olhar para as figuras de Lula para ver a força e a elasticidade.

Quem posava para você antes?, perguntara India.

Lula dera de ombros. *As sílfides dos estábulos.* Ela se referia às aspirantes a atrizes e às garçonetes que recebiam 30 dólares por hora para posar para os alunos da Academia. *Também uma amiga, durante o verão. Uma vez, uma estudante negra, que conheci na rua.*

Meu Deus, pensara India. Lula andava por aí, pedindo para ser processada. Apesar disso, vira os estudos da adolescente negra e os achara brilhantes.

Ninguém poderá ficar sabendo, dissera India. *Ninguém poderá ficar sabendo que estou fazendo isso e que sou eu, quando virem os quadros. Pode imaginar o problema que isso causaria?*

Imagino, respondera Lula.

Então, dissera India, sentindo-se tanto honrada quanto extremamente desconfortável. Na verdade, sentira-se como se estivesse sendo cantada. Essa seria a sua oportunidade de ser parte de algo novo e vivo. Não havia a menor dúvida na cabeça dela de que Lula se tornaria uma grande artista do novo milênio – tão grande quanto o próprio Rothko ou Pollock ou O'Keeffe –, e como poderia India, mera mortal que era, negar a oportunidade de fazer parte disso? Tinha mesmo força interior e capacidade de adaptação, e sentia um orgulho profundo de ser as duas coisas. Era uma fênix, renascida das cinzas. Deveria ser pintada! Se não ela, quem mais? Lula poderia pedir a Ainslie ou a Aversa, a esposa atraente de Spencer Frost. Então India teria desperdiçado sua chance. Portanto, dissera que sim. Posaria para ela.

Lula fora embora logo após ter conseguido a resposta que esperava ouvir, levando com ela um pedaço generoso de torta de ameixa num prato de papel coberto com filme plástico. Estava bêbada e chapada e dirigia um carro que não era seu, numa estrada desconhecida e sinuosa; era antiético, até mesmo um crime, mandá-la para casa daquele jeito. India deveria tê-la convidado para passar a noite ali. *Você pode ir embora comigo amanhã de manhã.* Mas seu bom senso lhe dissera para tirar aquela moça de dentro de sua casa antes que outros limites fossem ultrapassados.

India fumara o baseado, que a levou ao andar de baixo, à cozinha, para acabar tanto com a torta de ameixa quanto com o sorvete de Amaretto. Pegou no sono por volta das cinco e levantou às sete, sem ter escovado os dentes e com um vago sentimento de vergonha no coração.

À mesa do jardim, tomou sua segunda taça de vinho. Faltavam quinze minutos para às quatro da tarde, e ela ainda estava sozinha. Era um presente, pensou, ter tempo para pensar sobre a carta e sobre Lula sem gente por perto. Se Birdie estivesse ali, iria querer saber de quem era a carta e o que dizia. India estava com a cabeça girando. Era uma experiência diferente ficar bêbada numa tarde ensolarada. Havia chegado ao ponto no qual ou teria que se controlar – e descobrir como funcionava a prensa francesa para preparar uma xícara de café – ou continuar com o vinho. Dane-se, pensou. Estava em Tuckernuck, onde nada era esperado dela.

A ILHA 🐚 199

Na cozinha, serviu-se de outra taça. Certificou-se de que Chess ainda estava respirando. Estava? Muito bem.

Posar para Lula era tão secreto quanto um caso amoroso. Recusara-se a posar em seu ateliê ou em qualquer outro espaço que pertencesse à Academia. Então, elas optaram pelo apartamento da moça.

India apresentara-se ao porteiro com um outro nome, Elizabeth Tate, que era, como contara à Lula, um nome de família. A jovem não entendera a necessidade de um pseudônimo – o porteiro era discreto, ela poderia usar seu nome verdadeiro. Mas não, ela não usaria.

Lula recebera India na porta do apartamento. Estava ouvindo Schubert, o que era como um bálsamo para as sensibilidades de India; em seu ateliê na Academia, ouvia Smashing Pumpkins, Sex Pistols e Ramones num volume ridículo. (Os outros alunos teriam reclamado se fosse qualquer outra pessoa senão ela.) Cumprimentara India de forma profissional: um olá seco, sem beijo, e lhe oferecera um roupão branco.

— Você pode se trocar no banheiro – dissera.

Seu banheiro era sofisticado e moderno, assim como o restante do apartamento, e tão impessoal quanto o banheiro de um hotel. Todos os objetos pessoais da moça estavam bem-guardados atrás de armários espelhados. Tantos espelhos, duplicando, quadruplicando o corpo pouco vestido de India. Tentara não olhar para si mesma. Sua missão naquele dia *nada* tinha a ver com vaidade. Não era sobre seu corpo e o que tinha acontecido com o seu previamente lindo bumbum (muita torta de ameixa, muitos cosmopolitans, idade...). Tinha a ver com arte.

Entrara na sala vestida com o roupão.

— Onde quer que eu fique? — perguntara.

— Não sei ainda — respondera Lula. Vestia uma túnica branca cheia de babados por cima de leggings verde fluorescente. Estava descalça e fumando. Uma parte dos cabelos estavam presos, outra parte, soltos; tinha os olhos esfumados com lápis preto. — Estava pensando nisso. Vamos começar pelo sofá.

O sofá era de camurça branca. India sentira medo dele. Ou melhor, sentira medo daquele momento, do momento em que tiraria o roupão. Não era normal se sentir nervosa; sentir-se vulnerável. Tentara se concentrar em outras coisas. A música de Schubert era linda. Havia um vaso de dálias vermelhas na mesa ao lado do sofá.

Tirara o roupão, expondo as costas para Lula. Deitara-se no sofá.

— Assim? — perguntara. Sua voz soara esquisita.

Lula mal assentira com a cabeça. Com o lápis, fizera um movimento rápido e sonoro no papel. India ficara eletrizada. E imediatamente excitada, mais sexualmente excitada do que já estivera na vida. Nada mais era naquele momento além de um corpo nu esticado num sofá de camurça. Era uma mulher que tinha o corpo observado por outra mulher. Aquilo era obsceno e empolgante. O lápis de Lula se movia cada vez mais rápido. Para India, era como se ele a tocasse, como se a borracha do lápis estivesse brincando com seus mamilos, que agora estavam duros. Será que Lula sabia? Sabia o que estava *fazendo* com ela?

— Vire os quadris um pouquinho para o meu lado.

India, obviamente, já ouvira todas as piadinhas sobre as sílfides dos estábulos. Quando a aula acabava, as moças que posavam na Academia eram as companheiras de cama mais fáceis do Vale do

A ILHA 🐚 201

Delaware. Era só uma questão de qual aluno se ofereceria para lhes pagar uma bebida primeiro. Agora, India entendia a razão. Era uma experiência incrivelmente sensual desnudar o corpo e deixar outra pessoa reproduzi-lo.

India fechara os olhos. Estava molhada entre as pernas. Latejava com calor e luz.

— Mantenha os olhos abertos! — reclamara Lula.

India abrira os olhos.

Conseguira deixar o apartamento de Lula uma hora mais tarde, sem incidentes, fato que a decepcionara na hora, mas que se tornou um grande alívio quando se viu do lado de fora, na rua fria da cidade.

O que tinha acontecido lá dentro?, perguntara-se. Algum tipo de feitiço?

Decidira que não voltaria mais.

Mas acabara voltando, todas as terças-feiras, às cinco da tarde, durante oito semanas. Os dias em que posava substituíram seus jantares semanais. India não conseguia mais sentar-se com Lula para comer; alguma coisa mudara entre elas. Posar era uma coisa séria; durantes as sessões, elas mal conversavam. India não sabia como processar aquela energia sexual. Será que Lula percebia? Sentia também? Não deixava transparecer.

Durante aquelas oito semanas, India começara a cuidar do corpo novamente. Passara a fazer ginástica numa academia distante; aquele não era um lugar onde encontraria pessoas conhecidas, portanto, força e resistência eram o seu único foco. Contratara um personal trainer chamado Robbie, que era travesti e a fazia malhar como se fosse um touro nos equipamentos de musculação e nas anilhas. India comia frango, peixe e legumes. Começara a fumar menos e parara de beber quando estava em casa. Investira em cremes e loções para a pele; marcava manicures, pedicures e massagens nos fins de semana. (Cuidar de si mesma, percebeu, poderia preencher cada hora vaga que tinha, se assim permitisse. Será que outras pessoas faziam isso?) Passava fio dental sempre que escovava os dentes. Tomava vitaminas. Banhos de lavanda. Pensou em depilar a virilha com cera, mas não queria chamar muita atenção.

Lula não parecia notar as mudanças, até que um dia, quando India tirara o roupão, dissera:

— Você está emagrecendo, India?

India se apressara em negar.

— Jura? Você está esbelta. E radiante. O que está acontecendo com você?

India dera de ombros.

— Deite-se — ordenara Lula.

Então, o trabalho acabara. Era o período de férias de primavera, que durava duas semanas, e India fora para a Grécia com sua antiga colega de quarto da faculdade, Paula Dore-Duffy, que era agora professora de neurologia em uma universidade. Paula fazia pesquisas sobre a barreira hematoencefálica; não se interessava pelo mundo da arte nem pela Academia, nem por tendências lésbicas tardias, e India também não falava sobre esses assuntos. Paula queria se livrar do seu jaleco branco, beber *ouzo* e dançar nas discotecas do hotel com vista para o mar Egeu, e India se juntara a ela. Um dia, no café da manhã, quando Paula perguntara a India sobre o trabalho, India brincara que pensar na Academia a fazia se preocupar com sua própria barreira hematoencefálica e devorara seu mel com iogurte. O assuntou não surgira de novo. O que fora um alívio.

Quando India voltara para a Academia, as coisas começavam a andar no ritmo de final de ano. Os alunos do terceiro e quarto ano estavam se preparando para a Exposição Anual de Alunos. India conversara com todos seus orientandos, inclusive com Lula. Ela estava pintando a todo vapor. Voltara ao seu modo obsessivo – ficava em seu ateliê das sete da manhã à meia-noite, fumando dois maços de cigarro por dia, bebendo dez cafés com leite e pedindo comida indiana do Mumbai Palace, a qual deixava intocada dentro das embalagens.

Todos estão esperando trabalhos grandiosos, dissera-lhe India.

Foda-se, respondera Lula. Mas estava rindo quando disse isso.

A Exposição Anual era a mais importante noite do ano acadêmico; era, de várias formas, mais importante do que a formatura. A formatura era uma cerimônia, uma entrega (basicamente inútil) de um diploma em belas-artes. Mas a exposição era o ponto crucial; era o dinheiro. Marchands de todas as partes da cidade, de Nova York, Boston e Chicago estariam presentes – assim como familiares, amigos, antigos alunos, colegas de outras escolas, curadores de outros museus, colecionadores de arte experientes, colecionadores inexperientes, e mulheres da sociedade que não sabiam a diferença entre Winslow Homer e Homer Simpson, mas que queriam ver e ser vistas. A exposição era a noite primordial do mundo da arte da Filadélfia; uma fila se formava nos portões horas antes de começar.

India sempre vestia algo novo e fabuloso para ir à exposição porque, inevitavelmente, sua foto aparecia nas páginas das notícias sociais do *Philadelphia Inquirer* e nas páginas centrais e reluzentes da revista *Philadelphia*. Ela era, de inúmeras formas, a representante da Academia; era o seu nome que as pessoas reconheciam. India Bishop, viúva do famoso escultor. E, neste ano, ela sabia que o seu envolvimento seria mais profundo e mais sutil do que fora nos anos anteriores. As pinturas de que todos estariam falando seriam dela.

Por ser uma exposição de curadoria dos alunos (que era parte do alvoroço: nem mesmo a administração sabia o que viria pela frente), India não havia visto os quadros. Ela se sentira tentada a pedir para vê-los inúmeras vezes e confirmar que o corpo nu não seria reconhecível como o *seu* corpo – mas não podia arriscar insultar Lula dessa maneira. Elas tinham um acordo: sua única condição seria honrada.

India usara um vestido branco esvoaçante Elie Tahari de um ombro só que, apesar de lindo, lembrava muito um lençol pintado enrolado sobre o próprio corpo. Antes mesmo de entrar pela porta dos fundos e pegar uma taça de champanhe da bandeja, já estava recebendo elogios pelo vestido. *Que vestido lindo, muito elegante, caiu tão bem, onde comprou?* Havia gente em todos os lugares, eram como bandos de pássaros descendo sobre ela, gaivotas numa praia onde ela segurava o único sanduíche. Todos queriam falar com ela; todos queriam sua atenção. Uma jornalista do *Inquirer* tirara uma foto sua quando ainda estava de óculos escuros. India estava sufocada. Precisava de, pelo menos, espaço para respirar, alguns momentos para largar a bolsa, experimentar o champanhe, entrar nas salas da galeria. Sua entrada sempre causara tanto rebuliço assim? Ou seria esse interesse causado por alguma outra coisa? Será que eles sabiam? Era tão óbvio assim ou apenas um boato?

Respirara fundo. Precisava relaxar. A exposição era sempre sufocante, dissera a si mesma, pois ela conhecia quase todas as pessoas na sala, e as poucas pessoas que não conhecia estavam ansiosas para lhe serem apresentadas. Ainda assim, cenas de um pesadelo saltavam em sua cabeça – seu corpo horroroso e cheio de calombos, o rosto retorcido e feio, sua silhueta revelando a megera maldosa que era de verdade – enquanto fora abrindo caminho entre as pessoas.

A ILHA 🐚 205

O presidente da diretoria, Spencer Frost, esperava por ela do lado de fora da galeria. Estava ruborizado e suado, como se experimentando um êxtase só seu.

— Meu Deus, India, está fantástico! Essa moça é uma estrela. Quero comprar todos eles. Já comprei dois para mim e um para a escola. Eles são... bem, vá, mulher, veja por si mesma.

India entrara no salão frontal, que continha telas imensas e altíssimas — como Delacroix, no Louvre —, e todas eram de Lula e todas eram de India. Era India desconstruída e reconstruída — India nas faixas de cores manchadas de Rothko —, seus seios e suas pernas e seu bumbum previamente resplandecentes, de uma forma que sugeria movimentos fluidos. Sua pele estava luminosa, as linhas perfeitas. India tivera que se esforçar para conseguir um lugar — o salão estava lotado, e seu coração doera um pouco pelos outros alunos cujos trabalhos receberiam um décimo daquela atenção —, pois queria vê-los. E quando os vira de forma apropriada, ficara exultante. Não por ela mesma (bem, talvez um pouquinho só por ela mesma), mas por Lula.

Ela conseguiu, pensara.

India levantou-se da mesa segurando a carta. Serviu-se de outra taça de vinho e levou o envelope para o quarto, no andar de cima. Roger estava sobre a penteadeira. Na umidade, seus cabelos de algas ficavam minguados. Enfiou a carta de Lula em uma das gavetas e pensou em tirar um cochilo em seu colchão de gelatina, mas isso faria com que acordasse uma hora ou duas depois com a boca seca e uma dor de cabeça latejante. Não, obrigada.

Lá embaixo, achou que tinha ouvido Chess acordando. Fechou bem a gaveta da cômoda.

Será que me enganei sobre você?

206 ❦ *Elin Hilderbrand*

* * *

A 108ª Exposição fora um sucesso tão grande que nem Lula, nem India poderiam ter imaginado. A estudante vendera todos os quadros: dois para Spencer Frost, para sua coleção particular (e era público e notório que ele só colecionava *artistas mortos*), e um para a Academia, por intermédio dele também. A tela maior fora vendida para Mary Rose Garth, herdeira da indústria da borracha, que era a presença mais exuberante na Exposição (famosa por sua cartela de adesivos de bolinhas vermelhas que reservava as melhores telas antes que qualquer outra pessoa as visse). Lula também vendera uma tela para um colecionador em Seattle (não houve confirmação, mas correram boatos de que fora Bill Gates) e outra para um dos mais prestigiados escritórios de advocacia na Filadélfia composto só de mulheres. Todos os donos de galeria ali presentes se ofereceram para representá-la. Lula ficaria rica e famosa.

— Mas eu não vou sair da Academia — dissera à India. — Vou terminar primeiro. E pegar o bendito diploma.

— Claro que irá, tolinha — respondera India. — Bobinha.

Estava bêbada, e bem bêbada. Já era tarde, três e vinte da manhã. Lula e India haviam sobrevivido à exposição, à recepção que se seguiu, ao jantar no Tria após a recepção, aos drinques no Valanni após o jantar e à dança no 105 Social depois dos drinques. Fumaram um baseado no caminho de volta a North Broad Street. Lula queria ver os quadros mais uma vez — alguns deles seriam levados na manhã seguinte por seus compradores —, e India também.

Foi quando estavam as duas na frente das telas e Lula anunciara seus planos de permanecer na Academia que ela passara os braços pela cintura de India e encostara os lábios em seu pescoço. India estava bêbada, drogada e cambaleante com o resultado da noite mais extraordinária de sua vida. Poderia muito bem ter cedido à Lula, ter se jogado de cabeça e se perdido nos encantos da moça.

Mas, em vez disso, se afastara.

— Não — recusara. — Sinto muito.

Lula insistira. Fora gentil e tinha a voz calma.

— Percebi que você queria isso enquanto posava para mim. Percebi, mas esperei.

O que India poderia dizer? As horas que passara posando para Lula foram as mais eróticas de sua vida. Não podia negar. Tivesse a aluna se aproveitado dela enquanto estava estirada no sofá de camurça, India não teria como recusá-la.

— Sinto muito — repetira India.

— Eu amo você — declarara Lula. — De verdade. Eu amo você, India.

India tremera. Pela primeira vez naquela noite pensara em Bill e em como sua vida fora excitante e completa ao lado dele. Até mesmo quando os meninos ficavam doentes e o céu estava cinza, até mesmo quando ele estava maníaco ou depressivo, India se sentira viva. Sentira-se engajada, interessada, desafiada. Assim era a vida com um gênio.

Mas não podia fazer isso de novo.

— Lula. — Tocara-lhe o queixo e puxara seu rosto para que a olhasse nos olhos. — Sinto muito.

Lula lhe dera um tapa, um tapa forte, no rosto.

India gritara. O som ecoara no salão agora cavernoso. Novamente, Bill: ele batera nela uma vez em público, numa plataforma do metrô em Estocolmo. Ela jurara que o abandonaria, mas não o fizera.

Deveria devolver o tapa? Será que Lula queria uma briga com puxões de cabelos e roupas rasgadas? Será que tudo acabaria com elas entrelaçadas no chão?

India dera as costas. Pegara sua bolsa largada em uma bandeja e saíra do salão.

— India! – chamara Lula. – INDIA!

Mas ela não parara. Voltara dirigindo para casa e dormira como um bebê até o dia seguinte.

Era feriado, e India passara o dia tranquila em casa, cuidando do jardim. Na terça-feira de manhã, as notícias haviam se espalhado como uma epidemia: Tallulah Simpson estava indo embora. Pedira transferência para a Parsons.

Quando India desceu as escadas, Chess estava piscado, seus olhos arregalados e sem foco como os de alguém que havia acabado de nascer.

— Que horas são? – perguntou Chess.

— Quase cinco – respondeu India, embora ainda fossem quatro e quinze. – Quer uma taça de vinho?

— Sim. Onde está minha mãe?

— Saiu para caminhar.

Chess assentiu com a cabeça.

— Dormi uma eternidade.

— Você dorme bem à noite?

— Feito uma pedra.

— Sorte a sua – observou India, embora sorte nada tivesse a ver com isso. A garota estava deprimida. Sentiu-se culpada. Ela deveria conversar com Chess. Deveria ajudá-la. Por isso fora convidada a ir para lá.

A ILHA 🐚 209

India serviu uma taça de vinho para Chess e voltou a encher a sua. Estava bêbada, ou quase bêbada, o que não é nada mau quando se está prestes a embarcar numa conversa franca.

— Sente comigo.

Chess aceitou o vinho e sentou-se à mesa do jardim. India revirou a cozinha em busca de tira-gostos — encontrou meia lata de amendoins espanhóis e uma caixa de biscoitos, que estavam murchos e tinham gosto de papelão molhado.

Tinha uma introdução pronta, na ponta da língua. *Sua mãe me pediu para conversar com você.* Mas que frase esquisita, soaria como uma diretora de escola! Iria parecer mais com uma bronca. A ideia, sabia, era que ela falasse com Chess sobre Bill — sobre como Bill havia morrido, como ela se sentira e como havia se recuperado. Mas India não queria falar de Bill. Estava com a cabeça em outro lugar.

Pensou por um instante, enquanto analisava a sobrinha. Sem a moldura dos cabelos, seu rosto era ainda mais atraente do que o normal. Tinha olhos azul-claros com contorno escuro na íris, e o efeito era bem bonito. Havia marcas avermelhadas e cruzadas em seu rosto no lugar onde a bochecha pressionara o material áspero do sofá da sala. A pobre moça estava louca por alguma coisa — um fragmento, uma pista, alguma direção sobre como agir. Terminara o noivado; seu noivo morrera. Havia outras coisas que ela não falava. Não estava pronta para falar, mas, ao olhar para ela, India imaginou se estaria pronta para ouvir.

Será que conseguiria ouvir a história de Lula e de sua velha e querida tia?

Ah, que saco, India. Fale logo!

— Recebi uma carta hoje.

CHESS

Sua depressão era um lugar onde podia se esconder. Birdie tentara entrar, e Chess a ignorara. Barrett Lee tentara entrar, e Chess lhe dissera para ir embora. India tentou entrar, e Chess – principalmente porque não conseguia ser grossa com a tia – concordou em ouvi-la. Tia India falou sobre uma aluna da Academia e de uma conexão entre elas que não podia ser resumida. A história era interessante. Pela primeira vez desde que tinha chegado, Chess pensou em alguém que não fosse ela mesma.

— Você a ama? – perguntou à tia.

India colocou os dedos sobre as têmporas e revirou os olhos como uma vidente tentando prever o futuro.

— Não sei – respondeu. Sorriu para Chess e acendeu um cigarro. – A questão, minha querida, é que as emoções humanas se manifestam de diversas maneiras surpreendentes. Entende o que estou falando?

— O quê? – perguntou Chess.

— Estou dizendo que você não está sozinha.

Sétimo dia.

"As emoções humanas se manifestam de diversas maneiras surpreendentes." India Bishop.

Nick me beijara. Fiquei pensando nesse beijo centenas, milhares de vezes por dia. Eu tentava pensar em como havia agido ou reagido, mas tudo acontecera tão rapidamente que não conseguia lembrar. Eu só conseguia me lembrar dele. Imaginei se deveria ter dito ou feito alguma coisa diferente, porque, depois daquele único beijo, nada aconteceu durante um bom tempo. Eu deveria ter falado algo que indicasse como eu me sentia, deveria tê-lo segurado mais tempo ali, tê-lo beijado mais, feito mais do que beijá-lo.

Continuei a sair com Michael. Eu encontrava Nick com pouca frequência — uma vez por mês, quando íamos vê-lo tocar no Bowery Ballroom ou no Roseland, e ele me lançava um olhar intenso, cheio de desejo, mas uma única vez, e depois não olhava mais. Havia sempre mulheres a volta dele — magras, de cabelos longos, vestindo jeans e camisetas apertadas, usando bijuterias feitas em casa; lindas e subnutridas, essas eram as groupies da banda —, mas eu nunca via a mesma mulher mais de uma vez. E a única vez que perguntei a Michael se Nick tinha namorada, ele me perguntou: "O que, exatamente, caracteriza um namoro?"

Nós íamos a jantares de família com Cy e Evelyn, mas Nick nunca aparecia.

Michael encontrava Nick nas noites de quarta-feira para jogar pôquer. O jogo era organizado por Christo Snow, que estudara no ensino médio com Michael e Nick. Eram jogos de apostas altas, a comida era servida por bufês, e, além de um carteador de Atlantic City, Christo também contratava um segurança. Michael ora ganhava, ora perdia dinheiro. Nick sempre ganhava; essa era a sua principal fonte de renda. Uma noite, depois do jogo, Michael chegou em casa com o olho rosado e inchado. Nick lhe dera um soco.

Engasguei.

— Por quê?

— Brigamos.

— Por qual motivo?

Como de costume após esses jogos, Michael estava bêbado. Caso contrário, ele jamais teria me contado.

— Você.

— Eu?

— Ele disse que eu não sou o homem certo para você.

— Não é o homem certo para mim?

— Não sou bom o bastante para você.

Minha cabeça girou. Lembrei que, anos atrás, Michael havia quebrado o nariz de Nick por causa de uma garota. Eu deveria ter sido solidária a Michael, mas, em vez disso, meu coração pareceu estar sendo carregado por beija-flores. Nick gostava de mim.

— Bem, isso é uma tolice — respondi.

Encontrei Nick de novo na semana antes do Natal. Ele estava sentado num banco no saguão de entrada do prédio onde eu trabalhava. Eu estava indo embora; nós havíamos acabado de encerrar a edição de fevereiro, que incluía sopas, ensopados reconfortantes e um menu para festas de inverno. Estava sentindo o mesmo alívio enorme que sempre sentia quando terminava uma edição que ficava boa. E, além do mais, era Natal, eu teria doze dias de folga do trabalho e uma festa natalina naquela noite, da empresa de Michael, que aconteceria na Biblioteca Morgan. Eu estava de ótimo humor. Não gostava de Natal tanto quanto Birdie ou Tate. Natal era uma festa infantil, e eu não tinha filhos e nem era mais criança, mas, naquele dia em especial, eu estava com espírito natalino.

E então vi alguém que se parecia com Nick, mas que não poderia ser Nick, sentado no banco de vinil perto da porta giratória do prédio onde ficava nosso escritório. Aproximei-me e vi seu rosto, seus cabelos, aqueles olhos. Ele vestia um casaco de lã escura e jeans. Os seguranças que controlavam a entrada o olhavam cheios de suspeita.

— Nick? — perguntei.

Ele me olhou daquele seu jeito. Minha cabeça rodou. Estavam tocando canções natalinas no saguão, e a música do momento era Burl Ives interpretando "Have a Holly Jolly Christmas".

— Eu estava passando aqui perto — disse.

Mentira. Eu trabalhava em Midtown. Nick Morgan nunca teria razão para estar ali.

A ILHA 🐚 213

Eu não sabia o que dizer, não conseguia tirar os olhos dele e não queria que ele tirasse os olhos de mim. Ficamos ali, no saguão coberto de mármore do meu prédio, com as pessoas passando em todas as direções e Burl Ives cantando, presos em algum tipo de campo de força.

Por fim, Nick falou:

— Vamos sair daqui.

Caminhamos. Ele conduziu, e eu o segui de perto. Subimos a Fifth Avenue em meio a multidões de gente. Tantas pessoas, tantos votos de Feliz Natal — fitas metálicas penduradas nos postes de rua, papéis coloridos cobrindo as lojas da Louis Vuitton e doces natalinos na vitrine da Henri Bendel. Passamos em frente ao Plaza Hotel; do outro lado da rua, a fila na FAO Schwarz tinha umas quinhentas pessoas. Quando eu caminhava na rua com Michael, esses detalhes me interessavam. Com Nick, eu só me interessava por ele.

Entramos no parque e pegamos o primeiro caminho. Estava frio, mas não me importei. Nick me levou na direção de uma árvore — sem galhos, majestosa, protetora. Na mesma hora, ela se tornou a nossa árvore. Virei-me para olhá-lo, e ele me beijou. Ele me beijou de verdade. Estávamos nos beijando e, meu Deus, Nick beijava melhor do que qualquer outro homem que já conhecera. Era mais sensual do que Michael — mais cauteloso, menos cauteloso. Então me disse:

— Estou obcecado por você.

Isso deveria ter sido uma surpresa para mim, mas não era. Embora estivesse namorando Michael, eu pensava em Nick todas as horas de todos os dias. Sonhava com ele. Tinha fixação pelo pôster que ficava pendurado na cozinha de Michael e pelas fotografias deles juntos, quando crianças, na casa dos pais. Eu inventava desculpas para dizer o nome dele.

Perguntei:

— O que vamos fazer?

Ele não respondeu.

Imaginei o que aconteceria se eu simplesmente dissesse a Michael: "Escute, estou apaixonada pelo seu irmão." Seria terrível, com certeza; haveria outro olho inchado ou nariz quebrado, ou pior. Cy e Evelyn ficariam numa situação difícil, mas será que deixariam isso destruir o mundo deles? Será que deserdariam Nick e, caso deserdassem, será que isso destruiria o nosso mundo?

Nick balançou a cabeça e disse:

— Odeio esse cara, odeio mesmo, mas o amo também, e simplesmente não posso fazer isso com ele.

— Não. Nem eu — concordei.

— Só que eu não aguentava mais esperar. Precisava encontrar você. Precisava beijar você hoje — continuou ele.

— Tudo bem — respondi. — Sim.

Nós nos beijamos mais um pouco, eu não conseguia me cansar dele, e então ele se afastou, e foi embora — me deixou ali, no parque escuro, algo que seu irmão, o perfeito cavalheiro, jamais faria.

Uma semana depois, no dia de Natal, fui à casa dos Morgans, em Nova Jersey, trêmula de ansiedade. Naquela manhã, Birdie havia preparado nosso costumeiro brunch com ovos beneditinos e pãezinhos doces, e eu não consegui comer nem um pedaço. Michael e eu fomos de carro para a casa dos pais dele, e eu fingi estar dormindo no caminho para não precisar conversar. Entramos no lar dos Morgans que, assim como a casa de Birdie, estava todo enfeitado com guirlandas verdes e cheirava a canela. Evelyn veio da sala de visitas, onde a lareira estava acesa e uma árvore enorme com dezenas de presentes empilhados em volta dela. Ela vestia um suéter bordado com motivos natalinos e calças de veludo vermelho.

— Estou tão feliz por vocês terem vindo! Dora está aqui, mas seu irmão não virá.

— Não virá?

— Ele telefonou hoje de manhã, dizendo que não está se sentindo bem. — Evelyn franziu a testa. — Embora tenha me parecido muito bem por telefone.

A ILHA 🐚 215

* * *

Tate chegou em casa bronzeada após seu dia de solidão em North Pond, pulando de felicidade. Sua alegria era irritante. Como poderia confidenciar "tudo o que havia acontecido" à irmã quando ela estava tão feliz?

— Vamos para o sótão. Quero contar uma coisa – disse Tate.

— Não posso, estou ajudando Birdie com o jantar. – Era verdade; estava descascando milho. Mas só faltava uma espiga.

— Estou precisando de você agora – insistiu Tate.

Chess suspirou.

— Um minuto. Espere eu acabar.

O sótão estava um forno. A janela pequena perto do teto estava aberta, mas o ar não circulava. Tate puxou Chess para a cama.

— Adivinha o que aconteceu? – perguntou.

— O quê?

— Barrett me chamou para sair com ele. Para um jantar amanhã à noite, em Nantucket.

Chess ficou em silêncio. O que responder?

— Sei que ele convidou você antes – disse Tate.

Chess mexeu os dedos dos pés.

— Ele me convidou hoje de manhã. Estava apenas sendo gentil. Para provar que não está mais irritado comigo.

— Por que ele estaria irritado com você?

— Ah... – Chess não tinha certeza se conseguiria pensar em outra coisa e contar sobre Barrett. – Por causa de uma coisa que aconteceu há muito tempo atrás.

Tate apertou os olhos e mostrou a língua. Era tão infantil algumas vezes, tão emocionalmente deficiente quanto uma adolescente. Tate era sua irmã, seu amor por ela era incondicional, mas a verdade era dura: ela não tinha maturidade ou capacidade para entender as coisas que Chess queria contar. Era uma pessoa da computação, não uma pessoa literária; para ela, ou algo dava certo ou não dava. Não estava interessada em situações complexas ou moralmente ambíguas. Não queria ouvir o que havia acontecido entre Chess e Barrett treze anos antes; para ela, passado era passado, e qual a razão de revisitá-lo? Não era desenvolvida o suficiente para entender como o passado, de inúmeras formas, revelava coisas. Tate só se preocupava com as últimas horas, com o hoje, o amanhã, com ela e Barrett Lee juntos. Estava flutuando no ar, e Chess não queria ser o alfinete que iria furar o seu balão.

— Você vai se divertir. Acho que você e Barrett serão um casal muito melhor.

— Sim – respondeu Tate. – Seremos.

BIRDIE

Às duas horas da manhã, acordou.

Fora para cama às dez da noite, como de costume, depois de jantar, várias taças de vinho e uma ou duas horas tricotando meias para o neto de India.

— Está animada para ser avó? – perguntou à irmã.

Elas estavam sentadas na varanda telada. India fumava seu centésimo cigarro e bebia, de acordo com ela, sua décima primeira taça de vinho. Estava bêbada e extremamente poética.

— Acho que ninguém fica *animada* para ser avó; isso é como um anúncio oficial de que a velhice chegou. É difícil pensar em si mesma como um símbolo sexual quando se é avó, não é? Quer dizer, para onde foram nossas vidas? Era como se fôssemos continuar adolescentes para sempre, aí nos tornamos jovens esposas, depois mães, e depois veio aquele período interminável, quando os meninos estavam crescendo e Bill e eu estávamos focados em construir a carreira dele, tomar conta da casa e fazer com que tudo funcionasse. E então Bill morreu e seguiu-se um longo período de luto, até eu retomar minha vida e, por cinco minutos, parece, fui livre, independente, extremamente produtiva, e agora, de repente, tudo acaba. Eu serei *avó*. — Baforou a fumaça. — Mas sim, acho que, quando acontecer, eu vou ficar animada.

Birdie disse:

— Bem, vou gostar de ser avó um dia.

India retrucou, sem ser indelicada:

— Ah, Birdie, claro que vai.

Hank era avô, pensou Birdie, e adorava. Envolvia-se na vida dos netos. Levava-os para fazendinhas e para o museu das crianças em Norwalk. Pegava-os na escola todas as terças-feiras.

Birdie suspirou. Gostaria de passar dez, cinco minutos, sem pensar em Hank. E isso só aconteceria, percebeu, após ter uma boa, longa e significativa conversa com ele. Ansiava fisicamente por isso, da mesma forma que ansiava por comida ou nicotina. Tate chamara sua atenção para um ponto importante naquela tarde: Birdie estava sempre ligando em uma hora ruim. E, portanto, iria emboscá-lo. Se acordasse no meio da noite, levantaria, iria a Bigelow Point com uma lanterna e então ligaria para Hank. A ideia se infiltrou em seu inconsciente, e — *voilà!* — ela acordou.

Desceu as escadas tateando no escuro. Deixara o telefone celular e a lanterna próximos um do outro na bancada. Pegou os dois. Encontrou as sandálias. Saiu.

Tudo bem, pensou, enquanto andava pela trilha de terra, seria uma maluquice. Ali estava ela, às duas horas manhã, atravessando Tuckernuck a pé até Bigelow Point. Deveria ter pegado a caminhonete, mas ficou com medo de que o barulho do motor acordasse India e as meninas.

A lua estava quase cheia, o que iluminou consideravelmente o caminho. Birdie dirigiu o foco da lanterna para o chão. Não tinha medo dos animais silvestres, mas de tropeçar num pedaço de raiz ou numa pedra e quebrar a perna, ou pisar inesperadamente num buraco e torcer o tornozelo. Continuou com cautela, parando de vez em quando para olhar para a ilha de Tuckernuck nas profundezas da noite. Era maravilhosamente bela — a trilha e os arbustos baixos que o cercavam brilhavam sob a luz da lua.

Um mundo simples. Seu coração complicado. Birdie continuou andando.

Parecia longe e, num certo ponto, temeu estar perdida. Então aproximou-se da casa de Adeliza Coffin. Mesmo iluminada pela luz da lua, ela continuava sombria e sinistra. Seus avós contavam histórias sobre Adeliza parada na porta da casa com uma espingarda na mão, intimidando aqueles que ousassem ultrapassar os acres sagrados de Tuckernuck.

— Ela era uma mulher formidável — dissera seu avô, embora não estivesse muito claro se ele a havia conhecido pessoalmente ou apenas recontava a lenda.

Birdie passou apressada pela casa da mulher — quando crianças, ela e India prendiam a respiração e tapavam o nariz ao andarem por ali. A boa notícia era que a casa de Adeliza Coffin era a última propriedade antes de chegar à praia. Birdie continuou andando e logo ouviu as ondas e viu a água cintilando à sua frente, como um lençol macio de seda. Chegou à faixa estreita de terra que delimitava North Pond: Bigelow Point.

A maré estava alta, e a ponta extrema de Bigelow Point, coberta de água. A que profundidade estaria? Birdie usava apenas uma simples camisola de algodão que chegava aos joelhos. E calcinha. India dormia pelada; quando andava pela casa, colocava um quimono de seda, mas nada por baixo. A irmã não poderia atravessar Tuckernuck à noite.

Birdie colocou os pés na água no lado do oceano. Estava quente, mais quente do que o lado de fora. Foi andando até a ponta e, quando a água ficou mais funda, levantou a camisola. Batia agora na metade das coxas. E estava tão quente que Birdie sentiu vontade de fazer xixi. Satisfaria uma vontade por vez, começando pela mais importante. A mais importante era Hank.

Ligou para a casa dele. Estaria dormindo, mas mantinha o telefone bem ao lado da cama, no caso de alguém da clínica telefonar com notícias sobre Caroline. Hank tinha o sono leve. Nas vezes que passaram a noite juntos, Birdie sempre o acordava quando levantava para ir ao banheiro ou despertava de algum sonho. Quando o telefone tocasse, ele o ouviria. E o atenderia.

O telefone tocou. Quatro, cinco, seis, sete vezes. Então seguiu-se um clique. Era a voz dele na secretária eletrônica. Birdie desligou.

Telefonou de novo, rezando. *Por favor, Hank, acorde, atenda.*

Mais uma vez, a secretária. Telefonou de novo. Era madrugada. Ele deveria estar dormindo pesado, muito pesado, num profundo estágio de sono REM, em que ouviria o telefone tocar, mas acharia que era parte de um sonho.

De novo. De novo. De novo.

Então, Birdie tentou seu telefone celular. Eram três e quinze. Não havia motivo para Hank estar *fora* de casa a uma hora dessas, não mesmo, ou talvez estivesse dormindo com os netos, a pedido de Nathan ou de Cassandra.

Hank não atendeu o celular. Birdie telefonou quatro vezes. Então, ligou para a casa dele de novo e, quando a secretária eletrônica atendeu, deixou um recado:

— Que droga, Hank! — disse. E desligou.

Que droga, Hank! Nada muito eloquente, mas passava bem o que estava sentindo. Estava cansada daquilo. Queria falar com ele.

Percebeu que a água estava subindo e, em sua ânsia de conseguir falar com Hank, deixara cair a barra da camisola, que agora estava ensopada. Sua calcinha também; a maré estava alta a esse ponto. Sendo assim, Birdie fez xixi, um doce alívio, e depois se perguntou se a urina atrairia tubarões. A praia parecia muito distante; talvez tivesse que nadar, o que a deixaria encharcada da cabeça aos pés no meio da noite, a três quilômetros de casa. E, ao nadar até a praia, ela destruiria o telefone celular. Começou a chorar — não porque estava molhada ou com medo de tubarões, e tampouco por estar exausta. Chorou por causa de Hank.

Enquanto caminhava até a areia, mais uma vez fez o inesperado e ligou para Grant. Ele atendeu no terceiro toque, com sua voz de meio de noite, uma voz que parecia alerta e acordada, mas que, na verdade, estava distraída.

— Alô?

— Grant?

— Bird? — perguntou. Ela ficou grata por ele saber que era ela ao telefone. Talvez um dia, percebeu, isso não aconteceria mais. — Está tudo bem?

— Hank não me ama — disse ela.

— Hank? — perguntou ele. — Quem é Hank?

— Meu namorado — respondeu. — O homem com quem tenho saído.

— Ah. Onde você está?

— Em Tuckernuck. Bigelow Point.

— Está de madrugada — disse ele.

— Eu sei — respondeu ela. — Hank não me ama.

Seguiu-se uma longa pausa. Tão longa que Birdie se perguntou se Grant havia pegado no sono.

— Grant?

Ele teve um sobressalto. Sim, ela o pegara tentando voltar a dormir. Grant fizera aquilo com frequência durante a vida deles juntos.

— O que você quer que eu faça? — perguntou. — Bata no cara? Ligue para ele e diga que é um idiota?

Birdie chegou à praia. Encontrou a lanterna na areia e apontou-a para o céu escuro.

— Você faria isso?

TATE

Ela não tinha o que vestir. Não esperara, nem em seus sonhos mais audaciosos, ser convidada para um jantar sofisticado numa casa chique em Nantucket. Trouxera roupas para correr, trajes de banho, shorts e camisetas. Mas Chess, ainda bem, levara consigo todo o seu guarda-roupa.

— Tudo bem se eu pegar alguma coisa emprestada? Se disser que não, não vou saber o que fazer.

— Pegue o que quiser.

— Você me ajuda?

Chess bufou, mas Tate não se deixou impressionar. A irmã se considerava *deprimida* demais para ajudar alguém com algo tão frívolo quanto escolher uma roupa, mas Tate sabia que, por dentro, ela estava lisonjeada e apreciava a distração. E, neste caso, a escolha do figurino era primordial. Se Tate usasse a roupa certa, se sentiria sexy e confiante e, assim, Barrett Lee se apaixonaria por ela. Tate ficara preocupada de que talvez a irmã nutrisse sentimentos por ele, mas não parecia ser o caso. Barrett Lee estava na mesma categoria de todos os outros: Chess estava concentrada demais em si mesma para dar a ele qualquer atenção.

Os vestidos estavam pendurados numa arara de madeira no armário improvisado do sótão. Tate escolheu um branco com flores azuis. Experimentou-o. Bonito, mas não era meio recatado? Chess deitou na cama.

— Usei esse vestido quando conheci os pais de Michael. Foi um jantar de família na casa deles. Nick estava lá, além de Cy e Evelyn, é claro — contou Chess.

Tate deixou os braços penderem ao lado do corpo. Então seria assim? Tirou o vestido. Pegou outro, frente única, laranja com bolinhas brancas.

— Comprei esse para o jantar antes do casamento. Experimente.

Tate hesitou. Chess havia comprado o vestido para o jantar antes de seu casamento? Ela o vestiu. Era lindo, uma gracinha e atrevido, e ela adorou a ideia de usar laranja. Causaria impacto, animaria a festa como deliciosos raios de sol. Mas algo naquele figurino gritava: *Chess!* Eram as bolinhas brancas, talvez, ou os babados na parte de cima. E a irmã comprara aquele vestido para o jantar antes de seu casamento. Ele estava fora de cogitação.

— Acho que não.

— Nunca vou usá-lo — garantiu Chess.

— Vai, sim.

Tate analisou os vestidos no armário. Eram tantos! A vida de Chess com Michael Morgan fora... o quê? Um coquetel atrás do outro?

— Nunca mais vou me produzir toda para sair.

— Vai, sim — repetiu. — Seus cabelos vão crescer de novo. — Uma penugem loura já crescera; a cabeça da irmã parecia um pêssego.

— Não estou falando isso para você ficar com pena de mim. Só quero que saiba que pode pegar o que quiser.

— Tudo bem — respondeu.

Nem mesmo em casa, em seu próprio armário, Tate tinha um único vestido apropriado para uma noite como aquela. Não usava vestidos leves para jantares chiques, porque não era convidada para jantares chiques. Não jantava fora com pais de namorados. Percebeu naquele momento que era socialmente retardada. Tudo o que fazia era trabalhar e, de vez em quando, passar uma noite superanimada no caraoquê do bar de hotel com clientes e suas secretárias mais divertidas. No momento em que Tate se viu prestes a cair em depressão e a entrar em pânico — saberia como *agir* nesse jantar? —, Chess sugeriu:

— Experimente o vermelho.

Tate tirou um vestido vermelho do armário. Era um vestido simples, de seda.

— Este aqui não vem com nenhuma lembrança devastadora?

— Bem, mais ou menos — disse Chess. — Esse foi o vestido que eu usei para ir ao Bungalow Eight na noite em que terminei com Michael.

— Meu Deus, Chess! — exclamou Tate. Aquele era o vestido do rompimento?

— Experimente — incentivou ela. — Ele já foi o meu vestido da sorte. E tenho escarpins Jimmy Choo vermelhos de arrasar, para combinar.

Tate experimentou o vestido vermelho. Ficou maravilhoso. Calçou os sapatos. Eram *peep toes* de camurça vermelha com detalhes em couro de cobra na parte da frente. Tate sentiu-se como uma mulher, talvez pela primeira vez na vida. O que isso significava? Não queria pensar no assunto. O que queria era ficar para sempre naquele vestido, apesar do fato de ele ter uma história ainda mais chocante do que o vestido laranja com bolinhas brancas.

— É este aqui — disse ela. — É este.

— É esse aí então — concordou Chess. — Seu vestido da sorte. Seu vestido para partir corações.

Tate tinha o vestido, os sapatos e o bronzeado. Foi difícil, mas ela se esforçou com o restante. Lixou e pintou as unhas — ficaram perfeitas, a não ser pela areia que grudou no esmalte. Lavou os cabelos no chuveiro revigorante e depois os escovou. Um secador teria sido de grande serventia; mas, estando onde estava, precisava se contentar com o que tinha. Deixou India maquiar seus olhos e seus lábios. Tate nunca usava nada além de protetor labial, mas India insistira em rímel, delineador e um pouco de batom. Birdie lhe emprestou uma bolsa prateada que disse ter pertencido à sua bisavó na década de 1930, e que era habitante da primeira gaveta da cômoda do quarto de Birdie. (Estaria inventando aquilo tudo?) India lhe emprestou um xale dourado (origem: Wanamaker's 1994). Por que India havia levado um xale dourado para Tuckernuck estava além da compreensão de Tate, mas, mesmo assim, não questionou. Naquele dia, ela era Cinderela; as coisas podiam simplesmente aparecer.

— Como estou? — perguntou. Não havia um espelho na casa que pudesse lhe dar uma imagem fiel de si mesma. Estava preocupada com os cabelos.

— Ah, querida — disse Birdie —, você está linda.

— Vou tirar uma foto sua — disse India. Ela levara uma daquelas câmeras descartáveis que vinham numa caixa de papelão. Aquela era, pelo que Tate sabia, a primeira vez que a usava. Até então, fora uma viagem sem grandes eventos.

Tate viu-se constrangida ao posar para a foto. Sentiu-se culpada por se produzir toda e sair para jantar na ilha grande — no mundo real, com eletricidade e água quente e pessoas a incluindo nas conversas. Será que não deveria ficar em casa, comer milho na espiga, torta de mirtilo e jogar paciência enquanto as outras liam ou faziam crochê ou se fechavam mais e mais? Não, isso era bobagem. Ela iria.

Aquilo era, de inúmeras maneiras, tudo o que sempre desejara.

Estava aguardando na praia em seu vestido vermelho de seda, com o xale de India, a bolsa da bisavó e os sapatos de Chess na mão, quando Barrett parou o barco às seis horas. Tinha também uma mochila a seus pés, com uma camisola (também emprestada de Chess), escova de dente e roupas de correr. No alto do morro, despediu-se de todas com beijos e abraços, como se estivesse partindo para uma longa jornada.

— Volto amanhã de manhã — disse ela. Era engraçado como Tuckernuck, um dos lugares mais remotos da costa leste, parecia agora o centro do universo.

Barrett desligou o motor. Ele olhou para ela da forma que esperara durante toda a sua vida. Olhou para ela!

— Nossa, você está linda! — exclamou.

Tate baixou a cabeça para que ele não visse a expressão abobada em seu rosto. O vestido funcionara. E a maquiagem.

226 Elin Hilderbrand

E o que mais fosse que causara sua reação. Barrett saltou do barco e o puxou para a areia, do jeito que sempre fazia. Mas, desta vez, foi diferente: vestia uma camisa social branca, uma gravata verde com estampas de barcos à vela, um paletó azul-marinho e bermuda cáqui. Aproximou-se de Tate e disse:

— Já vou me adiantando. – E a beijou. Ele tinha gosto de cerveja. Sua boca era quente e macia, e Tate sentiu um choque, o sangue indo para os lugares certos. Sentiu um frio na barriga, fechou os olhos. Cabum!

Ai, meu Deus, me beije de novo.

Ele a beijou de novo. Foi como uma cena saída diretamente das fantasias dos seus 17 anos. Então ela ouviu um som, um assobio e gritos de encorajamento. Quando ergueu os olhos para o morro, viu tia India e Birdie os observando. Barrett riu e, num movimento suave, pegou Tate no colo e a colocou gentilmente no barco chamado *Namorada*. Tate recebeu dele seus acessórios e a mochila. Depois, ele pulou a bordo, puxou a âncora e então partiram. Tate acenou.

Ela sabia que aquela era uma noite muito importante para Barrett. A família que estava dando a festa, os Fullins, era sua principal cliente. Por "principal", Barrett queria dizer que eles eram os mais exigentes; Anita Fullin era a mulher que telefonara para Barrett quando ele estava pescando, porque seu encanamento fazia um barulho estranho. Anita precisava dele para tudo, até para trocar o papel-toalha na cozinha, segundo ele.

— Você está brincando, não está? – perguntou Tate.

— Claro – respondeu ele.

Os Fullins tinham dinheiro sobrando e pagavam caro por seus serviços exclusivos; o barco, *Namorada*, fora deles. Barrett o ganhara como bônus, no final do último verão. Era preciso dar uma atenção especial a eles; eram bons clientes.

Eles ofereciam aquele jantar anualmente, convidando todos que conheciam na ilha — o que queria dizer os amigos de Manhattan que estavam em Nantucket, assim como Barrett, o massagista da sra. Fullin, o gerente de seu clube, o *caddy* predileto do sr. Fullin e o *maître* do LoLa 41. Era uma bela mistura de veranistas e residentes locais, informou Barrett. A festa era boa, embora ele não tivesse comparecido nos últimos dois anos porque... Bem, por causa de Stephanie.

— Esta é a primeira vez que eu saio — disse ele. — Deste jeito, sabe, desde que ela morreu.

Tate concordou com a cabeça. Queria saber de tudo. E, além de saber de tudo, queria beijar Barrett mais um pouco, afrouxar sua gravata, desabotoar sua camisa... Parecia um cavalo de corrida ansioso no portão. Mas aquele sempre fora o seu problema com os homens, certo? Ela era muito intensa, muito cedo. Tinha períodos de seca que duravam anos (o último homem com quem dormira fora Andre Clairfield, jogador reserva do Carolina Panthers, mas aquela noite de sexo bêbado de fim de festa nem contava direito), e, quando encontrava alguém de quem realmente gostava, estava sem prática e cheia de pudor. Ficava sedenta demais, ávida demais, e acabava espantando os homens.

Não espantaria Barrett. Ele era, percebera, um homem de poucas palavras. (Fora sempre assim, pensou, ou seria uma conse-quência da morte da esposa?) Tate sabia que estava se esforçando para falar da noite que teriam pela frente para prepará-la.

— Onde estão seus filhos? — perguntou.

— Com os meus pais. Vão passar a noite com eles.

Tate havia imaginado se acordaria na manhã seguinte com dois garotinhos olhando para ela como se fosse uma visitante de outro planeta, da forma como sempre costumava acontecer nos filmes. Tate nua, ou quase nua, na cama do pai deles. O mais velho diria: "Você não é a minha mãe!"

— Tudo bem — respondeu.

Estavam agora no carro de Barrett, uma picape preta da Toyota, correndo pela Madaket Road. Após uma semana numa ilha deserta, com suas estradas de terra cheias de buracos, a sensação do carro andando rápido lhe parecia incomum. Passaram pelo lixão, que cheirava a omelete de ovo podre, mas Tate fingiu não perceber. Barrett cantarolava junto com o rádio, Fleetwood Mac cantando "You Make Loving Fun". Em seguida, o DJ entrou com a previsão do tempo: céu nublado durante a noite, chuva pela manhã, ventos vindos do sudoeste de 25 a 35 quilômetros por hora.

Entraram na cidade. Quando Tate era pequena, seu pai as levava para passear lá uma vez por verão. Usava o telefone de sua companhia de seguros, Congdon e Coleman, para ligar para o escritório enquanto ela e Chess ficavam livres pela cidade gastando dinheiro. Elas iam ao balcão da farmácia e pediam sorvete de menta às dez horas da manhã. Entravam na Mitchell's Book Corner (embora isso fosse principalmente escolha de Chess; o que Tate se lembrava da livraria era de implorar à irmã para ir embora). Iam ao jornaleiro para namorar a revista *Seventeen* e comprar doces. Então se encontravam com o pai para almoçar no Brotherwood of Thieves; no salão escuro e subterrâneo, tomavam sopa e comiam hambúrgueres grossos com batatas fritas. Tate se lembrava de abrir a torneira de água quente do banheiro e deixar a água correr por suas mãos, lembrava-se também de se olhar no espelho prateado. Tudo virava novidade após dias em Tuckernuck; até a saboneteira pendurada na parede era diferente. À tarde, o pai as levava ao Museu das Baleias ou ao Jetties para jogar tênis. Ou então alugavam bicicletas e iam até Sconset para ver o farol Sankaty e tomar outro sorvete no Sconset Market. Os dias em Nantucket eram sempre divertidos. Antes de irem embora, também sempre faziam uma visita à casa de tábuas amarelas com varanda na Gay Street, que, décadas antes, pertencera aos seus bisavós, Arthur e Emilie Tate. No entanto, Nantucket nunca fora um lugar especial para Tate. Nunca fora mais do que um portal para Tuckernuck. Tuckernuck era o lugar de verdade. Era uma ilha para os puristas.

Tate queria dividir suas lembranças com Barrett, mas ele estava ocupado, tentando estacionar atrás de uma longa fila de carros parados na rua. Haviam chegado. Barrett se olhou no espelho retrovisor e arrumou a gravata. Sorriu para Tate. Ela ainda estava preocupada com os cabelos, principalmente depois do trajeto de barco.

Posso ficar ainda mais bonita do que estou, sentiu vontade de dizer a ele. *Posso mesmo.*

Barrett disse:

— Você é tão bonita, Tate. Sinceramente, eu poderia devorar você.

Tate se aproximou. Não queria forçar a barra, não queria parecer fácil, mas o homem era um ímã. Começaram a se beijar de novo, e ela pensou: *Vamos esquecer o jantar, ir para a sua casa e nos devorar.* Mas então se recompôs e se afastou. Achou que seria isso o que Chess faria.

— Por favor? — pediu ele. — Que tal a gente não parar?

— Vamos. Estão esperando por nós.

* * *

A festa, na cabeça de Tate, era só algo a ser suportado antes que ela e Barrett pudessem ficar a sós. Mas, à medida que foram se aproximando da casa, ela mudou suas expectativas. O lugar para onde se dirigiam, pôde ver, era imenso, com janelas enormes e várias varandas. Barrett a conduziu por um arco branco e trançado, todo decorado com rosas claras (as favoritas de Birdie, Tate precisaria se lembrar de contar a ela). O gramado estava repleto de convidados que tomavam bebidas, de garçons com camisas brancas e coletes pretos, servindo aperitivos em bandejas de prata, e de música ao vivo vinda de algum lugar. Tate analisou a propriedade: um trio de jazz tocava em uma das varandas. Ficou surpresa. Sentiu-se como se estivesse entrando em um palco da Broadway e não soubesse sua fala. India saberia lidar com aquele tipo de evento social sofisticado, e Chess, em seu estado anterior, também. Até mesmo Birdie saberia — mas ela, não.

Seus saltos afundaram na grama. Tinha que soltá-los a cada passo. Olhou ao redor. Outras mulheres usavam saltos altos e não pareciam estar afundando. Havia algo de errado na forma como caminhava? Ah, provavelmente. Tate ficava muito mais confortável de tênis. Para trabalhar, usava sapatilhas. Deveria ter pedido uma aula sobre saltos altos a Chess.

— Segure-se em mim — disse Barrett, oferecendo seu braço. — Vamos pegar uma bebida e depois procurar Anita para cumprimentá-la.

Isso, pensou Tate. O que se precisava quando se ia a uma festa como aquela era de um plano, pelo menos para começar. Se a deixassem por conta própria, ela andaria a esmo, aceitaria uma tequila, pegaria algo numa bandeja ao qual era alérgica, tropeçaria no salto e cairia sobre um canteiro.

Barrett lhe entregou uma taça de champanhe. Ela a bebeu de uma vez — até a última gota — e arrotou baixinho. Era exatamente aquilo o que ela queria dizer com ansiosa demais.

Barrett riu.

— Você não precisa ficar nervosa.

— Não estou nervosa.

Tate parou um garçom que passava com uma bandeja cheia de champanhe e pegou uma segunda taça, devolvendo a primeira. Tudo isso sem derramar ou quebrar nada.

— Vou tomar esta aqui devagar — prometeu.

Foram andando e desviando das pessoas. Tinham uma missão: encontrar a anfitriã. Os fundos da casa, Tate logo descobriu, ficavam de frente para a enseada de Nantucket.

— Olha só essa vista! — exclamou ela.

— Não é mais bonita do que a vista da sua casa — disse Barrett.

Isso era verdade. A casa de Tuckernuck tinha vista para o mar. Ainda assim, havia algo de tirar o fôlego naquele gramado bem-aparado, na faixa clara de areia da praia particular, na extensão da enseada de Nantucket com o farol Brant Point, nos barcos e no sol poente.

Barrett foi abordado por um casal de meia-idade. O homem tinha cabelos grisalhos e veias saltadas no rosto. A mulher, de cabelos curtos com luzes, estava usando o mesmo perfume de Birdie, Coco by Chanel. Tate tentou se concentrar, olhá-los nos olhos, sorrir, deslumbrar. Amava Barrett; queria se comportar bem por ele.

— Tate Cousins — disse Barrett —, eu gostaria de lhe apresentar Eugene e Beatrice AuClaire. Eles são meus clientes, em Hinckley Lane.

A sra. AuClaire (Tate já havia esquecido seu primeiro nome. Beverly?) sorriu com um olhar estranho. Que olhar seria aquele?

— Prazer em conhecê-la — disse a senhora.

Ela e Tate apertaram as mãos. O aperto de Tate foi firme demais; a sra. AuClaire se retraiu, e Tate pensou: *Ai, merda.* Foi mais gentil, então, com o sr. AuClaire, mas ele não estava interessado nela; estava interessado em Barrett. Queria saber onde havia maior concentração de peixes. Isso deixou Tate imaginando o que diria àquela senhora. Ela tinha o mesmo cheiro de sua mãe; aquilo a dispersava. A sra. AuClaire a analisou. Tate ficou receosa por seus cabelos, por sua maquiagem; parecia que tinha farelos nos olhos. A mulher perguntou:

— Então, você é amiga de Barrett?

De repente, Tate reconheceu aquele olhar. *Você não é minha mãe.* A sra. AuClaire deveria ter conhecido Stephanie, a esposa de Barrett. Pelo que sabia, Stephanie poderia ter sido sobrinha dela ou a melhor amiga de sua filha.

— Exatamente — respondeu ela. — Barrett também cuida da propriedade da minha família.

— Ah, é mesmo? — A informação pareceu pegá-la de surpresa. Devia estar pensando que Barrett a conhecera em um strip club em Cape. — E onde você mora?

Tate respirou fundo. A taça de champanhe que engolira estava querendo se vingar; os gases ameaçavam sair pelo nariz. Seu rosto estava quente, e ela se sentia tonta. Não estava muito firme com os sapatos de Chess, Barrett a soltara, e ela não queria agarrar-se ao seu braço por medo de parecer grudenta ou algo além de uma cliente aos olhos da sra. AuClaire.

— Temos uma casa em Tuckernuck — disse.

Os olhos da sra. AuClaire se arregalaram — uma expressão facial que seu cirurgião plástico não antecipara. Parecia que seu rosto ia se partir e cair aos pedaços no gramado.

— Tuckernuck! — exclamou. — Eu amo Tuckernuck! Ah, nós adoramos Tuckernuck, mas, como é uma ilha particular, é preciso ser convidado para ir lá. Nós costumávamos levar as crianças em nosso barco a Whale Shoal quando elas eram pequenas, porque a praia é aberta ao público, e elas catavam aquelas conchas enormes. Ah, minha querida, você não sabe a sorte que tem. Eugene, essa moça — a sra. AuClaire claramente se esquecera do nome dela também — mora em Tuckernuck!

A notícia foi intrigante o suficiente para arrancar o sr. AuClaire da discussão sobre percas listradas em Sankaty Head.

— Você *mora* lá? — perguntou. — E como é, exatamente?

— Bem — respondeu Tate —, nossa casa tem um poço e um gerador de energia. O gerador movimenta a bomba, e assim temos água corrente, mas só fria, não temos aquecedor, e temos eletricidade para algumas poucas coisas. Uma geladeira pequena, algumas luminárias. Cozinhamos numa grelha e num fogareiro. E Barrett — nesse momento, Tate segurou em seu braço, porque seu entusiasmo a fez cambalear e ela ficou com medo de cair — leva nossas compras todos os dias, mais sacos de gelo e o vinho da minha mãe. — A sra. AuClaire sorriu. — Leva também os jornais e dá conta do nosso lixo e das nossas roupas para lavar. Temos uma vida muito simples. Na maior parte do tempo, vamos à praia. Lemos e jogamos cartas. — Fez uma pausa. O casal olhava para ela com antecipação. — E conversamos. Contamos coisas nossas uma para a outra.

— Maravilhoso — sussurrou a sra. AuClaire.

Barrett pediu licença ao casal para procurar pelos Fullins. Encontraram a sra. Fullin em pé no final do gramado, cercada por amigas. A anfitriã tinha longos cabelos negros ondulados, que estavam entrelaçados com um lenço brilhante e colorido. Estava linda e extremamente bronzeada, como uma mulher que acaba de sair de um iate no Mediterrâneo. Usava – Tate piscou – um vestido frente única laranja com bolinhas brancas. Era exatamente o mesmo vestido do jantar de Chess! Estava ótima nele. Tinha um corpo cheio de curvas, pernas lindas e torneadas; usava sandálias altas de couro brilhantes laranja, que não pareciam lhe causar nenhum desconforto. Quando viu Barrett, a sra. Fullin deixou escapar um gritinho semelhante ao que adolescentes davam quando viam os Jonas Brothers.

— Barrett! Você veio! E vestiu um paletó. Meu Deus, você está *lindo*! – Abraçou-o e beijou-o, deixando uma marca de batom coral em sua bochecha. Tinha olhos muito escuros, delineados com lápis azul vibrante. Devia ter uns 45 anos, calculou Tate, mas era tão atraente quanto uma supermodelo de 21. Sorriu radiante para Tate. – E você, é a moça de Tuckernuck?

Tate sorriu. Sentiu-se desarrumada e com a língua presa; era como se seus dentes estivessem cobertos de musgo.

— Tate Cousins – apresentou-se.

— Então, queridas – disse ao seu grupo. – Tate mora em Tuckernuck.

— Onde fica Tuckernuck? – perguntou uma delas.

— É aquele lugar que tem as focas? – perguntou outra.

— Não – respondeu Tate, antes de perceber que estava falando. – Elas ficam em Muskeget. Tuckernuck é mais perto. Fica a oitocentos metros de Eel Point. — As mulheres a encararam sem expressão, e Tate percebeu que, embora devessem ter casas de veraneio gigantescas, não deviam conhecer a ilha bem o suficiente para saber onde ficava Eel Point.

A sra. Fullin disse:

— Tenho muita inveja por Barrett ir à sua casa duas vezes por dia. Na verdade, mal suporto a ideia. Se pudesse, eu o faria morar aqui conosco. — Deu uma piscada. — É claro que Roman iria começar a imaginar coisas.

— E com razão — disse uma delas.

— Barrett não é a criatura mais bela que vocês já viram?

— Anita, por favor — pediu Barrett.

A sra. Fullin olhou para Tate.

— Odeio você por tê-lo roubado de mim. Odeio você, sua irmã, sua mãe e sua tia.

Tate foi pega de surpresa. Poderia sobreviver ao ataque — aquilo fora uma brincadeira, deveria soar como uma piada. Mas sentiu-se violada. A única forma pela qual aquela mulher saberia de sua irmã, sua mãe e sua tia era através de Barrett. Será que ele falava sobre elas com Anita Fullin? O que dizia? *Elas* não o faziam trocar o rolo de papel-toalha! Tate tentou sorrir, embora tivesse certeza de que estava com cara de sofrimento. O que queria falar era: *Fiquei sabendo que você acabou com a pescaria de Barrett outra noite.* Quando ouvira essa história, Tate imaginara uma senhora mais velha, talvez bem idosa, frágil, desamparada. A verdade era que Anita Fullin era um mulherão e parecia ter uma queda por Barrett.

Barrett interrompeu, mudando de assunto.

— É uma bela festa — comentou.

— É mesmo, não? — respondeu ela. Pegou sua mão. — Estou muito feliz que esteja aqui. Ano passado não foi a mesma coisa sem você.

O dois se entreolharam, e algo se passou entre eles. Tate tomou o resto do champanhe. Analisou o rosto das outras mulheres, que observavam Barrett e a sra. Fullin como se fossem um programa de televisão.

— Eu não consegui vir no ano passado — disse Barrett, tomando um gole de sua bebida.

— Claro que não! — rebateu ela, com um sorriso para ele e para Tate. — Mas veja, a vida continua!

A interação com Anita Fullin fez com que Tate se sentisse ameaçada e desconfortável. Chegou a pensar em entrar discretamente na casa, encontrar um computador e se perder no mundo eletrônico. (Essa tentação era muito real. Devia ser, imaginou ela, a mesma necessidade que seu pai sentia quando passava por um campo de golfe.) Mas Barrett ficou ao seu lado e, sentindo que seus sapatos a levavam à loucura (não eram chamados de escarpins de arrasar à toa), conduziu-a ao quebra-mar, onde se sentaram lado a lado e admiraram a enseada. Tate ficou mais feliz. Tomou seu champanhe, Barrett chamou os garçons, e os dois comeram bolinhos de siri, costelinhas com molho agridoce e tarteletes de queijo cheddar.

— A sra. Fullin ama você — constatou Tate.

— É — concordou Barrett. — E isso é um problema.

— Ela é linda.

— Você é linda.

O jantar foi servido no jardim lateral, sob uma tenda. Havia dez mesas redondas de dez lugares e uma mesa retangular com dezesseis assentos, à qual Barrett e Tate estavam sentados. O lugar de Barrett ficava em uma extremidade da mesa, à esquerda de Anita Fullin. O de Tate, na extremidade oposta, à esquerda do sr. Fullin. Aquela era, em sua mente, a pior situação possível, e ela achou que talvez Barrett pudesse dar algum jeito — mudar o lugar dos cartões com seus nomes? —, mas tudo o que fez foi lamber o lábio inferior.

— Você vai ficar bem aí, sozinha? — perguntou ele.

Não, pensou ela. Mas respondeu:

— Sim, com certeza.

Era uma honra ficar sentada à mesa principal, reconheceu Tate, ao mesmo tempo em que preferia que estivessem exilados na Sibéria junto com os AuClaires no auge da meia-idade. Barrett e Tate foram juntos para a fila do bufê. A comida estava maravilhosa, e Tate não fez cerimônia. Encheu o prato com carneiro grelhado, vagens, uma bela salada de batatas, tomates-cereja sauté, além de lagosta, seis camarões grandes e quatro ostras cruas, que regou com molho mignonette. Pegou outra taça de champanhe de uma bandeja que passava. Depois, sentou-se em seu lugar e observou Barrett em sua jornada ao outro lado do mundo.

Roman Fullin era careca e usava óculos quadrados. Tinha o ar displicente de um homem muito importante que ganhava muito dinheiro. Sentou-se, chamou um garçom e pediu uma taça de vinho tinto de uma das garrafas que havia separado. Apenas para aquela mesa, disse. Inspecionou seu prato de comida como se não reconhecesse nada ali; em seguida, desviou os olhos para o prato cheio de Tate; então dirigiu os olhos para o rosto dela. Quem era aquela mulher sentada ao seu lado na mesa principal? Tate sentiu como se estivesse invadindo seu território particular; parecia que ele acabara de descobri-la em sua suíte.

— Olá — cumprimentou-a, oferecendo a mão. — Roman Fullin.

— Olá. Tate Cousins.

— Tate Cousins — disse ele, repetindo alto, como se o nome soasse familiar.

— Vim com Barrett Lee.

— Ah — disse Roman, embora ainda parecesse confuso. Olhou para as pessoas à sua direita e à esquerda de Tate, pessoas que ele claramente conhecia melhor. — Betsy, Bernie, Joyce, Whitney, Monk, essa aqui é Tate Cousins.

— Cousins? — perguntou um dos homens. Todos os homens à mesa eram parecidos, e Tate não conseguiu guardar nenhum dos nomes. — Você, por acaso, é parente de Grant Cousins?

Tate estava sugando uma ostra, o que lhe deu um segundo para pensar. Ou as pessoas amavam, ou odiavam seu pai. Estava se sentindo vulnerável demais para mentir.

— Ele é meu pai — respondeu.

— Olha só! Que coincidência. Ele é meu advogado.

As sobrancelhas de Roman Fullin se ergueram.

— Coincidência mesmo! Não foi ele que...

E o outro homem respondeu:

— Sim, exatamente ele. — Para Tate, disse: — Seu pai é um gênio. Salvou a minha cabeça. Ele mencionou o nome Whit Vargas? Sempre que posso, mando ingressos para jogos dos Yankees para ele.

Tate sugou outra ostra, e um pouco do molho pingou em seu vestido de seda. Esquecia de ter bons modos quando ficava nervosa, e estava muito nervosa agora, embora as coisas tivessem dado uma virada para melhor. Pelo menos tinha um bom pedigree. Olhou para Barrett, do outro lado da mesa; estava concentrado numa conversa com Anita Fullin.

Balançou a cabeça em negação para Whit Vargas.

— Ele raramente fala dos clientes — disse ela. — Gosta de manter a privacidade deles.

Whit Vargas segurava um pedaço de lombinho pingando na frente da boca.

— O que muito aprecio! – exclamou.

Roman Fullin se encheu de um renovado interesse por Tate.

— Espere aí – disse ele. – Com quem você disse que veio?

— Com Barrett – respondeu. – Barrett Lee.

— E de onde você conhece Barrett?

— Ele cuida da nossa casa em Tuckernuck.

— Ahhhh! – disse Roman, como se tudo estivesse muito claro para ele agora. – Você faz parte da família de Tuckernuck. A infelicidade da vida da minha esposa.

— Ao que parece – respondeu Tate.

— Então você *mora* em Tuckernuck? – perguntou Roman. – Dorme lá?

Será que as pessoas sabiam como pareciam idiotas quando faziam esse tipo de pergunta?

— Moro lá, passo a noite lá – confirmou Tate.

— Espere aí! – interrompeu Whit Vargas. – Tuckernuck fica onde mesmo?

— É uma ilha, Whit – disse Roman. – Outra ilha.

— A uns 800 metros da costa oeste – explicou Tate.

— E como vocês se viram sem energia elétrica? – perguntou Roman.

Quando Tate terminou de jantar, já era a estrela de metade da mesa. Para ser mais exato, ela se tornara uma exposição de museu, um estudo antropológico: Tate Cousins de Tuckernuck, mulher de uma família respeitável, que passava um mês sem água quente (as outras mulheres não podiam acreditar), sem telefone, internet ou televisão (os homens não podiam acreditar). Tate decidiu fazer bom proveito da situação. Era engraçada, cativante, inteligente e modesta. Olhou para Barrett no outro lado da mesa. Será que a observava? Teria visto que ela transformara uma situação social potencialmente desastrosa num tremendo sucesso, e agora tinha todos aqueles ricaços comendo na palma de sua mão? Estaria impressionado? Ele a amava?

Quando os pratos foram levados e a banda começou a tocar, Roman Fullin levantou-se e convidou Tate para dançar.

Ela aceitou. Não poderia recusar, poderia? Ainda assim, seriam os primeiros a dançar. Ele não deveria chamar a esposa? Seus sapatos eram outro problema; era como se seus pés estivessem presos em ratoeiras.

— É uma bela festa. Parece um casamento — elogiou ela.

— Um casamento por ano — respondeu ele. — Anita precisa disto. Vive para planejar esta noite.

Outros casais se uniram a eles na pista de dança, incluindo Barrett e Anita Fullin. Anita estava esplendorosa em seu vestido laranja. (Graças a Deus, Tate não escolhera aquele vestido!) e deu um gritinho quando Barrett a girou.

— Anita está bêbada. É melhor ir resgatá-la.

Separaram-se, e Tate viu-se nos braços de Barrett.

— Vamos dar o fora daqui — disse ele.

— Você leu os meus pensamentos.

Quando Tate prendeu o cinto de segurança no carro de Barrett, estava sóbria o suficiente para perceber que estava bêbada, mas não o suficiente para melhorar sua situação. Sentia-se como se estivesse no topo de uma pista de esqui e acabasse de ser empurrada. Descia ladeira abaixo sem os bastões. Retirou os sapatos e o sangue voltou a correr para seus pés. O alívio foi quase erótico.

— Anita Fullin não gosta de mim.

— Anita Fullin não conhece você — disse Barrett. — Além disso, é muito insegura.

— Isso não faz o menor sentido. Ela não tem motivos para ser insegura.

— Confie em mim.

— Fui uma idiota. Tinha uma ideia maluca de que nós éramos suas únicas clientes.

— Vocês não vêm aqui há treze anos — disse Barrett. — Se fossem minhas únicas clientes, eu estaria passando fome.

— Eu sabia que você tinha outros clientes — corrigiu Tate. — Mas eu não pensava neles. Não me encontrava com eles. E Anita é tão... possessiva.

— Você não sabe da missa a metade — disse Barrett, mexendo nos botões do rádio e colocando um CD. Era *18 Tracks,* de Bruce Springsteen. Tate mal pôde acreditar.

— Espere aí, é o Bruce. É *18 Tracks*!

— É.

— Gosta dele? Você é fã dele? Só as pessoas que são fãs têm esse CD.

Barrett abriu um sorriso.

— Gosto dele. Muito. Mas não tanto quanto você. A verdade é que perguntei à sua mãe que tipo de música você gostava, e ela disse que só havia uma resposta. Então peguei esse CD empres- tado com um amigo hoje à tarde.

— Você não fez isso!

— Fiz.

— Perguntou a minha mãe?

— Perguntei. Eu queria ter certeza de ter coisas que você gosta. Quero que fique feliz.

Queria que ela ficasse feliz. Mal sabia que não precisava tentar. Mal sabia que ela já estava extasiada só de estar sentada ao lado dele, no banco do carona, olhando para o seu rosto.

A música era "Thundercrack". Tate cantou junto.

A casa de Barrett ficava em Tom Nevers; uma estrada de terra depois da outra. Estava escuro, mas Tate viu que sua casa era alta e estreita, com uma varanda no segundo andar. O quintal estava cheio de coisas – um carrinho para puxar barcos, boias amontoadas como cachos de uva, cordas e mais cordas, baldes plásticos e pás, um ancinho, um carrinho de brinquedo grande o bastante para caberem duas crianças. Havia também um varal com toalhas de praia balançando ao vento, que soprava mais forte agora. Barrett puxou Tate pela mão, e ela engoliu o ar frio da noite, tentando ficar sóbria. Ele apontou para um quadrado escuro.

— Aquilo é uma tentativa patética de cuidar do jardim – disse ele.

O jardim da mulher dele.

Ele parou ao lado do varal, soltou as toalhas e as dobrou em quadrados perfeitos.

— A previsão é de chuva – comentou.

Conduziu-a por um lance de escadas até uma porta lateral, e eles entraram na casa. Logo ali era a cozinha, entulhada e aconchegante. Tate piscou. Havia livros de histórias infantis, de figuras para colorir, lápis de cera e caixas de suco vazias sobre as bancadas, um prato com pedaços de cachorro-quente e restos de ketchup, o talo de uma pera. Havia correspondências empilhadas ao lado de uma planta ressecada. Uma pilha de revistas velhas.

Barrett pegou o prato sujo e as caixas de suco vazias e disse:

— Eu ia limpar tudo antes. Mas o dia correu rápido demais.

— Por favor, não se preocupe com isso – respondeu Tate.

A ILHA 🐚 243

Gostava da bagunça; da história que ela contava. Conseguia imaginar Barrett tentando dar jantar aos filhos para levá-los à casa dos pais, ao mesmo tempo que tentava se vestir e chegar à enseada de Madaket para buscar o barco e ir até Tuckernuck pegá-la às seis. Se Barrett visse o lugar que Tate chamava de lar, o apartamento branco e vazio, não fosse pelo colchão em frente à televisão de várias polegadas, o que ele acharia? Que ela era solitária e trabalhava demais.

Ela entrou na sala de estar. Era uma casa ao contrário, com todas as áreas comuns no segundo andar. Havia janelas grandes com vista para a várzea de Tom Nevers e para a costa sudeste. Uma porta levava à varanda. Tate deu uma olhada rápida: tinha uma grelha a gás, um vaso com um gerânio cor-de-rosa, que parecia estar em melhor condição do que o jardim ou a planta na cozinha, e duas cadeiras brancas de madeira.

— Que agradável — disse ela.

Barrett estava ocupado na cozinha. Tate reparou na televisão (tela plana, Aquos, de 52 polegadas, exatamente como a dela), na mobília — alguns móveis com aparência mais nova da Restoration Hardware (um sofá de couro, uma mesinha de centro de madeira de pinho) e outros móveis que pareciam ter vindo de brechós, ou talvez emprestados, herdados de alguns clientes ou ainda de seus pais (uma poltrona verde reclinável, um rack para a televisão). Só uma coisa realmente a interessava: o retrato de sua esposa. Encontrou o que procurava num aparador sob a janela maior. Nessa mesa havia também uma luminária e uma série de porta-retratos.

A primeira que pegou foi uma foto do casamento: Barrett e Stephanie numa carruagem puxada a cavalo. Ela era linda. Tinha cabelos ruivos do tipo que as pessoas costumavam invejar e uma pele que parecia porcelana. E muitas sardas também. Sorria de forma adorável e travessa. Ficou tão emocionada com a foto que suspirou. Não sabia o que esperava, mas *não* era cabelos ruivos. Imaginava uma mulher moderna e loura, como Chess, ou talvez uma morena, como Anita. Pegou outra foto: Stephanie segurando um dos bebês. Esta lhe permitiu ver mais de perto o seu rosto. A pele branca, leve olheiras sob os olhos verdes. Suas sardas eram lindas. Na foto, parecia cansada, porém radiante. Pegou mais uma: Stephanie no barco de Barrett. Usava um biquíni amarelo. Era bem magra.

— Ei. — Tate sentiu a mão de Barrett em suas costas. Atrapalhou-se com a foto, que caiu, derrubando as outras.

— Ai, meu Deus — lamentou-se, tentando colocar tudo no lugar. — Desculpe, eu estava só venerando o templo.

— Venha comigo — disse ele.

Ela achou que eles iriam para o quarto, mas, em vez disso, ele a levou à varanda. Tinha uma garrafa de champanhe nas mãos.

— Gosta de Veuve Clicquot? — perguntou.

Ela reconheceu a garrafa como o champanhe que Chess pedira uma vez num restaurante, quando Tate estava em Nova York a trabalho, mas ela não bebia champanhe, a não ser em casamentos ou em festas muito chiques, como a que eles tinham acabado de ir. Bebia vinho, mas só com a mãe. Quando estava por conta própria, bebia cerveja; em casa, em sua geladeira tristemente vazia, ela tinha um engradado com seis garrafas de Miller Genuine Draft. O que era patético. Nada sofisticado e nada feminino.

Pegou a garrafa da mão de Barrett e a colocou na terra dentro do vaso de gerânio.

— Não quero beber champanhe agora. Seria um desperdício.

— Está bem — disse ele.

Barrett a abraçou, e eles se apoiaram no parapeito da varanda. Tate encostou o rosto em sua camisa; ele havia tirado a gravata e o colarinho estava aberto. Tate beijou-lhe o pescoço, sentiu seu gosto: suor e fumaça de carvão. Ele emitiu um som, levantando o queixo, e eles se beijaram suavemente por alguns segundos, um segundo, dois; então algo se acendeu dentro deles. Não havia razão para se conterem. Ele era um pai solteiro e solitário; ela estava simplesmente desesperada. Desejava-o desde que tinha 17 anos. Beijaram-se loucamente e arrancaram as roupas um do outro. Tate abriu um dos botões da camisa de Barrett, ele tirou seu vestido; ocorreu a ela então que deveria tomar cuidado, pois o vestido era de Chess, mas quem se importava? Puxou-o por cima da cabeça. Daria cem novos vestidos à irmã. Abriu o sutiã e deixou os seios à mostra no ar nebuloso da noite. Barrett rugiu como um leão e a levou para dentro da casa. Tate usava apenas um fio dental de renda, enquanto ele ainda estava de calça e cinto.

— Meu Deus — disse Barrett. — Como eu quero você.

Tate deixou-se cair no sofá e fez uma oração mental. *Obrigada, obrigada, obrigada.* Aquilo era tudo com que ela sempre sonhara.

Barrett ajoelhou-se diante dela. Havia lágrimas em seus olhos.

Era assim que o sexo deveria ser, pensou mais tarde. Excitante, elétrico, intuitivo. Emocionante como *bungee jump*, gratificante como tomar um gole de água gelada. Agora Barrett estava dormindo, roncando baixinho ao seu lado, na cama. Eles haviam descido para o quarto dele, que, para sua surpresa, não guardava lembranças de Stephanie. Tinha uma cama de casal com dossel, coberta por um edredom luxuoso e algumas almofadas magníficas. Havia também uma cômoda com um espelho grande e um quadro de Illya Kagan pendurado acima da cama, retratando a vista de North Pond em Tuckernuck.

Tate não estava conseguindo dormir, sabia que não dormiria nada naquela noite. Levantou-se para fazer xixi e subiu as escadas na ponta dos pés. Pegou a garrafa de champanhe de dentro do vaso na varanda e a colocou na geladeira. Lá havia algumas garrafas de Heineken e sucos de fruta em caixa, um pacote de salsichas Ball Park, um galão de leite integral. Havia também uma caixa de suco Minute Maid, um pote de picles de alho, uma bela alface, meio pepino embrulhado em papel-filme e uns 100 gramas de rosbife italiano na gavetinha de frios. *Tudo bem*, pensou. A geladeira de Barrett não tinha nada gourmet nem intimidante. Dentro do freezer havia nuggets de frango, sacolas Ziploc com percas listradas, a data da pesca registrada com caneta preta, e uma garrafa de vodca.

Tate bebeu um copo de água gelada e retornou às fotografias.

Na manhã seguinte, Barrett a encontrou adormecida no sofá.

— O que você está fazendo aqui? — perguntou.

Tate ficou confusa. Não se lembrava de ter se deitado, mas tinha a cabeça sobre uma almofada e estava coberta com uma manta de lã. Checou discretamente para ver se havia trazido alguma fotografia consigo. Analisara todas elas. Estavam todas retas e arrumadas sobre a mesa, graças a Deus.

— Não sei — respondeu.

Ele se espremeu no sofá, ao lado dela.

— Está chovendo — disse.

— Está?

— Quer ficar aqui hoje? Podemos beber aquele champanhe. Comer morangos na cama, ouvir Springsteen, ficar debaixo das cobertas.

Tate pensou: *Sim!* Mas então refletiu por um momento.

— E seus filhos?

— Posso pedir à minha mãe para ficar com eles.

— É domingo. Com certeza eles vão querer ver você.

— Vão — concordou. — Com certeza. Poderíamos sair com eles então, almoçar, levá-los ao cinema.

— É uma ótima ideia...

— Mas?

— Mas não hoje.

— Cedo demais? — perguntou ele. Parecia preocupado.

O que ela queria dizer era que *não* era cedo demais; não poderia ser cedo demais, ela esperava por aquilo havia treze anos. Casaria com ele no dia seguinte e adotaria seus filhos na terça-feira. Abandonaria o emprego, venderia seu apartamento e aprenderia tudo o que precisasse sobre programas infantis. Mas isso, sentiu ela, seria classificado como "Muita Sede ao Pote". Até mesmo ficar ali por mais uma hora seria forçar a barra.

— Cedo demais — disse ela. — Você se importaria de me levar para casa?

Ele ficou arrasado. Ela também, ao mesmo tempo em que ficou empolgadíssima por ele ter ficado arrasado. Barrett a beijou. Por baixo da manta, ela estava nua.

Ficaria mais uma hora.

CHESS

N*ono dia.*

Michael e eu só fomos assistir Nick tocar novamente no Irving Plaza: a Imunidade Diplomática ia abrir um show do The Strokes, e foi um tremendo evento. Não podíamos simplesmente entrar no camarim, precisávamos de credenciais. Era abril. Eu não via e nem falava com Nick desde aquela semana antes do Natal no Central Park, e, até onde eu sabia, Michael também não. Nick havia parado de jogar pôquer na casa de Christo, o que deixara Michael surpreso. Aquela era a sua principal fonte de renda.

O que aconteceu entre Nick e eu, no parque, foi tão intenso que fiquei emocionalmente afetada pelos dias que se seguiram. Estava eufórica na festa de fim de ano da companhia de Michael, mas depois fiquei muda e deprimida com a ressaca. Era uma ressaca, também, por ter ficado com Nick. Mas como Nick boicotou o Natal e depois o Ano-Novo, e passei meses frios do inverno sem vê-lo, meus sentimentos hibernaram. Desejar o impossível por tempo demais era contraproducente. Meu coração e meu corpo clamavam por Nick, mas Michael era a melhor opção: ele era rico, e nós fazíamos coisas deliciosas juntos, tanto à noite quanto nos fins de semana. Eu estava satisfeita.

E então chegou a notícia – através de uma mensagem de texto para Michael – sobre o show no Irving Plaza. As credenciais chegaram também.

Quando chegamos no show, Michael disse:

— Bem, hoje vamos conhecer a namorada de Nick.

Meu queixo caiu.

— Ele está namorando?

— Acho que sim. Uma estudante. Aluna da New School.

Tive um mau pressentimento. Será que haveria a possibilidade de... Mas logo me convenci a não pensar no assunto.

Mal aguentei assistir ao show, embora a banda estivesse tocando melhor do que nunca. Fazer a abertura do show do The Strokes levara a Imunidade Diplomática a um novo patamar. Ver Nick em cima do palco foi tanto extasiante quanto incrivelmente doloroso. Eu o amava, eu o desejava, aquilo era muito errado, *mas também a única coisa certa. Meus sentimentos eram tão sufocantes que meus olhos se encheram de lágrimas e pensei:* preciso contar para Michael.

Eu contaria para ele naquela noite, decidi, assim que ficássemos a sós.

Quando a banda terminou sua apresentação, Michael e eu abrimos caminho até o camarim. Primeiro vimos Nick, enxugando-se com uma toalha, ainda brilhando de suor, animado com a energia da multidão. Odiei-o naquele momento; queria que ele fosse um músico, doce e puro, não um artista convencido e exibido. Eu queria que a glória do sucesso não fizesse diferença para ele. Mas Nick era um ser humano como todos nós. Enquanto Michael e eu experimentávamos um pouco de sucesso diariamente, ele não, e por isso perdoei sua expressão convencida. E então, por um breve momento, odiei-o novamente, pois havia alguém em seus braços, uma garota, e não apenas qualquer garota, mas Rhonda.

Não, pensei eu. Mas sim. Rhonda era a garota, a namorada, ela era a estudante da New School, praticamente formada em Urbanismo, o que parecia uma forma caprichosa de gastar o dinheiro do pai e evitar trabalho. Eu não encontrara com Rhonda muitas vezes após aquela noite no Bowery Ballroom; passava tantas noites no apartamento de Michael que havia semanas em que só voltava para casa aos domingos ou às segundas à noite. Não dera atenção à nossa amizade. E me sentia culpada com relação a isso, principalmente quando encontrava com Rhonda na portaria do prédio e nós prometíamos que sairíamos juntas, o que eu sabia que nunca aconteceria, porque eu estava sempre com Michael — mas eu também imaginava que Rhonda já era uma mulher adulta, dona do próprio nariz, cheia de amigos e que ficaria bem sem mim. Ela entenderia. Namorar o irmão do meu namorado não deveria ter parecido uma ofensa, mas é claro que foi o caso. Por que diabo não tinha me contado? Por que não me mandou uma mensagem de texto ou um e-mail dizendo: Ei, só para avisar, vou sair com Nick hoje à noite. *Será que ela o encontrara por acaso? Ou fora ele que a procurara? Eu precisava saber, mas não aguentaria ouvir a resposta.*

Michael segurou minha mão. Puxou-me na direção do espetáculo, que era ver Nick e Rhonda agarrados. Os seios dela eram de silicone, pensei. Será que ele sabia?

Rhonda virou-se, me viu, e seu rosto iluminou-se com uma alegria incontrolável(!). Rhonda não era falsa ou rancorosa — algumas das razões pelas quais me tornei amiga dela. Deveria ter pensando apenas em como eu ficaria animada por ela namorar Nick. Andávamos afastadas e agora nos aproximaríamos de novo. Seríamos como irmãs!

— Olá! — cumprimentou-me e me beijou na boca. — Assistiu ao show? Não foi maravilhoso?

— Foi maravilhoso — concordei. — O melhor de todos que já fizeram.

Não faço ideia de como consegui ser tão generosa. Porque minha raiva de Nick só crescia. Aquilo, suspeitei, era coisa dele. Ele começara a namorar e não com uma garota qualquer — não com a garota que trabalhava na biblioteca pública de Nova York, onde ele gostava de escrever as letras de suas músicas, nem com a tailandesa que vendia tom yum em Saint Mark's Place — mas com minha amiga Rhonda. Minha melhor amiga.

Nick olhou para mim, com aquele mesmo olhar penetrante que fazia meu coração dar um salto, mas foi diferente também. Ele estava irritado, mais irritado do que eu. Estava dizendo: Agora você está vendo como é. Está dormindo com o meu irmão, que sempre levou a melhor em tudo. Está praticamente morando com ele. Sendo assim, aqui está Rhonda. Estamos quites.

Eu precisava sair do camarim. Surgiu uma conversa sobre nós quatro irmos para o Spotted Pig beber depois do show. Eu sorri e disse:

— Claro, seria ótimo!

A ILHA 🐚 251

Nick olhava para mim.

— Você está se sentindo bem, Chess? Parece enjoada.

Senti vontade de socá-lo. Pedi licença e fui ao banheiro. Fiquei na frente do espelho até uma garota esbarrar em mim com sua imensa bolsa Tory Burch. Em vez de voltar para o camarim, me juntei à horda de pessoas na pista de dança. O Strokes estava tocando "Last Nite", que era minha música preferida deles. Estava perdida no meio de uma confusão de estranhos, uma multidão de corpos desconhecidos. Rhonda. Fora uma jogada de gênio da parte dele. Quando a música acabou, e todos à minha volta ovacionavam e gritavam por outra canção, eu me dirigi à saída e fui despejada na rua fria. Ha! Eu era parte de um casal havia tanto tempo que nunca fazia só o que eu queria. Pensei em Michael, que agora deveria estar dando voltas em frente à porta do banheiro feminino, pedindo a Rhonda para ir atrás de mim e me buscar. Ele ficaria preocupado. Eu não queria que ele se preocupasse. Eu queria que Nick se preocupasse. Entrei em um táxi e fui para casa. Meu telefone começou a tocar — três vezes era Michael e três vezes eu não atendi, mesmo sabendo que estava sendo cruel. Estava prestes a atender quando o telefone tocou pela quarta vez, mas era Nick, então ignorei. Ele sabia por que eu havia ido embora.

Quando cheguei ao apartamento, passei a tranca na porta e enviei uma mensagem de texto para Michael, dizendo: Cheguei bem em casa. Boa noite.

Ele respondeu: Que merda foi essa?

Então o telefone do meu apartamento tocou, e era Michael. Estava nervoso.

— Como você pôde simplesmente ir embora? No que você estava pensando? Achei que tinha acontecido alguma coisa! Estamos em Nova York, minha querida. As ruas estão cheias de homens drogados atrás de mulheres para dopar e violentar. Achei que alguém tinha machucado você! Não é do seu feitio ir embora assim... Você não é inconsequente, não sairia e me deixaria ali. No que diabo estava pensando, Chess?

Contar a ele? Eu não podia contar nada. E também não podia perguntar se Nick ficara preocupado. Se havia se importado.

Respondi:

— Eu não pensei, Michael. Desculpe.

— O que houve, Chess? — Sua voz soava triste e esgotada, como se eu sempre o decepcionasse, o que não era justo, porque eu nunca o desapontara antes. Sempre fui uma boa pessoa, uma boa namorada. Mas Michael não era bobo; trabalhava com recursos humanos. Talvez tenha adivinhado. Houve alguns momentos isolados em que ele olhava fundo nos meus olhos, tirava uma mecha de cabelos do meu rosto, beijava minha nuca ou fazia algum outro gesto íntimo, e eu me afastava. Rejeitava-o.

— O que houve? — perguntava. — O quê?

E eu pensava, não amo você o suficiente. Não amo você *do jeito que deveria.*

Algo tinha que mudar, pensei.

Ela jamais admitiria isso para ninguém, tampouco escreveria as palavras em seu diário, mas estava ansiosa para Tate chegar em casa.

Em nada ajudava estar chovendo. Chuva em Tuckernuck nunca era bom. Começava como um romance e se desenvolvia de forma quase interessante. *Está chovendo. Rápido — coloque a capa na caminhonete, feche as janelas, acomodem-se!* Esses eram os passos tradicionais, e coitado daquele que estivesse do lado de fora durante uma tempestade, lutando com a caminhonete. Naquela manhã, por ter decidido que a mãe e a tia poderiam ser poupadas dessa indignidade, a coitada fora ela.

Voltou correndo para a casa, ensopada. A mãe preparava o café da manhã — bacon, ovos mexidos e os pães doces que ela estava guardando para uma ocasião especial. (A chuva era suficiente.) Estava fazendo um segundo bule de café e tinha se dado ao trabalho de esquentar o leite no fogareiro. India, enquanto isso, enchia o fogão a lenha de jornal, folhas secas e gravetos.

— Ela foi escoteira — disse Birdie.

— Quem você está querendo enganar? — perguntou India. — Birdie é que foi escoteira.

Chess estremeceu. Aceitou uma caneca de café com leite quente da mãe e se enrolou no xale áspero com a tradicional estampa de estrelas que a avó havia tricotado. India acendeu o fogo na lenha, e as três se encolheram ao redor dele com suas bebidas enquanto a chuva caía.

— Acha que Barrett vai trazer Tate para casa com essa chuva? — perguntou Birdie.

—Jamais — respondeu India. — Vai prender ela lá.

Chess ficou com ciúmes, não porque Tate estava com Barrett, mas porque Barrett estava com Tate. A irmã estava fora havia mais de catorze horas, e ela a queria de volta. Estavam havia mais de uma semana juntas em Tuckernuck, e Chess já se acostumara com seu otimismo infatigável; tomava uma dose diária dele, como se fosse uma vitamina.

Já podia prever como seria o resto do dia: Birdie e India recorreriam a todos os passatempos típicos de dias chuvosos — livros, baralhos, Banco Imobiliário —, fumariam e tentariam adivinhar quando a chuva passaria. Birdie faria comida demais, e todas elas começariam a beber ao meio-dia. Tudo isso aconteceria sem a presença de Tate e, portanto, pouco importava o quanto se divertiriam (jogar Banco Imobiliário bêbadas?), o dia passaria cambaleante como uma mesa com três pés. Os números não seriam exatos; Chess ficaria de fora. Todas começariam a discutir sobre Tate. Estaria se divertindo? O que ela e Barrett estariam fazendo? Seria o início de um romance de verdade? Que futuro teriam juntos? E isso faria Chess sentir ainda mais a falta de Tate. Detestava sentir saudade das pessoas. Parecia uma doença.

Tomou o café, comeu um quarto de um pão doce para deixar a mãe feliz e voltou ao sótão para continuar escrevendo sua confissão. A chuva batia no telhado. Dava para ouvir as ondas em sua pequenina praia. Se Tate não tivesse ido com elas para Tuckernuck, percebeu Chess, todas as horas de todos os dias seriam assim.

Dez horas, onze horas. Chess imaginou se Barrett e Tate estariam fazendo sexo. Seu próprio desejo sexual havia murchado como uma flor ressecada. Estava deprimida demais para tocar o próprio corpo.

Tate e Barrett. Barrett Lee: mais uma pessoa que fazia Chess se sentir mal.

Todos sabiam do terrível encontro deles dois no verão depois do primeiro ano na faculdade – Barrett a levara a um piquenique, e ela vomitara na água. E todos acharam que fora só isso. Fim. Ela não entendia seus sentimentos por Barrett Lee naquela época. Caso pressionada, diria que nada sentia por ele; achava que ele era atraente, com certeza, mas sua falta de interesse em ir para a faculdade a desestimulara na mesma hora. Ele se tornaria um pescador ou um carpinteiro, viveria a vida toda em Nantucket e ali ficaria, a não ser para ir a Hyannis fazer compras de Natal e a Aruba durante uma semana em fevereiro. Era uma versão mais nova do pai. Chuck Lee era um homem adorável, mas era um lobo-do-mar, e Barrett Lee era um lobo-do-mar em treinamento. Chess não queria ter nada com ele.

No entanto, quando Barrett a convidara para o piquenique naquele verão, ela aceitara sem hesitar. A maior razão, tinha de admitir, fora o fato de Tate amá-lo tão ardentemente. Fora irresistível, aos 19 anos, sair com alguém apenas para aborrecer a irmã. Além disso, Chess estava entediada. Nada havia para fazer em Tuckernuck a não ser ler e jogar gamão com os pais. Ir a um piquenique com Barrett pelo menos seria diferente.

Bebera demais; aquilo não fora planejado. Fazia muito calor no mar, ela estava com sede, a cerveja estava estupidamente gelada, e uma cerveja levou à outra. O enjoo a pegara desprevenida. Viera como uma onda. O sanduíche de presunto que Barrett lhe dera estava com um gosto estranho, mas ela comera para ser educada. A comida estragada, a fumaça do diesel, o movimento do barco e a cerveja tiveram um efeito cumulativo: a náusea a dominara, e ela vomitara nos fundos do barco. Barrett lhe dera uma garrafa de água para limpar a boca e um colete salva-vidas. No início, ele parecera ficar com nojo, mas logo se recuperara e dissera algo do tipo "Acontece nas melhores famílias". Mas não fizera diferença. Chess ficara com vergonha. Durante todo o tempo, sentira-se superior a Barrett e então dera um show mortificante. Foi terrível. Sentira vontade de pular do barco.

Chess e a família foram embora de Tuckernuck assim que terminaram as duas semanas de férias, e, no final de agosto, ela voltara para Colchester. Jamais se esqueceria do dia em que Barrett aparecera lá, sem avisar: 18 de outubro. Aquele fora o ideal platônico de um sábado de outubro no estado de Vermont. O sol havia aparecido, e o céu estava limpo, azul-celeste. Um dia gostoso e fresco. Chess e suas amigas da fraternidade estavam vendendo cerveja e salsichões durante a festa que antecedia o jogo de futebol americano entre Colchester e Colgate. A festa acontecia no gramado, do lado de fora do estádio, repleto de bordos e carvalhos com cores vivas. O lugar estava cheio de alunos bêbados de ambas universidades e de jovens famílias vindas de Burlington com seus golden retrievers e filhinhos louros.

Chad Miner, um deus de uma das fraternidades, fora o primeiro a lhe contar:

— Tem alguém procurando você. Um cara.

— Sério? – perguntara. Queria que Chad Miner a estivesse procurando. – Quem?

— Não conheço. Não estuda aqui.

Depois viera Marcy Mills, colega de classe da aula de produção textual de Chess. Comprara um salsichão com ela e dissera:

— Ah, a propósito, tem um cara andando por aí e perguntando por você.

— Quem?

Marcy dera de ombros e ziguezagueara a mostarda amarela na salsicha.

— Não sei, mas o ouvi perguntando a alguém se conhecia Chess Cousins. Aí eu disse que conhecia, e ele perguntou se sabia onde você estava, e respondi que não. Porque olha só esse mundaréu de gente!

— É – respondera Chess. Virara rapidamente as salsichas na grelha, certificando-se de que estavam tostadas. – Como ele é?

— Louro – dissera Marcy. – E um gato.

— Mande ele vir aqui falar comigo, então! – interrompera Alison Bellafaqua, que estava ao lado de Chess, tomando conta do barril de cerveja e enchendo copos de plástico com Budweiser cheia de espuma.

Mesmo assim, Chess não dera muita atenção ao assunto. Se fosse pensar em alguém, pensaria em Luke Arvey, um cara com quem estudara no ensino médio e que agora estava na Colgate

— mas Luke não era nem louro, nem gato. Chess tinha também um primo de segundo grau por parte de pai — um primo Cousins — que estudava na Colgate, mas ela não o via desde uma reunião de família quando tinha 9 anos. Não conseguiria distingui-lo entre duas pessoas.

Então Ellie Grumbel e Veronica Upton se aproximaram — as duas já bêbadas — e disseram cantarolando:

— Tem alguém *procurando* você!

Dessa vez, Chess ficara intrigada.

— Quem? Ele disse o nome?

Alison Bellafaqua dissera, referindo-se às salsichas:

— Tira essas belezinhas daí. O jogo vai começar em dez minutos e nós temos que guardar a caixa com o dinheiro...

Sua voz fora abafada pela banda marcial que passava pelo meio do gramado, a caminho do estádio. Alunos de ambas as faculdades deveriam segui-la até as arquibancadas. Embora achasse aquilo meio brega, Chess adorava acompanhar a banda até o jogo. Ela, assim como a mãe, era uma entusiasta inveterada e fã de qualquer tipo de tradição. Só que não poderia seguir a banda naquele dia por causa de seu compromisso com as cervejas e com os salsichões. Alison tinha razão: elas precisavam fechar a barraca e levar a caixa com o dinheiro para sede da fraternidade. Precisavam *correr* ou iriam perder o início da partida.

Ellie Grumbel, notara Chess, ainda estava ali, cambaleante, ameaçando cair no chão.

— Acho que ele disse que seu nome era Bennett — comentara.

Chess erguera os olhos, alarmada. Tinha um mau pressentimento.

— Disse que era de Nantucket — completara Veronica. — Um amigo seu de Nantucket?

— Era Barrett? — perguntara Chess. — Barrett Lee?

Ela não precisara esperar pela resposta porque, no mesmo instante em que dissera seu nome, Chess o vira por uma brecha na multidão. Barrett Lee. Seu coração acelerara. Ele vestia uma blusa de gola alta azul-marinho, um casaco listrado de algodão e calças jeans — era estranho, pensara, vê-lo usando roupas de verdade em vez de roupas de banho e camiseta. Pelo que via, ele estava sozinho. Observava a multidão — à procura dela —, mas o que mais a impressionara fora ver como ele estava deslocado ali, apesar de sua tentativa de se vestir como um universitário. Também achara patético ele ter aparecido — ali, em sua faculdade! — sem avisar. Chess sentira vontade de se esconder. Sentira-se ameaçada. Não fisicamente, claro; seu estilo de vida é que parecera estar em perigo. Ela queria assistir ao jogo; queria ir à festa depois do evento e compensar toda a diversão que havia perdido enquanto ficara presa na barraca. Queria mudar de roupa e colocar suas calças jeans novas, estrear sua camiseta da J. Crew (compradas com um cheque-surpresa de 100 dólares dado por seu pai) e tentar encontrar Chad Miner mais uma vez na festa dos doze barris de cerveja da fraternidade. E também estava cheia de coisas para estudar no dia seguinte, mais um trabalho para fazer, isso sem falar na tradicional pizza de domingo à noite com as melhores amigas, as duas Kathleens. Assim seria o seu fim de semana; perfeito em simetria e equilíbrio entre o social e o estudo. Não queria — na verdade, não conseguiria administrar — uma distração pela presença repentina de Barrett Lee de Nantucket.

A mãe ficaria horrorizada; Chess sabia disso, mesmo enquanto agia, e rezou (a) por perdão e (b) para que a atitude grotesca que estava prestes a cometer nunca fosse descoberta.

Segurou a caixa com o dinheiro.

— Eu levo a caixa de volta para a fraternidade — dissera a Alison.

— Espere aí! — Alison era gorda e tinha cabelos longos, densos e sobrancelhas de meter medo. — Você vai me deixar sozinha aqui para limpar toda essa bagunça?

Chess já estava a metros de distância.

— Você faria isso? — gritara por cima do ombro.

E, assim, fora embora. Abrira caminho entre a multidão. Havia gente demais para sair correndo, mas estava andando rápido. Então encontrara uma brecha. E saíra correndo com a caixa debaixo do braço, por entre carros estacionados, por cima de toalhas esticadas e presas por potes de salada de batata e sanduíches gigantes. Pensara em Jim Cross, o astro do time do Colchester. Ela era Jim Cross! *Barrett Lee! Por quê? Para quê? Como?* Aquele era um sábado glorioso de outono. O verão — Tuckernuck, a praia, as fogueiras, o mágico piquenique — fora esquecido há muito tempo. Essas coisas pertenciam a uma outra estação.

O que ele estava *fazendo* ali?

Logo ela alcançou a rua. Seguira caminho até a sede da Delta Gamma. Deixaria a caixa ali e então sairia de fininho pelas ruas de trás, rumo ao estádio. Evitaria Barrett Lee até o final do jogo, quando então, tinha certeza, ele já teria desistido e ido embora.

Subira a escada da sede. Era uma construção vitoriana azul com detalhes brancos como o glacê de um bolo. Tinham uma inspetora, Carla Bye, que mantinha as meninas ocupadas com a limpeza e arrumação, o que muito agradava Chess. Havia se mudado do dormitório para a casa naquele ano, e gostava da ordem feminina e silenciosa. O dormitório era barulhento e sem regras; havia rapazes que mascavam fumo e deixavam copos de plástico cheios de cuspe marrom nas janelas. Jogavam frisbee no corredor até as duas horas da manhã, bêbados, ouvindo Guns N' Roses a toda altura. A fraternidade Delta Gamma era mais como a casa de sua mãe no quesito civilidade, exceto por estar numa faculdade e Chess ser livre para fazer o que bem entendia.

Só precisava guardar a caixa – entregá-la a Carla, caso ela estivesse lá, ou ser responsável e trancá-la no cofre. Da varanda da frente, Chess ouvira gritos altos e distantes. Soubera então que a Colchester tinha entrado em campo. Merda. Perderia o início da partida.

Ouvira Carla Bye conversando na sala da frente. Algumas colegas da fraternidade achavam Carla chata e patética; outras desconsideravam abertamente as regras da casa sobre os convidados passarem a noite ali, argumentando que Carla não se importava. *Carla Bye quer que a gente faça sexo!* Era o grito de guerra repetido com frequência, e Chess não discordava. Nas manhãs em que algum rapaz descia as escadas, Carla sempre se oferecia para lhe fazer uma omelete.

Nos fins de semana de jogo, Carla passava horas na sala da frente dando as boas-vindas a alunos e ex-alunos da Delta Gamma. Carla era tagarela; adorava esse tipo de interação.

Conversava com alguém naquele momento, e tudo o que Chess pensou fora: *Ótimo, entregue a ela a caixa e dê o fora!*

Fora então correndo à sala. Lá, Carla Bye exclamara:

– Que sorte a sua! Aqui está ela.

Chess ficara confusa. Então olhara para o ocupante da cadeira estofada de chitão: Barrett Lee.

Engasgara horrorizada, o que foi interpretado como surpresa por Barrett e Carla Bye. Enquanto isso, pensava: *Merda! Isso não está acontecendo!* Sentira as paredes de seu fim de semana perfeitamente arquitetado desabarem.

Carla Bye olhara para ela. Onde estão seus modos?

— Barrett? – gaguejara Chess. – Barrett Lee?

Ele se levantara. Carla já havia lhe servido uma taça de cidra e muffins de abóbora. Havia uma mala de lona azul e branca, que cheirava vagamente a armário, ao lado da cadeira dele.

— Oi, Chess – cumprimentara ele. – Como vai?

Inclinara-se para... para quê? Beijá-la? Ela evitara seus lábios e dera um abraço casto e fraterno.

— Ele veio de Nantucket hoje de manhã! – exclamara Carla.

— Peguei o primeiro avião. E dirigi durante seis horas.

Por quê?, pensara Chess. *Por que está aqui?*

— Eu disse a Barrett para deixar a mala no seu quarto – explicara Carla. – Ele quis esperar você chegar. Um verdadeiro *cavalheiro.*

— Estou de saída para o jogo – respondera Chess. – Sinto muito, não tenho ingresso sobrando...

— Quer dar uma volta? Ou comer alguma coisa? – sugerira ele.

Chess ficara vermelha e em pânico. Seu coração ainda estava acelerado por causa da correria pela cidade.

— Vamos conversar na varanda.

Carla entendera a deixa.

— Sim, vou dar um pouco de privacidade a vocês. Eu levo a bolsa de Barrett para o seu quarto, Chess.

Carla Bye quer *que a gente faça sexo!*

Não!, pensara ela. Mas era educada demais para gritar. Não importava. Poderiam pegar a mala dele mais tarde; Barrett Lee não ficaria ali.

Barrett a seguira até a varanda. Chess se recostara no parapeito, e ele sentara na cadeira de balanço. Ela ouvira gritos do estádio. O jogo!

— O que você está fazendo aqui, Barrett?

Ele dera de ombros e sorrira.

— Estava cansado da ilha e senti vontade de viajar.

— Aí resolveu vir *aqui* para *me* ver? Por quê?

— Não sei. Tenho pensado em você. Nós nunca ficamos de verdade.

— É mesmo. Nós nunca ficamos de verdade.

— Então eu achei que talvez agora...

— Talvez agora o quê?

— Talvez agora pudéssemos ficar. Por isso vim para cá.

— Você não telefonou. Não me avisou. Tenho planos para o fim de semana.

— Tem?

— Sim! Só para começar, eu deveria estar assistindo ao jogo agora. Meus amigos estão esperando por mim.

— Vou com você. Quero conhecer seus amigos.

— Não tenho ingresso sobrando. Porque eu não fazia ideia de que você viria. E os ingressos estão todos esgotados.

— É um jogo importante?

— Todos são. São apenas seis jogos em casa, e todos são importantes. — Tentara acalmar-se; sua voz estava aguda como a de uma criança. — Vou a uma festa após o jogo, depois jantar fora, e, em seguida tenho outra festa à noite, só para convidados. — Isso não era verdade absoluta, embora os rapazes não fossem ficar empolgados com um cara estranho na sua fraternidade; eles gostavam de manter a média de homens e mulheres a favor deles. — E amanhã preciso estudar. Tenho um trabalho para fazer.

— Um trabalho? — perguntara ele.

— Sim. Um trabalho. Um trabalho da faculdade. Quinze páginas sobre *O nascimento da Vênus*. — Barrett ficara olhando para ela, que dissera: — É um quadro. De Botticelli.

Ele se levantara.

— Estou morrendo de fome. Quer almoçar? Vi um lugar na cidade que parecia bom.

Chess sentira os olhos revirando.

— Você não ouviu o que eu disse? Eu deveria estar no jogo.

— Não vá.

— Mas eu não *quero* deixar de ir. — Ela estava oficialmente agindo como uma menina petulante. Imaginara por um segundo o que Birdie iria querer que fizesse. Largar tudo para passar o fim de semana com Barrett Lee? *Ceda um pouco*, diria a mãe. *Vá almoçar com ele e depois se despeça*. Mas Chess não queria fazer nem isso. — Escute, acho muito bacana você ter acordado de madrugada e pegado o primeiro voo para vir aqui me ver. Mas eu não sabia que vinha. E sinto muito, Barrett, mas eu já tenho planos. Tenho planos para todo o fim de semana e não posso incluir você neles.

— Não pode?

Ele estava fazendo com que ela se sentisse como um monstro, egoísta, mal-educada, inflexível. E ela o odiava por fazê-la sentir-se assim. Não era justo. Sua presença ali, sem aviso, *não era justa*; era manipuladora. Chess deu uma olhada no relógio: uma e meia da tarde. A primeira parte do jogo já devia estar quase acabando.

— Preciso ir.

— Posso esperar por você aqui, então?

Estava cansado e senti vontade de viajar. O que ele precisava, pensara Chess, era ir à faculdade. Num rompante de empatia, percebera que aquele era o primeiro ano em que Barrett não tinha onde estudar. A pesca, a carpintaria e as festas não estavam sendo suficiente para ele.

— Você deveria ir embora — dissera Chess.

— Ir embora?

— Ou ficar. Fique na cidade, se quiser. Mas não pode ficar aqui comigo. Se tivesse me ligado, eu poderia ter dado um jeito, mas não ligou. Você simplesmente apareceu e agora espera que eu largue tudo.

— É um fim de semana.

— Meus fins de semana são *ocupados*. Eu tenho uma *vida*.

— Tudo bem. Não precisa ficar irritada. Eu vou embora.

— Ótimo. Agora estou me sentindo péssima porque dirigiu seis horas para chegar aqui, e eu estou dispensando você. Mas por que eu deveria me sentir mal? Não fiz nada de errado.

— Você não fez nada de errado. Eu é que achei que talvez a gente pudesse sair um pouco. Mas deixa pra lá... Vou pegar a minha mala.

— Eu pego a sua mala. Você não sabe onde é o meu quarto.

Ela entrara, subira correndo as escadas e pegara a bagagem de lona de cima da sua cadeira de balanço. *Sinto muito, Birdie!,* pensara. Sua mãe ficaria horrorizada, tinha certeza. Lá embaixo, a sala da frente estava deserta. Chess pegara dois muffins de abóbora e os embalara num guardanapo para Barrett. Viu? Ela não era tão cruel assim.

Barrett estava esperando no primeiro degrau, olhando para a rua.

— Onde você estacionou? — perguntara Chess.

Como uma pequena concessão, decidira que o acompanharia ao carro, a caminho do estádio. Mas até isso era para garantir que ele entrasse no carro e fosse embora.

— Bem ali. — Ele apontou para um Jeep azul velho, com teto preto de vinil. Tate adoraria aquele carro. Se Barrett fosse mais esperto, teria ido para o sul em vez de para o norte. Teria ido para New Canaan surpreender Tate. Ela teria ficado tão feliz quanto Chess ficara nervosa e perturbada.

— Está bem — dissera.

Entregara a ele a mala e os muffins. Barrett os aceitara sem qualquer comentário, e Chess o acompanhou pela escada e até a porta do Jeep. Se corresse, chegaria ao estádio na metade do jogo.

— Sinto muito por não ter dado certo — dissera ela.

— É, eu também.

— Sinto muito — repetira. Por que ela estava se desculpando? Aquilo não era culpa dela, ao mesmo tempo que era.

Queria que ele dissesse: *Não tem problema.* Queria que a libertasse. Mas tudo o que ele fez fora ficar olhando, e então seu rosto se aproximara cada vez mais até que a beijara.

O beijo fora bom, bom mesmo, mas talvez tenha sido assim porque Chess sabia que seria o fim da história.

O fim até este verão. Ao longo dos anos, Chess pensara com vergonha sobre aquele 18 de outubro e sobre a aparição surpreendente de Barrett Lee. Agora, achava que devia ter deixado de ir ao jogo para almoçar com ele. Poderiam ter ido juntos às festas depois do jogo. Ele poderia até ter dormido no chão de seu quarto. Mas ela o queria fora dali. Além de tudo, havia a diferença entre suas classes sociais. Tinha certeza de que ele não se enturmaria.

Birdie acabou não sabendo de nada. Tudo o que restava do incidente era um sentimento de vergonha por parte dela, que era antigo e fraco quando comparado à sua vergonha mais recente.

Poderia ser ela agora, em Nantucket, com Barrett Lee. Ele a *convidara* primeiro. Ele a levara lá para fora, para onde estava estacionada a caminhonete, e perguntara:

— Tenho um jantar amanhã à noite. Vai ser chique. E preciso de companhia. Quer ir comigo?

Quando a convidara, toda aquela desastrosa viagem voltara como um flash à sua mente. Ali estava a chance de consertar o que fizera a ele. Mas não conseguira aceitar. A ideia de ir a um jantar a deixava paralisada, e isso nada tinha a ver com o fato de que acabaria atraindo olhares pesarosos de pessoas que achariam que tinha câncer. Não estava forte o bastante para conhecer pessoas, conversar, comer uma refeição, fingir que estava bem. E também não queria envolver Barrett Lee; não queria dar esperanças a ele. O fato de uma dezena de anos ter passado, de Barrett Lee agora ser viúvo e Chess também ser meio viúva parecia uma ironia inacreditável, mas não grande o suficiente para aproximá-los. Chess amava outra pessoa.

— Não posso — recusara ela.

— Tem outros planos? — perguntara, com um sorriso irônico.

Ela ajustara o gorro azul de crochê.

— Não estou num momento bom.

— É, dá para ver. Achei que, talvez, sair um pouco fosse ajudar.

— Não vai. Sinto muito, não consigo explicar.

— Ei — dissera ele, com as palmas das mãos à mostra —, ninguém está pedindo que explique nada.

— Convide Tate.

— Vou convidar. Ela era mesmo a minha primeira opção.

Talvez tenha dito isso para magoá-la. Mas Chess estava além de se deixar machucar por Barrett Lee e, além do mais, sabia que merecia aquilo.

A ILHA 🐚 267

— Ela deve ser.

— Ela é.

Você era a primeira opção dele, pensou Chess. Deveria ter contado isso a Tate antes de ela sair para o jantar. Por que não contara?

Onze horas. Meio-dia. Nada de Tate.

Ao meio-dia e meia, Birdie chamou-a das escadas: a sopa estava pronta. Chess até estava imersa no livro — era uma das partes boas de Natasha no tribunal —, mas, como não havia pressa, parou de ler.

Birdie e India estavam bebendo vinho. Três tigelas de sopa fumegavam. Havia uma caixa de biscoitos.

India ofereceu:

— Quer uma taça de Sancerre?

Chess recusou. Sentou-se à mesa. Estava triste a ponto de chorar, embora não soubesse dizer a razão, o que tornava tudo pior. Birdie lhe deu um copo de chá gelado com uma fatia de limão, do jeito que ela gostava. Os olhos de Chess se encheram de lágrimas, mas ela não queria que a mãe ou India percebessem; se a vissem chorar, perguntariam a razão, e ela não saberia responder.

A porta se abriu. Tate irrompeu por ela, usando uma capa de chuva verde. Estava ensopada.

— Cheguei! — exclamou. — Sentiram a minha falta?

Tate trouxe um aparelho de DVD portátil e uma cópia de *Ghost*, que era o filme preferido dela e de Chess quando pequenas. O aparelho era contrabandeado — o que ia contra as velhas regras de Tuckernuck —, porém Barrett insistira que ela o levasse, pois o que mais ficariam fazendo naquela casa num dia de chuva?

Chess sentira falta da irmã, mas agora que ela havia voltado viu-se consumida pela raiva. Tate estava animada e radiante pelo efeito do sexo e de um novo amor. Era Tate ao extremo, Tate vezes cem, e Chess não conseguia acompanhar. A irmã poderia assistir ao filme, poderia gostar do filme, poderia chorar com o filme (sempre chorava), mas Chess não assistiria com ela. Estava sendo má e mesquinha, sabia disso, mas não conseguia ignorar sua raiva. Seria bom ficar debaixo das cobertas com a irmã, assistindo a um filme; tão bom quanto um banho quente de banheira. Mas ela não conseguiria cruzar o abismo que a levaria à felicidade, mesmo que breve. Estava presa em seu sofrimento. Presa!

— Eu não vou assistir — disse Chess.

— Como? Vamos, é o nosso filme favorito!

— *Era* o nosso filme favorito — frisou.

— E daí, só porque você cresceu tem outro filme predileto agora? Tudo bem. Isso não quer dizer que não possa assisti-lo. Vai ser divertido.

— Não.

— Tudo bem, eu assisto sozinha.

— Divirta-se.

— Então acho que você também não vai perguntar como foi o meu encontro ontem.

— Exatamente.

Tate falou:

— Foi maravilhoso. — Fez uma pausa, esperando que Chess comentasse alguma coisa ou olhasse para ela, mas a irmã não fez uma coisa nem outra. — Estou apaixonada. Portanto, pode me contar qualquer coisa que irei entender. Irei entender porque também estou apaixonada agora.

A ILHA   269

Chess olhou para o rosto ansioso da irmã. Tudo estava como sempre: Tate tentando acompanhá-la. Os papéis que elas nunca abandonariam.

— Sabe de uma coisa? — perguntou Chess. — Eu estava muito bem aqui sem a sua companhia.

Tate se retraiu. Ainda tinha resquícios da maquiagem da noite anterior escurecendo seus olhos.

— Estava?

— Estava.

Tate remexeu dentro da mochila, pegou uma garrafa de Veuve Clicquot como se fosse um bastão, e Chess, por um segundo, achou que a irmã a acertaria com a bebida.

— Eu trouxe isso para você — disse ela, jogando-a sobre a cama. — Aproveite.

TATE

Quando acordou na segunda-feira de manhã, o céu estava azul, o sol brilhava e toda a ilha de Tuckernuck estava verde e iluminada. Tate desceu para tomar café e lá estava Birdie, espremendo laranjas para fazer suco.

— Bom dia — sussurrou a mãe.

Tate beijou sua bochecha macia. Meu Deus, a vida era dura. Chess fora uma vaca no dia anterior, tão cruel e fria; parecia que eram adolescentes de novo. Ficara à beira das lágrimas. Tate quase dissera *Foda-se, não vou ficar aqui para ouvir essas coisas, vou embora.* A experiência havia falhado. Tuckernuck não as aproximara; não as curara. Chess não contara para Tate nada do que acontecera entre ela e Michael Morgan; não se abrira para revelar qualquer coisa. Tudo estava como sempre fora: ela não achava que a irmã fosse inteligente ou *emocionalmente evoluída* a ponto de entendê-la.

Sabe de uma coisa? Eu estava muito bem aqui sem a sua companhia.

Tate teria ido embora naquele dia com sua mala cheia e seu iPod no volume máximo – não fosse o fato de estar apaixonada por Barrett Lee. E, para falar a verdade, não podia deixar Birdie. Birdie, que espremia seu suco e passava seu café; Birdie, que lhe dava exatamente o tipo amor de que precisava.

Chess é uma vaca infeliz! Quase disse isso em voz alta. E diria, se essas palavras não fossem destruir a mãe. E ela *era* emocionalmente evoluída a ponto de perceber que Chess estava sofrendo e queria que os outros sofressem com ela. Achou que a irmã talvez tentasse pular para a sua cama à noite. Se fosse o caso, Tate teria deixado e tudo estaria perdoado. Mas ela não pulou. Pela primeira vez desde que haviam chegado à ilha, Chess dormira em sua própria cama.

Tate se alongou, usando a mesa do jardim. Terminou o café e disse a Birdie:

— Volto daqui a pouco.

— Cuidado! – respondeu a mãe.

Enquanto corria, seus pensamentos se voltaram para Barrett. Não sabia o que esperar. Estava louca e completamente apaixonada por ele, mas seus sentimentos estavam treze anos adiantados. Não podia esperar que ele sentisse o mesmo. Ela sabia que Barrett sentia alguma coisa. Gostava dela, queria passar tempo com ela. Mas o que isso queria dizer? Como seria no dia a dia? Ela não fazia ideia de como conduzir um relacionamento, mas não disse isso a ele. Barrett provavelmente descobriria por conta própria.

Chegou ao fim da corrida e, antes de subir de novo os degraus, observou o horizonte. Nenhum barco.

Pendurou-se pelos joelhos na árvore. Estava distraída. Ele viria, certo? Tinha de vir — não por ela, mas porque esse era o trabalho dele. Panela vigiada não ferve. Não? Fez 25 abdominais e decidira fazer mais dez quando o ouviu dizer:

— Olá, garota-macaco.

Estava indo em direção à casa carregando as compras em uma mão e um saco de gelo na outra. Estava sorrindo.

Seu coração estava de ponta-cabeça. Como agir? Fez dez abdominais extras enquanto Barrett estava na cozinha conversando com Birdie, e então pulou para o chão. Aquilo era uma tortura. Ela o amava, queria gritar isso para o mundo, agarrá-lo. Não sabia como se comportar ou que cara fazer. Não haviam falado sobre um próximo encontro. Não haviam falado sobre como ficariam as coisas.

Ela estava com calor e suada. Deveria tomar uma chuveirada e deixá-lo seguir seu caminho? Não sabia. Estava confusa. Ele ainda estava na cozinha com Birdie, e dizia:

— Sim, todos ficaram aos pés dela. Eles a adoraram.

Estaria se referindo a Tate, na noite de sábado? Claro que sim. Mas também poderia estar sendo simpático para agradar Birdie. Tate sentiu vontade de ir até ele, mas se conteve. Pare. Fique quieta. Fique calma. Deixe que ele venha falar com você. Alongou-se de novo usando a mesa. Ouviu Birdie dizer:

— Está bem, então nos vemos à tarde.

Ouviu seus passos vindo para fora da casa. Não se virou. Ele iria embora sem falar mais nada? Ela cantou o início de "Hungry Heart" para si mesma, baixinho, para acalmar os nervos. Ouviu-o chamar:

— Psiu.

Estaria imaginando aquilo?

— Psiu!

Tate se virou. Barrett acenava com a cabeça. *Venha comigo*. A ansiedade desapareceu; ela estava vazia, leve, esperançosa.

Seguiu-o até a frente da casa.

— Você *não pode* me ignorar assim — disse Barrett. — Vai me deixar maluco.

Ele a empurrou contra a parede e a beijou. O beijo foi tão novo, tão apaixonado, que ela poderia tê-lo beijado por horas. Sua língua, seu rosto, seus cabelos, seus ombros. Ela nunca se cansaria dele, nunca seria suficiente. E Barrett se sentia da mesma forma, ela sabia. Ele não se afastou, não olhou o relógio nem olhou por cima de seu ombro. Estava concentrado nela. Por dez, quinze minutos. Quando pararam de se beijar por tempo suficiente para falar, disse:

— Meu Deus, senti saudade de você quando foi embora.

— Eu sei — respondeu ela.

— Pensei em você o dia inteiro, a noite inteira, cada segundo desta manhã. A expectativa de encontrá-la me fez ficar zonzo, sabia? — Ele balançou a cabeça. — Nunca achei que me sentiria assim de novo.

— O que vai fazer hoje? — perguntou ela.

Ele respondeu:

— Tenho cinco lugares para ir agora.

— Então precisa ir embora?

— E deixar você? De jeito nenhum.

Barrett se afastou. Anita Fullin precisava dele às dez horas, e também tinha clientes em Sconset com um ninho de vespas no telhado. E isso teria que ser resolvido naquela manhã.

— Volto à tarde. Tudo bem? — prometeu.

Eles se beijaram, não conseguiam se separar, mas então, sim, ele foi mesmo embora, ela o empurrou. Barrett virou e acenou três vezes entre a casa e a ribanceira.

Tate estava andando nas nuvens. Tomou uma chuveirada, comeu, pôs o biquíni e foi à praia. Chess desceu até a praia também, mas Tate a ignorou. Foi surpreendentemente fácil. Birdie e India seguiram com suas cadeiras e o cooler com o almoço. India levou o frisbee.

— Você esqueceu isso — disse Chess.

— Não estou com vontade de jogar. — Estava distraída. Tudo o que queria fazer era pensar em Barrett.

— Você está muito calada.

— O sujo falando do mal-lavado — resmungou Tate.

— Quer sair para uma caminhada?

— Não com você — rebateu ela.

— Azar o seu.

O tom de voz de Chess atingiu Tate como se um elástico tivesse acertado seu rosto.

— Está bem — concordou. — Quer caminhar? Vamos caminhar.

Chess olhou para Birdie e India, e disse:

— Vamos caminhar.

Birdie sorriu.

— Que ótimo!

Tate balançou a cabeça. Sua mãe era incrivelmente ingênua. Achava que aquilo era importante, que haveria um avanço. Bem, não deixava de ser um avanço, pois Tate finalmente desistira da irmã.

Elas caminharam por um bom tempo sem conversar. Tate achou que Chess poderia se desculpar pelo que dissera no dia anterior.

E então decidiu que não falaria nada a não ser que ela pedisse desculpas. Sendo assim, sobrou o silêncio. Chess não se desculpou, e Tate não falou. Foi uma batalha de egos; como em todas as vezes que competia com a irmã, ela sabia que acabaria perdendo. Foram até Whale Shoal, onde Tate vira as irmãs gaivotas resmungando uma com a outra.

— Eu odeio você por estar feliz — disse Chess.

Tate sentiu uma pontinha de satisfação. Finalmente estava lhe dizendo a verdade.

Naquela tarde, Barrett apareceu mais cedo do que de costume. Estavam todas pegando sol na praia quando ele parou o barco.

— Olhem só, Barrett chegou cedo! — exclamou Birdie.

— Por que será? — perguntou India.

Tate sentou-se sobre a toalha. Havia uma mulher dentro dela pulando para cima e para baixo como uma participante de um programa de auditório.

Barrett ancorou o barco e foi andando até a praia. Tinha uma sacola de compras em uma mão e um buquê de flores na outra — hortênsias azuis, lírios cor-de-rosa e íris brancas. Tate prendeu a respiração. Ele lhe ofereceu as flores juntamente com um floreio.

— Para você — disse.

— Para mim? — Não podia acreditar. Seus olhos se encheram de lágrimas. Tinha 30 anos e não recebia flores de um homem desde que Lincoln Brown a levara ao baile de formatura e lhe dera um buquê de pulso.

Ele estendeu a outra mão.

— E quatro filés de costela, uma alface, vinagre branco, um pedaço de gorgonzola e palavras cruzadas.

— Abençoado seja você — brincou India.

Barrett respondeu:

— Levarei tudo lá para cima. Madame, posso colocar suas flores num vaso?

Tate levantou com um salto.

— Vou com você.

Chess, que Tate achou que estava dormindo, levantou a cabeça da toalha e disse:

— Acho que vou vomitar.

Tate não conseguia parar de agradecer:

— São lindas. São maravilhosas. Você não precisava ter feito isso.

— Eu quis.

Enterrou o rosto nas flores e sentiu seu perfume. Poderia ficar melhor do que aquilo? O homem por quem estava apaixonada tinha acabado de lhe dar flores. Eles poderiam se casar, refletiu, e ter filhos, mas isso a faria se sentir mais feliz do que estava neste exato momento?

— Quero que olhe para elas e pense em mim. E saiba que estou pensando em você. Mesmo quando eu estou trocando as lâmpadas de Anita Fullin.

Na cozinha, ele guardou as compras, e ela desembrulhou as flores, cortou seus talos e as colocou numa jarra cheia de água. Barrett a agarrou. Estavam sozinhos na casa.

— Quer subir? — perguntou Tate.

Sentia-se nervosa e audaciosa. Nunca, em um milhão de anos, imaginou que faria sexo às escondidas na casa de Tuckernuck. Sem dúvida aquele lugar já havia visto sua parcela de relações conjugais: seus pais, tia India e tio Bill, seus avós, seus bisavós, pelo amor de Deus! Esse tipo de sexo era necessário e reconfortante, do tipo que criava gerações futuras que aproveitariam o local por conta própria. Mas a casa de Tuckernuck não fora construída para sexo selvagem e secreto; as paredes eram finas, e o chão, irregular. Se a cama começasse a balançar, certamente quebraria.

— Tenho uma ideia melhor — disse Barrett.

Ele a levou para um passeio de barco. Tate temeu que ele fosse convidar Chess também, ou até mesmo Birdie e India, mas o que disse foi:

— Vou roubar Tate um pouquinho.

E então eles entraram no barco e zarparam. Chess, India e Birdie ficaram olhando para eles com inveja estampada no rosto.

Tate se sentiu culpada por cerca de trinta segundos; então a empolgação tomou conta dela. Adorava estar na água, sob o sol, sentir o vento no rosto. Eles passaram rapidamente por Tuckernuck, acenando para as pessoas que viam na costa. *A vida é bela!* Foram até Muskeget, uma ilha ainda menor do que a dela, com apenas duas casas. Muskeget era lar de uma colônia de focas; havia algumas deitadas nas margens rochosas, e Barrett parou perto o bastante para que Tate quase pudesse tocá-las. Ela ficou animada ao ver as focas, mais animada do que ficaria em outras circunstâncias. (Na verdade, lembrava-se do pai de Barrett levando ela e a irmã numa "expedição das focas" quando tinha 12 ou 13 anos. Não ficara muito impressionada na época, cheia de indiferença adolescente e um pouco de nojo — as focas fediam!)

Barrett os levou de volta para Tuckernuck, rumo à remota costa nordeste, para uma praia pequenina no final de East Pond, que Tate nem sabia que existia, e desligou o motor. Ancorou e tirou a camisa.

— Venha — disse. — Vamos nadar.

E nadaram. Apostaram corrida. Tate adorava esse tipo de companheirismo, essa diversão. Quase o ganhou, nadava bem, mas ele chegou à praia um segundo antes. Enquanto ela ainda tentava recuperar o fôlego, ele já estava em cima dela. Fizeram amor na areia.

Lavaram-se na água (havia areia em *toda parte*) e deitaram-se ao sol.

— Tem um monte de coisas que eu gostaria de saber — disse Tate.

— Pegue leve comigo — respondeu Barrett.

— Como conheceu Stephanie? — perguntou.

Barrett suspirou.

— Não sou bom explicando as coisas. Principalmente no que diz respeito a Steph.

— Só responda a essa pergunta — pediu ela. — Por favor?

— Nós trabalhamos juntos em um restaurante — explicou ele. — Como garçons.

— Você foi garçom?

— Durante três verões. Nos dois primeiros nada aconteceu. No terceiro, surgiu Stephanie.

— Ela cresceu em Nantucket?

— Quincy, Massachusetts. Católica irlandesa. Cinco irmãos além dela. Seus pais têm um chalé em Chatham. Steph costumava trabalhar lá nos verões, no Squire, mas um ano ela veio parar em Nantucket, porque pagavam melhor aqui. — Estendeu o braço e tocou o rosto de Tate. — Posso parar de falar?

— Quero conhecer você — disse ela.

Barret apertou os lábios, e Tate temeu que tivesse estragado tudo. Então ele sussurrou em seu ouvido:

— Você virá comigo hoje à noite? Passar a noite em minha casa? Por favor?

Ela saiu de si de tanta alegria. *Sim!* Mas não, não podia. Não podia abandonar a mãe e a tia India. Não podia abandonar Chess; elas tinham acabado de avançar um passinho.

— Eu quero — respondeu. — Mas não posso. Preciso ficar com a minha família. Elas precisam de mim.

— Eu preciso de você.

— Elas precisam mais.

— Mais do que eu?

— Acho que sim.

INDIA

India estava dormindo durante a noite.

Era um milagre. Na primeira noite, estava exausta por causa da viagem, mas na segunda noite dormiu pesado também, e o mesmo aconteceu na terceira, na quarta, na quinta e na sexta noites. Deitava-se em seu colchão de gelatina, cercava-se dos travesseiros novos e firmes que Birdie havia comprado e se deixava levar pelos anjos, da mesma forma como acontecia quando criança, naquela mesma casa, depois quando adolescente (dormia até o meio-dia nessa época), e então quando jovem esposa e mãe, ao lado de Bill. Dormia por longas, luxuosas e ininterruptas horas, acordando com o sol entrando pelas janelas, partículas de poeira dançando no ar, o cheiro de bacon e o som de Birdie cantarolando Linda Ronstadt no andar de baixo. E então sentia-se triunfante, tão orgulhosa quanto se tivesse corrido uma maratona de quatro horas.

Será que me enganei sobre você?

A carta de Lula não havia incomodado seu sono. Tivera medo de que isso acontecesse, medo de que ficasse se revirando na cama com aquela pergunta estúpida rolando por sua cabeça como se fosse uma obsidiana, negra e impenetrável. Mas India se deitara, preparara-se para o pior e fora escoltada para o azul-escuro da sala de espera na qual aguardava em estado de semiconsciência até ser conduzida ao estágio mais profundo do sono.

Durante o dia, no entanto, ficava inquieta. Analisava o significado da pergunta, pensava em respostas possíveis, relembrava os eventos daquela primavera até duvidar de sua veracidade. Tudo aquilo havia mesmo acontecido? Ou estava embelezando a história? Andava preocupada; não conseguia relaxar.

O que a deixava na mesma situação que todas as outras.

India foi fazer uma caminhada, não para o noroeste, para onde Birdie e Tate gostavam de ir, mas para o nordeste, depois de East Pond. Esta era a sua primeira aventura fora da casa desde que haviam chegado ali; era preguiçosa quando se tratava de exercício físico, sempre fora, e os cigarros puniam seus pulmões com uma queimação crescente. Mas ela costumava gostar daquela trilha — era agradável, com lilases e madressilvas. Passou pela casa que pertencia a um piloto que mantinha uma aeronave estacionada em seu pátio como se fosse um carro. Havia uma mulher já de certa idade do lado de fora, retirando alguns lírios murchos. Acenou para India e disse:

— A vida é bela!

— A vida é bela! — respondeu, se contorcendo por dentro.

Ela e Birdie aprenderam quando crianças que sempre deveriam usar o cumprimento típico de Tuckernuck, mas aquilo a fazia sentir-se uma idiota. Apressou o passo de forma a não ser obrigada a fazer uma visita inesperada.

Estava mais ou menos em uma missão.

Passou pela antiga escola com sua parede lateral de ripas brancas. Quase conseguia ouvir a professora matrona batendo com a régua nas carteiras. O lugar fora transformado em casa residencial, mas ficara abandonado por um bom tempo. Certa vez, anos atrás, India e Bill invadiram a escola e fizeram amor na sala de aula. O ambiente cheirava a giz.

Bill dissera:

— Vou lhe ensinar algumas coisas.

Então India se tornara uma aluna ávida por aprender. Ela e Bill tinham uma vida sexual ativa – todas as noites, por dias seguidos, repleta de gemidos, respiração ofegante e palavras sujas e lascivas sussurradas no ouvido um do outro. Birdie os pegara uma vez, nus em pelo, no banco traseiro da caminhonete.

Agora, ela pensava: *Bill, por favor, será que você poderia me deixar em paz?*

Nos últimos dias, ao notar Tate e Barrett juntos, vira aquela fagulha de energia sexual pura. Ela estava presente na forma como Barrett olhava para ela, na forma como ela o tocava. Era eletrizante. Na noite anterior, India sonhara que estava deitada de bruços na praia, com o sol batendo em suas costas. Sabia que alguém a observava, mas, quando olhou para os lados, não havia ninguém. Então percebeu que um homem a olhava do farol. (O que foi estranho e onírico; Tuckernuck não tinha farol.) O homem surgiu no topo da ribanceira. Era Bill. Não, não era Bill. Era Barrett Lee. India não se moveu; fingiu dormir. Ouviu Barrett se aproximando. Seus pés faziam barulho enquanto esmagavam a areia. Ela sentiu algo frio percorrer sua espinha. Estremeceu e levantou a cabeça. Não era Barrett Lee – era Chuck Lee, com duas garrafas de cerveja balançando entre os dedos.

No sonho, Chuck Lee era másculo e sexy, da forma como fora quando India, tão menor de idade, se apaixonara por ele.

– *Conheci o seu filho* – disse ela.

– *Meu filho?* – Ele tragou seu cigarro.

Acordou nesse ponto, em chamas. Ficara excitada com suas lembranças de Chuck Lee? Estava confusa.

Será que me enganei sobre você?

India aproximou-se de East Pond. O local estava cercado por arbustos densos de rosa-rugosa, mas ela encontrou uma trilha estreita que levava à água. Seus filhos costumavam brincar lá com os barquinhos simples que Bill fazia para eles – pedaços compridos e achatados de madeira, que talvez até tivessem servido para mexer baldes de tinta, com um buraco em uma das pontas e um pequeno barbante para puxar. Hoje havia patos no lago, o que a fez se sentir menos sozinha. Teria testemunhas.

Retirou a carta de Lula de dentro do bolso da saída de praia e a cortou em tiras; então, cortou as tiras em quadradinhos. Atirou os quadradinhos ao vento como se fossem confetes, e eles planaram até a superfície da água. Os patos imediatamente nadaram atrás do papel picado achando que eram pedaços de pão. Mas quando descobriram que era papel, foram embora.

Tal cerimônia era desnecessária, até mesmo tola, India sabia. Ela poderia simplesmente ter amassado o bilhete e o colocado na lata de lixo da cozinha. Mas permitir que ele saísse flutuando parecia o correto a fazer. Não precisava de dramas ou romances; já tivera sua parcela deles e sobrevivido. Havia superado tudo isso. Afinal de contas, já era quase avó.

CHESS

Décimo segundo dia.

Alguns dias depois do meu êxodo solitário do Irving Plaza, Nick me telefonou no trabalho.

— Ficou chateada por causa de Rhonda? – perguntou.

Eu não respondi.

— Ficou chateada por causa de Rhonda – disse ele.

— Você merece alguém. E Rhonda é linda. Entendo por que se interessou por ela.

— Ela é linda, mas não é você.

— Você me ama?

— Eu nem me permito pensar nisso. Você é namorada do meu irmão. Mas, já que está perguntando, devo dizer que tenho sentimentos por você que me consomem. Não sei se é amor, mas é algo forte e do qual não consigo me livrar.

— Sinto a mesma coisa.

Seguiu-se uma longa pausa. Por fim, falei:

— Então nós vamos contar para ele.

— Não podemos — respondeu. — Não vai dar certo. Será terrível, e você se sentirá péssima. Nós dois nos sentiremos péssimos. Não sou Michael, Chess. Michael é o irmão respeitável. Eu não sou respeitável. Sou um músico com uma banda mais ou menos decente. Não ganho dinheiro. Michael está escalando na

A ILHA 283

carreira, eu estou escalando montanhas. — Parou de falar. — E sou viciado em apostas.

— É disso que gosto em você. É um homem de espírito livre.

— Você está romanceando a situação. A verdade é que eu moro num buraco e, se fizer uma aposta ruim, terei que voltar a morar com Cy e Evelyn. Você merece mais, Chess; é o que fico me dizendo quando penso em roubá-la para mim. Você merece Michael.

— Mas é você quem eu quero — respondi.

— Bem, o sentimento é mútuo — disse Nick. — Eu nunca quis tanto uma coisa na vida.

Refletimos por um tempo, até que eu falei:

— Vivo desejando que Michael se apaixone por outra pessoa.

— Vivo desejando que Michael morra.

Ele deve ter achado que eu ficaria chocada, mas não fiquei.

— Você se encontraria comigo em meia hora? Na árvore? — perguntou.

Eu disse que sim.

O verão chegou, e Michael e eu fizemos uma viagem até Bar Harbor. Tudo lá combinava perfeitamente conosco: as lagostas, os mirtilos, os pinheiros e a água fria e cristalina. Andávamos de bicicleta pelo Acadia National Park. Levantávamos cedo pela manhã para correr; observávamos os cervos. Nós nos dávamos perfeitamente bem; não brigávamos. Tudo o que eu queria fazer, ele também queria e vice-versa. Sentávamos em cadeiras de jardim e líamos nossos livros sob o sol, e, embora tudo fosse agradável, eu não conseguia me livrar do sentimento aterrador de que parecíamos ter 80 anos.

Fizemos uma trilha até o topo da Champlain Mountain. Era uma caminhada extenuante, e eu estava de mau humor. Na noite anterior, nós havíamos saído para jantar no Bayview Hotel com um colega de Michael, que ele conhecera em Princeton, e sua noiva. Chamavam-se Carter e Kate. Ela era linda, mas sacal; só sabia falar do casamento deles, que aconteceria naquele outono no Pierre Hotel. Ele falou sobre a casa que estavam comprando em Ridgewood, Nova Jersey. Mencionou as hipotecas e os juros de empréstimo e como as escolas públicas locais eram boas. Olhou diretamente para mim e disse:

— Porque você sabe, num futuro não muito distante, nós passaremos todos os nossos sábados assistindo às crianças jogarem futebol.

Sorri para Carter, mas meu coração apertou. Estaria certo? Minha vida certamente havia seguido um certo padrão, mas será que eu estava automaticamente destinada a morar em um bairro residencial chique com um marido e filhos, um Range Rover e uma vaga na diretoria de uma instituição de caridade para manter a mente ocupada? Essa era a vida que Michael queria, mas eu não estava pronta para me render a ela. Eu queria algo menos óbvio, algo mais arriscado, mais profundo, mais significativo. Eu queria viajar pela Índia, queria escrever um romance, queria um amor de verdade, o tipo de amor que me deixasse inquieta e sem fôlego.

Quando chegamos ao topo de Champlain Mountain e olhamos por cima da névoa, com árvores bem verdes abaixo de nós, senti vontade de gritar o nome de Nick. Gritar de verdade. Senti vontade de contar a Michael ali, naquele momento.

Ele teria que entender que eu não tinha controle sobre a forma como me sentia.

Mas, por outro lado, eu também não tinha controle sobre a pessoa que eu era. E eu não era rebelde. Não causava problemas.

Fiquei quieta.

Chess odiava observar Tate e Barrett. No entanto, eles estavam em Tuckernuck; nada mais havia para fazer *além* de observar.

Barrett deu flores de presente para Tate. Levou-a para passear de barco. Eles foram para praias desertas de Tuckernuck e para

Muskeget. Fizeram amor no barco ou na praia. Chess não fez perguntas com relação ao assunto, e Tate também não contou nada, mas ela percebeu como a irmã estava radiante.

Barrett e Tate pescavam na praia. Tinham uma piada interna – uma brincadeira antiga da época em que o pai delas pagara a ele para levar Tate para pescar (*Ele precisou pagar para você ficar sozinho comigo!*) e como ela tinha lançado o anzol sozinha (*Ela tinha um talento nato!*) e pescado o maior peixe que ele já vira, sem nenhuma ajuda (*Uma perca listrada de mais de um metro de comprimento!*). Chess não queria ouvir suas piadas sobre o passado nem sobre o presente. Enterrou o rosto nos braços e desejou que a praia delas fosse só um pouquinho maior.

Tate gritou:

— Venha, Chess! Quer tentar?

— Não – respondeu.

Após ter atirado o anzol umas trinta vezes, Tate pegou um peixe e puxou a linha. Era uma anchova. Suas escamas prateadas reluziam ao sol. O peixe se contorcia e lutava para se libertar.

— Veja! – exclamou Tate.

Então Chess olhou para o peixe e viu a si mesma.

Barrett assumiu o comando, cortando a linha e retirando cuidadosamente o anzol da boca do peixe com o auxílio de um alicate. O animal se debateu desesperadamente na areia; Chess não suportava observar. Pensou: *Ai, meu Deus, por favor, devolva-o para a água.*

Barrett e Tate começaram a se beijar. Ela estava empolgada com sua façanha, e ele, com orgulho dela, mas, na verdade, isso era só uma desculpa para ficarem se agarrando.

Birdie aproximou-se para inspecionar o peixe.

— Quer que eu o prepare para o jantar?

Tate respondeu:

— Não, melhor não.

Barrett atirou-o de volta na água. Chess fechou os olhos.

Tate foi para Nantucket passar outra noite com Barrett. Ele a levaria para jantar no Company of the Cauldron; havia reservado uma mesa no jardim dos fundos. Chess se irritava com esse tipo de informação. Como uma criança, escrevia as frases que a incomodavam em seu diário. *Mesa no jardim dos fundos.* Lembrou-se de que fora seduzida da mesma forma. Michael costumava lhe mandar flores no trabalho. Os entregadores entravam no escritório carregando montes de girassóis ou rosas de cabo longo, e todos diziam: "São para Chess." Michael costumava levá-la para jantares românticos o tempo todo, sem qualquer motivo especial. Ao Babbo, porque ela havia fechado uma edição; ao Café des Artistes, porque era quarta-feira e estava chovendo.

Tate só voltou para casa no final da tarde seguinte. Mais uma vez, Chess sentiu sua falta e ficou ansiosa por sua volta — mas então, quando a irmã voltou, tornou a ficar emburrada e ressentida.

Tate disse:

— As crianças vêm para cá amanhã.

Birdie e India ficaram radiantes com a notícia. Crianças! Birdie pediu a Barrett para trazer os apetrechos necessários para uma caldeirada de frutos do mar na praia. Comeriam lagostas e fariam uma fogueira — com marshmallows para Cameron e Tucker tostarem. Elas queriam reviver sua época de jovens mães. Tate queria ficar com Barrett. Chess só queria sobreviver.

Barrett cavou um buraco na areia, e Tate recolheu gravetos para a fogueira. Ele levou espetos para os marshmallows e varas para ele, Tate e Cameron pescarem na praia. Birdie ficou desnorteada colocando o vinho para gelar, preparando salada de batatas, derretendo manteiga no fogão à lenha. Um sentimento de ansiedade se fazia presente. Seria uma festa. Chess queria se enfiar no sótão e chorar.

Tate foi com Barrett buscar as crianças. Chess acabou ajudando India a arrastar os coolers e as sacolas com comida para a praia. Arrumou as toalhas na areia e colocou jornal amassado sob os gravetos. A caldeirada com fogueira estava dando um tremendo trabalho, desde os fósforos às sacolas de lixo, os pratinhos para manteiga derretida e os alicates de prata para as lagostas.

— Bill adorava quando fazíamos fogueiras — rememorou India.

Sim, Chess lembrava. Tio Bill fora o homem das fogueiras, dos marshmallows. Todas as crianças tostavam seus marshmallows e então os apresentavam ao tio para que ele os inspecionasse. Os meninos sempre enfiavam os seus diretamente nas chamas, onde pegavam fogo como uma tocha e depois ficavam cinza e farelentos. Chess tomava cuidado com os dela; mantinha-os a alguns centímetros das chamas brandas. Demorava o necessário para conseguir uma camada dourada caramelizada sobre o recheio branco e macio. *Agora, sim, isso é um marshmallow perfeitamente caramelizado*, dizia o tio. Chess lembrava-se de vê-lo sorrir para ela. *Você sabe esperar. Você, minha querida, é uma excelente artesã.*

Chess ficara constrangida e encantada com tal elogio. Quando tio Bill dizia tais coisas, elas pareciam importantes e verdadeiras.

O barco parou e Chess os viu: dois garotinhos ruivos, cheios de sardas, tão fofos que pareciam ter sido encomendados por catálogo. Ela nada entendia de crianças a não ser o fato de já ter sido uma.

Não fora babá quando mais jovem; nunca fora monitora de acampamento, nem líder de qualquer grupo jovem. Quando Michael falava sobre casar e "ter filhos", ela concordava com a cabeça sem se preocupar, embora "ter filhos" nada significasse para ela. Porém, quando viu Tate, sentiu uma inveja estranha, como se a irmã tivesse se retirado por uma hora e surgido com uma família instantânea. Os meninos eram quase idênticos, um sendo a versão menor do outro. Estavam com coletes salva-vidas laranja, do mesmo tipo que ela e a irmã costumavam usar. Chess se levantou. Pela primeira vez naquele dia, sentia-se interessada no que estava acontecendo.

Barrett chegou carregando o mais velho no colo, e Tate, o mais novo. Tate tinha jeito com crianças, o que era surpreendente, porque, até onde sabia, a irmã não tinha mais experiência do que ela. Mas o menininho estava agarrado ao seu pescoço, e Tate parecia tranquila.

— Olá! – cumprimentou Chess. Sua voz, surpreendentemente, era quase simpática.

Barrett e Tate vieram andando pela água e soltaram os meninos na areia.

— Este aqui é Cameron – disse Barrett. – E este aqui é Tucker.

Eles estavam tentando se *livrar* dos salva-vidas, e Chess lembrou-se da sensação daquele peso desconfortável e restritivo em torno do pescoço. Ajudou Cameron a soltar o colete dele.

— Bem-vindos a Tuckernuck – disse ela.

— O que aconteceu com os seus cabelos? – perguntou ele.

Chess tocou a cabeça. Estava com o gorro de crochê azul, embora seus cabelos já tivessem começado a crescer. Mas, para as crianças, ela ainda pareceria careca.

— Cameron – repreendeu-o Barrett, em tom sério.

— Eu cortei – respondeu ela.

— Ah. Por quê?

— Cameron, pare — pediu Barrett. — Essa é a irmã de Tate, Chess.

— Porque eu quis — explicou ela.

A resposta serviu — claro que serviu, era a resposta que uma criança de 5 anos daria para outra criança de 5 anos. Cameron concordou com a cabeça e estendeu a mão. Chess a apertou.

— E essas são a srta. Birdie e a srta. India — apresentou-as aos meninos.

Birdie e India fizeram reverências a Cameron como se ele fosse um pequeno príncipe. Chess sorriu. Ele encarnara a realeza da juventude, que havia quase duas décadas não se via em Tuckernuck. Cameron olhou para as duas mulheres mais velhas e concluiu que elas nada tinham que o interessasse (nenhum doce nem dinheiro), então saiu andando pela praia. Tucker, enquanto isso, correu para a água.

— Ei, baixinho! — gritou Tate. — Você tem que colocar a sunga! — Olhou para Barrett. — Onde está a sunga dele?

— Na bolsa de lona.

— Os meninos são adoráveis! — exclamou Birdie. Parecia mais feliz do que estivera em dias. — Eles se parecem com você.

— Eles se parecem com a mãe — observou Barrett. — Os cabelos, as sardas.

— Tome um pouco de crédito para si — disse Birdie. — Eles são uns anjinhos.

— Eles *não* são anjinhos, isso eu posso garantir — respondeu Barrett. — Cameron! Não vá muito longe, está bem?

— Está bem — repetiu Cameron. — Ele já estava aproveitando a praia, juntando conchas em um balde. Tate, com muita habilidade, trocava a roupa de Tucker. Chess estava estupefata. Parecia ter estagiado em uma creche, tamanha prática e eficiência.

As crianças tornaram as coisas melhores, mais leves, mais felizes. Era estranha a forma como elas atraíram a atenção e aliviaram a tensão. Não havia tempo para se preocupar consigo mesmo quando havia crianças para vigiar. Estariam seguras na água? Será que o milho delas tinha manteiga suficiente? *Cuidado para não derramar a bebida!* Chess ajudou, arrumando os pratos e servindo o vinho. Separou a carne da lagosta de Tate, que estava com Tucker no colo. Assim que o sol se pôs, Barrett acendeu a fogueira. Cameron e Chess fizeram uma competição de arremesso de pedras. Ela atirava uma, e o menino tentava atirar outra mais longe. Ou atirava uma pedra maior e mais pesada. Ou uma mais lisinha e brilhante. Chess ficou comovida por ele ter se unido a ela em seu jogo solitário (*Livre-se das coisas pesadas*); ela estava plenamente consciente de que ele não tinha mãe e que, por isso, qualquer mulher na idade certa serviria. Tentou compreender o encantamento que Cameron sentia com relação a algo tão simples quanto uma pedra oval branca com uma manchinha laranja.

Sim, disse ela. *Essa aí vai longe.*

Cameron a atirou com um grunhido. Chess sorriu.

India tirou fotos com sua máquina descartável. Fotografou os meninos juntos e separadamente. Depois, Barrett com os filhos e Barrett, Tate e as crianças.

— Vocês podem usar essa para o cartão de Natal! — disse India.

— Epa! — exclamou Tate. — Você está indo um pouco rápido demais. — Mas Chess sabia que a irmã havia gostado da ideia.

India tentou tirar uma foto de Chess e Cameron, mas Chess colocou a mão na frente da lente, como se estivesse se defendendo de paparazzi.

— Por favor, não — pediu. — A máquina vai quebrar.

— Por quê? — perguntou Cameron.

— Porque estou feia.

India abaixou a câmera e lançou um olhar repreensivo para Chess. Cameron opinou:

— Você não está feia. Só está careca, como o vovô Chuck.

India explodiu numa risada.

— O menino sabe das coisas.

O fogo queimava, quente e elementar na noite escura. India e Birdie se jogaram nas cadeiras e enrolaram as pernas nuas nas toalhas de praia. Tinham o rosto quente e alaranjado por causa das chamas. A tia parecia contente, e a mãe, melancólica, o que era a combinação exata de como Chess se sentia.

Ninguém tocara nos marshmallows. Chess pegou os espetos e ofereceu um para Cameron.

— É para tostar marshmallows.

— Não, obrigado. — Estava ocupado alinhando as pedras que havia encontrado nas bordas da toalha.

Tate e Barrett estavam abraçados, com Tucker deitado no colo dos dois. Chess ofereceu:

— Marshmallow?

Barrett negou com a cabeça, e Tate colocou o dedo sobre os lábios. Tucker estava quase dormindo.

— Tudo bem, acho que vou fazer um para mim então — disse Chess.

Espetou um marshmallow, sentou-se na toalha ao lado de Cameron e segurou o espeto a centímetros de distância das chamas baixas. India começou a cantarolar "Songbird", de Fleetwood Mac, a canção predileta para noites de fogueira na sua juventude. Chess se arrepiou. Havia anos não ouvia "Songbird", talvez desde a última vez que tostara marshmallows naquela mesma praia. A voz de India era fina e suave; não podia cantar uma ária, mas conseguia cantar uma canção de ninar.

O fogo crepitava. Os olhos de Tucker se fecharam. Chess checou seu marshmallow. Estava num tom de caramelo claro. Deixou-o esfriar por alguns instantes. Sentiu a alegria da infância, a leveza, sentiu-se livre do peso que carregava. Apenas por um momento.

Mostrou o marshmallow a Cameron.

— Quer um pedaço? — perguntou.

Ele concordou, e ela o deixou experimentar. Estava perfeito — crocante e macio por dentro.

— Está bom! — disse ele.

India cantava:

— *And I love you, I love you, I love you, like never before.**

Foi difícil carregar tudo de volta para casa, inclusive os dois meninos adormecidos, mas eles conseguiram, finalmente — apagaram o fogo, dobraram as toalhas, colocaram o resto da salada de batatas na geladeira. Chess foi dormir na outra cama de solteiro no quarto de Birdie, para que Barrett, Tate e as crianças ficassem no sótão. Por força do hábito, porém, as irmãs usaram o banheiro ao mesmo tempo. Escovaram os dentes juntas, fizeram xixi na frente uma da outra, economizando uma descarga. Antes de terminarem, Chess olhou Tate nos olhos através do espelho velho.

— Você tem muita sorte — disse.

---

* E eu amo você, amo você, amo você, mais do que nunca. (N. T.)

BIRDIE

Pela primeira vez na vida, Tate estava apaixonada. Birdie queria sentir-se feliz por ela, mas andava pensando de forma cínica e realista. Tate e Barrett eram indiscretos com suas demonstrações de afeto, o que Birdie achava inquietante, não porque se sentisse ofendida (embora ofendesse um pouco; ela sempre fora levemente conservadora nesse ponto), mas porque estava com inveja.

Hank!

Era difícil para ela ficar perto de Barrett, Tate e sua felicidade extrema, que agora incluía os filhos dele, Cameron e Tucker, os meninos mais fofos e doces da face da Terra (as sardas, as mãozinhas gorduchas, os bons modos), porque seu coração estava sofrendo.

Birdie tinha momentos de clareza, como o sol aparecendo entre as nuvens. Conhecia Hank havia menos de seis meses, não se permitiria sofrer nem mais um segundo por ele, não se permitiria ficar imaginando o que ele estaria fazendo ou por que não atendia as ligações que ela fazia à tarde; tentava não pensar no motivo de não ter atendido suas ligações no meio da noite. Por onde andava? O que estava fazendo? Não importava, não era da sua conta, ele não lhe devia nada, eles não haviam feito votos e nem promessa alguma um para o outro. Birdie não deixaria que o silêncio dele estragasse suas férias.

Mas então alguma coisa a fazia se lembrar dele, algo tão simples quanto as rosas trepadeiras da casa dos Constables ou uma taça de Sancerre, e ela ficava com raiva e magoada de novo. O romance deles poderia ser a história daquele verão: o amor que ela encontrara após um casamento difícil e insatisfatório de trinta anos. Poderia ser para Hank e Birdie que todos olhariam com inveja: os dois de mãos dadas, beijando-se e oferecendo carne de lagosta amanteigada na boca um do outro, os dois fazendo viagens à Islândia e ao Rio de Janeiro, misturando suas famílias, filhos, netos; os dois com suas previdências privadas, seus mesmos interesses, indo a exposições de Chagall às terças-feiras, fazendo jardinagem às quartas, juntando seus tons de soprano e barítono para cantar na missa aos domingos. Por que não podiam ser eles?

A manhã chegou, e, após uma noite com Tate em Nantucket, junto com Barrett, e outra noite hospedando Barrett e os filhos em sua casa, as coisas voltaram ao normal. Tate dormiu no sótão e acordou cedo para correr. Birdie havia feito café e estava cortando morangos e kiwis para preparar uma salada de frutas. Tate beijou a mãe no rosto, como sempre fazia. Sempre fora muito generosa com suas demonstrações de afeto, muito grata a Birdie por tudo que ela fazia.

A filha levou o café para a mesa do jardim e começou a se alongar. Tinha um corpo lindo e estava muito bronzeada. Talvez nunca tivesse estado tão bem. Birdie largou a faca, deixou a salada de frutas de lado e foi para o lado de fora observá-la.

Cerca de uma hora mais tarde, India desceu as escadas, usando seu quimono.

— Dormiu bem? — perguntou Birdie.

— Muito bem — respondeu a irmã, aceitando uma xícara de café e um prato com morangos e kiwis. — Kiwis — comentou. — Faz ideia do que mamãe diria se nos visse comendo kiwis em Tuckernuck?

Birdie deu uma risada.

— Lembra como ela costumava ler nossa lista de compras para Chuck pelo rádio? — perguntou India. — Lembra-se do cachorro dele, quando éramos meninas? Aquele que costumava andar nos fundos do barco? Meu Deus, qual era o nome daquele cachorro?

— Queenie — recordou-se Birdie.

— Queenie! — repetiu India. Olhou para a irmã. — Onde está a sua animação por desenterrar uma parte dourada da nossa infância? Está acontecendo alguma coisa?

Birdie colocou quatro círculos de massa na frigideira aquecida. Tinha pensado em conversar com India sobre seus problemas com Hank, mas a irmã o conhecera, *saíra* com ele, e esse não era um assunto que queria discutir.

Em vez disso, respondeu:

— Estou preocupada com Tate e Barrett.

— Preocupada? O que há para se preocupar? Aqueles dois são lindos juntos. Parecem estrelas de cinema.

Birdie virou as panquecas. Estavam macias e douradas.

— Parece que o relacionamento deles está indo rápido demais. E, bem, você sabe, é meio que um faz de conta. Iremos embora dentro de duas semanas. Tate voltará para sua vida, e Barrett, para a dele. O que está acontecendo agora é pura fantasia.

— Realmente — respondeu India. — Barrett Lee é uma fantasia e tanto!

— E você conhece Tate — acrescentou Birdie. — Ela é tão inocente quanto uma criança. Não vê que sua situação com Barrett é apenas um amor de verão. Que não irá durar.

Suas palavras soaram duras até mesmo aos seus próprios ouvidos, mas era o que achava. Nada durava para sempre. Aquela paixão empolgante de fazer virar a cabeça desaparecia; amadurecia e se transformava em outra coisa. Você se casava, depois se divorciava. Ou seu marido se matava. Ou suas sinapses cerebrais ficavam revestidas por placas viscosas e você começava a colocar a frigideira dentro da geladeira em vez de no armário ao qual ela pertencia.

— Tenho medo de que ela se machuque – disse Birdie. – Ela não faz ideia do que está fazendo.

Naquele momento, Tate entrou na cozinha. Tinha o rosto vermelho e suado por causa da corrida, mas então Birdie percebeu seus olhos cheios de lágrimas.

— Muito obrigada, mãe – disse.

— Ah, querida, eu... – Birdie analisou mentalmente o que dissera, imaginando o quanto Tate teria ouvido. As panquecas começaram a queimar.

— Você é igualzinha a Chess.

Agora foi a vez de Birdie ficar espantada. Nunca fora comparada a Chess, nunca.

— O quê?

— Você não quer que eu seja feliz – disse, e subiu as escadas.

Naquela tarde, Birdie retornou a Bigelow Point com seu telefone celular. Convenceu-se de que queria caminhar; o exercício seria bom para ela, e o tempo sozinha também. Quando chegou ao ponto extremo, telefonou para Hank. Estava sem expectativas. Ele não atenderia, ela não deixaria recado. Telefonar era inútil. Mas não conseguia ficar sem fazê-lo. Não ligar, de alguma forma, estava além de sua capacidade.

Digitou o número e aguardou. A maré estava baixa; a água batia na altura dos tornozelos. Estava usando o chapéu do pai, que protegia seu rosto do sol forte. Será que ele poderia protegê-la de outras formas? Imaginou se ele aprovaria Hank. Concluiu que a resposta seria não; não o aprovaria por uma questão de princípios. O pai sempre fora tradicional; adorara Grant.

O telefone tocou duas, três, quatro vezes. Que previsível. Birdie aguardou o som da voz de Hank na secretária eletrônica. Ouvir sua voz, mesmo nos cinco segundos da gravação, valia a hora de caminhada.

Aqui é Hank. Não posso atender. Por favor, deixe seu recado.

O homem dizia a verdade, pensou Birdie. Não podia atender. E ela não deixaria recado. Desligou. Ficou olhando para a água e pensou o que sempre pensava: *Chega disso, Birdie! Siga em frente!*

Desejou não ter comentado nada com India sobre Tate naquela manhã. Era mãe havia 32 anos e ainda cometia erros lamentáveis.

O telefone deu sinal de vida em sua mão. Vibrou e cantou sua canção eletrônica. Birdie segurou-o com o braço esticado, de forma que pudesse ler o que estava escrito na tela. Era Hank, ligando de volta.

Ela atendeu a ligação.

— Alô?

— Olá, Birdie — disse ele.

— Olá, Hank — respondeu. A mão que sustentava o telefone tremia. Esse era um daqueles casos de "cuidado com o que deseja". Hank atendera, mas ela não sabia o que dizer. Deveria ter ensaiado alguma coisa.

— Como você está? — perguntou ele.

Como você está? Deveria responder a essa pergunta? E *se* ela respondesse? E se lhe contasse a verdade? O mundo acabaria?

— Passei duas semanas emocionalmente difíceis — confessou. — Não é fácil ficar com India e as meninas aqui, no meio do nada.

Bem, você sabe, conversamos o tempo todo, não temos mais nada para fazer além de conversar, nos desentendemos de vez em quando, voltamos atrás e... bom, você pode imaginar.

Hank não respondeu. Talvez não pudesse imaginar. O que, afinal de contas, ele sabia sobre mães, filhas e irmãs?

— E estou com saudades – continuou. – Penso sempre em você. Sinto esse anseio, essa dor, que fica pior por parecer que você não sente nem um pouco a minha falta. Quando telefonei na semana passada, pareceu desinteressado. Depois, quando liguei no meio da noite, você não atendeu. Deixei recado. Você recebeu?

— Recebi.

— Onde estava? – perguntou. – Por que não atendeu ao telefone? Liguei umas quatro ou cinco vezes.

— Eu não estava em casa – respondeu ele. – Ouvi o celular tocar, mas não podia atender.

— Está saindo com outra pessoa? – perguntou.

Aquela era a sua maior preocupação: que alguém roubasse Hank dela. O mundo estava cheio de mulheres solteiras, e Hank era um bom partido. Birdie imaginou sua rival como alguém parecida com Ondine Morris, a sedutora ruiva que ficara atrás de Grant durante anos. Ondine era jogadora de golfe e socialite. Quando o marido perdeu toda sua fortuna na crise do mercado de ações em 1987, ela correra descaradamente atrás de Grant, apesar do fato de ela e Birdie serem amigas. Grant não podia ter se importado menos com a mulher; todas eram irrelevantes para ele, até mesmo aquelas mais bonitas. Mas a ameaça de Ondine Morris ou de alguém como ela permanecera como um fantasma para Birdie, sempre à espreita.

— Não – respondeu Hank.

— Pode me dizer, se estiver. Eu entenderei.

— Não estou saindo com outra mulher, Birdie — repetiu Hank. — Mas tenho andado preocupado e não fui muito honesto com você. Peço desculpas.

— Bem, seja honesto agora, por favor — pediu ela. — Explique-se.

— É Caroline — respondeu, com um longo suspiro. — Ela faleceu.

Birdie engasgou.

— Ela faleceu? Ela faleceu?

— Quando você telefonou naquela noite, eu estava com ela na clínica. Eles a levaram para o andar de cima. Eu estava dormindo em uma poltrona ao lado dela, segurando sua mão. Ela teve um grave AVC, me disseram que era sério e fui para lá. Ela faleceu no domingo de manhã.

— Ah, Hank — lamentou Birdie.

— O enterro foi na quarta-feira — continuou ele. — A igreja estava cheia. Trouxeram comida suficiente para durar o resto da minha vida.

— Sinto muito — disse Birdie. — Eu não fazia ideia.

Nunca lhe ocorrera que alguma coisa poderia ter acontecido a Caroline. Ela tinha Alzheimer, e Birdie presumira que seu estado decairia aos poucos durante os anos. Piorar assim, tão de repente, era algo que Birdie não esperara. A morte dela certamente era uma notícia triste, mas sua qualidade de vida era também muito ruim, e agora Hank era um homem livre. Haveria um período de luto, talvez de um ano, antes que Birdie pudesse ser oficialmente apresentada aos outros, até que pudesse conhecer os filhos e netos de Hank, mas valeria a pena esperar.

— Ah, Hank. Eu não disse isso antes de ir embora, apesar de ter sentido vontade, mas vou dizer agora: Eu amo você. Eu amo você, Hank Dunlap.

Hank tossiu ou pigarreou.

— Você é uma mulher maravilhosa, Birdie.

E Birdie pensou. *Ai, meu Deus, não.*

— Hank...

— Mas não posso continuar a sair com você. Estou... bem, estou muito mal com a morte de Caroline. Não consigo dormir, não consigo comer. Estou muito triste, e também tomado de culpa. Estou atormentado com o fato de ter aproveitado a vida com você; eu estava no teatro com você, em quartos de hotéis com você, enquanto ela estava presa numa clínica. Eu deveria ter esperado que ela se fosse.

Birdie tentava processar o que ele dizia, mas tudo fazia sentido aos poucos. Ele *se arrependia* do teatro? *Estava arrependido* da noite que passaram no Sherry-Netherland?

— Bem, por que não esperou então? Por que não esperou?

— Eu estava muito solitário...

— Hank – disse Birdie. — Está tudo *bem*. Caroline estava muito doente. A primeira coisa que você me disse foi que ela não reconhecia nem você nem as crianças. Achava que era um desconhecido gentil que lhe levava chocolate todas as semanas. Você tinha todo o direito de continuar a viver a sua vida.

— Houve outras mulheres antes de você – contou-lhe Hank. — Fui infiel antes de Caroline ficar doente. Nunca mereci seu amor. Vejo isso agora e sinto como se lhe devesse algo, uma reparação, uma penitência. E minha penitência é desistir de você.

— Desistir de mim? – perguntou Birdie. — Mas por quê?

— Eu tinha um relacionamento com você enquanto ainda era casado.

A ILHA   301

— Mas Caroline poderia ter vivido mais quinze ou vinte anos, e o que você faria então? Desperdiçaria esse tempo? Achei que você... Bem, achei que você estava bem resolvido quanto a isso.

— Também achei.

— Você só precisa de tempo — disse ela. Pois o raciocínio de Hank parecia tão estranho e difícil de entender que soava como insanidade temporária.

— Birdie.

E com aquela palavra, com o seu nome, ela soube. Ele era um caso perdido. Era estúpido, inútil da parte dele oferecê-la como penitência à esposa falecida, como se ela fosse um cordeiro a ser sacrificado. Fora infiel durante o relacionamento: isso era novidade para ela, e das grandes. Haviam passado horas conversando sobre seus casamentos, dissecando-os e classificando as partes boas e ruins, mas Hank jamais lhe confessara suas infidelidades. Ele era um mentiroso, pensou Birdie. Talvez Caroline nem estivesse morta. Talvez tudo aquilo fosse um plano elaborado para terminar o relacionamento deles. Mas não tinha importância. O final da história era o mesmo, independente das circunstâncias: ele não a amava. Era o fim.

— Nós éramos tão perfeitos juntos.

— Você é uma mulher maravilhosa, Birdie.

Podia suportar muitas coisas, mas não estava ali para ser tratada com condescendência. Desligou o telefone sem dizer adeus.

Ele telefonou em seguida, mas Birdie não atendeu. Agora, *sim*, sentiu-se bem.

Parada ali, estava tão irritada quanto incrédula. Maldito Hank Dunlap! (Não podia suportar a lembrança de ele chegando à porta de sua casa com um buquê de jacintos e aqueles seus óculos pequenos; fora como um demônio enviado para enganá-la.) Achou que Hank era uma pessoa, mas acabou sendo outra. Tudo bem. Isso acontecia nas melhores famílias.

Birdie telefonou para Grant no trabalho. Sua secretária, Alice, passou imediatamente a ligação. Quando Grant atendeu com um "Oi, Bird" tão casual e familiar, ela explodiu em lágrimas. Ele a silenciou com um som; sempre fora bom com sons, já que não necessitavam de nenhuma linguagem ou expressão sentimental.

— Hank de novo? – perguntou Grant.

— Nós terminamos.

— De vez?

— De vez.

— O que houve?

Contou-lhe: Caroline morta, Hank culpado, Birdie dispensada.

— Então, se você o tivesse conhecido seis meses depois da morte da esposa, estaria tudo bem?

— Sim – respondeu Birdie. – Não faz sentido.

— Bem, Birdie, o que posso dizer? O cara é um idiota.

— Você nem o conhece.

— Ele a perdeu. É um idiota.

— Você me perdeu também – disse Birdie.

— E eu sou um idiota – admitiu Grant.

Sem se dar conta, sorriu. Isso era o mais doce que Grant conseguia ser.

— Você não é idiota.

TATE

Eles estavam oficialmente "juntos" havia apenas nove dias, mas, como cada dia em Tuckernuck era uma vida inteira, isso parecia uma eternidade. Já haviam feito amor dezesseis vezes, dividido onze refeições, assistido a três filmes, ido a dois restaurantes, andado cinco vezes de barco, pescado dois peixes. Tate imediatamente se apaixonara por seus filhos, e não somente porque eram seus filhos. Havia acalmado Cameron após um pesadelo e trocado os pijamas e os lençóis de Tucker depois que fizera xixi na cama.

Barrett lhe dissera que não gostava de falar de Steph, mas a verdade é que era bem eloquente no que se referia à falecida esposa, principalmente tarde da noite, quando Tate e ele já estavam deitados. Ele lhe contara partes da história que, juntas, formavam um conjunto coerente. E que não era exatamente o conto de fadas que Tate havia imaginado.

Barrett conhecera Stephanie no verão em que ambos trabalhavam como garçom num restaurante. Ele não a achara bonita logo à primeira vista, mas era simpática e tinha uma voz suave. Com o tempo, caíram na rotina previsível de fecharem juntos o restaurante após alguns drinques no final do expediente; às vezes, iam dançar no Chicken Box, outras, iam de carro à praia. Ele a beijara-a, pela primeira vez, na lanchonete Henry's. Era de manhã, e eles estavam indo para Great Point com um cooler cheio de cerveja. No balcão, Stephanie pedira rosbife com maionese picante e pepino, e Barrett a beijara porque esse era exatamente o mesmo sanduíche que ele estava prestes a pedir.

Namoraram durante três anos. Quando Steph terminou a faculdade de enfermagem na Universidade Simmons, em Boston, seu trabalho servindo mesas transformou-se num emprego na maternidade do Nantucket Cottage Hospital. Barrett pedira um empréstimo aos pais e comprara a casa em Tom Nevers, que na época era apenas uma estrutura abandonada por outro construtor. Sendo assim, pagara uma ninharia e pôde terminá-la da forma como queria. Steph se mudara para lá, e a vida louca que levavam ficou mais calma. Ela tinha um emprego de verdade; ele tinha uma hipoteca para pagar. Casaram-se, e ele assumira o negócio do pai.

— As coisas foram progredindo — explicara ele. — De repente, eu virei um adulto. Estava casado, tinha uma casa, administrava um negócio. Tive que me tornar um homem sério. Tinha 26 anos e, na verdade, não queria levar tudo a sério. Eu queria a minha vida antiga de volta, as bebidas, o cigarro, as saídas até às duas da manhã, e depois ficar sentado na banheira quente até os pássaros começaram a cantar. Mas Stephanie jogou fora minha maconha e decidiu que sábado à noite seria o dia que sairíamos para namorar. Eu queria sair para namorar todas as noites, assim como também queria pescar duas vezes por semana e jogar golfe aos domingos. Stephanie trabalhava na maternidade; tudo o que queria era ter um bebê. Eu não queria um bebê. Eu *era* um bebê! Ela parou de tomar as pílulas anticoncepcionais sem me consultar e, nossa, como fiquei furioso quando me disse que estava grávida. Saí da ilha; dirigi até Baltimore para encontrar um amigo meu que trabalhava com o Orioles, um time profissional de beisebol. Fomos a três jogos, comemos uma cesta de caranguejos, fomos ao Hammerjacks assistir uma banda de heavy metal. Foi horrível; eu me senti solitário. Voltei para casa.

"Então Cameron nasceu, a vida mudou ainda mais, e, de repente, eu me vi com saudade dos dias em que minha única obrigação era sair para namorar. Porque ter um filho foi difícil para nós. Steph ainda estava trabalhando, o bebê ficava na creche e estava sempre doente, pegando viroses das outras crianças. Um de nós dois precisava ficar em casa ou pedir à minha mãe para cuidar dele. E então, assim que ele ficou mais crescido, começou a andar, a falar um pouquinho, a dormir pesado a noite inteira, e as coisas começaram a ficar mais fáceis, pronto: Steph ficou grávida outra vez. E ao mesmo tempo em que você fica feliz porque agora sabe como é bom ter um filho, surge também aquele sentimento de *que diabo nós estamos fazendo?* Eu me senti sobrecarregado. O negócio estava indo bem, mas não estava nos deixando ricos. Comecei a ter problemas respiratórios. Não conseguia nem encher, nem esvaziar os pulmões. Fui ao hospital para tirar radiografias. Eu tinha certeza de que uma das casas em que eu trabalhava tinha amianto; Steph achou que eu estava fumando baseado escondido. O que os médicos disseram? Que era estresse. Então foi como se eu tivesse recebido uma receita médica para sair e me divertir. Entrei na liga de dardos no Chicken Box; comecei a sair todas as terças e quintas para beber cerveja com os amigos do ensino médio. Steph não gostava nem um pouco disso; estava com aquela paranoia que toda mulher grávida fica, achando que eu devia estar saindo com outra mulher."

— Estava? – perguntara Tate.

— Não – respondera Barrett. Fizera uma pausa, umedecera os lábios. – Havia meses em que brigávamos o tempo todo, em que não suportávamos olhar para a cara um do outro e, quando ela ligava para o meu celular, eu não atendia. Então, quando estava no sétimo mês de gravidez, deixou cair sua xícara de café.

— Deixou cair sua xícara de café? – perguntara Tate.

— Não quero mais falar sobre isso – dissera Barrett, escondendo o rosto na cintura dela.

306 　 *Elin Hilderbrand*

* * *

Ele voltara espontaneamente ao assunto da queda da xícara de café poucos dias depois, e Tate ficara agradecida pela iniciativa. Não queria insistir, mas queria saber. Parecia que estava assistindo a um filme, sabendo que algo muito ruim aconteceria, e então, no momento crítico, quando estava se preparando, a imagem congelava e a tela ficava escura. Tate vira-se tomada por uma ansiedade doentia. *Conte logo!* Se ele conseguisse desabafar sobre seus piores momentos, então talvez ela pudesse ser o final feliz dele.

— Ela deixou cair sua xícara de café, que se espatifou no chão — dissera. — Eu achei que tivesse atirado por raiva, porque era nesse nível em que estávamos. Havia muita raiva e ressentimento entre nós, e um objeto quebrado não teria sido o pior que já havia acontecido. Mas Steph disse que a xícara havia caído sem querer, que sua mão tinha parado de funcionar.

Aquilo parecera estranho, dissera ele, mas eles ignoraram. As mãos de Steph ficaram dormentes, e depois seus pés. Começara a ter problemas para andar em linha reta; cambaleava como se estivesse bêbada. Sua caligrafia piorara, pois seus dedos também não funcionavam mais direito. Fora estranho. Achara que era um sintoma da gravidez; algumas mulheres têm Síndrome do Túnel Carpal quando estão grávidas. Tem algo a ver com a posição do bebê. Quando Steph falara dos sintomas para o obstetra, e acrescentara o fato de que andava mordendo a língua, ele aconselhara que ela fosse a Boston fazer uns exames. No início, ela não concordara. Eles não tinham dinheiro para ir a Boston, ela não tinha certeza de que o plano de saúde cobriria os exames, e não podia perder dias de trabalho. Mas os sintomas pioraram, e ela concordara em ir. Fora sozinha. Barrett tivera que ficar para trabalhar e pegar Cameron na creche.

— Eu deveria ter ido — afirmara Barrett. — Mas, para ser franco, eu não estava muito preocupado.

Stephanie fora diagnosticada com ELA, esclerose lateral amiotrófica, que era sempre fatal, embora ninguém soubesse com que velocidade a doença poderia progredir.

Sempre fatal.

Nesse ponto, Barrett fizera um tremendo esforço para não chorar, mas sua voz estava rouca e seu lábio inferior tremia. Tate havia visto aquele mesmo olhar no rosto de Tucker no dia anterior, quando ele havia caído do barco e ralado o joelho.

— Então nós passamos a nos comportar de um jeito completamente diferente. Ela *iria morrer*. Eu tinha um filho de 2 anos e outro ainda não nascido, e Stephanie sabia que não viveria para vê-los crescer. Não sabia nem se viveria para ver os próximos aniversários deles. Não sei se existe algo pior do que uma mãe que sabe que terá que deixar seus bebês para trás, mas, se houver, não quero saber.

Ele estava chorando, mas é claro, e Tate estava chorando também, e ela pensara em Barrett, com 5 anos, sentado na popa do barco do pai, com seu colete salva-vidas laranja. Você simplesmente não sabe o que a vida lhe reserva. Não sabe que tipo de amor encontrará, que tipo de amor lhe será tirado.

Os médicos fizeram uma cesariana, contara Barrett, retiraram o bebê cinco semanas antes da data esperada. Tucker ficara seis dias no respirador, mas estava bem. Os médicos foram imediatamente cuidar de Stephanie — remédios, terapias, procedimentos experimentais para reduzir o ritmo da esclerose. Mas a doença fora brutal e agressiva. Tucker nascera em fevereiro; em maio, Steph estava numa cadeira de rodas. Cameron andava de triciclo, e Barrett empurrava Tucker no carrinho com uma mão e a cadeira de rodas de Stephanie com a outra. Eles subiam a rua e depois desciam; eram os momentos mais felizes daquela época, mas Barrett disse que não aguentava pensar naquilo.

Steph perdera a habilidade de falar e também não conseguia mais escrever. Ainda assim, usara um tipo de linguagem de sinais. A mão no coração significava "eu amo você". Cameron ainda levava a mão ao coração cada vez que Barrett saía, e Barrett esperava que ele sempre fizesse isso.

— O pior de tudo era que Stephanie estava lúcida. Intelectualmente, os médicos diziam que ela estava perfeita, mas perdeu a capacidade de se comunicar. Estava presa naquele corpo decadente. E eu me preocupava por ela não conseguir colocar as coisas para fora. Havia tantas coisas que ela gostaria de dizer! Para mim, para as crianças. — Olhara para Tate. — Não sei como cuidar deles.

— É claro que sabe — dissera Tate.

— Houve momentos, depois que ela morreu, como quando Cameron pegou catapora, em que eu pensava: *Você não me disse como lidar com isso. Onde você está?*

Steph morrera em novembro, em casa, graças a uma equipe de enfermeiras que trabalhava em tempo integral, a qual ele pagou com uma fortuna que pedira emprestado. Ela estava de cama desde setembro e se alimentando via venal desde outubro. Barrett levava as crianças até ela e lia histórias em voz alta para todos. Só histórias engraçadas, histórias felizes.

— Então ela morreu. Logo cedo de manhã, enquanto eu a observava. Ela olhou para mim, e eu vi que estava tentando mover o braço. No segundo seguinte, seus olhos se fecharam, e ela morreu.

Por um lado, fiquei aliviado porque não ia mais precisar ser forte. Chorei todos os dias durante doze meses. Chorei com as crianças e chorei sozinho. Relembrei todas as brigas que tivemos, como ficamos irritados um com o outro, e senti vergonha. Só que, quando essas coisas estavam acontecendo, elas me pareciam inevitáveis. Éramos um casal jovem com filhos pequenos, pouco dinheiro e menos tempo ainda. Eu sempre soube que estávamos vivendo uma fase de nossas vidas, e que ela iria passar. Eu acreditava que as coisas ficariam mais fáceis, que nós envelheceríamos e aprenderíamos com nossas experiências, e então teríamos a chance de encontrar a felicidade perfeita.

Felicidade perfeita: Tate sabia que era ingenuidade sua, mas acreditava nisso. Sentira, por exemplo, a felicidade perfeita na praia, quando as crianças foram a Tuckernuck para a festa. Sentada na areia, enroscada em Barrett, com Tucker dormindo no colo dos dois, com a fogueira, a mãe e India enroladas em cobertores, Chess atirando pedras na água junto com Cameron e a lua cheia e as estrelas brilhando. *Que pare o tempo, quero ficar assim para sempre*, pensara.

Quando Barrett terminara sua história, Tate deitara-se ao lado dele, sentindo-se pequena. Não o merecia. Não sobrevivera ao que ele sobrevivera. Não sobrevivera a nada. Sua vida correra sem perdas. Talvez isso fizesse dela o par ideal para ele. Era inteira, forte e ilesa; poderia ser um pilar para Barrett, caso ele deixasse.

A felicidade perfeita existia, mas talvez apenas em pequenas doses. Porque nem dois dias depois, Birdie — a mãe querida e amada de Tate — proferiu palavras que foram como uma estaca em seu coração. Chamara o relacionamento dela com Barrett de "fantasia", de "faz de conta". Tate estava profundamente magoada e irritada. Fugira das palavras da mãe, mas, mesmo depois de Birdie subir ao sótão para se desculpar, ela não retirou o que disse. Tate se perguntou: *Seria* seu relacionamento com Barrett uma fantasia? *Seria* um faz de conta? Por quê? Por que era verão? Por que teria que voltar para o seu apartamento em Charlotte? Ou seria por algo a mais? Se Tate estava num relacionamento, não deveria ser sério. Ela era, nas palavras de Birdie, "ingênua como uma criança". Só os relacionamentos de Chess eram levados a sério, como o que teve com Michael Morgan. Aquele relacionamento fora levado a sério – porque moravam em Nova York, porque Michael Morgan tinha o próprio negócio e usava terno para trabalhar –, e olha só o que acabou acontecendo! Tate não sabia por que Birdie dissera o que tinha dito, mas não ousou pensar mais a fundo. Não suportaria ouvi-la dizer que Barrett não era bom o bastante para ela ou que ele não servia porque não cursara faculdade ou porque trabalhava em serviços braçais, ou porque nascera em uma ilha e isso, de alguma forma, o tornara uma pessoa inferior a ela, que nascera e fora criada em New Canaan.

Estavam todas com inveja, concluiu Tate. A mãe, a irmã, a tia – e India era a única que talvez admitisse isso.

Tate decidiu que as três poderiam ir catar coquinhos (estava triste por ter de pensar isso até da mãe). Passaria mais tempo em Nantucket com Barrett e os meninos.

Quando Barrett parou o barco para sua visita habitual no final da tarde, Tate o aguardava na praia com a bolsa pronta.

— Para que a bolsa?

— Vou com você.

No rosto dele surgiu um olhar que ela ainda não havia visto (estivera catalogando todas as suas expressões): um olhar de desconforto, inquietação, medo. Na mesma hora, Tate se sentiu uma tola. Ele lhe pedira quatro vezes nos últimos sete dias para ela passar a noite com ele em Nantucket, e ela dissera não em três dessas quatro ocasiões, porque achava que deveria ficar com a família. Agora lá estava ela, pronta para ir, e ele não a queria.

— Não vou com você? – perguntou.

Ele balançou a cabeça.

— Sinto muito. Eu não fazia ideia que você estava planejando...

— Eu não estava *planejando*. Foi uma decisão espontânea.

— Gosto de espontaneidade – respondeu Barrett. Ela sabia disso; ele lhe dissera. — Mas tenho um compromisso hoje à noite.

— O quê? – perguntou, embora não fosse da conta dela.

— Coisas de trabalho – disse ele.

— Isso é tão vago – comentou Tate. Mas Barrett não falou mais. Em vez disso, fez o trabalho dele; pegou as duas sacolas de compras e um saco de gelo para levar para a casa. Segurava um envelope na mão. — O que é esse envelope?

— Nossa, você está cheia de perguntas hoje – observou ele.

Tate não gostou da forma como Barrett lhe respondeu. Eram amantes, certo? Haviam feito amor e dormido nos braços um do outro; compartilharam coisas íntimas. Ela deveria poder perguntar o que quisesse e ter uma resposta direta. Mas lá estava ele, fazendo com que ela se sentisse da mesma forma como se sentira a maior parte da vida: como um menino chato de 10 anos. E, para piorar ainda mais as coisas, ela teve que ir atrás dele com a bolsa, que agora teria que desfazer. Birdie, India e Chess estavam todas observando de seu tradicional posto na praia, e todas perceberam o que estava acontecendo.

Foi humilhante.

Tate subiu apressadamente as escadas atrás de Barrett, sentindo ódio dele, odiando a si mesma, odiando sua raiva e sua mágoa. Poderia ter sido exatamente o oposto; ele poderia ter ficado empolgado por ela estar indo, e ela poderia ter ficado esperando, satisfeita, dentro de seu barco, enquanto ele fazia a entrega. Birdie, Chess e India veriam que aquilo *não* era uma fantasia, não era um produto da droga de sua imaginação; era real, eles estavam apaixonados, e Tate iria para Nantucket e passaria a noite lá.

O amor era terrível. Era injusto.

Tate entrou furiosa em casa, atrás de Barrett, e passou bufando por ele para subir as escadas.

— Divirta-se hoje à noite — disse. — Fazendo seja lá o que for.

— O envelope é uma carta para a sua tia.

— Não dou a mínima para o envelope — disse.

Foi para o segundo andar e bateu os pés até o sótão, onde jogou a bolsa pelo ar, fazendo com que caísse com um baque proposital para que Barrett ouvisse. Atirou-se de bruços na cama. Ele subiria atrás dela, certo? Essa era a primeira briga deles. Com certeza ele subiria. Ela aguardou. Não conseguia ouvir nada e, como só havia uma janela inacessível, também não conseguia ver nada.

Após parecer ter se passado muito tempo, ouviu passos nas escadas e prendeu a respiração, ansiosa.

Chess perguntou:

— Está tudo bem?

Tate ergueu o olhar. Seu coração estremeceu como um motor morrendo. Chess? Não!

— Onde está Barrett? — perguntou.

— Ele já foi.

— Já foi?

Chess sentou-se na borda da cama de Tate. Parecia preocupada de uma forma bem irritante, à moda irmã mais velha.

— Quer conversar sobre isso?

A ironia não passou despercebida por Tate. Chess querendo saber se *ela* queria conversar. Ha! Essa era boa demais.

— Não — respondeu. — Meu Deus, não.

Pela primeira vez desde que elas haviam ido para Tuckernuck, Barrett Lee não apareceu de manhã. De início, Tate não quis acreditar. Correu como de costume, fez os abdominais na árvore como de costume, tomou o café da manhã que Birdie preparara como de costume — e o tempo inteiro seu estômago ficou embrulhado de preocupação com o momento em que Barrett chegaria. Ele pediria desculpas? Ela deveria pedir?

Tate olhou o relógio: nove e quinze, nove e vinte e nove, dez e sete, dez e trinta e cinco. Às onze, arrancou o relógio e o atirou no chão da sala de estar, por onde ele escorregou como um camundongo para baixo da mesinha de centro. Estava bem claro que Barrett não apareceria.

— O que terá acontecido? — perguntou Birdie. — Ele nunca faz essas coisas.

— Talvez uma das crianças esteja doente — sugeriu India.

— Deve ser. Sorte não estar faltando nada em casa. Bem, só temos um ovo. E eu adoro ler o jornal de manhã.

Tate não fez nenhum comentário. Duvidava de que um dos meninos estivesse doente. Quando adoeciam, a mãe de Barrett tomava conta deles. Então ele não viera... por causa dela? Por que o impensável acontecera e ele não queria mais vê-la?

314   *Elin Hilderbrand*

* * *

Ele finalmente apareceu às quatro da tarde. Tate ouviu o motor do barco; esperara ouvi-lo por tantas horas que, quando ele finalmente se materializou, bem longe de início e depois cada vez mais perto, Tate teve medo de que pudesse ser fruto de sua imaginação. Virou lentamente a cabeça de onde estava sobre a toalha e abriu um olho. Era o barco dele. E — caramba, caramba, caramba — ela não podia acreditar. Tinha uma mulher ao seu lado. Anita Fullin.

Tate fechou os olhos. O coração batia rápido dentro do peito. Ele estava trazendo Anita Fullin para a ilha.

Birdie perguntou:

— Quem é aquela mulher?

— Ela é bem atraente — comentou India.

— Ora, veja só, Barrett trouxe flores de novo, Tate!

Fique quieta, mãe. Por favor, pensou ela. Tentou se colocar num estado zen — para Tate, isso era mais fácil de conseguir quando estava na frente da tela de um computador —, mas não pôde evitar o som da voz de Anita enquanto Barrett a ajudava a descer do barco: *De verdade, essas flores são maravilhosas. Essa mulher é muito sortuda.* E Barrett responder: *Vá andando. Preciso pegar as compras.*

Tate não se moveu, não se virou, não olhou. Ouviu Birdie levantar-se da cadeira.

— Olá, olá! – disse a mãe, em seu tom que usava para visitas.

— Olá! – disse Anita Fullin. Já havia chegado à praia, percebeu Tate, pela proximidade da voz. – Nossa, que bela propriedade vocês têm! Espero que não fiquem chateadas com a minha invasão, mas eu disse a Barrett que simplesmente *tinha* que vir a Tuckernuck. E ele fala tanto da sua família que sinto que as conheço.

Birdie emitiu sons de surpresa e satisfação. Tate sentiu-se ruborizar. A mãe era *tão* influenciável.

— Olhe só! Bem, tudo o que posso dizer é que é muito bom receber visitas. Já estamos ficando acostumadas demais uma com a outra aqui. Sou Birdie Cousins.

— Anita Fullin.

— E esta é minha irmã, India Bishop.

— Olá — disse India —, prazer em conhecê-la.

— E essa é a minha filha, Tate. Tate!

Tate se perguntou se deveria parar de fingir que estava dormindo. Chess, vadia sortuda, estava mesmo cochilando dentro de casa. Tate virou-se lentamente. Levantou a cabeça e teve que se dar ao trabalho de parecer surpresa por encontrar Anita Fullin em sua praia.

— Olá. — Ela entendia agora por que Adeliza Coffin ficava na porta de sua casa com uma arma. — O que *você* está fazendo aqui?

A pergunta foi grosseira, Birdie certamente estaria *horrorizada* com a falta de bons modos de Tate, mas Anita Fullin apenas rira, soltando uma gargalhada rouca, e dissera:

— Finalmente convenci Barrett a me trazer aqui.

Todas elas o observaram indo até a praia com uma sacola de compras (Tate viu o jornal e uma caixa de ovos aparecendo no topo) e um buquê de flores gigantesco. As flores eram impressionantes, beirando o cafona; estavam envolvidas em papel-celofane e amarradas com uma longa fita vermelha e dourada. Mas as flores não funcionariam desta vez. Taxativa, ela não seria influenciável como a mãe. Queria um pedido de desculpas e uma boa explicação para tudo aquilo. Embora, para falar a verdade, levar Anita Fullin a Tuckernuck fosse imperdoável.

Birdie disse:

— Lindas flores.

— São para a senhora — respondeu Barrett.

— Para mim?

Para Birdie?, pensou Tate. Ficou feliz por estar usando óculos escuros e ninguém ter visto seus olhos se transformando em duas pequenas bolas de fogo. Observou enquanto Birdie abria cuidadosamente o celofane e puxava um cartão. Precisava de óculos para enxergar, e por isso pegou os de India. Tate achou que as flores deviam ser de seu namorado, Hank, e chegou a sentir segundos de genuína felicidade pela mãe antes de voltar a ter pena de si mesma. Nada era justo.

Birdie exclamou:

— Meu Deus! São de Grant!

— Do papai? – perguntou Tate.

— De Grant? – perguntou India.

— São de Grant — repetiu Birdie. Devolveu os óculos de leitura à India e enrubesceu. — Bem, ele não devia ter feito isso, mas são lindas.

— Eu as levarei lá para cima para a senhora e as colocarei na água. Tudo bem se Anita vier comigo para conhecer a casa?

— Claro! – disse Birdie. – Irei junto. Tate, quer vir conosco?

— Chess está dormindo lá em cima, lembra?

— Não quero incomodar ninguém – disse Anita.

— Não seja boba – respondeu Birdie. – Se ela acordar, acordou. Melhor mesmo que acorde. Anda dormindo demais.

— Bem, mas é mais ou menos esse o objetivo — observou Tate. — Ela veio para cá para descansar.

O mundo estava completamente de cabeça para baixo: o pai mandara flores para a mãe, e Tate estava defendendo a irmã. Como não havia nada a perder, seguiu a mãe, Barrett e Anita Fullin pelos degraus e para dentro da casa.

Chess já havia acordado. Estava com cara de sono, sentada à mesa do jardim com um copo de chá gelado. Tate tentou vê-la como Anita Fullin a veria. Chess parecia menor do que fora um dia. Não estava usando o gorro azul de crochê e, portanto, tinha a cabeça com a penugem loura à mostra. Apesar de todo o tempo que passava na praia, não estava bronzeada. Seu rosto estava macilento, e os lábios, secos. Vestia sua camiseta da Imunidade Diplomática e a bermuda camuflada. Tate balançou a cabeça. Sentiu vontade de exaltar a irmã – editora de culinária da *Glamorous Home*, a editora mais jovem do grupo editorial Diamond –, mas a imagem que apresentava agora não era nada impressionante. Para falar a verdade, Anita Fullin nem pareceu notar que Chess estava ali e poderia muito bem ter passado direto se Barrett não tivesse parado e apresentado:

— E essa aqui é a outra moça da casa, Chess Cousins.

— Prazer em conhecê-la, Jess – disse Anita.

Chess não se deu ao trabalho de corrigi-la, o que mostrava quão pouco Anita significava para ela ou o quanto ficara chocada por encontrar aquela intrusa ali, com Barrett.

Alarmada e confusa, olhou para Tate. Pela primeira vez desde que haviam entrado na Mercedes da mãe, dezenove dias atrás, Tate sentiu uma conexão com a irmã. Ergueu as sobrancelhas, olhando para Chess, e pensou: *Ah, pode deixar, nós vamos conversar sobre isso.*

Barrett falou então:

— Bem, esta é a casa da família Tate, construída em 1935 pelos avós de Birdie e India: Arthur e Emilie Tate.

— Em 1935?! – exclamou Anita. – Meu Deus! Como as pessoas chegavam aqui em 1935?

— De barco — respondeu Barrett, e Tate, sem conseguir evitar, sorriu. — Naquele tempo, Tuckernuck tinha uma escola. As pessoas que moravam aqui durante o resto do ano eram pescadores ou fazendeiros.

— Mas não na nossa época — completou Birdie. — Naquele tempo, ela já era como hoje: propriedade privada de veranistas.

— Você é sabe-tudo de história, Barrett — disse Tate.

Ele olhou rapidamente para ela, para ver se estava fazendo piada ou sendo cruel, mas nem ela sabia direito.

— Aqui fica a cozinha — continuou ele. — Tem um gerador que fornece água corrente, apenas fria, e as senhoras têm uma geladeira pequena que, infelizmente, não gela muito. E um cooler cheio de gelo, que eu recarrego. Elas cozinham no fogareiro ou usam a grelha.

— Um fogareiro! — exclamou Anita Fullin.

Ela vestia uma camiseta branca, calças cor de laranja vivo e sandálias brancas de couro. As unhas do pé estavam pintadas no mesmo tom da calça. Laranja, a partir de agora, era uma cor que Tate oficialmente detestava.

— Esta aqui é a sala — acrescentou Barrett.

— Que linda! — exclamou Anita. — E tão *rústica*.

Barrett perguntou a Birdie:

— Tudo bem se eu levar Anita lá em cima?

— Sim, claro! — respondeu Birdie, sem olhar para ele. Estava muito ocupada arrumando suas flores. Havia plantas demais para caber dentro de um único vaso, ou até mesmo dois, então estava distribuindo-as por jarros velhos de louça. O primeiro andar da casa agora cheirava como uma estufa.

Barrett e Anita subiram as escadas, e Tate os seguiu.

— Dois quartos — disse ele. Abriu a porta para o quarto de Birdie: duas camas de solteiro, muito bem-arrumadas com lençóis amarelos esticados e colchas de chenile típicas de um convento. — E um banheiro.

— A descarga funciona? — perguntou Anita. — A banheira também?

— Funcionam — responderam Tate e Barrett ao mesmo tempo.

— Mas só vai água fria na banheira — comentou ele.

Anita olhou para Tate.

— Francamente, não sei como vocês conseguem. Tenho o sonho de construir uma casa aqui, mas a verdade é que não sei se aguentaria.

Provavelmente não, Tate pensou.

Barrett abriu a porta do quarto de India. O colchão macio estava escorregando do estrado como o glacê de um bolo. As cobertas estavam reviradas e o quarto cheirava a pulmões cheios de fumaça. Se Barrett e Anita não ficaram desconfortáveis ao espiar a câmara particular de India, Tate ficou. O quarto de Birdie era tão limpo e arrumado quanto o de uma pousada, mas o refúgio de India era intrusivo. Infelizmente, o olhar de Anita pousou em Roger, em seu posto na penteadeira ao lado do abajur.

— Olhe só essa escultura! — exclamou Anita. — É a coisa mais maravilhosa que já vi. Quem fez?

Barrett ficou calado. Tate esperava que ele estivesse arrependido de ter levado Anita Fullin à casa delas e permitido que a mulher as observasse como se fossem uma atração de circo.

— Meu tio — disse Tate. E então, deixando o orgulho dominá-la, completou: — Bill Bishop.

Anita Fullin engasgou.

— Bill Bishop é seu *tio*?

— Era — respondeu Tate. — Ele morreu.

— Mas é claro. Conheço a história. *Até achei* que parecia um Bishop, mas depois pensei, não, não poderia ser. É pequeno demais... Mas há algo muito *característico* nele. — Sorriu para Tate. — Tenho de admitir que sou uma fã. Havia um Bishop na área externa do primeiro prédio onde morávamos em Nova York. Era a mulher passeando com o cachorro. Mas tão abstrata. Mas tão *distinta*. Era como se fosse minha, ela me emocionava. Porém nos mudamos para o West Side, e eu quase não a via mais. Sempre que passava por ela, acenava como se fosse uma amiga.

Tate concordou com a cabeça. As pessoas se sentiam daquela forma com relação ao trabalho do tio Bill. Era grandioso, industrial, cívico, mas ainda assim íntimo.

Antes de Tate entender o que estava acontecendo, Anita Fullin pegou seu iPhone e tirou uma foto de Roger.

Tate disse:

— Ah...

Barrett alertou-a:

— Anita...

E a mulher respondeu:

— Espero que não tenha problema. É só para mim, para eu poder me lembrar desse homenzinho. Qual o nome dele?

— Roger — respondeu Tate. E então sentiu-se como uma traidora.

Anita colocou o telefone de volta no bolso.

— Eu gostaria de comprar Roger — disse.

— Ele não está à venda.

— Eu pagarei 50 mil dólares.

— Pode perguntar à minha tia, mas ela vai dizer que ele não está à venda.

Barrett pareceu desconfortável.

— Anita, você gostaria de ver o sótão?

— O sótão? — Ela torceu o nariz. — Há mais Bishops escondidos lá?

— Não — respondeu Tate.

— Então não, acho que não.

Tate se sentiu ofendida. Para ela, o sótão era a melhor parte da casa, mas só porque era a sua parte. Mas o que Anita veria no sótão além de um quarto quadrado e quente, cheio de camas e cantos escuros? Além do mais, Tate queria aquela mulher fora da sua casa, de sua propriedade, de sua ilha. Tuckernuck era um paraíso imaculado principalmente porque não havia *gente* para arruiná-lo.

Eles desceram ao primeiro andar, onde as flores haviam sido espalhadas pela casa. Birdie, India e Chess estavam sentadas à mesa do jardim, aguardando. Não haviam aberto o vinho. Tate ficou aliviada. Se houvesse bebida, elas teriam que oferecer uma taça à Anita. Agora, ela poderia simplesmente ir embora.

Mas ela parou à mesa. Seus olhos se moveram entre Birdie e India, como se tentando descobrir qual das duas era a viúva de Bill Bishop. E disse:

— Sua casa é muito autêntica. Tem um ar de verões bem-vividos.

Birdie concordou com a cabeça:

— Obrigada. Somos muito felizes aqui.

Chess esfregou seus pequenos olhos vermelhos, o retrato da felicidade.

Anita Fullin dirigiu-se à India:

— Vi a escultura lá em cima. O homenzinho?

— Ah. — India fora claramente pega de surpresa. — Roger?

— Sim — respondeu Anita. — Roger. — Falou seu nome com tamanha afeição e reverência que ele poderia ser um amigo seu. — Eu gostaria de discuti-lo com você um dia desses.

Os olhos de India se arregalaram.

— Mas não agora — acrescentou Anita. — Vejo que está ocupada.

Ocupada?, pensou Tate.

— E Barrett precisa me levar de volta à ilha grande. Foi muito bom conhecer todas vocês.

— Adeus — disse Birdie.

— Adeus — disse India.

Adeus, até mais, obrigada pela visita! Tate foi a mais verbal das quatro vozes ao se despedir de Anita Fullin, mas agora, ao observar Barrett e ela descerem os degraus rumo à praia, não podia acreditar que estava deixando ele escapar. Queria chamá-lo de volta, exigir uma conversa em particular; queria saber exatamente o que estava acontecendo. Por que ele a rejeitara na noite anterior e por que não aparecera naquela manhã? Que negócio era esse com Anita Fullin? Tate achara que ela e Barrett estavam se apaixonando.

Estivera sonhando?

INDIA

Ela não respondera à carta de Lula. Não poderia deixar nada por escrito; talvez Lula pudesse considerar isso algum tipo de *prova*.

India estava pensando como se algum crime tivesse sido cometido e precisasse se proteger. Houve sentimentos, sim; houve insinuações sexuais, sim; mas India não agira, não ultrapassara nenhum limite. Não transgredira. Não poderia ser responsabilizada por qualquer infração, penalizada por qualquer infração ou, na pior das hipóteses, ser demitida por qualquer infração. Fora cuidadosa. Afastara-se das chamas no último momento.

Não respondera à carta.

O que poderia dizer?

Em resposta ao seu silêncio, outra carta viera. India viu o envelope na mesa da sala de jantar, deixada ali por Barrett, e sua respiração acelerou. O sangue subiu ao rosto. Sua reação era um sinal de que havia algo entre ela e Tallulah Simpson além de uma relação universitária comum. Mas o que seria? Ciúmes? Tensão sexual? Amor?

Sentiu vontade de rasgar o envelope para ver o que continha, mas, em vez disso, deixou para abri-lo em um momento tranquilo, quando estivesse em seu quarto. Pegou uma taça de vinho e um cigarro; Birdie estava na cozinha preparando o jantar. A janela do quarto de India estava aberta; uma brisa mexia os cabelos de alga de Roger.

Cautelosamente, cortou a lateral do envelope com a unha. Abriu a carta, leu a única linha. Fechou os olhos.

O que eu preciso fazer?

A década de 1990 não foi boa para Bill Bishop. Ele parecia ter saído de moda ou perdido o encanto. Fora um declínio lento e quase imperceptível, que começara em 1985 com aquela crítica agressiva à sua escultura em New Orleans. Suas esculturas eram

324 ✦ *Elin Hilderbrand*

de cobre e vidro, em blocos, abstratas, vibrantes, industriais. Eram parte de uma época que englobava ternos risca de giz, empresários de Wall Street, Ronald Reagan, almoços com três martínis. Bill nada sabia sobre computadores ou internet; não dava a mínima para o meio ambiente. E então viu seu trabalho tornar-se tedioso e ultrapassado. Alguém do Instituto de Arte de Chicago propusera a ele uma retrospectiva a ser montada em 1996, para marcar o 25º aniversário de sua primeira instalação – que ocorrera lá em Navy Pier.

Uma retrospectiva?, questionara Bill. *Isso quer dizer que você está morto, acabado. Como um álbum de grandes sucessos. Quer dizer que não há nenhum trabalho novo ou que os trabalhos novos são irrelevantes.*

Problemas com sua obra tendiam a levá-lo à depressão. Bill, o escultor, e Bill, o homem, eram difíceis de separar um do outro. Ainda assim, India não culpava o declínio de sua popularidade por sua rápida deterioração mental. Tinha certeza de que ele teria tido problemas mesmo se o seu trabalho estivesse no auge. Sua depressão era química, acreditava ela, não situacional. Naquela época, os meninos eram adolescentes, e o nível de testosterona na casa era alto; viviam numa atmosfera de agressão e desejo sexual. Os quatro homens brigavam pela liderança. Billy e Teddy se enfrentavam quase todos os dias; trocavam socos, olhos roxos, narizes sangrando. India não conseguia lidar com aquilo; deixara para o marido, o que fora um erro, porque a raiva de Bill era maior do que a de dez Billys ou vinte Teddys. Ele dava exemplos muito ruins – berrava, gritava e atirava coisas na parede, rasgava o dever de casa deles, entregava-lhes cabides de roupas e dizia:

— Querem se matar? Vão em frente e se matem.

India fazia curativos nos cortes e colocava gelo nos hematomas; preparava panelas de espaguete e almôndegas para alimentar seus apetites vorazes; ouvia música clássica, tomava banhos de banheira, lia romances de Jane Austen e recusava-se a se envolver. Sabia que aquilo tudo seria um desastre, mas seguia uma política de não intervenção. *Por quê?,* perguntava-se agora. Qualquer um na face da Terra teria entendido que Bill estava doente, que precisava de um psiquiatra e de medicamentos, e que toda a família precisava de terapia. O que a impedira de procurar ajuda? Era a região onde moravam, a Main Line, onde tudo era agradável e sofisticado — os cornisos florescendo e os jogos de croqué nos gramados aparados –, mas, apesar das aparências, India conhecia outras famílias que haviam passado por momentos difíceis. Teria sido fácil conseguir ajuda. Seria inércia? Otimismo eterno? Medo? Olhando para trás, acreditava que o que tinha naqueles dias era apatia. Não se importava o suficiente para se envolver. Não sentia motivação para salvar o marido. Seria possível? India amara Bill com uma intensidade que chegara ao ridículo. Ele era o seu sol, seu primeiro pensamento pela manhã, seu último pensamento à noite. Mas seria certo dizer que, por volta de 1993 ou 1994, ela se cansara. Os filhos viraram três criaturas estranhas e gigantes, que tomavam leite diretamente da garrafa e se masturbavam debaixo dos lençóis, sem se preocuparem em esconder ou limpar os vestígios; assistiam a filmes de terror, jogavam lacrosse e recebiam telefonemas secretos de garotas que conheciam quando perambulavam pelas lojas punks na South Street. E, em vez de tentar acompanhar, onde, quando, como e por quê, India se esquivara.

No outono de 1994, Bill tivera um caso com a professora de matemática de Teddy, Adrienne Devine. Praticamente desde o início do ano escolar, Teddy fora mal em trigonometria. As notas chegaram em casa, e India conversara com ele. Teddy lhe dissera que trigonometria era besteira, que era algo que ele nunca precisaria saber. Até tentara abandonar a matéria, mas lhe disseram que sem ela não poderia se formar. E India ressaltara que, além disso, ele precisaria de uma nota decente em trigonometria, um A ou um B, se quisesse ir para uma boa universidade.

Ele dissera que não conseguiria. Ela passara o bastão para Bill.

Você cuida disso. Na verdade, concordava com Teddy: trigonometria era besteira e inútil.

Bill fora conversar com a professora de matemática, Adrienne Devine, uma bela moça de 24 anos, cabelos escuros e 50 quilos, recém-formada pelo programa de ensino da Columbia. Quando Bill chegara em casa e India perguntara como fora a reunião, o marido respondera:

— Não acredito que estão deixando alguém como ela ensinar aos garotos.

India não perguntara o que ele queria dizer; considerara o problema resolvido e, de fato, as notas de Teddy em matemática melhoraram.

O caso, como fora depois explicado a India, começara logo após a reunião, com Bill ligando para Adrienne Devine e lhe dizendo que gostaria de ir ao seu apartamento para fazerem amor. Adrienne Devine, sem hesitar, dissera que sim. Uma faísca surgira entre eles quando se conheceram. Ela ficara intrigada pelo fato de Bill ser escultor.

(Intrigada pelo fato de Bill ser escultor? Com certeza poderia ter dito algo melhor, não? Mas não. Era jovem, não conhecia o trabalho dele.)

O caso continuou durante as tardes em que estavam livres, no outono inteiro, em feriados, após o Ano-Novo.

A ILHA · 327

Bill contara a India sobre o caso em janeiro, durante uma viagem à Suécia. A cidade de Estocolmo tinha encomendado uma série de trabalhos. Era o maior e mais lucrativo pedido que Bill recebera em anos. India sabia que ele estava aborrecido pelo fato de que, de agora em diante, a maior parte de suas novas obras seria montada no exterior, mas não tinha outro jeito. Sua popularidade estava diminuindo em casa; ele deveria ter ficado feliz por ela crescer em nações como Dubai, Tailândia e Suécia, onde ter um Bishop era considerado um sinal de prestígio americano (embora um prestígio que os americanos achassem fora de moda – como um Rolex de ouro ou um Cadillac).

Naquela viagem à Suécia, Bill deveria estar cheio de energia e ânimo, mas, em vez disso, parecia distraído e triste. India lhe perguntara, inocentemente, o que havia de errado, e ele lhe contara sobre o caso.

A princípio, ela recebera a notícia calada. Estava curiosa com relação aos detalhes, e Bill os forneceu de bom grado, embora eles não fossem interessantes, porque Adrienne Devine não era interessante – era uma professora de matemática de 24 anos. O caso tinha a ver com juventude e sexo; tinha a ver com a raiva que sentira de India e de Teddy. Ao transar com sua professora, Bill estava mostrando ao filho quem é que mandava. Seriam os homens tão estúpidos e fúteis assim? India achava que sim. Ela percebera que, embora o amasse, perdera o respeito por Bill. Isso vinha acontecendo havia anos.

Na verdade, o que mais a incomodara sobre a traição fora o fato de Teddy não ter aprendido nada de matemática; Adrienne Devine lhe dava notas boas por causa de Bill.

Claramente ele esperara uma reação mais intensa de sua esposa, e, quando não despertou essa reação – ou, na verdade, reação alguma –, ficara amargurado. O que India poderia dizer? Não estava surpresa. Quando se casara com Bill Bishop, já esperava que ele a traísse. Era um homem de apetites enormes. A ausência de casos amorosos antes daquele fora uma surpresa agradável. Estar pulando o muro agora apenas fazia dele previsível. Fora o que ela lhe dissera enquanto aguardavam o metrô na plataforma. Ele a esbofeteara. Ela o encarara e os suecos também, embora ninguém tenha interferido.

— Você é um covarde, Bill – sussurrara. E fora embora.

Hospedara-se em outro local naquela noite e, quando voltara ao hotel em que estava antes, no dia seguinte, encontrara Bill deitado na cama, nu, bêbado, chorando. Quando entrara no quarto, percebera que era exatamente isso que estava esperando.

Em outubro, quando Bill fora para Bangkok discutir uma encomenda para a mansão de veraneio do rei da Tailândia, India ficara em casa. O caso com a professora de matemática acabara meses antes, mas os efeitos colaterais foram tóxicos. Seu casamento estava em frangalhos; India tinha praticamente se mudado para o quarto de hóspedes, seu "santuário", Bill dormia com frequência em seu ateliê, e a cama deles se transformara numa superfície onde empilhavam roupas, livros, revistas e jornais. Foram para Tuckernuck naquele verão e passaram dias felizes como sempre na ilha – mas, quando voltaram para a Pensilvânia, fora como se uma nuvem cinza tivesse se estabelecido sobre a casa. Em setembro, Billy fora para Princeton, e, ao mesmo tempo em que India sentia saudade dele, tê-lo fora de casa era um alívio. Teddy e Ethan estavam no time de futebol americano e chegavam em casa tão exaustos que não tinham energia para brigar. A casa estava assustadoramente quieta. Ninguém conversava.

A ILHA 🐚 329

Quando Bill contara a India sobre a encomenda tailandesa, ela ficara feliz pelo marido, mas dissera que não o acompanharia. Ele implorara para que fosse na viagem; não andava bem. Sim, ela sabia que ele não andava bem. Havia engordado 10 quilos, não fazia exercícios, estava bebendo demais. Perdera todos os jogos de futebol americano sem nem mesmo um pedido de desculpas para os meninos. India sabia que estava na hora de um ultimato. Ou ele iria a um psiquiatra, ou ela se mudaria. Precisava fazer alguma coisa para estimulá-lo, fazê-lo acordar de seu desânimo, reagir, se comportar como um ser humano. Mas ela não lhe dera o ultimato. Deixara-o em paz. Afinal de contas, ela não estava deprimida. Tinha amigos, almoços e os meninos para cuidar; tinha o tempo dela com ela mesma e muito espaço pessoal. Não iria para Bangkok porque, simplesmente, não estava com vontade. Estava cansada de ser a esposa de Bill Bishop; não suportaria uma semana sozinha com ele em um quarto de hotel; não suportaria ficar tão perto assim de suas alterações de humor. Estava ansiosa para que fosse embora. Daria um jantar para doze amigas em uma noite, e assaria um porco na fogueira para todo o time de futebol americano da Malvern Prep na outra. India estava ansiosa pelos dois eventos e pelas noites tranquilas que estavam por vir. Estava ansiosa para morar na própria casa sem ter medo de Bill andando como um tigre à espreita.

Ele fora ao quarto de hóspedes na véspera da viagem. Era tarde da noite; India estava dormindo. Ela ficara assustada quando abrira os olhos e o vira a vigiando, como um invasor.

Chamara-o:

— Bill? — Ele não respondera. — Bill, o que houve?

Ele subira na cama e a pegara por trás; India e Bill quase não haviam feito amor desde que voltaram de Tuckernuck, e, em algumas dessas vezes, ele ficara impotente. India lembrava do sexo naquela noite ter sido empolgante de uma forma estranha; fora como fazer amor com um estranho. Depois, ficara deitada na cama, sem fôlego, suando e pensando: *Meu Deus.*

Bill, no entanto, começara a chorar. Para um homem tão grande e poderoso, ele chorava como uma criança.

— Qual o problema?

— Vá para Bangkok comigo, India, por favor. Eu não vou conseguir sozinho.

Ela o acalmara, acomodara sua cabeça em seu colo, acariciara seus cabelos.

— Você vai se sair bem – dissera. – Muito bem.

Não expressara nenhum de seus pensamentos, nem como achava, por exemplo, que seria bom para eles passarem um tempo separados. Não queria ser condescendente. Sentia pena dele, mas mal podia esperar que partisse.

Levara-o ao aeroporto. Esperara com ele no portão de embarque. Dera-lhe um beijo de despedida da forma como costumava fazer quando eram mais jovens, um beijo demorado, de língua. Ele não parecia ter vontade de se separar dela; lembrava-se de ter lhe dado um empurrãozinho. Ele entregara a passagem ao comissário de bordo e desaparecera pela porta da ponte de embarque.

India se lembrava de ter se sentido livre.

Bill aguardara até o último dia. Bem possivelmente — India tinha que levar isso em consideração —, fora a perspectiva de voltar para casa que o estimulara. A viagem, afinal de contas, fora um sucesso: conhecera o rei da Tailândia, discutira seus esboços com a equipe real de paisagistas e um diplomata, fora pago na íntegra e recebera tratamento real — um jantar no iate do rei enquanto cruzavam o rio Chao Phraya, um tour particular de Wat Po, Wat Arun e pelo palácio que guardava o Buda de Esmeralda. Ficara hospedado em uma suíte no Oriental Hotel, onde tantos homens distintos estiveram antes dele: Kipling, Maugham, Joseph Conrad. Bill também achara tempo para se aventurar pelas profundezas de Patpong, onde achara uma prostituta e comprara uma arma. A prostituta talvez tenha sido dele pela semana inteira, mas a arma fora guardada para o último dia. Pagara a moça, mandara embora e então dera um tiro na cabeça.

Os funcionários que estavam a postos do lado de fora da suíte ouviram o barulho e bateram à porta. Bateram, bateram e bateram, e entraram com a chave reserva.

Uma secretária do rei telefonara para a casa de India. Eram três da manhã. O jantar para as doze amigas acabara havia algumas horas. Fora um tremendo sucesso, uma das noites mais agradáveis de sua vida: a comida estava deliciosa, a mesa estava linda com candelabros e toalha de linho, ouviram boa música – Carole King, Paul Simon, os velhos Beatles – e beberam muito vinho – champanhe, Meursault, syrah. As mulheres haviam ido embora relutantes, com abraços e juras de que aquele fora o melhor jantar de suas vidas. India limpara tudo sozinha com Van Morrison tocando alto na cozinha. Terminara de beber o vinho e fumar os cigarros.

Quando o telefone tocou, ela sabia que era alguma tragédia. Pensara talvez que um dos meninos – os dois dormindo fora – tivesse bebido até ficar em coma. Ou uma das mulheres que saíra de sua casa houvesse perdido o controle do carro e morrido ou matado outra pessoa. No início, não conseguia entender a voz com o sotaque forte do outro lado da linha, mas, no final, compreendera. Compreendera: Bill estava morto. Dera um tiro na cabeça.

332 ❧ *Elin Hilderbrand*

* * *

Fora como cair dentro de um poço. Escuro, frio, molhado, assustador, desesperador. Bill estava morto. Tinha se suicidado. India se lembrara de ter levantado da cama, tomado um punhado de Advil, preparado café. Depois, telefonara para Birdie em Connecticut e parecera calma. *Bill está morto*. Birdie dissera que estava a caminho. Iria para lá e tomaria conta dos meninos. India iria a Bangkok.

Ela não se lembrava do voo; não se lembrava do táxi até o hotel ou de como era Bangkok pela janela. Lembrava-se, por mais ridículo que pareça, das roupas que o atendente do hotel usava – pantalonas azuis com os fundilhos na altura dos joelhos. Chapéus engraçados. Não era constrangedor para eles se vestirem assim?, perguntara-se. Tão logo descera do táxi naquele calor úmido, um funcionário do hotel — um tailandês de terno de linho bege — aparecera na sua frente, saudando-a com seu tradicional *wai* e segurando suas mãos. India olhara para o homem e vira que ele esperava que ela chorasse ou desmoronasse, da forma como os americanos fazem nos filmes, mas tudo o que sentia naquele momento era remorso. Bill havia, afinal de contas, se matado naquele belo hotel. Deveria ter sido uma confusão terrível e um aborrecimento e tanto para os funcionários que o encontraram. (Como haviam voltado para casa, para suas famílias, e jantado com a lembrança do cérebro de Bill espalhado pelo tapete felpudo?) India estava tão mortificada quanto teria ficado se os meninos tivessem dado uma festa de arromba e quebrado a mobília ou esburacado as paredes. E, além dessas preocupações superficiais, havia ainda um pesar mais profundo.

O administrador do hotel e os representantes enviados pelo rei eram sérios e solidários. Não responsabilizaram ninguém; não questionaram o que havia dado tão errado. Exalavam aceitação, como se, de alguma forma, esperassem que algo assim pudesse acontecer. Os tailandeses consideravam Bill um gênio na mesma linha que Vincent van Gogh e Jackson Pollock, e gênios eram excêntricos. Loucos. Cortavam orelhas; morriam por overdose; explodiam os miolos.

India identificara o corpo. Não se lembrava de ter feito isso, mas lembrava-se de ver Bill dentro do caixão. Ele era responsabilidade dela; teria que levá-lo para casa. Pensara naquele corpo no caixão como "Bill", embora ele fosse uma carga agora, uma bagagem. Ainda assim, ele era dolorosamente familiar. Ela era uma mulher indo para casa com o cadáver do marido. Isso era surreal, não conseguia acreditar no que estava acontecendo, mas, ainda assim, que escolha teria? Não podia deixá-lo na Tailândia.

Os meninos e Birdie estavam todos aguardando no aeroporto da Filadélfia quando India e "Bill" aterrissaram. Os meninos pareciam anos mais jovens, apenas crianças chorando à toa. Billy era o mais forte, sempre o líder, e recebera India com um abraço; Teddy e Ethan fizeram o mesmo e, no meio do aeroporto Concourse C, os quatro se transformaram num grupo de soluços e abraços.

Todos têm alguma coisa na vida que põe sua força à prova. Para India, isso foi o suicídio de Bill. Para Chess, fora o acidente de Michael Morgan. Birdie dizia que Chess "se sentia responsável", e India definitivamente sabia o que era isso. Ela se considerava tão responsável pela morte de Bill quanto se tivesse sido ela a puxar o gatilho.

Ele não deixara bilhete, mas, caso tivesse deixado, o que diria? *Pedi para você vir comigo. Eu avisei que não conseguiria fazer isso sozinho. Você devia ter me ajudado. Não era óbvio que eu precisava de ajuda? Como você pôde me abandonar? Por que não se importou? Você sabia que algo assim aconteceria.*

Ele poderia ter escrito qualquer uma dessas frases, e elas teriam sido verdade.

India, por fim, se recuperara e seguira em frente — e de uma forma espetacular. De algum modo, tornara o suicídio de Bill algo positivo para ela. Construíra carreira, uma personalidade; desenvolvera uma identidade. E tinha orgulho disso.

Mas não havia esperado amar. Amar novamente estava fora de cogitação, certo? Segurava o bilhete de Lula na mão. *O que eu preciso fazer?*

India respondeu a essa segunda carta imediatamente. Não estava mais com medo de ser pega pelos funcionários da Academia. Já havia sido pega pelas circunstâncias da vida; não havia nada a temer. *Não se trata do que você precisa fazer. Mas do que eu devo fazer.*

Perdoar-se.

Fazer as pazes consigo mesma e seguir em frente.

Nada era mais difícil.

CHESS

Décimo oitavo dia.

Nick parou de sair com Rhonda. Eu fiquei sabendo disso não por ele, mas por ela, com quem me encontrei no elevador duas semanas depois da noite que fugi do Irving Plaza. Ela estava chegando do mercado, com os braços cheios de

*sacolas de compras; vi funchos e alcachofras. Algo raro para Rhonda: em casa,
ela tomava iogurte e pedia comida chinesa.*

— Funcho? — perguntei.

*— Vou cozinhar hoje à noite para o cara com quem estou saindo agora.
Respirei fundo.*

— Agora? Quer dizer, Nick?

*Rhonda olhou para mim como se não soubesse de quem eu estava falando.
Nick? Então ela disse:*

*— Ah, Nick foi fogo de palha! Ficamos juntos naquele show e depois nunca
mais ouvi falar dele. Desapareceu.*

— Desapareceu?

— Você fala com ele? — perguntou.

— Não — respondi. - Ele e Michael não são muito próximos.

*Algumas semanas passaram. Michael ficou doente, gripado, e eu banquei a
enfermeira. Preparei sopa, fui à farmácia comprar remédios e lavei suas roupas.
Passei sete noites seguidas no apartamento dele, fiz todas as compras, decorei o
apartamento com flores.*

— Quero que more comigo — disse Michael.

—Você está delirando de febre.

Ele me segurou.

— Estou falando sério.

*Eu sabia que ele estava falando sério porque era essa a direção que as coisas
estavam tomando: morar junto, casar. Se era para eu sair fora, era para sair
fora agora. Analisei Michael. Era um homem bonito, um homem bom e em,
diversos aspectos, era o homem certo. Eu gostava da forma como ele se vestia,
do cheiro dele, nós pensávamos da mesma forma, gostávamos das mesmas coisas,
funcionávamos do mesmo jeito. Nunca brigávamos, e, quando discordávamos, o
fazíamos de forma muito respeitosa. Ele era o homem para quem eu fora criada.*

Ele era meu amigo. Mas eu não estava louca e desesperadamente apaixonada por Michael Morgan.

— Vamos conversar sobre isso quando você estiver melhor — respondi.

No dia seguinte, telefonei do trabalho para Nick. Eu nunca tinha telefonado para ele antes, por qualquer que fosse a razão; ele pareceu surpreso e preocupado.

— Diga para eu deixá-lo — pedi.

— Como?

— Diga para eu deixá-lo.

— Quem está falando?

— Se você me disser para deixá-lo, eu irei deixá-lo. Caso contrário, vou morar com ele.

Seguiu-se uma longa pausa. Tentei imaginar onde ele estaria: na rua, em um bar, em um estúdio com proteção acústica, em seu apartamento, o qual eu não conhecia. Eu não tinha como imaginar. Não o conhecia da forma como conhecia Michael, e ele também não me conhecia. Havia muitas partes da minha vida que eu temia que ele não entendesse: minha paixão pela culinária, meu amor por ler e escrever, minha adoração pelo conforto — táxi em vez de metrô, bons restaurantes, tratamentos em spas, o quinto andar da Bergdorf's. Michael se encaixava em todos os aspectos da minha vida. Mas e Nick? Eles haviam sido criados pelos mesmos pais, mas Nick era a ovelha negra; ele tinha uma paixão e uma devoção única por ela, que era pura e verdadeira. Amava música, amava escaladas, amava a empolgação e o vício do jogo. Não havia equilíbrio em sua vida, apenas paixões avassaladoras. Eu queria viver assim. Será que eu conseguiria viver assim? Achava que estava apaixonada por Nick, mas estaria apaixonada por ele ou seria só o bad boy que me excitava? Eu não sabia se o que desejava era mesmo real.

Ele sugeriu:

— Vamos nos encontrar no parque em vinte minutos.

A ILHA ⬤ 337

— *Isso não vai resolver nada* — *respondi. Eu iria beijá-lo, ficar intoxicada, trôpega de tanto desejo, mas não ficaria mais próxima de uma resposta.* — *O que iremos fazer?* — *perguntei.* — *Ficaremos nos encontrando no parque pelo resto das nossas vidas?*

— *Estou obcecado por você* — *confessou ele. Ouvi-lo dizer isso, independentemente de quando e como, me tirava o ar.* — *Mas isso não importa* — *completou.*

— *O quê?*

— *Vá morar com ele* — *disse.*

Decidi não ir morar com Michael por motivos que pouco tinham a ver com Nick. Eu queria manter o meu espaço. A ideia de abrir mão de meu apartamento me aterrorizava. Eu não queria comprometer minha individualidade. Michael disse que entendia. E entendia mesmo; era emocionalmente maduro e incrivelmente seguro. Se manter meu apartamento me deixava feliz, ele me disse, então eu deveria mantê-lo.

Continuei na minha casa. E tentei não pensar em Nick. Era inútil! Ele estava obcecado por mim, e eu por ele, mas de que adiantava? Era estupidez, criancice; parecia que estávamos em um filme. Nick era covarde, e eu era covarde também. Caso contrário, teria terminado com Michael por motivos que nada tinham a ver com seu irmão. Mas não terminei.

Em outubro, Michael me pediu em casamento. Fazendo uma retrospectiva, eu deveria ter pressentido que isso aconteceria e, se fosse o caso, teria me preparado. Era nosso aniversário de um ano de namoro, e fomos jantar no Town com os pais dele. O jantar foi ótimo; Cy e Evelyn eram amáveis e divertidos. Eu os amava com tanta intensidade que deveria ter ficado preocupada, mas não planejava perdê-los. Afinal de contas, eles também eram pais de Nick. Depois do jantar, Michael disse que tinha uma surpresa, e nós quatro entramos num táxi. Fomos ao centro, para o Knitting Factory.

— *Imunidade Diplomática vai tocar hoje* — disse ele.

Evelyn soltou um gritinho de felicidade; havia tomado um pouco de vinho no jantar.

— *Ai, que ótimo!*

Eu estava tanto empolgada quanto apavorada, o que sempre acontecia, quando íamos a uma das apresentações de Nick. Essas duas emoções foram intensificadas pela presença de Cy e Evelyn. O que eles pensariam se soubessem?

Pegamos nossas bebidas e fomos abrindo caminho até a primeira fileira, onde todas as groupies (a maioria menor de idade) se amontoavam. Michael parecia nervoso, e eu interpretei isso como uma preocupação com os pais — não havia muitos casais de 60 anos frequentando o Knitting Factory —, mas Cy e Evelyn eram tão modernos e atualizados quanto estrelas de cinema. Estavam bem.

Quando a Imunidade Diplomática pisou no palco, a plateia foi à loucura. Nick segurou o microfone com uma das mãos e, com a outra, pediu silêncio. Isso não era nada comum; normalmente ele teria começado com "Been There" ou "Kill me Slow". Ele aguardou pacientemente enquanto a plateia emudecia.

Então falou:

— *Esta é uma noite especial e, antes de começarmos, eu gostaria de chamar meu irmão, Michael, ao palco.*

Olhei para Nick, não para Michael. Nick, apesar de toda a sua atitude de estrela do rock, parecia enjoado, como se fosse vomitar, e me perguntei se estaria drogado. Michael, atlético como era, pulou para cima do palco com a ajuda de apenas uma das mãos e pegou o microfone. Ali estavam os dois irmãos, lado a lado — Michael com seu paletó, camisa Robert Graham e sapatos Ferragamo, e Nick com uma camiseta de Bar Harbor que nós havíamos comprado para ele naquele verão, jeans e tênis Adidas pretos. Michael estava barbeado e com aparência profissional; poderia ser um palestrante motivacional. Nick era relaxado. Não aproveitara a escola como Michael, não era amigável como Michael, não tinha um instinto certeiro para fechar negócios e fazer dinheiro, e sua habilidade social era praticamente inexistente. Quem ia embora no meio de jantares de família? Quem não aparecia no Natal? Nick era mal-humorado, taciturno, talentoso e o homem mais sexy que eu já conhecera em toda a minha vida. Os dois juntos, um ao lado do outro, foi uma lição para mim. Se eu tivesse tido mais tempo para estudá-los, talvez tivesse tirado a nota máxima na prova, mas tudo estava acontecendo rápido demais para que eu conseguisse acompanhar. Não fazia ideia do que estava se passando; achei que talvez Michael fosse cantar, o que teria sido uma péssima ideia. Ele era muito desafinado.

— Vou ser rápido para que possamos aproveitar o motivo de estarmos aqui, que não é me ver pedindo minha namorada em casamento, mas assistir à Imunidade Diplomática... — anunciou ele.

A multidão urrou. Eu pensei: O quê? *Eu tinha ouvido o que ele acabara de dizer, mas não havia entendido.*

— Estou apaixonado por uma mulher chamada Chess Cousins. — Nesse momento, ele tirou uma caixinha de veludo do bolso do paletó, abriu-a e mostrou à plateia um enorme anel de diamantes. Então perguntou: — Chess, quer casar comigo?

A multidão foi à loucura. Senti vontade de olhar para Nick, mas como poderia? A situação ficaria óbvia. Com minha visão periférica, conseguia ver Cy e Evelyn, que estava radiante e confiante. Claro que estava. Será que alguma mulher pedida em casamento em público já dissera não? Talvez sim, em algum lugar, mas essa mulher não seria eu. Concordei com a cabeça como um robô, e Michael sorriu com uma alegria inimaginável. Sim?

— Ela disse que sim! — E levantou o punho no ar.

Nick abraçou o irmão; estava com os olhos fechados. A multidão aplaudia. Michael saltou de novo para a plateia. Nick começou a cantar "OK, Baby, OK", que eles normalmente deixavam para o bis, mas sabia que era a minha música favorita.

Só que não estava nada OK.

* * *

Aquilo era o que todos esperavam — Michael e eu iríamos nos casar. O fato de ele ter me pedido em casamento de uma forma tão inusitada e espetacular me deixou perplexa. Pressionar-me na frente de todas aquelas pessoas estranhas? Ele disse que queria me surpreender. Sempre reclamei que ele era uma pessoa previsível, que eu poderia prever as palavras que sairiam de sua boca. Michael havia pensado em me levar ao Per Se ou ao Blue Hill, só eu e ele, e me pedir em casamento durante a sobremesa, mas isso seria o esperado, certo?

Certo.

Será que minha resposta teria sido diferente caso estivéssemos sozinhos, se fôssemos somente eu e ele e a verdade flutuando sobre as nossas cabeças? Será que eu teria coragem para lhe dizer a verdade?

Eu não vi Nick por seis meses. Alguma coisa estava no ar na noite do show do The Strokes: a Imunidade Diplomática havia arrumado uma agente da mesma empresa que representava o The Strokes, o Death Cab for Cutie, o Kings of Leon e o The Fray. Eles iriam assinar um contrato de gravação — a agente adorara "OK, Baby, OK", a minha música —, mas, antes que gravassem o álbum, a banda faria uma turnê de seis meses, abrindo diversos shows pelo país para o Strokes e o Kings of Leon.

Michael levara o irmão à rodoviária. Nick carregava uma bolsa de lona, contou Michael, só com jeans, camisetas e equipamento de escalada. Michael lhe dera dinheiro, 500 dólares, e Nick questionara:

— Você por acaso é meu pai?

Mas aceitou mesmo assim.

— É melhor não ferrar com tudo — aconselhara Michael.

— Melhor você não ferrar com tudo — rebatera Nick

Perguntei:

— O que você acha que Nick quis dizer?

— Não faço ideia — respondeu.

A ILHA   ❋   341

Michael ficou na rodoviária até o ônibus partir. Essa imagem me aterrorizou.

— Foi triste? — perguntei.

— Triste?

Estava tudo acabado. Nick se fora; eu iria me casar. Não conseguia lidar com a realidade do casamento, então pedi que Birdie cuidasse dos detalhes. Fiquei um pouco constrangida por quão honrada ela se sentiu quando lhe convidei para organizar a cerimônia. Senti como se tudo que eu tivesse lhe dado antes fossem apenas migalhas.

Enquanto Birdie planejava o casamento, eu trabalhava demais e saía demais. Comecei a perceber que meus dias de liberdade estavam chegando ao fim e passava mais noites do que antes no meu apartamento; não conseguia nem pensar na ideia de sair dali. Perguntei a Michael se ele se importava de nós mantermos o apartamento depois de casados, e ele riu. Voltei a me aproximar de Rhonda, que convenientemente estava sem namorado. Nós saíamos uma vez por semana, às vezes duas, às vezes nos fins de semana também. Bebíamos demais; íamos de bar em bar e não jantávamos; íamos a boates e pegávamos táxis ao amanhecer. Rhonda estava impressionada com a minha resistência e o meu fogo.

— Você está agindo como uma mulher que acabou de se divorciar, não como uma mulher que está prestes a se casar.

Eu recebia cartões postais pelo correio. Às vezes, eles chegavam ao meu apartamento, às vezes, ao meu escritório. Vinham de Vancouver, Minneapolis, Boulder. Na maioria das ocasiões, os cartões chegavam em branco, a não ser pelo meu nome e endereço, mas um veio com o adesivo de um sorriso (Santa Fé), e outro, com um desenho de um bonequinho com uma estrela dourada no lugar do coração (Daytona Beach). O último cartão (Athens, Geórgia) dizia: "Aceito", *no que eu sabia ser a caligrafia de Nick.*

Sim, também aceito, *pensei.*

E então, em abril, Nick voltou a Nova York.

Se Chess não suportava Tate quando ela estava feliz, realmente não a suportava quando estava infeliz. A irmã seguia num monólogo que ela não conseguia aguentar. Barrett não quis que ela fosse dormir em Nantucket. *Embora ele tenha me pedido para ir para lá quase todos os dias, e eu dizia que não porque não foi para isso que vim para cá, e então, no único dia em que fiquei esperando por ele na praia com minha mala, ele me diz que tem outros planos. "Que tipo de outros planos?", perguntei. E ele não respondeu. Eram planos "secretos". E ainda falou: "Nossa, você está cheia de perguntas hoje."*

Tudo o que Chess podia fazer era concordar com a cabeça. Para ela, isso não era um problema de verdade. Tate, até onde sabia, nunca havia enfrentado um problema de verdade.

— Acho que ele está tendo um caso com Anita Fullin — disse Tate

— Por que acha isso? — perguntou Chess

— Por causa de muitas coisas.

Chess pensou na palavra "caso". Pensou sobre infidelidade. Será que a palavra se adequava a ela? Beijara Nick em três ocasiões, duas muito intensamente, mas eles não tiveram um caso. Não dormira com ele, exceto na sua imaginação. Não fora "infiel" a Michael no sentido tradicional da palavra. Pelo menos isso.

Tate disse:

— Anita Fullin é apaixonada por Barrett. Deu em cima dele na festa. Dançaram juntos enquanto eu dançava com Roman Fullin, como se fosse uma acompanhante. Ficou o tempo todo dizendo que Barrett era "lindo". Ela tem ciúmes de nós porque ele vem duas vezes por dia aqui. Disse que nos odeia.

— Que nos odeia?

— Falou em tom de brincadeira, mas não estava brincando.

— Humm — respondeu Chess. Conhecera Anita Fullin e devia admitir que a mulher era bonita de uma forma mais velha, mais artificial e mais insinuante; os cabelos, as roupas e a maquiagem criavam uma impressão de beleza. — Então você se sente ameaçada?

— Ameaçada? Não. Sim.

Elas estavam deitadas, só as duas, lado a lado, na costa de East Pond. East Pond não era tão pitoresca quanto North Pond — a areia era grossa, havia algumas moscas, a água tinha um cheiro ruim e se movia de forma de suspeita, o que Chess achava ser causado por tartarugas-mordedoras —, mas era mais perto de casa do que North Pond, e elas ainda não tinham ido ali, como sempre faziam, pelo menos uma vez a cada verão, em nome da tradição. O sol estava quente, e Chess sentiu-se como se estivesse derretendo na areia. Naquela manhã, acordara com um aperto no coração. Faltavam apenas doze dias para voltarem para casa. Assim que chegaram, os trinta dias que teriam pela frente pareciam uma prisão perpétua. Os primeiros dias foram tão difíceis e dolorosos que pareciam se arrastar — cada minuto de cada hora, cada hora de cada dia. Mas agora cada momento era sagrado e fugaz; a areia corria rapidamente pela ampulheta. Tuckernuck exercera seu efeito sobre Chess. Agora, era capaz de pelo menos relaxar, mesmo sem aproveitar. Não contara uma palavra a ninguém, e isso não tivera importância. A casa — com suas paredes vazias, seu piso desnivelado, suas vigas cheias de farpas e a mobília antiga e familiar – era o paraíso de que precisava. A simplicidade, que tanto a assustara de início, era agora um estilo de vida. Chess não precisava se preocupar com telefone celular, e-mails, vizinhos, táxis, apresentações de Shakespeare in the Park, ou com aonde ir e o que fazer nos fins de semana. Não havia táxis, dentista, lojas, lavanderias, tarefas, obrigações. Nada além da paisagem, do mar e do céu. Da irmã, da mãe e da tia.

O que aconteceria quando ela voltasse? A única coisa no mundo real que desejava era Nick, e ele não a queria.

– Vou perguntar a ele hoje à tarde se está tendo um caso com Anita.

– Eu não perguntaria – opinou Chess.

– Não?

– Não.

– Não consigo acreditar que ele a trouxe aqui sem pedir autorização! – reclamou ela. – Isso foi um deslize profissional.

– E o que devemos fazer? Demiti-lo? – perguntou Chess.

– Ela deve ter perturbado até ele não aguentar mais – concluiu. – Sabia que ela o chama para trocar os rolos de papel toalha?

– Ela não faz isso.

– Praticamente faz.

Uma mosca pousou na coxa de Chess; ela a espantou e cobriu os joelhos. Um avião passou voando baixo, um Cessna de oito lugares, propriedade de um residente de Tuckernuck, aterrissando. O que aconteceria quando ela voltasse? Televisão, fast-food, ar-condicionado. Chess estremeceu.

– Aonde você acha que ele *foi* ontem à noite? – perguntou Tate. – Seja franca, acha que ele saiu com Anita?

— Tate! — respondeu com a voz alta e agressiva. — Pare com isso! Você precisa parar com isso!

Chess achou que a irmã poderia ficar sentida ou até mesmo irritada, mas ela respondeu numa voz branda:

— Não consigo parar. É assim que eu fico. Obcecada.

Talvez pudesse ficar mais um mês. Talvez pudesse ficar até setembro. Mas ficaria sozinha. Teria problema? Barrett precisaria continuar trabalhando para ela; tinha dinheiro no banco, poderia pagá-lo.

— O que vai fazer com Barrett quando for embora? — perguntou Chess.

— Uma coisa de cada vez, minha irmã, por favor.

— Está bem, desculpe.

— O que vou fazer com Barrett quando eu for *embora?* — repetiu.

BIRDIE

As flores que Grant mandara eram extravagantes. No total, eram duas dúzias de rosas, alguns lírios asiáticos, quatro hortênsias azuis, uma dúzia de íris, dez gérberas rosa-choque, seis copos-de-leite e dezesseis bocas-de-dragão compridas, em quatro cores diferentes. Pela estimativa de Birdie, o buquê deve ter custado uns 200 dólares, uma quantia insignificante para Grant. E, por causa da variedade, suspeitava que ele tivesse telefonado para a floricultura de

Nantucket e pedido por "um pouco de cada coisa". Era o que costumava fazer. A diferença, desta vez, foi a mensagem no cartão. Grant lhe dera flores inúmeras vezes ao longo dos anos de casamento, e o cartão, escrito pela atendente da floricultura, sempre dizia alguma coisa básica e pouco criativa: *Feliz aniversário de 48 anos!* Ou: *Com amor, por nosso aniversário.* Agora, não havia motivo para as flores, e o cartão dizia apenas: *Tenho pensado em você. Com amor, Grant.*

Tenho pensado em você. Era estranhamente íntimo, mais íntimo, concluiu Birdie, do que se fosse *Estou pensando em você.* Isso a fez acreditar que Grant, de fato, estava pensando nela. Mas o que ele estaria pensando? Estaria tendo pensamentos românticos? (E o que, para Grant, seria romântico? Birdie do outro lado da mesa no La Grenouille? Birdie voltando do 11º buraco, com sua saia curta de golfe e viseira, transpirando um pouco, encontrando-se com ele para tomar rum com água tônica?) Estaria tendo pensamentos eróticos? (Isso era vergonhoso demais para imaginar, embora, numa época, a vida sexual deles tenha sido regular, mesmo que não exatamente satisfatória.) Seriam as flores um sinal de compaixão pelo que havia acontecido com Hank? Será que Grant estava com *pena* dela? Ou... estava solitário? Sim, concluiu Birdie, era isso: Grant se sentia solitário. Isso era de se imaginar. O trabalho não estava mais fornecendo o mesmo tipo de empolgação visceral nem o ambiente era mais tão masculinizado, e, da mesma forma, o golfe não era mais tão bom quanto costumava ser no passado. Ele estava ficando mais velho e mais lento, seu handicap vinha caindo. As garçonetes do Gallagher, que antes pareciam ser suas concubinas, também estavam mais velhas, enrugadas, mal-humoradas ou então jovens demais para saber que *scotch* era uísque.

Birdie saiu cedo da praia e deixou India dormindo em sua cadeira. As meninas tinham ido para East Pond, e sentia a falta delas. Sentia falta também da sensação de propósito que suas tardes tinham quando telefonava para Hank. Fora bom ter uma missão pessoal. Pegou o telefone celular no quarto. Decidiu que telefonaria para Grant para agradecer as flores. Ele deveria estar se perguntando se elas haviam chegado.

A caminhada até Bigelow Point foi revigorante, e ela percebeu que se sentia menos melancólica e magoada do que se sentira da última vez que falara com Hank. *Hank era um babaca!* Esse era o seu grito de guerra, embora soubesse que não era verdade. Agora que alguns dias haviam passado, era capaz de olhar para as coisas de forma mais generosa. Hank amara a esposa, embora nem sempre tenha sido fiel a ela; e, agora que ela estava morta, a culpa o assombrava. Birdie conseguia entender. Perder um cônjuge sob quaisquer circunstâncias era doloroso e devastador, e Hank, talvez, não tivesse energia para lidar com o seu sofrimento e com seus sentimentos recentes por Birdie. Foram um casal por apenas três meses. Birdie se recuperaria. Conheceria outro homem.

Mas não gostava de pensar em Grant solitário. Queria protegê-lo. Achava curioso como um cônjuge se tornava várias coisas – pai, filho, amante, amigo. Grant não fora muito seu amigo nos últimos anos; estava ocupado demais com o trabalho. Além do mais, ele se dava melhor com homens; ele mesmo admitia isso. Birdie, entretanto, alimentava a esperança de que pudessem ser amigos no futuro. Sem dúvida, ele agira como um amigo desde que ela chegara a Tuckernuck, atendendo suas ligações rejeitadas por Hank.

Quando chegou a Bigelow Point, precisou decidir para onde ligar. Para o escritório? Para o celular? Para o apartamento? Não fazia ideia do dia da semana em que estavam. Seu telefone indicava que era 19 de julho, mas seria fim de semana? Não se lembrava. Tuckernuck não tinha vestígios de calendários. Telefonou para o celular dele.

— Alô? — disse ele. Atendera no primeiro toque. Depois de toda aquela dificuldade com Hank, isso era gratificante.

— Grant? É Birdie.

— Oi, Bird. Recebeu as flores?

— Recebi. E estou ligando para agradecer, são lindas. Tão extravagantes! Francamente, Grant, não precisava ter se incomodado.

— Senti vontade — respondeu. — Que bom que você gostou.

— A casa velha está com cheiro de *parfumerie* — disse ela.

— Como estão as coisas? — perguntou.

— Ah, sabe como é. Chess está igual. Muito calada. Escreve no diário. Fica olhando para o nada. E Tate está namorando.

— Namorando?

— Barrett Lee. Ela está namorando Barrett Lee.

— Sério? Veja só! — Parecia surpreso, mas satisfeito. Birdie não esperava que aprovasse tanto. — Sempre gostei de Barrett.

— Sim, eu sei. Claro que é só um romance de verão. Não vejo futuro...

— Eles são adultos — disse Grant. — Darão um jeito.

— Acho que sim. Mas você conhece Tate. Ela está tão... *entusiasmada*. Está completamente apaixonada por Barrett e se apegou aos filhos dele...

— Ele tem filhos?

— Dois meninos, de 3 e 5 anos. A esposa morreu há dois anos.

— Nossa! — exclamou Grant.

— Eles estão saindo há menos de duas semanas, e nós só temos duas semanas aqui...

— Birdie — interrompeu Grant —, não se meta.

— Eu sei, mas...

— Birdie.

— Eu sei.

— Fale de você — pediu ele.

— De mim? Falar o quê?

— Como está? Conversou com aquele tolo do Hank?

— Não — respondeu ela. — Hank está fora de cogitação.

— Tem certeza?

— Tenho.

— Bem, ótimo — disse ele.

— E você? — perguntou ela. — Está saindo com alguém?

— Credo, não — respondeu Grant. — Mulheres só trazem problemas.

— Claro.

— Exceto você. Eu não me referi a você.

Birdie sentiu o sol no rosto. O que estava acontecendo ali? Perguntou:

— O cartão, as flores... você que fez?

— Eu que fiz?

— Quer dizer, foram as suas palavras no cartão? A atendente não ajudou?

— Não, a atendente não me ajudou — respondeu Grant, soando quase ofendido. — Eu mesmo escrevi. Tenho pensado muito em você.

Birdie apertou os lábios. Sentiu um lampejo de prazer e precisou se lembrar de que era *Grant* do outro lado da linha. Grant Cousins, o homem com quem dividira a cama e para quem servira o jantar durante trinta anos. O homem que a abandonara emocionalmente;

que a impedira de seguir uma carreira e alcançar realizações pessoais; o homem que a fizera sentir-se como toda dona de casa: devotada demais às filhas.

Ignorando esses pensamentos, disse:

— Também tenho pensado em você.

— Você me ligará de novo amanhã?

— Sim.

INDIA

Estava sozinha quando o barco de Barrett chegou. Estivera dormindo na cadeira de praia, a cabeça caída por cima do ombro. Ouviu-se roncando ao mesmo tempo em que ouviu o motor do barco. Acordou imediatamente e limpou a saliva que escorria pelo queixo. Nada havia de atraente numa mulher de certa idade cochilando. Seu livro, *A tenda vermelha* — estava agora lendo livros que outras mulheres leram dez anos antes —, caíra de seu colo e estava na areia. Usava óculos de sol, enquanto os óculos de leitura de Bill repousavam sobre seus seios.

Acenou para Barrett, torcendo para que ele não tivesse visto o espetáculo grotesco que era ela dormindo. Ele acenou de volta com a cabeça, com as mãos ocupadas. Compras, gelo. Pobre rapaz. Era escravo delas. Então India lembrou-se de que tinha algo para ele; a carta para Lula e 20 dólares, para ter certeza de que fosse enviada por FedEx. Ficou feliz por estar sozinha na praia.

Barrett foi andando até a areia. Normalmente ele ia direto para a casa com as compras, mas hoje foi falar com ela. India procurou avidamente dentro da bolsa pelo envelope destinado ao apartamento de Lula na Filadélfia.

— Que bom que o encontrei sozinho. — Entregou-lhe o envelope. Ele colocou o saco de gelo em cima da cadeira vazia de Birdie e pegou a carta e os 20 dólares. — Você colocaria isso no correio para mim? Para chegar amanhã.

Ele concordou com a cabeça. Colocou a sacola de compras na areia e guardou a carta no bolso da frente dos shorts.

— Também gostei de encontrar a senhora sozinha.

Alguma coisa no tom de voz dele chamou sua atenção. Parecia que lhe passaria uma cantada. Meu Deus, seria possível? E quanto a Tate? Fazer sexo com Barrett habitava uma parte bem profunda das fantasias de India, mas apenas como forma de entretenimento. Era uma cena curta e pornográfica que ela imaginava para se divertir e provar que não estava *tão* velha assim.

É mesmo?

Ficou tentada a olhar pare ele por cima da armação dos óculos, na sua melhor imitação de Anne Bancroft, mas desistiu.

— É, eu gostaria de conversar com a senhora.

Ele parecia nervoso, o que a fez relaxar na mesma hora.

— Diga.

Ele respirou fundo.

— Sabe minha cliente, Anita Fullin, que veio outro dia aqui?

Falou como se India não fosse se lembrar de Anita, mas ela fora a única visita que receberam desde que haviam chegado ali. Como não se lembraria? Concordou com a cabeça.

— Ela quer comprar aquela estátua que está no seu quarto.

— Estátua? — perguntou India. — Você quer dizer Roger?

Barrett bufou.

— Sim, Roger.

— Ah!

— Ela está disposta a pagar 50 mil dólares.

— Cinquenta mil dólares.

— É uma admiradora.

— Ah.

Não sabia o que responder. Cinquenta mil dólares por Roger? Relembrou a época em que ela e Bill eram recém-casados. Bill era professor de Artes numa escola de ensino médio e eles moravam em um condomínio em Devon, na saída da 252. À noite, ouviam o barulho do tráfego rumo ao Shopping King of Prussia e, de vez em quando, ouviam músicas — Kenny Rogers ou Bob Seger — que vinham do Festival Valley Forge. Eles não tinham um centavo. Os pais de India pagavam sua mensalidade na faculdade de Penn, mas não aprovavam a situação. Como India e o marido imaginavam levar uma vida decente o bastante para começar uma família? Bem, explicava India, eles estavam contando com as esculturas de Bill. Ele tinha uma instalação no Navy Pier em Chicago e outra pequena em Penn's Landing, que vendera para a cidade por 750 dólares.

Em 1992, quando Bill fizera Roger, suas esculturas — instalações grandes em cidades — estavam valendo mais de 1 milhão de dólares. Mas elas demoravam um ano para ficar prontas. Bill fizera Roger numa tarde; ele tinha apenas trinta centímetros. Para India, ou Roger valia 5 dólares ou nem sequer tinha preço.

— Humm — disse.

Gostaria que Bill estivesse ali. Que pudesse enviar uma carta para *ele*, dizendo que aquela veranista esquisita de Nantucket estava oferecendo a ela *50 mil dólares* por Roger. O que Bill diria? Quase conseguia ouvi-lo gritar: *Aceite!*

Mas India não poderia aceitar. Era tão provável vender Roger, quanto vender o neto que ainda não havia nascido. Roger era a personificação da felicidade dela e de Bill em Tuckernuck. Olhava para a estátua e se lembrava de ficar deitada nos braços de Bill no colchão cheio de geleia. Lembrava-se de abrir as calças dele dentro da caminhonete. De Bill buscando lenha para fazer fogueira, catando conchas, identificando os pássaros, checando a direção do vento, admirando os iates que passavam, carregando os meninos nos ombros. Lembrava-se de como ficara irritada com ele: era perfeitamente normal em Tuckernuck, mas em casa era uma bomba devastadora. *Por que não podemos ser felizes assim em casa?*, gritara com ele sobre a ribanceira numa tarde, tempos atrás. *Que diabo há de errado com você?* E Bill respondera: *Você! Você é o que há de errado comigo.* Gritaram tanto que Birdie saíra da praia para pedir que baixassem o tom. Tinham que pensar nas crianças, assim como no resto dos moradores de Tuckernuck. Estavam falando tão alto que Birdie tivera medo de que alguém da associação de moradores os ouvisse e mandasse uma advertência por escrito.

Bill desaparecera pela praia e, mais tarde naquela noite, presenteara India com Roger — um corpo feito de gravetos, cabelos de algas, olhos de pedrinhas azuis, nariz, orelhas, dentes e dedos de conchas.

Roger fora seu pedido de desculpas.

— Talvez ela esteja disposta a pagar mais — insistiu Barrett. — Sei que realmente o quer.

India sorriu.

— Roger não está à venda.

— Ela talvez suba para 75 mil.

India negou com a cabeça.

— Sério? — perguntou Barrett. Pareceu decepcionado como uma criança, o que surpreendeu India. Sua esposa havia morrido. Ela achou que isso o faria entender seus motivos. — Não está à venda?

— Não está à venda — repetiu India.

— E não há nada que eu possa fazer? Nada que eu possa oferecer?

— Nada que você possa fazer. Nada que possa me oferecer. Sinto muito.

Barrett ficou olhando para a água. Pareceu tão preocupado que India chegou a vacilar. Ela era muito influenciável, mais parecida com Birdie do que gostaria de admitir. Ficaria mais tentada a dar Roger para Barrett, de graça, apenas para alegrá-lo, do que vendê-lo por 75 mil para uma veranista.

— Ela realmente me pressionou — explicou Barrett.

— Isso é horrível — respondeu India. — Mais uma vez, sinto muito. Roger tem um valor sentimental imenso. Meu marido o fez para mim. Não posso vendê-lo.

— Eu entendo. Estou me sentindo um idiota por ter perguntado.

— Não é um idiota por ter perguntado — consolou India. — Se houver oportunidade, eu mesma explicarei para Anita.

— Ela está acostumada a ter tudo o que quer — respondeu ele, desanimado.

India se perguntou se Barrett estaria dormindo com aquela mulher. Seria possível? Claro que *era* possível, mas e quanto a Tate?

— Bem, isso vai ensinar alguma coisa a ela, não vai?

Barrett concordou com a cabeça e, sem mais palavras, dirigiu-se à casa. India esperava que ele não se esquecesse da carta.

TATE

Ela não o perderia. E, portanto, seguiu o conselho de Chess e deixou rolar. Não perguntou a Barrett o que ele havia feito na noite em que tinha outros planos, não o acusou de ter um caso com Anita Fullin e não o repreendeu por tê-la levado lá sem ser convidada. Fingiu que nada havia acontecido.

E tudo correu bem, ou quase bem. Barrett ainda estava na casa quando Tate e Chess voltaram de East Pond. Tate posicionou-se atrás dele, colocou as mãos em seus olhos e perguntou:

— Adivinhe quem é!

Ele se virou, levantou-a no ar e a beijou. Chess subiu as escadas fazendo barulhos de nojo, mas Tate não deu bola.

— Senti saudades de você — disse ela.

— Virá comigo agora?

Tate sabia que Chess prepararia o jantar pela primeira vez desde que haviam chegado ali — peixe-espada grelhado com limão, pimenta e molho de abacate. Isso mostrava uma mudança positiva. Será que a irmã entenderia se ela não estivesse presente? Passara a tarde inteira ouvindo suas lamúrias. Ela entenderia.

— Vou. Só preciso pegar a minha bolsa.

Foi correndo ao sótão. Chess estava vestindo sua camiseta da Imunidade Diplomática e uma bermuda camuflada. Ainda não dera nenhuma das duas peças para que Barrett levasse à lavanderia; elas já deviam estar andando sozinhas.

— Vou com Barrett — anunciou Tate.

— Vai perder o jantar? — perguntou Chess.

Tate sentou-se na cama e olhou para a irmã.

— Vou. Sinto muito. Você vai ficar chateada?

Chess deu de ombros.

Tate hesitou. Deveria ficar? Tinham apenas mais alguns dias ali. Temia contar exatamente quantos. Barrett aguardava lá embaixo. Era apenas um peixe-espada. Mas Tate não era totalmente insensível. Era mais do que um jantar: era um jantar que Chess estava preparando.

— Vou ficar — disse.

— Não precisa ficar.

— Eu quero ficar.

Chess olhou para a irmã, e então algo surpreendente aconteceu. Algo mais surpreendente do que ela cozinhar. Chess sorriu. E disse:

— Você não quer ficar, sua mentirosa. Então vá, vá, vá logo.

Isso era tanto uma permissão quanto um sinal de aprovação. Tate jogou algumas roupas e o tênis de corrida dentro da bolsa. E foi.

Ela deveria ter ficado em casa; isso ficou claro logo na primeira hora. O passeio de barco correu bem, e Tate o aproveitou como alguém que sabia que haveria um número limitado deles pela frente. O sol estava quente, mas os respingos da água do mar a refrescavam. Ela se deixou envolver pela beleza incrível da costa de

A ILHA 🐚 357

Nantucket num dia de verão – o verde da vegetação, a areia dourada, os outros barcos, belos e brancos. Pensou nas mulheres em seu condomínio, que passavam o verão inteiro sentadas à beira da piscina sob um calor de 38 graus; pensou no senhor de idade com dois aparelhos para surdez, que empacotava compras no mercado. Logo voltaria para essa vida. Seria possível? Tinha um trabalho agendado em uma empresa produtora de pretzels, em Reading, na Pensilvânia, no dia 1º de agosto; e outro com a Nike, em Beaverton, Oregon, assim que o trabalho na empresa de pretzels terminasse. Talvez pudesse prestar os dois serviços rapidamente e voltar para Nantucket.

Apesar da viseira e dos óculos de sol, Barrett tinha os olhos apertados. Tate estava ao seu lado, no lugar do copiloto, mas eles não se tocaram. Isso era normal: pilotar um barco era tão sério quanto dirigir um carro. Não podia distraí-lo. Mas também não conseguiu se conter. Passou os dedos por sua espinha e sentiu o corpo dele ficar tenso. Retirou a mão. Eles não conversaram.

Atracaram na enseada de Madaket, e ele ancorou o barco. Tate pulou para o bote. Era ágil nos movimentos e tinha prática. Aguardou dentro dele com a bolsa aos pés, enquanto Barrett se organizava. Então ele também pulou para o bote e remou até a costa. Ainda tinha os olhos apertados; parecia estar sentindo dor.

— Você está bem? Está quieto – observou Tate.

— Estou sim.

— Então, o que Anita achou de Tuckernuck?

— Não vamos falar de Anita, por favor.

— Tudo bem.

Isso acabou com a conversa. Barrett estava aborrecido ou preocupado, e tudo o que Tate queria fazer era bombardeá-lo de perguntas, o que só pioraria a situação. Quando chegaram à praia,

Barrett amarrou o bote, e eles foram até a caminhonete dele no estacionamento da marina. O interior do carro estava quente. Tate queimou a parte de trás das coxas no assento. No console, havia um copinho com um resto de café com leite que parecia lama. Tate o pegou.

— Quer que eu jogue isso fora? Tem uma lata de lixo ali.

— Pode deixar aí. — Barrett virou a chave na ignição.

O rádio ligou com o som extremamente alto. Tate o diminuiu.

— Eu falei para deixar aí! — reclamou Barrett.

Tate o encarou.

— Por que está gritando?

— Não estou gritando.

Ficaram em silêncio. Tate pensou: *É isso. Isso é a vida real.* A parte em que ela flutuava, com a cabeça nas nuvens chegara ao fim; essa era a vida real, quente, chata, cansativa ao lado de Barrett Lee. Ele havia tido um péssimo dia de trabalho ou alguma outra coisa dera errado. Tate olhou para ele. Era tão bonito que chegava a doer.

— Então, o que fez naquela noite? Não me contou.

— Tate...

— É segredo?

— Não, não é segredo. Fui à casa de Anita, para um churrasco. Roman tinha uma reunião ou outra coisa qualquer em Washington, não podia estar lá, e ela precisava de mim para substituí-lo.

Tate sentiu um gosto amargo na boca.

— Substituí-lo?

— Isso. Bancar o marido. Grelhei a carne, abri o vinho, sentei à cabeceira da mesa, essas coisas.

— Dormiu com ela?

— Pelo amor de Deus, Tate!

— Dormiu? — insistiu ela.

— Não dormi. Mas obrigado por perguntar. Isso mostra o que você pensa de mim.

— O que mais eu poderia pensar? Eu *sabia* que você estava com ela naquela noite, e depois, na manhã seguinte, você não apareceu. Quando apareceu, foi com ela. Agora me diga: *o que mais eu poderia pensar?*

Barrett ficou calado.

As peças do quebra-cabeça se encaixavam muito perfeitamente para Tate ficar quieta, embora fosse isso o que seu cérebro lhe dissesse para fazer. *Fique quieta! Não insista!*

— Por que você não apareceu ontem de manhã?

— Eu estava ocupado.

— Com Anita?

Ele suspirou.

— Cameron tinha uma consulta no dentista.

— Sério? — Aquilo parecia uma mentira.

— Sério.

Ela olhou pela janela enquanto o aroma de tênis com chulé invadia o carro; estavam passando pelo lixão. Queria perguntar a ele sobre o futuro ou, pelo menos, sobre o resto do verão. Queria morar com ele, viajar para cumprir os compromissos de trabalho e voltar. Será que ele queria o mesmo? Não podia perguntar agora.

— Quer sair hoje à noite? Ficar muito bêbado? Ir dançar no Chicken Box?

— Estou cansado demais — respondeu ele. — Quero tomar uma cerveja na varanda, fritar uns hambúrgueres e ficar com você e as crianças.

Isso era a vida real.

— Tudo bem — disse ela.

Tate era flexível; poderia acompanhar qualquer plano e ser feliz. Pegaram os meninos na casa dos pais de Barrett. Tate recebeu um grande abraço de Chuck Lee, que parecia velho. Andava de bengala por causa do derrame, e sua fala estava lenta e sofrida, então Tate aguardou pacientemente até que Chuck elaborasse perguntas sobre Grant, Birdie, India, Chess, Billy, Teddy e Ethan. (Lembrava do nome de todos eles, o que era surpreendente, e lembrava também que Bill Bishop estava morto, o que era mais surpreendente ainda.) Tate disse a Chuck que estavam todos bem e que Birdie, India e Chess estavam felizes na casa de Tuckernuck.

— Sua mãe era uma bela mulher — disse Chuck.

— Ainda é — respondeu Tate.

— E sua tia também.

— Ainda é também.

— Tenho certeza de que sim.

Ela poderia ter ficado a tarde toda conversando com Chuck Lee, mas sentiu que Barrett estava ansioso por sua cerveja na varanda, e os meninos estavam choramingando. Tate retornou à caminhonete com Tucker no colo, prometendo a Chuck que voltaria para visitá-lo.

Tucker chorou quando Tate o prendeu na cadeirinha, o que fez Cameron começar a chorar também.

— Estou com uma tremenda dor de cabeça — disse Barrett.

Quando chegaram à casa dele, Tate o ajudou a soltar os meninos de seus lugares no carro e os acompanhou até o chuveiro do lado de fora. A água os fez choramingar ainda mais.

— Vou correndo lá dentro pegar os pijamas — avisou Barrett.

— Quer que eu lave os cabelos deles?

— Você faria isso?

Faria, claro que faria. Faria qualquer coisa por Barrett e seus dois soldadinhos da infantaria. Sentiu-se feliz e adaptada à rotina doméstica: Barrett indo buscar os pijamas, ela lavando os cabelos dos meninos com xampu para crianças, que tinha fragrância de torta de cereja, doce e artificial. Eles choraram, o xampu estava escorrendo para dentro dos olhos, a água estava quente demais e, depois, quando Tate diminuiu a temperatura, fria demais. Tucker saiu correndo e parou no meio do canteiro de terra do jardim mal-cuidado. Tinha os cabelos brancos de espuma e os pés sujos de lama.

— Tucker, volte aqui! — chamou Tate.

Ele estava chorando enquanto Cameron choramingava. Mas pelo menos estava limpo. Tate o envolveu numa toalha. Onde estava Barrett com os pijamas?

— Tucker! — gritou ela. — Venha cá, meu amor!

Ele chorava, batendo o pé.

Tate saiu correndo pelo jardim e pegou Tucker, que se contorceu e se debateu em seus braços como um porco besuntado de óleo. Ela o colocou debaixo da água e ele urrou. Ficou preocupada com o que Barrett e os vizinhos pensariam. Teve medo de que uma mulher que não era sua mãe forçá-lo a entrar debaixo do chuveiro se tornasse um assunto que Tucker discutiria anos depois, na terapia. Conseguiu tirar todo o sabonete e, durante o processo, ficou encharcada, mas a água quente estava agradável, mágica, e ela se viu tentada a tirar a roupa e tomar um banho também, ali e agora. Aquilo sim, com certeza, *mandaria* o menino para a terapia.

Desligou o chuveiro. Só tinha uma única toalha, não duas, então Tucker não podia se enxugar.

— Barrett! — gritou. — Traga uma toalha também!

Barrett não apareceu. Cameron escapuliu pela porta da casa enquanto Tucker chorava nu em pelo e molhado. Tate o pegou no colo e o levou para dentro.

Chamou mais uma vez por Barrett, mas não houve resposta. Seguiu Tucker até o quarto. No caminho, pegou uma toalha no banheiro e o secou. Ele parou de chorar e, sem roupa, foi até a mesa com o trenzinho.

— Onde você guarda os pijamas?

Tucker apontou para um cabideiro. Pijamas!

Tate vestiu os dois meninos e recolheu as toalhas molhadas. Sentia-se como se tivesse acabado de participar de uma corrida de obstáculos. Onde estava Barrett?

Cameron entrou no quarto.

— Estou com fome.

— Já vamos jantar. Espere um pouco.

Foi à sala de estar. Se Barrett estivesse na varanda tomando cerveja, ela o estrangularia. Mas a sala de jantar estava deserta, e a varanda, vazia. Tate voltou para fora, para o chuveiro, pensando que, talvez, eles tivessem se desencontrado, mas ele também não estava lá. Como uma boa esposa, pendurou as toalhas no varal.

— Barrett! — chamou.

Nada.

Voltou para dentro de casa, deu uma olhada nos meninos, que brincavam com os trenzinhos.

— Vocês viram o seu pai?

— Estou com fome — respondeu Cameron.

Tate saiu pelo corredor para o quarto de Barrett. Se ele tivesse pegado no sono em cima da cama, ela o estrangularia também.

A porta do quarto estava fechada. Ela tentou a maçaneta; estava trancada. Bateu.

— Barrett?

Podia ouvi-lo falar. Ele estava ao telefone. Bateu mais uma vez. Ele entreabriu a porta, apontou para o aparelho no ouvido e fechou a porta de novo. Ela o ouviu dizer:

— Anita, ouça. Ouça o que estou dizendo.

Tate voltou pelo corredor e sentou-se no primeiro degrau das escadas. Pensou em Chess, fazendo a marinada de limão e pimenta, derramando-a por cima dos filés brancos de peixe-espada, virando-os para ter certeza de que os dois lados estavam temperados. Pensou em Chess com seu gorro azul de crochê, com o avental de brim de Birdie, movendo-se pela cozinha pequena com uma determinação que não se via há semanas. Estaria ela sorrindo, assobiando, dando ordens a Birdie e India, como se fossem suas ajudantes?

Tentou não chorar.

Barrett ficou quase uma hora ao telefone com Anita Fullin. Enquanto isso, Tate preparou o jantar para os meninos: salsichas em rodelas, do jeito que eles gostavam, feitas no micro-ondas e com ketchup. Cada um deles comeu um punhado de biscoitos salgados e tomou um copo de suco de maçã. Tomaram também leite com calda de chocolate Hershey, pois era Tate quem estava no comando. Comeram tudo ávida e animadamente, e ela tentou esconder sua raiva e ansiedade que cresciam a cada minuto que Barrett permanecia ao telefone. Sobre o que ele e Anita estariam falando?

O relacionamento deles havia extrapolado os limites. Outros caseiros não ficavam mais de uma hora conversando com seus clientes atrás de portas trancadas; disso Tate tinha certeza.

Depois do jantar, Tate presenteou os dois meninos com um pudim pronto com cobertura de chantili enlatado.

— Gosto de você — disse Tucker.

— Onde está o papai? — perguntou Cameron.

Quando Barrett desligou o telefone, faltavam dez minutos para as oito. Batendo palmas, adotou um tom de voz alegre, de quem está no comando. *Onde estão os meus soldados?* Tate e as crianças estavam no sofá assistindo desenhos animados. Tucker cochilava no braço de Tate, mas Cameron não tirava os olhos da tela.

Barrett tocou o ombro dela. Tate também estava concentrada na televisão. O personagem principal tentava resgatar um filhote de jaguar. Se olhasse para Barrett, ela rugiria. Se abrisse a boca, ela o morderia.

— Desculpe ter demorado tanto — disse ele. Pegou Tucker no colo. — Vou colocá-lo na cama. Já volto.

— Quando o desenho acabar, Cam, vamos escovar os dentes — avisou Tate.

— Tudo bem — respondeu ele.

Tate inspecionou a escovação.

— Você foi ao dentista ontem? — perguntou.

— Fui. E ganhei uma escova nova! — Empunhou-a, abrindo um sorriso.

Então Barrett não havia mentido com relação ao dentista, o que a deixou estranhamente desapontada.

Cameron pulou para a cama, e Tate leu três histórias para ele. Era uma mãe maravilhosa. Beijou o menino na testa, acendeu o abajur e deixou a porta entreaberta, do jeito que ele gostava. Colocar uma criança para dormir proporcionava uma enorme satisfação.

Deu uma espiada no quarto de Tucker. Ele estava dormindo, e Barrett roncava ao seu lado. Era impossível ficar irritada – os dois juntos eram adoráveis –, mas ela estava. Não acordou Barrett.

Subiu as escadas, abriu uma cerveja e vasculhou a despensa até encontrar uma lata de castanhas. Acomodou-se no sofá e ligou a televisão. Isso era um luxo. Podia assistir a qualquer um dos programas da HBO ou do Showtime; poderia mergulhar nos dramas de sua vida anterior – todos ficcionais – e esquecer os dramas de sua nova vida. Mas, em vez disso, encontrou um jogo dos Red Sox – contra os Yankees! – e ficou feliz.

Pegou uma das fotografias de Stephanie: uma imagem dela com um vestido de verão. Fora tirada à mesa, por alguém que estava do outro lado, no que parecia ser um restaurante. Estava queimada de sol, sorrindo, feliz.

Será que ela tivera que lidar com aquele problema que era Anita Fullin? E, nesse caso, será que havia deixado um manual?

Tate caiu no sono no sofá, com a tevê ligada. Acabara com três garrafinhas de cerveja e metade da lata de castanhas. Quando Barrett a acordou, à uma e dez da madrugada, as provas estavam na mesinha de centro: garrafas vazias, a lata aberta de castanhas, a foto de Steph.

– Oi – disse ele. Levantou suas pernas, sentou-se e as colocou em seu colo.

– Oi – respondeu ela. Não estava mais irritada. Estava cansada demais para se irritar.

— Peço desculpas pela ligação.

Tate ficou em silêncio. Não queria falar o que não devia.

— Tenho algumas explicações a dar — continuou ele.

Ela o encarou no escuro. O que ele diria?

— Anita queria comprar aquela escultura da sua tia. Aquela pequena, que está no quarto que visitamos naquele dia.

— Roger?

— Roger — assentiu Barrett. — Ela queria mesmo comprá-la. E o problema é que quando ela decide que quer alguma coisa, isso ganha uma dimensão enorme. Fica obcecada. Porque não tem mais nada para fazer. Quer dizer, não trabalha e não tem filhos. Comprar coisas é a razão de viver dela.

Tate queria comentar como isso era triste e patético, mas não era necessário.

— Enfim, eu perguntei a sua tia. Disse que Anita queria comprar Roger por 50 mil dólares e que talvez subisse para 75. Mas sua tia disse que não. Não vai vendê-lo de jeito nenhum.

— Ela tem dinheiro de sobra — disse Tate. — E Roger é parte da casa de Tuckernuck.

— Certo. Qualquer outra pessoa entenderia isso. Mas Anita, não. Não está acostumada a ser contrariada. Não está acostumada a encontrar coisas que não estejam à venda, porque o que há neste mundo que não esteja à venda?

— Ela está aborrecida porque não pode comprar Roger? — perguntou Tate.

— Arrasada. E você precisa conhecê-la para entender. Para ela, é como se sua tia e vocês, vocês quatro em Tuckernuck, tivessem algo que ela não pode ter. E também tem ciúmes de vocês por outras razões: porque vou à sua casa duas vezes ao dia, porque gosto da sua família, porque nós dois estamos namorando. Por isso ela fez um joguinho de poder na outra noite e me implorou para ir ao churrasco. Disse que me pagaria hora extra, sabendo que não recusaria a quantia que oferecia. Aí me fez prometer levá-la a Tuckernuck no dia seguinte. Eu queria que você entendesse o quanto ela é manipuladora. Ela não me dá chances de dizer não.

— Você dormiu com ela? — perguntou Tate.

— Não — respondeu. — Imagino que você ache difícil de acreditar, mas a resposta é não. Não sinto atração por ela. Ela é insistente, inconveniente e uma pessoa muito triste e vazia.

— Está bem — disse Tate. — Esse foi o motivo da ligação? Anita está irritada porque não pode comprar Roger e você ficou explicando e... mais o quê? Você a consolou?

— Não. Não exatamente.

— O que mais então?

— Ela me ofereceu um emprego.

— Você já tem emprego. É dono do seu próprio negócio.

Barrett suspirou.

— Ela me ofereceu três vezes a quantia que eu ganho em um ano, mais plano de saúde, para trabalhar exclusivamente para ela.

— Você está brincando.

— Não estou.

— Trabalhar para ela aqui em Nantucket? Ou também terá que ir para Nova York?

— Aqui em Nantucket — respondeu. — Eu cuidaria de tudo: inspecionaria a casa, os jardins, os barcos, os carros. Administraria tudo e todos, arrumaria um motorista para eles, faria reserva de jantares, marcaria voos, me certificaria da entrega dos jornais, pediria flores, mandaria nos empregados. Seria o administrador da casa, o caseiro, o assistente pessoal.

— Você ainda trabalharia para nós? — perguntou Tate. — Ou para os seus outros clientes? Para os AuClaires?

Barrett balançou a cabeça.

— Só para os Fullins.

— É o que você quer?

— Não se trata do que eu quero — respondeu Barrett. — Eles me deram o barco; poderiam tirá-lo. E outra coisa que você não sabe é que peguei muito dinheiro emprestado com Roman e Anita quando Steph ficou doente. *Muito* dinheiro. Duzentos mil dólares.

— Caramba! — exclamou Tate.

— Precisava de três enfermeiras particulares — explicou Barrett — para que pudéssemos mantê-la em casa no final.

— Ah.

— Eu ia recorrer ao banco e fazer uma nova hipoteca, mas Anita se ofereceu. Disse que eu poderia devolver quando quisesse. Que eu não teria que me preocupar com a possibilidade de não pagar e perder a casa.

— Está bem.

— Valeu a pena. Mesmo se eu precisar pegar esse emprego e desistir do meu próprio negócio, valeu a pena por ter conseguido manter Steph em casa.

Tate olhou para a foto de Steph sorrindo. *Claro*, deveria dizer. *Claro que você está em débito com Anita Fullin pelo resto da sua vida, porque ela lhe deu o barco como um bônus, lhe emprestou dinheiro e permitiu que você mantivesse sua esposa moribunda em casa.* Mas isso não era verdade.

— Isso é chantagem — constatou Tate. — Ou qualquer outra coisa parecida.

— Não posso recusar esse dinheiro — explicou Barrett. — Nem o plano de saúde. Tenho dois filhos.

— Eu sei que você tem dois filhos – respondeu Tate. – Dei banho neles, coloquei eles no pijama e servi jantar enquanto você estava ao telefone.

— Tate...

— Ela está tentando comprar você, Barrett. Diga a ela que não está à venda. Diga que ela é quem está demitida. Que você não a quer mais como cliente.

Ele riu, mas não achou graça.

— E o que farei para ganhar dinheiro? E quanto à minha dívida? Você está certa quando diz que ela está tentando me comprar, está mesmo, mas não sou um homem rico. Não nasci com dinheiro. Não cresci em New Canaan, com uma casa de verão em Tuckernuck. Eu sou eu, preciso de dinheiro. Vou aceitar o emprego, Tate, porque não tenho escolha.

Ela não estava acreditando.

— Você tem escolha. Pode escolher trabalhar para outros clientes. Pode pagar Anita aos poucos ou contrair essa segunda hipoteca e pagá-la de uma vez. Sei que você acha que trabalhar para ela é mais fácil. É a resposta mais rápida e que dará mais dinheiro. Mas você vai acabar pagando um preço maior no final. Vai acabar pagando com a sua integridade. E com a sua liberdade.

Barrett colocou-se de pé.

— Você não sabe do que está falando.

— Não sei?

— Boa noite – disse ele.

No raiar do dia, Tate foi sorrateiramente ao quarto de Barrett e fez amor com ele antes que ele despertasse por completo. Ele a aceitou, a recebeu com vontade, a acolheu; ela sentiu amor em seu toque. Desespero. Desculpas. Depois, chorou apoiada em seu peito. Ela iria perdê-lo.

CHESS

Vigésimo dia.

Os planos para o casamento dominavam minha vida. Minha mãe insistia em uma ilha flutuante no lago de sua casa; sonhara com isso e estava determinada a tornar o sonho realidade. Meu pai não queria pagar pela ilha flutuante. Intervi, defendi a vontade de Birdie, fingi que queria, embora eu não desse a mínima para aquilo. Meu pai talvez tenha percebido, mas acabou cedendo. Desliguei o telefone e fiquei olhando para ele, pensando não somente no quanto eu não me importava com a tal ilha flutuante, mas também com o quanto eu não me importava com nada sobre aquele casamento.

Eu não queria me casar.

Eu sabia que Nick estava em Nova York, pois Michael tinha me falado. Evelyn queria oferecer um jantar em família em homenagem ao retorno dele, para comemorar a gravação de seu álbum. Queria que o jantar acontecesse no country club.

— Nick nunca vai concordar — comentei com Michael.

— Já concordou — respondeu ele.

Estávamos em meados de abril, e Nova Jersey havia recebido a primavera como um presente dos deuses. As árvores tinham folhas amarelas e esverdeadas, e o country club acabara de cortar a grama pela primeira vez desde o inverno.

A ILHA   371

Havia canteiros com narcisos, crocus e tulipas em tons vivos. A maioria dos sócios do clube ainda estava na Flórida, mas, por causa do tempo ameno, algumas pessoas não haviam viajado. O clube era a segunda casa da família de Michael; Cy e Evelyn se tornaram sócios de lá quando os filhos eram crianças, e aquele lugar se transformara num paraíso luxuoso, calmo e seguro, onde a vida familiar era agradável como deveria ser. Nick, eu sabia, detestava o clube, que representava a riqueza, os privilégios e a exclusividade. Já Michael adorava; tive de convencê-lo a desistir de fazer o jantar após o ensaio do casamento ali.

Fomos para lá num carro alugado. Cy, Evelyn, Nick e Dora nos encontrariam lá.

Apesar do ambiente sofisticado, eu estava me sentindo completamente agitada. No fundo, meu coração estava convencido de que Nick não apareceria. Ele tinha acabado de passar seis meses viajando pelo país, tocando em bares sujos, em boates alternativas, em auditórios obscuros; não se sentaria com os pais para tomar martínis e comer filés. Cancelaria o jantar, e as minhas expectativas, mais uma vez, iriam por água abaixo.

Ocupei minha mente com o trabalho. Eu estava pensando em escrever um artigo sobre almoços em country clubs: variações de sanduíches, saladas e sopas que poderiam ser servidos em seu próprio quintal. Observei meus pés no caminho de pedras que levaria à entrada; estava de braço dado com Michael. Nós entramos. O clube tinha o mesmo cheiro de todos os outros pelo país: batatas fritas, fumaça de charutos, couro surrado, prata polida.

— Ali estão eles — disse Michael.

Ergui os olhos. No saguão de entrada, estavam Cy, Evelyn, Dora e Nick.

Michael cumprimentou o irmão primeiro, começando com um aperto de mão que acabou num abraço.

— Cara, você está ótimo! — disse Michael.

Beijei Cy automaticamente; depois Evelyn, reparando em seu perfume, que eu adorava; e então Dora, que estava em casa por causa das férias na universidade Duke. Eu estava me aproximando de Nick. Precisava cumprimentá-lo, mas estava com medo.

— Olá, você — disse eu.

— Olá, você. — E me beijou de forma apropriada para um cunhado, ao lado da boca. Mas apertou meu braço também, com tanta força que achei que ficaria roxo.

Evelyn disse:

— Não consigo acreditar que temos toda a família reunida. Acho que vou chorar.

— Acho que vou pedir um coquetel — completou Cy.

— E eu acho que vou lhe acompanhar — concordou Nick. Sua voz tinha uma entonação jovial, que eu nunca havia ouvido antes. — Vá em frente.

Parecia Michael falando. O tom irritado desaparecera, o bad boy estava sob controle. E até se parecia com Michael. Havia cortado os cabelos, usava calças cáqui bem-passadas e um blazer azul-marinho. E sapatos esportivos. Estava bem-vestido com roupas adequadas. O que era isso? Não entendia. Fiquei naturalmente para trás; a família Morgan fora toda abençoada com passadas largas e um andar agressivo que objetivava chegar sempre primeiro, principalmente quando havia coquetéis envolvidos. Nick virou-se e piscou para mim.

— Belo paletó — elogiei.

— Eu o vesti por você — respondeu.

Nick se sentou ao meu lado durante o jantar, o que quer dizer que me sentei entre ele e Michael. Pensei então: consigo lidar com isso. E pedi um cosmopolitan em vez de um Chardonnay. Cy fez um brinde rápido dando boas-vindas para Nick; todos nós bebemos. Havia uma cesta de pães sobre a mesa, com pacotinhos de biscoito. Dora pegou um deles — dois palitinhos com gergelim — e disse:

— Eles são super-retrô, mas eu adoro.

A ILHA 373

Nick contou sobre sua turnê — Charleston e Houston foram as duas cidades favoritas e, se pudesse escolher, jamais voltaria a Ohio (desculpe, Ohio). Ouvi tudo com total atenção. Ele estava ali ao meu lado, era ele falando, *eu poderia tocá-lo. E o toquei de verdade, passei para ele o prato raso com rolinhos de manteiga em água gelada, e nossos dedos roçaram. Pensei:* O que vou fazer? O que vou fazer? *Nick viera ao country club, cortara os cabelos, colocara um paletó e sapatos esportivos para me mostrar alguma coisa. Para me mostrar que podia fazer aquilo.*

— *Bem, os planos do nosso casamento estão indo bem — disse Michael.*

— *Sim, estão! Conte a Nick sobre a ilha flutuante, Chess! — pediu Evelyn.*

— *Ele não vai querer saber sobre a ilha flutuante — respondi.*

— *Fale sobre a ilha flutuante — pediu Nick.*

Pedi licença para ir ao banheiro.

O banheiro feminino tinha uma antecâmara, uma sala de estar com assentos acolchoados de cetim de frente para um grande espelho. Sob o espelho, ficava uma prateleira com cinzeiros de vidro. Sentei e fiquei imaginando as mulheres casadas dos bairros ricos de Nova Jersey sentadas ali para fumar, retocar o batom e fofocar. Certamente tinham problemas terríveis e decisões excruciantes para tomar. Eram infelizes no casamento, tinham amantes, seus maridos corriam o risco de perder o emprego ou eram viciados em bebida ou jogos de azar. Ou estavam grávidas contra a vontade ou tinham problemas para engravidar.

Olhei-me no espelho por um instante, não sei por quanto tempo. Tempo demais.

Pensei: Não quero me casar.

Ouvi uma batida à porta. Imaginei que Michael estivesse procurando por mim. Evelyn teria entrado sem bater.

— *Já estou indo! — E abri a porta.*

Nick.

Olhei ao redor. Uma mulher latina com uniforme de faxineira passava escova no carpete vermelho-escuro.

— Não quero me casar.

— Então é melhor você tomar uma atitude — respondeu ele.

Senti vontade de agarrá-lo e beijá-lo, empurrá-lo para dentro do salão de festas vazio, tocá-lo, mas eu não podia fazer isso no meio do Fairhills Country Club. Voltamos juntos à mesa, conversando tranquilamente, como futuros cunhados.

— Você me mandou aqueles cartões-postais — disse eu.

— Mandei.

— Sentiu saudades de mim?

— Senti.

— Quanto?

Ele parou no meio do caminho. Um relógio carrilhão badalou a hora.

— Muita.

Isso me fez sorrir.

— Você tem um grande trabalho pela frente — disse Nick.

— Você vai me ajudar?

— Não. Cabe a você ficar ou sair. Por razões suas. Isso não pode ter nada a ver comigo.

Não respondi.

— Entende o que quero dizer?

Eu entendia, com certeza, mas me sentia abandonada do mesmo jeito.

Ele riu, nada gentil.

— Você nunca vai ter coragem.

Sentei-me à mesa, furiosa. Eu fora desafiada. Estava determinada a vencer. Na próxima vez em que eu jantasse com aquelas pessoas, eu estaria com Nick.

A ILHA   375

Mas quando me vi confortavelmente sentada dentro do carro com Michael, tive medo de que Nick tivesse razão. Eu estava feliz com Michael, feliz o suficiente. Éramos feitos um para o outro, havia um casamento sendo planejado e dezenas de milhares de dólares sendo gastos por mim. Eu não era o tipo de pessoa que causava problemas. Ou que mudava o curso da história, independente do quanto ele fosse estreito.

Michael foi à Califórnia. Apesar da natureza difícil de seu trabalho, ele quase nunca viajava a negócios. Tê-lo longe foi um prazer inesperado. Toda a cidade parecia diferente. Eu estava livre! Telefonei para Rhonda e planejamos a noite: começaríamos bebendo no Bar Seine, depois iríamos ao Aureole, ao Spotted Pig, ao Bungalow 8.

Eu me senti feliz naquela noite. Telefonei e conversei com Michael no caminho do Aureole ao Spotted Pig. Estava muito bêbada; a conversa com ele não parecia real. Ele estava em outro fuso horário. Parecia sério e mal-humorado; dois dos três candidatos para um cargo de diretor executivo numa grande firma de tecnologia eram seus. Desejei-lhe sorte. Desliguei.

De fato, eu estava muito bêbada. Mandei uma mensagem de texto para Nick: Encontre-me no Bungalow 8. *Ele não faria isso de jeito nenhum. Ele nunca se encontrara comigo em qualquer lugar antes. Mas eu também nunca havia pedido. Eu me perguntei se ele sabia que Michael estava fora da cidade. Eu checava religiosamente a agenda da Imunidade Diplomática no site da banda; sabia que Nick estava livre naquela noite.*

Assim que Rhonda conseguiu liberar a nossa entrada no Bungalow 8, eu vi Nick. Tinha um copo na mão, estava de pé no bar, conversando com dois jovens que pareciam ansiosos, como fãs.

Nick me viu. Levantei a mão. Eu precisava de um minuto. Estava com Rhonda, afinal de contas. Ela demorou apenas trinta segundos para encontrar alguém conhecido, um homem alto, moreno, que tomou toda a sua atenção.

— Volto já.

Peguei Nick, e saímos.

— Aonde quer ir? — perguntou ele.

— Central Park — respondi.

— Lá não é seguro à noite, Chess.

— Caminhe comigo.

Nós caminhamos por todo o trajeto até a parte norte da cidade, quase setenta quarteirões. Fui ficando sóbria enquanto conversávamos. O que estávamos fazendo? Era real? Como seria? Ele estava gravando um álbum. Já havia recebido o pagamento e estava procurando um lugar novo para morar. Teria que viajar e queria que eu fosse com ele. Eu iria com ele? Largaria meu emprego? Eu disse que sim. Ele disse que eu não faria isso, mas eu faria. Gostava de ser a editora de culinária da Glamorous Home, mas havia algo à minha espera lá fora, algo maior, mais profundo, mais vasto. Senti vontade de romper com Michael naquela mesma noite. Eu terminaria o noivado — não por causa dele, mas por minha causa. Eu queria Nick. Ele me queria?

Ele me parou na esquina da Broadway com a Thirty-third Street. Não era uma esquina romântica sob nenhum aspecto. Segurou o meu rosto em suas mãos e disse:

— Eu não quero mais nada além de você. Desistiria totalmente da música e da banda, pararia de jogar e de escalar. Deixaria de comer carne vermelha, tomar cerveja, fumar; desistiria de tudo só para ficar com você. Seguraria a sua mão e nós caminharíamos juntos, e eu cantaria para você e para os nossos filhos, e isso seria o suficiente para mim.

— Suficiente?

— É tudo o que eu quero.

Nós nos beijamos. O mundo girou.

* * *

A ILHA ● 377

Naquela noite, quando cheguei em casa, telefonei para Michael e terminei o noivado. Terminei como quem joga um punhado de linguine sobre uma panela com água fervente. Quebrei em duas partes. Não havia como juntá-las depois. Não hesitei, não deixei espaço para dúvidas.

Chess preparou o jantar. Isso foi um grande passo; um mês antes ela jurara que nunca mais cozinharia de novo. Mas veja só: peixe-espada com limão, pimenta e molho de abacate, salada de milho, tomates com gorgonzola e bacon. Foi um banquete. Tate não estava ali, mas Chess ficou com mais pena dela do que de si própria. Chess, Birdie e India acenderam as velas de citronela e se sentaram à mesa do jardim, comeram, beberam e conversaram ouvindo o barulho das ondas. O sol se pôs. Chess pensou na noite no Bungalow 8 e naquela caminhada com Nick, como se eles fossem as únicas pessoas em Manhattan e o mundo estivesse cheio de novas possibilidades. Isso acontecera há apenas três meses? Tanta coisa mudara. Lamentou a forma como tudo acontecera; lamentou o fato de Michael estar morto. Mas lamentar essas coisas, sentir raiva delas, era um passo na direção certa. *Atire pedras. Livre-se das coisas pesadas.*

De repente, ela começou a chorar. India e Birdie pararam de falar sobre como a mãe delas fora uma cozinheira terrível (haviam chegado ao assunto depois de elogiar os talentos de Chess como chef de cozinha: o peixe-espada derretia na boca), e Birdie a alcançou primeiro, depois India mudou de posição para que ambas ficassem ao seu lado, abraçando-a, e ela simplesmente fosse capaz de chorar. Demorara cerca de três semanas, mas agora estava a caminho de alguma coisa diferente — um outro estado emocional, uma outra forma de ser.

— Desabafe, querida — disse Birdie.

378   *Elin Hilderbrand*

— Estávamos esperando por isso. Estávamos esperando exatamente por isso — concluiu India.

A vida era triste e difícil. Magoávamos aquelas pessoas de quem mais gostávamos. Michael estava morto. Nick se fora. Chess queria sentir tudo de uma vez, a dor, o sofrimento, a culpa. *Podem vir.*

Começou a caminhar. Tate era uma pessoa matinal, mas Chess gostava de se exercitar no final do dia, antes do happy hour. Era quando costumava correr na cidade — depois do trabalho, durante aquela hora sagrada que separava o dia da noite. Saiu de casa às quatro e meia com uma garrafa de água gelada, um chapéu, óculos escuros e tênis, que agora pareciam apertados após três semanas usando chinelos. Atravessaria Tuckernuck até a costa oeste e voltaria. Gostaria de correr, mas dentro de poucos minutos ficaria sem fôlego, desapontada e desencorajada. Costumava fazer exercícios com Michael no Central Park; esses eram os momentos em que se sentia mais próxima dele. Ele sempre acompanhava o passo dela, apesar de conseguir ir mais rápido. Não gostava de conversar enquanto corria, e nem ela. Quando necessário, se comunicavam por meio de gestos. Era tanto energizante quanto reconfortante ter Michael ao seu lado, o passo dele em sincronia com o seu, o coração dele batendo no mesmo ritmo.

Tuckernuck era bonita. Era, concluiu Chess, o lugar mais bonito do planeta. O mar, o céu azul, as estradinhas de terra que cortavam acres de fazendas antigas, agora espaços abertos para coelhos, ratos e búteos-de-cauda-vermelha. Havia casas aqui e ali, propriedades de famílias; a mãe e a tia sabiam exatamente quem era dono de qual casa e quando a havia comprado. Aquelas outras pessoas — algumas ricas, algumas famosas — aprenderam o segredo da vida e, por um segundo, Chess sentiu como se o tivesse aprendido também.

Uma menina loura de rabo de cavalo veio de bicicleta em sua direção. Chess subia uma ladeira pequena, mas íngreme, enquanto a menina a descia. A bicicleta ganhou velocidade, o pneu da frente perdeu o controle e a menina gritou:

— Sem freio!

As pernas dela estavam separadas, a expressão em seu rosto era cômica, e Chess chegou a rir, até perceber que ela iria bater — e, pior, bater nela. Pulou para fora do caminho, mas seu pé ficou preso numa raiz, e Chess caiu sobre um arbusto. A menina e a bicicleta tombaram ruidosamente, e a menina gritou e começou a chorar.

Chess se levantou e limpou a sujeira da roupa. Foi ver a menina, que deveria ter 13 ou 14 anos.

— Você está bem?

Ela estava com um machucado do tamanho de uma moeda no joelho, agora sujo de terra e sangrando, e tinha a palma das mãos arranhadas. Tentou ficar de pé; Chess ajudou a levantar a bicicleta. A menina conteve as lágrimas.

— Está tudo bem — disse. Examinou o joelho, limpou as mãos no short jeans e deu um sorriso triste para Chess. — A vida é bela. — E montou na bicicleta.

— A vida é bela — respondeu Chess.

Na manhã seguinte, Chess percebeu Tate levantar da cama para correr, mas não conseguiu abrir os olhos. Duas noites antes, Tate dormira com Barrett em Nantucket e voltara para casa num estado emocional muito fragilizado. Algo estava errado. Antes de se deitar,

Chess perguntara se ela passaria a noite em Nantucket de novo, e Tate respondera que não.

— Barrett tem uma decisão muito importante a tomar, e eu vou deixá-lo em paz.

Chess ficara tentada a perguntar que decisão era essa, mas não seria justo questioná-la quando ela própria ainda não havia revelado nada sobre sua vida. Portanto, não perguntou nada, e Tate também não contou. Murmurou alguma coisa como *Boa corrida*, mas sua boca não se mexeu para formar as palavras corretamente. Estava tomada pelo sono.

Acordou mais tarde. *Estava* acordada, plenamente consciente, mas não conseguia abrir os olhos. Levou as mãos ao rosto. Alguma coisa estava errada. Sua pele estava grossa e encaroçada. Abriu os olhos, e o quarto escuro fez-se visível através de um filme leitoso. Começou a entrar em pânico. O que estava *acontecendo*? Ela coçou a mão e, nesse mesmo momento, todo o seu corpo começou a coçar. Coceira! Chess coçou os braços, o pescoço, o rosto. Desceu da cama e andou com dificuldade até a porta. Desceu desajeitadamente as escadas e entrou no banheiro. O que havia de errado com ela? Olhou-se no espelho manchado e viu seu rosto monstruoso — coberto por alergia. Os olhos estavam pequenos de tão inchados, mas conseguia enxergar bem o suficiente para ver que a situação estava feia.

Urtiga.

A parte interna de seu ouvido coçava. Ela imaginou o canal que levava ao tímpano coberto pela seiva à qual era tão alérgica. Sentiu vontade de enfiar uma escova de dente dentro da orelha e coçar, coçar, coçar. Imaginou o cérebro repleto de caroços cor-de-rosa. Tinha urtiga em seu cérebro. Como poderia coçá-lo?

Passou as unhas pelo rosto. Queria rasgá-lo. Estava chorando. Maldita urtiga. Planta demoníaca. Coçou o rosto até sangrar, muito embora soubesse que isso era a pior coisa que pudesse fazer. O corpo inteiro sentia o comichão – o rosto, os ouvidos, o peito, o pescoço, os braços. Entre os dedos.

Desceu correndo as escadas rumo à cozinha.

– Mãe! – gritou. – Mamãe!

Birdie virou-se e arregalou os olhos.

– Ai, não, minha filha!

– Caí ontem. Uma bicicleta veio na minha direção, eu pulei para fora do caminho e caí num arbusto.

– O que faço? Calamina?

– Calamina? – repetiu Chess. Calamina não adiantaria, a não ser que enchessem um barril de calamina para que ela mergulhasse nele, como uma bruxa de Salém. Precisaria tomar um banho de calamina. A meia garrafa do líquido cor-de-rosa que tinham lá em cima não daria nem para começar. E quanto aos seus olhos? E os ouvidos? O cérebro? E quanto ao seu cérebro? – Preciso de ajuda, mãe. De muita ajuda.

– Barrett ainda está aqui – disse Birdie. – Acabou de sair, vou correr e ver se o alcanço. – Saiu correndo pela porta, gritando: – Barrett! Espere!

Chess não queria que Barrett a visse naquele estado tenebroso, mas não tinha muita escolha. Pegou o chapéu branco de pescador do avô, que cobriria mais seu rosto do que o gorro azul de crochê. Estava de camisola. Caso fosse a algum lugar, precisaria mudar de roupa, mas não conseguiria voltar lá para cima. Mal conseguia enxergar. Sentou-se tremendo no sofá, mesmo não estando com frio. Estava ardendo e coçando. Exatamente quando as coisas estavam começando a melhorar... mas que droga! Continuou a coçar, então fechou os punhos para tentar parar. Xingou. Xingou de novo, com mais palavrões agora e a plenos pulmões. Os membros da associação de moradores a multariam se a ouvissem.

Sentiu uma mão em seu ombro. Birdie.

— Barrett está aqui — disse ela. — Ele vai levá-la para o hospital.

— Tudo bem — respondeu Chess. E virou-se para ele.

— Que merda! — exclamou Barrett.

Ela manteve a cabeça baixa durante o trajeto de barco. Colocara calcinha, sutiã e a bermuda camuflada por baixo da camisola. Com o chapéu de pescador do avô e lepra se espalhando pelo rosto, Chess estava parecendo um duende. Assustaria criancinhas. Tentou não coçar, mas não conseguia parar; se fixava em uma parte — na parte de trás do pescoço, debaixo dos braços — e coçava até as feridas abrirem. Isso só servia para espalhar o veneno, mas ela não conseguia se controlar. Queria arrancar os olhos.

Não levantou o rosto para Barrett. Não conseguia ver nada mesmo. Sentiu o barco reduzir a velocidade e parar; ouviu Barrett baixar âncora.

— Venha comigo — disse ele.

Foi puxada pela mão até a lateral do barco. Ela teria que pular para o bote. Barrett segurava sua mão com cuidado, e Chess ficou com medo de lhe passar o veneno. Será que ele era alérgico também? Quando conseguisse falar de novo, diria a ele para lavar as mãos com bastante água e sabão. Pensou no momento em que caiu diretamente em cima daquela planta má, escorregadia e venenosa.

A vida é bela, dissera a menina entre lágrimas.

A ILHA   383

Chess conseguiu entrar no bote. O couro cabeludo coçava. Queria pedir a Barrett para jogar gasolina nela e atear fogo.

Estava desesperada.

Eles demoraram vinte minutos para chegar ao hospital, vinte minutos desesperadores durante os quais Chess fez duas coisas: coçar e tentar não coçar. Depois que entrou no ambiente refrigerado e estéril do Nantucket Cottage Hospital, onde as pessoas poderiam *ajudá-la*, começou a ganhar perspectiva. Ela não havia caído de uma altura de 30 metros, quebrado a espinha ou esmagado o crânio. Estava era com uma tremenda reação alérgica.

Barrett a conduziu à ala de internação, onde informou seus dados para uma mulher que usava um crachá que dizia *Patsy*. Os dedos de Chess estavam inchados e coçando, e Patsy não pareceu disposta a lhe emprestar a caneta; Chess não poderia culpá-la. Disse para eles que teriam que esperar, o que fizeram, e Chess voltou a se coçar incontrolavelmente. O telefone dele tocou.

— Precisa atender? – perguntou Chess.

— Não – respondeu ele, desligando o telefone.

— E então, como estão as coisas com você?

— Nem sei por onde começar.

Amém, pensou ela.

— Você se lembra de quando foi me visitar em Vermont? – perguntou Chess.

— Se eu me *lembro*? Claro que lembro.

— Fui extremamente mal-educada.

— *Eu* fui extremamente mal-educado – respondeu Barrett. – Apareci de repente, sem avisar. Eu deveria ter telefonado para dizer que estava indo.

— O mínimo que eu poderia ter feito era ter almoçado com você – continuou ela. – Sempre me senti mal por causa disso.

— Acho que não telefonei antes porque fiquei com medo de você me dizer para eu não ir — confessou Barrett. — Achei que teria mais chances se aparecesse de repente.

— Não teria.

— Não. Não teria — concordou ele. — Você partiu o meu coração.

— Não parti seu coração — defendeu-se Chess. — Nós mal nos conhecíamos. Tivemos aquele único encontro em que eu *vomitei...*

— Fiquei feliz quando você vomitou — admitiu Barrett. — Porque, na minha imaginação, você era uma deusa, um ano mais velha do que eu, estava na faculdade, lia todos aqueles livros grossos. Quando você vomitou, eu me senti aliviado. Você era uma pessoa normal, exatamente como eu.

— Foi nojento — disse Chess. — E eu percebi que você não tentou me beijar.

— É verdade — confirmou Barrett.

Os dois riram.

— Mas eu beijei você em Vermont. Perto do carro, lembra?

— Lembro.

— Foi como se eu tivesse cumprido uma missão. Voltei feliz da vida para casa.

Chess encheu-se de afeição. Ela e Barrett estavam acertando as contas ali.

Uma enfermeira apareceu.

— Mary Cousins.

— Sou eu — respondeu Chess, ficando de pé.

A enfermeira avistou Barrett, e um olhar de surpresa surgiu em seu rosto.

— Oi, Barrett!

— Oi, Alison.

A ILHA 🐚 385

Eles se entreolharam por um momento. Alison tinha cabelos escuros, era bem alta, magra e esguia, como uma modelo. Tinha cerca de 40 anos, velha demais para ser uma ex-namorada. Ou talvez não.

— Tudo bem, Mary, venha comigo, por favor.

— Ficarei esperando aqui — disse Barrett.

Alison, a enfermeira, deu a Chess uma dose de corticoide, prometendo que aquilo reduziria drasticamente o seu incômodo. Não gostava de aplicar essa injeção, pois ela costumava ter efeitos colaterais desagradáveis — aumento de açúcar do sangue, aumento do apetite, alterações no humor, psicoses —, mas o caso de Chess era tão grave que Alison julgou necessário. Chess ficou agradecida. Que mal faria mais um pouquinho de psicose? A picada da agulha nem sequer doeu ao entrar; estava lhe salvando a vida. Ela respirou aliviada.

— Quanto tempo vai durar?

— Vinte e quatro horas — disse Alison.

— Posso voltar amanhã? — perguntou Chess.

Alison sorriu. Chess achou que isso queria dizer que não. A enfermeira complementou:

— Tenho um creme para você também.

— Vou precisar de um barril.

— Ele é muito potente.

Apareceu com um tubo de pomada, colocou um pouco da pasta transparente no dedo e espalhou gentilmente por seu rosto. Chess fechou os olhos fingindo que era um tratamento de spa. Parecia incrível que um dia já tivesse se sentido relaxada, feliz e normal a ponto de fazer tratamentos de estética, mas Michael gostava de lhe dar vales-presente para limpezas de pele e massagens. Ele os deixava sobre seu travesseiro, à noite, ou fingia encontrá-los entre os cardápios de comida chinesa entregues em casa. Michael fora um príncipe. E agora estava morto, dentro de uma caixa de cedro.

Alison perguntou:

— Se você não se importar, eu gostaria de saber o que houve com os seus cabelos. Está sob algum tratamento?

Chess ruborizou.

— Não. Eu os cortei. Foi uma decisão que tomei sob extrema instabilidade emocional.

Alison não pareceu chocada por essa brusca declaração honesta. Era profissional.

— Ah — respondeu, como se já tivesse ouvido isso muitas vezes.

Seguiu-se um silêncio, exceto pelo barulho grudento da enfermeira espalhando o creme. Chess pensou: *Vamos mudar de assunto!*

— De onde você conhece Barrett?

— Trabalhei com a mulher dele, Stephanie. Ela era enfermeira da unidade pré-natal. Uma das pessoas mais legais que já conheci. E de onde *você* o conhece?

— Estamos hospedadas em Tuckernuck. Ele é o nosso caseiro.

— Ah! — exclamou ela. — Bem, ele é um cara muito bacana. E um excelente pai.

— Sim — disse Chess.

Levantou o queixo para que Alison pudesse passar a pomada em seu pescoço. O creme fazia sua pele formigar e se arrepiar, e ela sentiu o corticoide abrir caminho como um foguete por suas veias. Estava calma e reconfortada. Alison aplicou o creme em seus braços.

A ILHA 387

— Achei que, talvez, você fosse namorada dele.

— Ah — respondeu Chess. Suas pálpebras tremelicaram, mas estavam pesadas e cheias de pomada. — Não.

Alison voltou com Chess para a recepção e a devolveu a Barrett. Tinha um tubo de pomada dentro de uma sacola branca de papel, assim como uma receita para outra.

— Ela vai sobreviver — garantiu.

— Que bom — respondeu Barrett. — Como você está?

— Ah, sabe como é. É verão. Tenho recebido muitos acidentes de moto e queimaduras de sol. E de urtiga.

— Sinto muito — murmurou Chess.

Sentiu-se como uma turista comum. Estava grotesca, de camisola, bermuda e chapéu ridículo. Sua pele agora não estava apenas ferida, mas também engordurada e brilhante. Queria ir embora dali.

— Não há pelo que se desculpar. É o meu trabalho. — Virou-se para Barrett — E como você está? Como vão as crianças?

— Estou bem — respondeu ele, sem convencer. — As crianças estão bem também. Aulas de natação, dentista. Cameron já terá idade suficiente para ir à colônia de férias no outono.

— Sempre penso em Steph — disse Alison.

Barrett concordou com a cabeça. Chess sentiu uma necessidade urgente de passar as unhas na pomada.

Alison deu palmadinhas no ombro de Barrett. Virou-se para Chess:

— Você vai se sentir melhor logo.

Barrett foi à farmácia e comprou o remédio. Quando voltou para o carro, seu telefone tocou. Ele checou o visor e disse:

— Vou ignorar essa ligação por mais algum tempo. — Sorriu para Chess. — Gostaria de almoçar?

— *Almoçar?*

— Sim, acho que chegamos à conclusão de que você me deve um almoço.

— Ai, meu Deus, Barrett. Não posso sair em público.

— Claro que pode.

— Não, não posso. As pessoas vão olhar para mim e perder o apetite.

— Está bem. Então vamos fazer o seguinte: vamos comprar sanduíches naturais e comê-los na praia.

— Provavelmente não devo ficar exposta ao sol.

— Tenho um guarda-sol. Alguma outra desculpa que você queira tentar?

— Não — respondeu Chess.

Era quase uma hora da tarde, e ela não havia comido nada ainda. De repente, o que a enfermeira dissera sobre o corticoide causar um aumento no apetite tornou-se claro e cristalino. De uma hora para outra Chess ficou *faminta!*

— Então vamos — disse Barrett.

Ela pediu um sanduíche de peru com bacon, tomate, alface, abacate, queijo suíço derretido e muita maionese num pão preto. Era um sanduíche do tamanho de um dicionário e, ainda assim, Chess achou que não seria suficiente. Barrett também comprou um saco de batatas fritas, um chá gelado e biscoitos de chocolate. Chess levou o almoço no colo, se controlando para não comer, enquanto Barrett dirigia o carro pela Eel Point Road. Era bom estar livre no mundo; era uma espécie de voyeurismo observar os carros e as casas de veraneio passando. Quando eles estacionaram na praia, havia outras pessoas — mães e filhos e um bando de estudantes universitários com uma churrasqueira portátil e um aparelho de som. Tanta gente! Barrett mudou a caminhonete para tração 4x4 e foi para uma área deserta. Abriu o guarda-sol e colocou duas cadeiras na areia; então deu a volta e abriu a porta para Chess.

— Estou me sentindo ridícula — disse ela.

— Por favor, não se sinta assim.

— Estou de camisola!

— Ninguém sabe disso e ninguém está ligando.

Ele tinha razão. Chess desceu da caminhonete para a areia quente. As pernas e os pés pareciam melhor — lisos e limpos, livres das feridas. Estava ávida por almoçar. Acomodou-se na cadeira. Tinha os lábios superiores inchados e o rosto dormente, como se tivesse tomado uma injeção de novocaína.

Barrett sentou-se na cadeira ao lado da dela. Apontou para a água.

— Está vendo aquela terra lá? Sabe o que é aquilo?

Havia somente uma resposta, é claro, mas ela pegou Chess de surpresa.

— Tuckernuck?

— Sim.

Chess observou a costa verde e distante. Era surreal. Pelas últimas três semanas e por anos e anos antes disso, olhara para Nantucket sem qualquer pensamento de que as pessoas, em contrapartida, também olhavam para ela. Podia imaginar Tate deitada na praia e Birdie e India em suas cadeiras com encosto levantado, comendo seus sanduíches gourmet em suas baguetes finas, lendo, nadando, jogando frisbee, talvez caminhando pela praia e encontrando bolachas-do-mar ou conchas torcidas. Chess desejou a companhia delas da mesma forma que a de outras pessoas. Teve a sensação engraçada de que nunca as veria de novo.

— Sinto como se estivesse de férias das férias — disse ela.

Barrett abriu seu sanduíche, e Chess considerou isso como o tiro de largada. Retirou cuidadosamente as camadas de filme plástico de sua refeição, trêmula de tanta ansiedade. Deu uma mordida — defumada, crocante, suculenta, picante e torradinha. Meu Deus! Não conseguia se lembrar da última vez que havia comido com tanto prazer! Antes de "tudo que havia acontecido", comer era a sua paixão. Como Michael costumava brincar, comida para ela valia mais do que sexo. Havia uma ponta de verdade nisso; Chess sentia um prazer muito sensual em tudo, desde batatas fritas e creme frios à textura aveludada do *foie gras*, à efervescência do champanhe francês. Adorava tomates, framboesas, milho na espiga, bons queijos, azeite, alecrim, páprica defumada e cebolas sauté. Seu objetivo na *Glamorous Home* fora inventar receitas que fossem tanto confiáveis quanto surpreendentes; um prato delicioso de massa que pudesse se tornar conhecido, um bolo de aniversário que pudesse virar uma tradição.

Deu outra mordida no sanduíche, saboreando-o. Depois de "tudo o que havia acontecido", Chess perdera o interesse pela gastronomia. A comida ficara cinza, assim como todo o resto. Isso era triste, mas ela não conseguia agir de outra forma. Voltar à antiga sensibilidade de paladar, agora, naquele momento, não era algo para se sair anunciando empolgada por aí, e sim para se saborear lentamente.

Mas o corticoide estava começando a fazer efeito. Chess abriu o saquinho de batatas e teve de se controlar para não o inalar. Bebeu sofregamente o chá gelado.

— Está tudo bem com Tate? – perguntou.

— Queremos mesmo falar de Tate? – respondeu ele.

— Não deveríamos? – perguntou ela. Havia algo em relação ao seu rosto, sob o campo de força da pomada, que a fazia se sentir segura. – Talvez não.

Eles ficaram em silêncio. Chess comia com cuidado. Como seu lábio superior estava inchado, não conseguia mastigar normalmente. Pedaços de sanduíche caíam de sua boca, pousando na camisola.

— As coisas estavam indo bem – comentou Barrett. – Mas agora ficaram estranhas.

— Estranhas?

— Confusas.

— Por quê? – perguntou ela.

— Minha cliente, Anita Fullin, aquela que foi conhecer a sua casa, quer que eu trabalhe para ela em tempo integral. O que significa que eu não poderia mais trabalhar para vocês. Bem, com certeza eu poderia trabalhar amanhã e talvez depois de amanhã, mas eu teria que contratar alguém para tomar conta da sua casa e dos meus outros clientes até que encontrem outro caseiro enquanto eu trabalhasse para ela.

— É isso o que você quer? – perguntou Chess. – Trabalhar para Anita?

— Deus do céu, não! Nem um pouco. Mas dependo financeiramente dela. Não posso recusar o que está oferecendo.

— Tate sabe?

— Ela acha que eu não devo aceitar. Não sei direito se ela entende a situação.

— Ela é louca por você.

— Eu sou louco por ela.

— Você está apaixonado?

Ele fez uma careta. Era injusto colocá-lo contra a parede.

— Não precisa responder.

— É muito cedo para dizer, mas sim. — Ruborizou, deu uma mordida no sanduíche e então olhou para o litoral de Tuckernuck. — Só não sei o que fazer com relação a isso. Ela vai embora na semana que vem. Não posso me oferecer para ir com ela. Não posso tirar as crianças daqui.

— Poderia pedir a ela para ficar — sugeriu Chess, bebendo mais chá gelado. — Mas é você quem sabe, isso não é da minha conta.

— Tudo bem — respondeu Barrett.

— Tate ficaria furiosa se soubesse que estamos falando dela.

Barrett ignorou isso.

— Eu poderia pedir a ela para ficar. Mas e se ela ficar e não se sentir feliz?

— Ela iria embora.

— Preciso pensar nas crianças. Não posso colocá-la na vida delas e depois tirar.

— Bem, independente do que fizer, tenha cuidado com ela — avisou Chess. — É a primeira vez que a vejo levar alguém a sério. Não quero vê-la magoada.

Barrett amassou o plástico do sanduíche.

— Eu nunca a magoaria de propósito.

Certo, pensou Chess. *Mas as pessoas raramente magoam as outras de propósito.*

O telefone de Barrett tocou.

— Mas que droga! — exclamou ele.

TATE

Quando chegou em casa depois da corrida e soube que Barrett levara Chess ao hospital por causa da reação alérgica, Tate sentiu-se psicoticamente enciumada.

— Por que ela precisou ir ao hospital? Por que não passou calamina?

— Estava horrível — explicou Birdie. — O rosto todo tomado, pescoço, braços, tudo! Até as orelhas. Os olhos nem abriam direito de tão inchados. Ela estava se coçando até sangrar. Calamina não seria suficiente.

Bem, então por que não me esperaram voltar?, sentiu vontade de perguntar. *Eu teria ido com eles. Teria ajudado.* Mas isso era imaturo e insensato. Alergias são praticamente emergenciais. É claro que eles não iriam ficar esperando por ela. Barrett fizera a coisa certa. Mas Tate estava tomada de ciúmes, novo e antigo. Deitou-se na toalha, na praia, e observou o horizonte à procura do barco dele, imaginando onde estariam, o que estariam fazendo, quando voltariam. Eram quase duas da tarde. Eles haviam saído cinco horas e meia atrás. Ainda estariam no hospital? Teriam ido a outro lugar? Teriam ido à casa de Barrett? Tate sentiu o estômago embrulhar. Lembrou-se daquele almoço com ele, treze anos antes, na mesa do jardim. Quantas vezes ele olhara para Chess com um desejo indisfarçável? Chegara a reunir coragem para convidá-la para sair. E se Chess não tivesse vomitado, eles teriam se beijado. Talvez tivessem ficado juntos naquele verão. Ou até mesmo neste, já que Barrett convidara Chess para sair primeiro. Por quê? Tate nunca lhe perguntara; ficara apenas satisfeita por ter sido ela a sair com ele. Mas agora queria saber. Barrett convidara Chess para sair só porque Birdie lhe pedira para fazer isso ou ainda restavam os vestígios de um sentimento antigo? Seria Chess a mulher que ele, de fato, queria?

— Ela ficou muito mal? – perguntou Tate. – Mal mesmo?

— Terrível – respondeu Birdie.

Eles só voltaram às quatro horas da tarde. Tate estava em pé na praia, com as mãos na cintura, esperando por eles. Barrett parou o barco, ancorou-o e ajudou Chess a descer. Ela disse alguma coisa; ele riu. Então ele respondeu algo e foi a vez dela de rir. Ela *riu*. Tate corria o risco de mostrar sua raiva de uma forma extremamente inapropriada. Tentou se controlar. Chess estava mesmo horrorosa – ainda de camisola, com aquela bermuda terrível e o chapéu do avô. Quando entrou na água para chegar à praia, Tate viu que seu rosto estava um desastre. Completamente tomado pela urtiga.

Tate não era alérgica à urtiga. Para Chess, *isso* deveria ser uma injustiça.

— Meu Deus! – exclamou.

— Bem, você não vai ganhar o prêmio de mais sensível do ano.

Barrett carregava uma sacola de compras e outra de gelo. Caminhou na água, olhando para os pés.

— Mas você está bem? Cuidaram de você no hospital?

— Tomei uma injeção. E me deram uma pomada. – Levantou a sacola branca da farmácia para Tate ver. – Vou subir.

Barrett parou na frente de Tate.

— Oi. Como você está?

— Eu? Estou bem.

— Escute — começou ele. — Eu vou aceitar o emprego que Anita me ofereceu.

— É, achei que iria mesmo.

— Sei que não entende...

— Eu entendo.

— Mas não entende...

— Você está nas mãos dela, Barrett. Ela pode fazer o que quiser com você.

Barrett balançou a cabeça. *Toque em mim!*, pensou Tate. *Diga que se importa comigo!* As coisas estavam tão bem, eles se aproximaram tanto, e então foi como se ela tivesse piscado e tudo tivesse caído em ruínas. Era como a cena de *Mary Poppins* que sempre a fazia chorar — os belos desenhos em giz na calçada sendo apagados pela chuva.

— Como foi o seu dia? — perguntou. — E Chess?

— Foi tudo bem. Eu a levei ao hospital e depois comprei o remédio para ela. Então fomos almoçar e ela tirou uma soneca. Depois tive que ir ao mercado para a sua mãe, e Chess ficou na caminhonete. Não queria que ninguém visse o rosto dela.

Tate se concentrou na parte do *fomos almoçar e ela tirou uma soneca.* Pensou em Chess sentada no *seu* lugar na caminhonete de Barrett.

— Acho que nós não devíamos mais sair juntos — disse Tate.

Barrett pareceu chocado. Tate não conseguia acreditar que havia acabado de dizer essas palavras. Falara por impulso, como quem atira um copo na parede, e o som ficou ecoando. Os pensamentos de Tate não faziam sentido e não paravam de surgir: Barrett amava sua irmã, sempre amara, sempre a desejara, mesmo enquanto fora casado com Stephanie, até mesmo quando Stephanie estava morrendo, seu coração pertencia a Chess, que não o merecia.

— Temos só mais uma semana até eu ir embora — constatou Tate. — Melhor desistirmos agora.

— Melhor *desistirmos*? — perguntou Barrett. — Acredita *mesmo* nisso que está dizendo?

Tate deu de ombros. Não acreditava, mas não voltaria atrás. Não lutaria por esse relacionamento. Queria que *Barrett* lutasse. Queria que ele dissesse que a amava. Mas, se ele tinha sentimentos por Chess — e claramente os tinha —, ela não poderia ficar com ele.

— Está bem, então acho que vou dizer a Anita que posso começar amanhã. E pedirei a Trey Wilson para trazer as compras para vocês. Ele é bonitão. Você vai gostar dele.

— O que você está *insinuando*?

Barrett largou as compras e o gelo na areia, na frente dela. Voltou para o barco. Antes de subir, gritou:

— Direi aos meninos que você mandou lembranças!

Os meninos. Tate sentiu como se seu coração estivesse sendo partido aos pedaços pelo motor do barco de Barrett enquanto ele o ligava e dava meia-volta, como se fosse um caubói num cavalo, ganhando velocidade. *Namorado zarpando com Namorada*, pensou Tate. Então pensou: *Os meninos. Barrett.*

Barrett!

Sentiu vontade de gritar, mas era tarde demais. Pensou em nadar — Nantucket ficava a menos de 800 metros dali —, mas sentia-se fraca demais. Sentou-se nos degraus novinhos de madeira amarela e cheirosa, e chorou.

Estava ali havia dez ou quinze minutos quando Chess apareceu.

— O que aconteceu? — perguntou.

— O que *aconteceu*? — repetiu Tate. — O que *aconteceu*? Você aconteceu, foi isso.

— Não entendi.

— Ele gosta de você! Sempre gostou.

Chess soltou uma risada estridente.

— Pelo amor de Deus, Tate, olhe para mim! Ele me levou ao *hospital* e depois à *farmácia*.

— Ele a levou para almoçar.

— Ele não me levou para almoçar. Compramos sanduíches e fomos comer na praia. Conversamos um pouco e eu peguei no sono, por causa da reação à injeção. Quando acordei, fomos ao mercado e depois voltamos.

— Sobre o que conversaram? Fale exatamente sobre o que conversaram.

— Sei lá. Várias coisas. — Chess começou a coçar o pescoço; estava áspero, vermelho e encaroçado. Tate queria coçar o dela só de olhar para o pescoço da irmã. — Eu queria ter contado isto antes, na noite do seu primeiro encontro com Barrett.

— Contar o quê?

— Que uma vez, muitos anos atrás, Barrett foi a Colchester. Para me ver. E eu fui mal-educada. Praticamente o expulsei da cidade. E sempre me senti mal por isso. Portanto, hoje foi bom. Hoje tive a chance de pedir desculpas.

— Do que você está falando?

— Barrett foi a Colchester quando eu estava no segundo ano da faculdade — explicou. — Ele saiu de carro de Hyannis.

Então contou os detalhes a Tate: que estava trabalhando na barraca de salsichões; que saiu correndo com a caixa de dinheiro para a fraternidade; que Carla Bye estava na sala de estar conversando com ele; que ele dirigira seis horas num Jeep azul para vê-la; que ela o mandara embora.

A história deixou Tate sem ar de tão envergonhada pela irmã; Chess fora esnobe, mesquinha e desagradável ao tratar Barrett daquela maneira. O relato também a deixou com ciúmes – não, apenas confirmara seus ciúmes. Tinha um motivo para se sentir assim: Barrett amara Chess o bastante para ir atrás dela em Colchester. Tate ficou furiosa. Por que Chess não lhe contara essa história antes? E por que Barrett nunca falara disso?

— Tentei lhe contar na noite em que você saiu com ele pela primeira vez – disse ela. – Mas você não queria ouvir. E tenho certeza de que Barrett não falou nada porque já nem se lembrava mais. Não faz diferença.

— Não faz diferença? Mas você sentiu necessidade de se desculpar hoje quando se viu sozinha com ele. Você almoçou com o meu namorado! Tirou uma soneca com o meu namorado!

— Não analise as coisas fora do contexto, Tate! – argumentou Chess. Estava usando o tom de irmã mais velha agora, sua voz de editora da droga da revista de culinária. – Dormi numa cadeira de praia enquanto Barrett ficou sentado na caminhonete, conversando com Anita Fullin por telefone.

— Então você está sabendo de Anita Fullin? Sabe da oferta de emprego?

Chess não respondeu. Não *precisava* responder. Claro que sabia da oferta de emprego; Barrett lhe contara. Naquela manhã, quando Tate acordara, seu maior problema era Anita Fullin. Agora, seu maior problema era a irmã.

— Ele teve que me contar sobre o emprego. Seu telefone não parava de tocar.

— Eu odeio você! – disse Tate. Ficou de pé no degrau, para ficar maior que a irmã. – Eu realmente *odeio* você! Você estraga *tudo,* você rouba tudo. Está arruinando a minha vida desde que eu nasci. Sempre fica com tudo que é bom e me deixa com as sobras...

— Tate...

— Não fale comigo! – Tate estava gritando agora. – Eu *odeio* você! Amo Barrett desde os 17 anos, mas ele sempre quis você! Você é a irmã mais bonita, a mais legal, a *melhor.* Você tem tudo o que quer, sempre teve. E tenho certeza de que sempre terá...

— Tate, você sabe que isso não é verdade...

— É verdade, *sim!* – Tate estava histérica; mal conseguia respirar. Olhou para Nantucket ao longe. Talvez nunca mais visse Barrett de novo. Mandara-o embora como uma estúpida, uma idiota. – Não consigo nem respirar quando você está por perto! Você suga todo o ar. Você é tão egoísta, tão voltada para *si...*

— Tate...

— Você roubou o meu namorado! Passou o dia com ele. Almoçou com ele, tirou uma soneca com ele, fez compras com ele, lhe contou coisas...

— Sim – disse Chess. – Sim, sim, sim. Ele me contou coisas. Disse que está apaixonado por você.

Tate agarrou o pulso da irmã. Estava áspero e encaroçado por causa da urtiga. Sentiu vontade de arrancá-lo de seu corpo.

— Ele disse isso a você? Ele disse isso a *você?* Mas nunca disse isso para *mim.* Está vendo? Está vendo como você interfere e estraga tudo?

Soltou com força o pulso da irmã, que deu um passo em falso e caiu do degrau, aterrissando na areia. Em vez de pedir desculpas,

Tate a atacou. Empurrou-a com as duas mãos, derrubando-a no chão.

— Tate! – gritou Chess. – Deixe-me em paz!

— Você é quem precisa *me* deixar em paz! Você me faz desejar nunca ter nascido!

— Desculpe! – disse Chess, chorando. – Desculpe por ter tido uma reação alérgica, desculpe por ter precisado ir ao hospital. Desculpe por seu namorado ser o único que podia me levar, desculpe por achar que eu estraguei a sua vida. Desculpe por você achar que a minha vida é tão perfeita. Posso garantir que a minha vida *não* é perfeita. Posso garantir que *não* tenho tudo o que quero. Nem de longe.

— Bem, se há alguma coisa errada com a sua vida, por que não *me conta o que é?* Conte o que aconteceu com Michael! Conte qual é o seu segredo terrível!

— Não! Não posso contar! Não posso contar para ninguém!

— Contou para Barrett? – perguntou Tate. – Contou para ele hoje?

Chess apertou os dedos contra os olhos vermelhos e inchados. Seu rosto era uma massa vermelha; as manchas de urticária pareciam estar ficando mais irritadas.

— Como você é imatura! Devia ouvir o que está dizendo. Parece que tem 12 anos de idade.

— Cale a boca!

— Cale a boca você! E me deixe em paz!

— Eu odeio você. Estou feliz por estar sofrendo!

BIRDIE E INDIA

India estava em seu quarto quando a gritaria começou. Sabia que o som estava vindo da praia, mas demorou um pouco mais para entender que Chess e Tate estavam brigando. Sentou-se na cama e fechou os olhos. Deus do céu, que sofrimento era ter uma irmã, outra moça, outra mulher que não era você, mas que era praticamente você! Uma amiga, uma confidente, uma rival, uma inimiga. Lembrou-se daquele verão em que... Billy tinha 3 anos, Teddy tinha 14 meses, e India estava grávida de Ethan. Eles estavam ali em Tuckernuck, na praia; India estava deitada numa espreguiçadeira com Teddy no colo, e Billy estava na beira do mar. India sentia-se tão cansada, da forma como se fica no primeiro trimestre de gravidez, e não conseguia manter os olhos abertos; quando dera por si *estava* com os olhos abertos e observava Billy afundar rapidamente na água, como se estivesse sendo sugado por um buraco negro. India tentara gritar — *Socorro! Billy!* —, saltar da cadeira, mas Teddy havia adormecido e pesava feito chumbo em seus braços. Seu corpo letárgico a traía. Não conseguia se mover com velocidade suficiente.

— Bill! — gritara. Onde estava Bill? — Billy!

Birdie aparecera do nada. Mergulhara na água e pegara Billy; ele começara a engasgar, depois a gemer. Birdie batera em suas costas para que cuspisse a água do mar, e logo o acalmara junto ao peito. India detestara Birdie naquele momento, a odiara por ter sido ela a tirar seu filho de dentro do mar e salvar sua vida. E a amara também, com uma intensidade e paixão que não podia explicar. Quando não havia mais ninguém, Birdie estava ali.

A gritaria continuou. India desceu as escadas.

402 · Elin Hilderbrand

* * *

Birdie estava se servindo de uma taça de Sancerre quando a gritaria começou. Primeiro, não fazia ideia de que diabo... então foi até a beira da ribanceira. Parecia ser Chess e Tate. Será? Viu as duas no final das escadas. Ouviu Tate dizer *Eu odeio você!*

Birdie deu as costas e voltou para dentro de casa. A cada passo, seu coração se apertava. Era horrível ouvir as filhas falando assim uma com a outra. Tão ruim quanto deveria ser para os filhos ouvirem seus pais brigarem. Pelo menos ela e Grant nunca haviam discutido na frente das meninas. Não havia muitas coisas das quais pudessem se orgulhar, mas podiam se orgulhar disso.

India estava ao lado da mesa do jardim quando ela se aproximou. Estendeu o braço para Birdie. Sem nada a dizer, abraçaram-se. Birdie sentiu o perfume almiscarado de India. Sentiu os fios dos cabelos curtos da irmã e a pele macia de seu rosto.

Separaram-se. India lhe entregou sua taça de vinho e lhe ofereceu um cigarro.

— Obrigada — sussurrou.

— De nada — sussurrou de volta.

CHESS

Nick e eu havíamos chegado a um acordo: *primeiro, eu terminaria com Michael de forma tranquila. Por "tranquila" entendia-se que eu não deveria*

A ILHA 🐚 403

mencionar o nome dele. Isso me deixou sem qualquer razão para romper o noivado além do simples e direto Não estou mais apaixonada por você.

Minha conversa com Michael, que se transformou numa série de outras conversas, foi mais ou menos assim:

Eu (chorando):

— Não posso me casar com você.

— O quê?

— Não posso me casar com você. — Precisei repetir tudo umas seis ou sete vezes para que caísse a ficha.

— Por que não? O que houve?

"O que houve" era a grande pergunta — feita por Michael, por minha mãe, por meu pai, por minha irmã, por Evelyn, por meus amigos e por minha assistente. Quando Michael telefonou para Nick para contar sobre o fim do noivado, imagino se Nick teria perguntado "O que houve?" também. Eu achava que não, mas não tinha certeza. Decidimos que não nos falaríamos de novo até a poeira baixar.

— Não "houve" nada — respondi. — Só não me sinto mais do mesmo jeito.

— Por que não? — perguntou Michael. — Não estou entendendo. Fiz alguma coisa de errado? Falei alguma coisa que não devia?

— Não, não, não — respondi. Eu não queria que parecesse que era culpa dele. A única coisa que fizera de "errado" fora me pedir em casamento da forma pública como pedira. Aquilo me forçara a aceitar. Mas eu também poderia ter desfeito tudo imediatamente; ainda não tínhamos nada acertado naquela época. Nada havia sido planejado, nenhum padrinho convidado, nenhum pagamento adiantado. Eu poderia ter pedido um tempo, depois mais um tempo, e saído fora. — Eu nunca deveria ter aceitado.

— Porque não me amava nem quando aceitou? — perguntou Michael. — Nunca me amou?

— *Eu amava você. Ainda amo.*

— *Então case comigo.*

O que eu não disse foi: eu não o amo o suficiente e não o amo da forma correta. Se me casar com você, coisas ruins acontecerão. Talvez não imediatamente, mas ao longo da vida. Estaremos numa reunião de família, e eu olharei desejosa para Nick. Encontrarei com ele atrás do galpão no jardim da casa de seus pais, onde um de nossos filhos terá atirado seu frisbee, e ele me beijará. E então, ao voltarmos de carro para a cidade, estarei mal-humorada e, quando chegarmos em casa, farei as malas. Ou então terei um caso arrebatador com alguém que me lembre de Nick, mas que não seja tão próximo quanto ele é. Esse homem me roubará de você; roubará sua casa, seus filhos. Você ficará com muito menos do que tem agora.

O que eu disse foi:

— *Não posso.*

— *Pode.*

— *Está bem, posso, mas não me casarei.*

Ele não entendeu. Ninguém entendeu. Michael e eu éramos perfeitos juntos. Gostávamos das mesmas coisas; parecíamos tão felizes. As pessoas se enquadravam em duas categorias: aquelas que entendiam a qualidade intangível do amor e achavam que eu fiz bem em cair fora enquanto podia, e aquelas que não entendiam a qualidade intangível do amor. Estas pessoas olhavam para mim e Michael, viam um casal ideal — perfeito no papel! — e achavam que eu estava cometendo um erro grotesco e autodestrutivo.

Expliquei-me até não haver nada mais a ser dito, exceto a verdade que não revelaria: eu amava Nick.

Michael suspeitava de que havia outra pessoa. Perguntou inúmeras vezes, sempre que conversávamos.

A ILHA · 405

— *Existe outra pessoa?*

— *Não — respondia.*

E era verdade. Nick não era meu de verdade. Não tinha qualquer direito sobre mim e nem eu sobre ele. Mas eu sabia que ele estava esperando.

Conversamos após cerca de dez dias. Eu lhe dei um resumo do que estava acontecendo do meu lado, e ele me deu o resumo do que acontecia do lado dele. Pois Michael não estava apenas conversando comigo; falava com ele também.

Nick disse:

— *Nossa, que situação difícil. Estou me sentindo culpado.*

— *O que devemos fazer? — perguntei.*

— *Vou para Toronto gravar o álbum em 10 de junho. Quero que vá comigo.*

— *Ir com você?*

— *Vá para Toronto comigo. More comigo. Vamos descobrir se o que temos é mesmo real.*

Isso queria dizer que eu precisaria abandonar o meu emprego. Teria que deixar Nova York. O trabalho era fácil. Eu era editora de culinária havia três anos; o que um dia fora o maior desafio da minha vida era agora fácil e repetitivo. Janeiro/fevereiro: pratos tradicionais. Março/abril: pratos divertidos. Maio: edição internacional. Junho: frescor do jardim. Julho: churrascos. Agosto: piqueniques. Setembro: petiscos para jogos de futebol. Outubro: sabores da colheita. Novembro: Ação de Graças. Dezembro: Natal/Hanukkah. Eu estava pronta para pular fora.

Terminamos a edição de julho mais cedo, às duas da tarde. Estava um dia agradável de primavera, e dei o resto do dia de folga para minha assistente, Erica. Fui então ao escritório do meu editor-executivo, David Nunzio, e disse a ele que estava me demitindo. De lá, fui ao escritório do editor-chefe, Clark Boyd, com David Nunzio atrás de mim, dizendo que esperava que eu não estivesse falando sério, que eu não podia simplesmente sair assim, do nada, e o que eles poderiam fazer para eu ficar? Eu queria um aumento de salário? Expliquei a Clark Boyd que estava indo embora.

— Indo embora? — perguntou ele.

— Já me decidi. Quero minha demissão.

Tanto Clark Boyd como David Nunzio me analisaram por um momento, como se concluindo, juntos, que eu não estava no meu juízo normal. De fato, uma parte essencial minha estava faltando; eu adorava aquele emprego, era boa no que fazia, e lá estava eu, abandonando tudo.

Clark disse:

— Sei que você está passando por um período difícil...

Eu ri, mas a risada soou como um soluço. Eu não estava nem conseguindo rir direito. Achei engraçado que ele soubesse do rompimento do meu noivado, mas é claro que o escritório da Glamorous Home era como qualquer outro ambiente de trabalho, um antro de fofoca e boatos. Eu tentara manter o assunto em segredo; não atendia nenhuma ligação pessoal na empresa.

— Isso nada tem a ver com... — comecei a dizer, mas parei. Eu não lhe devia nenhuma explicação.

— Se você estiver precisando de um tempo... — sugeriu Clark.

— Já me decidi — respondi. — Assunto encerrado. Vou entregar minha carta de demissão. — Embora isso parecesse uma formalidade estúpida. Eu só queria ficar livre.

Assim que saí pela rua, me senti melhor. Observei os outros nova-iorquinos em seus ternos, saltos altos, sacolas da Duane Reade e Barnes and Noble, e pensei: Está bem, e agora?

* * *

A ILHA 407

Nick e Michael iam escalar em Moab no feriado. Nick contaria a verdade para Michael. Teria que contar porque eu iria para Toronto com ele. Eu queria ir em segredo para o Canadá. Michael não precisaria ficar sabendo ainda; seria melhor lhe dar um tempo, esperar que começasse a namorar de novo. Mas Nick era mais direto, e Michael era seu irmão. Nick lhe contaria quando estivessem a sós no deserto. Michael poderia gritar tão alto quanto quisesse; poderia bater nele. Nick aceitaria.

Seria sua aposta mais importante. Eu tinha medo de que fosse isso que atraía Nick. Ele nunca perdia nas cartas, mas e se saísse perdendo ali?

— O que você vai dizer? — perguntei.

— A verdade — respondeu Nick. — Que eu amo você. Que eu amei você desde o primeiro momento em que a vi.

Eu havia sublocado o meu apartamento para uma amiga de Rhonda da New School (aquele apartamento era o meu bem mais precioso, não poderia simplesmente abrir mão dele). Fiz as malas e cheguei à porta da casa de minha mãe, exatamente na mesma hora em que Michael e Nick estavam aterrissando em Utah. Eu não estava me sentindo bem. Estava ansiosa, nervosa, melancólica. Não conseguia me imaginar no lugar de Nick nem no de Michael. Tentei jogar meu telefone no lixo, mas Birdie o recolheu, achando que eu ficaria grata mais tarde.

Dormi a maior parte do fim de semana. Escondi-me atrás de uma Vogue; tentei ler um livro, mas a história da minha própria vida ficava se metendo entre as páginas. Tentei me lembrar de quem eu havia sido antes de conhecer os irmãos Morgan. Onde estava aquela moça feliz que fora ao Bowery Ballroom naquela noite de outubro? Tentei esboçar um plano, eu sempre fora boa em fazer planos e segui-los. Eu iria para Toronto, depois ficaria duas semanas em Tuckernuck com minha mãe e minha irmã (eu contaria para elas então) e retornaria para Toronto. E se o que tínhamos se provasse real, se eu estivesse mesmo apaixonada, se estivesse feliz, eu acompanharia Nick pela turnê. E o que eu faria para ganhar dinheiro? Trabalhos freelance? Começaria a escrever um livro? Isso me soava tão clichê. Como uma crise de meia-idade. Eu só tinha 32 anos.

Quando tudo aconteceu, Nick telefonou primeiro para os pais, depois para mim. No telefone, sua voz estava calma, sem emoção. Não entendi. Não entendo ainda. Robin, minha terapeuta, disse que ele provavelmente estava em estado de choque.

Estado de choque.

— Michael morreu — disse. — Ele caiu. Levantou de madrugada e foi escalar sozinho. Não estava bem preso e caiu.

Não perguntei nada. Eu sabia. Não perguntei.

Nick disse:

— Contei a ele ontem à noite. Ele pareceu aceitar. Ficou com raiva, irritado de verdade, claro, deu um soco na parede do hotel, abriu um buraco no gesso e aí eu pensei, Tudo bem, já é um começo. *Eu contei a verdade; nós havíamos nos beijado, mas apenas beijado. Disse que se eu pudesse mudar a forma como me sentia, eu mudaria, e sabia que você mudaria também, mas nós não podíamos mudar. O sentimento estava ali, existia. Eu tinha sentimentos profundos e assustadores por você, e você também tinha sentimentos por mim. Tudo bem, ele disse, Michael entendia. Fomos para um bar, tomamos cerveja, doses de tequila, comemos hambúrgueres. Ele ficou bêbado, e eu deixei que ele fizesse tudo aquilo. Por que não? Ele estava aceitando bem a notícia, estava sendo muito tranquilo, um cavalheiro, como sempre. Voltamos ao hotel, ele me perguntou se eu o odiava porque as coisas sempre aconteciam mais facilmente para ele, e eu disse: "Não, Mikey, eu não odeio você. Não se trata disso, cara."*

"Ele me perguntou se eu o odiava por causa do soco que me dera anos atrás, o soco que quebrou o meu nariz. A briga também foi por causa de uma garota, uma garota da escola que se chamava Candace Jackson. Ele ganhou a briga e Candace também. E eu disse: 'Não, cara, isso não tem nada a ver com Candace nem com o meu nariz.'

"Ele disse: 'Tudo bem, acredito em você'.

"E então, naquela manhã, ele foi escalar sozinho no Labyrinth. Não é seguro ir para lá sozinho, e ele não estava bem preso."

Nick começou a chorar.

— Chess — disse. — Chess.

— Eu sei — respondi. — Meu Deus, eu sei.

— Eu disse aos meus pais que ele não estava bem preso. Mas, Chess?

— O quê? O quê?

— Ele não estava preso de forma alguma.

Michael não morreu porque seu equipamento de segurança falhou. Ele morreu porque foi escalar sem qualquer equipamento de segurança.

A diferença entre essas duas realidades, entre o acidental e o intencional, era monstruosa. É o segredo monstruoso que agora me une a Nick.

Chess fechou o caderno. Sua confissão acabava ali. No funeral, Nick ficara de pé ao altar e dissera a todos na igreja *Ele a amava de verdade, Chess*. Não dissera *Eu a amo de verdade, Chess*. Poderia sentir-se assim, Chess sabia que era verdade, e onde quer que ele estivesse — ainda em Toronto ou em algum lugar na estrada —, continuava sentindo, do mesmo jeito que ela, como uma flecha que lhe atravessava, dor, desejo, amor, arrependimento. Mas ele nada dissera porque Michael era seu irmão, morto agora, e dizer a verdade em voz alta, para todos ouvirem, seria profanar sua memória.

Tate pegou a caminhonete e desapareceu em meio à nuvem de poeira e à chuva de cascalhos. India e Chess estavam à mesa do jardim, enquanto Birdie preparava o jantar.

— Ela nunca mais vai falar comigo — disse Chess.

— Ah, você vai se surpreender.

Tate não apareceu para jantar. Ficou na rua até o pôr do sol; até escurecer. Birdie, India e Chess foram para a varanda telada, Birdie fazendo tricô, India, palavras cruzadas. Chess fingia ler *Guerra e Paz* enquanto, na verdade, tentava não coçar o rosto e disfarçava sua ansiedade ao ouvir algum barulho de carro.

— Ela não pode ficar fora a noite toda — observou Chess.

— Não se preocupe, ela vai voltar. Ficar um tempo sozinha vai fazer bem a ela. Tenho certeza de que está refletindo. Tenho certeza de que se arrependeu das coisas que falou — respondeu India.

Mas Chess sabia que ela não se arrependeria das coisas que havia dito. Esperara a vida inteira para dizê-las. Chess, por ser quem era, sempre ofuscara a irmã, prejudicando o seu desenvolvimento. Mas não fizera isso de propósito e, com certeza, não quisera ameaçá-la no que dizia respeito a Barrett.

Birdie suspirou.

— Eu gostaria que Grant estivesse aqui.

Chess foi deitar antes de Tate chegar em casa. Deixou sua confissão no travesseiro dela.

Quando acordou, a cama da irmã estava vazia. Ninguém se deitara nela, e a confissão estava ali, onde ela havia deixado.

Chess foi ao banheiro e espiou pela janela. A caminhonete estava estacionada.

Desceu sorrateiramente as escadas, o coração temerário. Estava com medo da própria irmã. Sentia-se culpada por anos e anos de infrações, por mais involuntárias que fossem. Queria absolvição; precisava do amor incondicional de Tate, mas isso não existia mais. *Eu odeio você! Você me faz desejar nunca ter nascido!* Chess era mesmo tóxica, afinal de contas, da forma como temera quando começaram aquela viagem. Lenta e silenciosamente fora envenenando a água que Tate bebia, poluindo sua atmosfera. *Você suga todo o ar, não consigo nem respirar!* Esse, pensou Chess, era o pior final. Poderia perder Michael, poderia perder Nick — eles eram homens —, mas não poderia perder a irmã.

Quando desceu, viu a manta de crochê áspera jogada por cima do sofá verde com o assento gasto.

— Ela...?

— Dormiu no sofá — completou Birdie.

Chess não sabia dizer o que Birdie achava disso.

— Ela disse alguma coisa?

Birdie levantou um prato com dois ovos com a gema mole e uma torrada integral com bastante manteiga. Chess aceitou.

— Ela ainda está furiosa.

— Eu não *fiz* nada, Birdie! — Queria que a mãe entendesse. — Não quero roubar Barrett dela.

— Ah, meu Deus, eu sei. E ela sabe também. Acho que está enfrentando questões mais antigas.

A mãe não estava ajudando a acalmá-la. Birdie e Tate sempre foram mais unidas do que Birdie e Chess. Tate bajulava-a de uma forma que Chess achava desnecessária. Mas, neste momento, percebia que seria bom ter a mãe ao seu lado.

— Acho que sim — disse Chess.

— Sua irmã passou a vida inteira com inveja de você — constatou Birdie. — Exatamente da mesma forma que eu sentia inveja de India.

— Inveja de mim? — perguntou India, descendo as escadas. — Como assim?

* * *

Minutos depois, um jovem apareceu à porta.

— Esta aqui é a casa da família Tate? – perguntou.

Ele tinha cerca de 19, 20 anos e parecia tanto uma versão mais jovem de Barrett Lee que Chess chegou a piscar de tão surpresa. Os cabelos louros caindo sobre os olhos, o corpo musculoso, a viseira, os óculos de sol, os chinelos.

— Sim! – respondeu Birdie.

— Sou Trey Wilson. Trabalho para Barrett Lee.

— Você poderia ser dublê dele – comentou India.

— Onde está Barrett? – perguntou Birdie.

— Está no outro emprego – disse Trey. – Então pediu para eu vir. Eu vou fazer as entregas de hoje em diante. Ele disse que é para eu pegar o lixo, as suas roupas sujas e... a lista?

— Estou confusa – disse Birdie.

Naquele momento, Tate entrou. Olhou para Trey e o analisou; então, subiu correndo as escadas. Trey pegou um saco de gelo pingando e uma sacola de compras da mesa do jardim.

— Barrett arrumou outro emprego, por isso mandou Trey. Ele vai trabalhar para nós de hoje em diante – explicou Chess.

— Mas e quanto a Barrett? – perguntou Birdie.

— Ele foi *embora*! – gritou uma voz lá de cima das escadas.

INDIA

India sentiu mais falta de Barrett do que esperava. O novo rapaz era bonitinho – parecia-se demais com ele a ponto de passar por um irmão mais novo —, mas não se relacionava com as pessoas da mesma forma que Barrett. Trey Wilson era um rapaz que sabia pilotar um barco. Não ligava para Tuckernuck e não ligava para elas. Não havia conversa e nem intriga. Era uma pena que elas encerrassem as férias assim.

Houve apenas uma vez em que India se lembrava de Chuck não ter aparecido para trabalhar, e fora por culpa sua. Acontecera no verão depois que Bill se suicidara. India fora para Tuckernuck, como costumava fazer, mas, desde o começo, seu coração não estava ali. Levara dois dos três meninos com ela; Billy havia conseguido um emprego de supervisor do time de beisebol em Duke naquele verão. Birdie, Grant e as meninas estavam ali e se esforçavam para fazer as mesmas coisas de sempre – lições de direção, caldeirada de frutos do mar, caminhadas até North Pond e East Pond –, mas India se sentia como se estivesse vendo tudo de longe. Era Chuck Lee que ia lá duas vezes ao dia na época, embora quase sempre levasse Barrett com ele, em treinamento. Quando ia sozinho, sempre falava algo bonito para ela, elogiava seus cabelos ou seus brincos, dizia que ela estava ficando bronzeada; em várias ocasiões, dividiram um cigarro na praia. Naquela época, não se fumava na casa porque Grant odiava o cheiro de cigarro. Chuck nunca perguntara o que havia acontecido com Bill, embora India achasse que ele sabia. Uma vez, encontrara uma concha perfeita na areia e dera a ela.

— Uma lembrança de Tuckernuck.

India a guardara, até hoje, porque havia sido um presente de Chuck, e ele fora o primeiro homem que a atraíra, na fase em que ainda usava sutiã juvenil. Achara que talvez, apenas talvez, alguma coisa acontecesse naquele verão, mas estava arrasada demais para tomar qualquer atitude, e Chuck tinha uma esposa do outro lado

414 Elin Hilderbrand

do mar. Ela se chamava Eleanor, e era mãe de Barrett, casada com Chuck havia um milhão de anos. Era um verdadeiro machado de guerra, fosse lá o que isso quisesse dizer.

Perto do final da estadia deles ali, Chuck aparecera com alguns filés de anchova que ele mesmo havia pescado; dera-os a India num saquinho Ziploc, e ela percebera, por sua postura e pela forma como fingira que o ato não era nada de mais, que aquilo significava muito para ele. India agira como se estivesse muito satisfeita. Os filés de anchova eram de um vermelho iridescente, lustrosos e macios, mas ela, assim como todos os outros na família, abominava anchovas. India agradecera profusamente e prometera que eles fariam o peixe grelhado naquela noite. Chuck parecera contente com isso, contente como nunca, e o esboço de um sorriso levantara seu cigarro no canto da boca.

— Está bem então — dissera ele. — Que bom que eu trouxe os peixes.

Tão logo Chuck fora embora, India atirara os filés de anchova de cima da ribanceira e as gaivotas os devoraram.

Na manhã seguinte, fizera questão de falar o quanto havia gostado deles. Mais uma vez, Chuck dera aquele seu meio sorriso. Então, menos de cinco minutos depois, seu filho mais novo, Ethan, saíra da casa. Quando Chuck perguntara o que ele havia achado do peixe, o menino respondera:

— A mamãe atirou os peixes pela ribanceira e as gaivotas comeram.

India ficara mortificada. Lembrava-se do rosto queimando; de ter ficado completamente sem palavras. Chuck não olhara para ela. Recolhera o lixo e saíra sem a lista de compras. Não voltara naquela tarde nem na manhã seguinte. Grant fizera um escândalo por ficar sem seu jornal, e India recolhera-se ao quarto, olhando pela janela, como as antigas viúvas de Nantucket que esperavam os maridos retornarem do mar. Era inacreditável o quanto se sentira mal. Já havia sofrido o pior do pior; não acreditava que mais nada a afetaria. Mas ela se importava com Chuck. Explicara a Birdie o que havia acontecido, o que muito lhe ajudou, porque a irmã entendia o que India sentia por Chuck Lee; Birdie tinha praticamente o mesmo sentimento. Chuck Lee fora o herói romântico da juventude delas. Birdie e India sofreram juntas; temeram que ele não voltasse nunca mais.

Ele acabara voltando, mas India percebera que as coisas haviam mudado. Ele não gostava mais dela. Não percebera que ela mentira apenas para poupar seus sentimentos? Não podia conversar com ele sobre isso; não era o tipo de homem para quem se poderia pedir desculpas. Era o tipo de homem que você tentava manter feliz porque bastava um deslize para...

Bem, nunca mais foi a mesma coisa. Acabaram-se os elogios, os cigarros compartilhados, os presentes de conchinhas e peixes. Eles foram embora naquele verão e, quando voltaram no ano seguinte, Barrett estava fazendo as entregas.

E agora Barrett fora embora também. India não podia deixar de se sentir um pouco desolada.

Na tarde do dia seguinte, Trey Wilson apareceu com um pacote para India. Ele nem tinha certeza de quem, entre as quatro mulheres, era ela. Portanto, foi sorte estar sentada à mesa do jardim, fumando. Chess estava lá embaixo na praia, Tate fora de caminhonete para North Pond — as duas ainda não estavam se falando —, e Birdie saíra para uma "caminhada", o que queria dizer que saíra para consolar Tate ou para fazer mais uma de suas ligações clandestinas.

— India? — perguntou Trey.

Ele era tão jovem que, por respeito, deveria tê-la chamado de "sra. Bishop", mas estavam em Tuckernuck, onde as coisas eram insistentemente casuais, e os amigos dos filhos sempre a haviam chamado de "India" também. Trey estendeu o pacote pequeno e achatado para ela.

— Para mim? — perguntou. Colocou os óculos de leitura de Bill. A letra conhecida, o endereço absurdamente esparso. — Bem, obrigada.

— De nada — respondeu Trey Wilson. Sorriu para ela. — O que devo fazer com as compras?

— Apenas as deixe sobre a bancada da cozinha, obrigada.

Ele fez isso e então ficou parado, como se esperando receber gorjeta. Não estava esperando receber gorjeta, estava? India não mexia em dinheiro havia semanas; nem sabia ao certo onde estava sua carteira. Retribuiu o sorriso ao rapaz, que perguntou:

— Tem alguma coisa para mim? — O que estava querendo saber? — Lixo? Roupas para lavar? A lista?

— Ah!

India deu um pulo. Barrett já esvaziava a lata de lixo sem perguntar e pegava a lista no lugar onde ela sempre ficava, debaixo do pote de conchas e pedrinhas na bancada da cozinha. India não era a dona da casa, mas estava recaindo sobre ela a função de ensinar aquele rapaz as suas atividades. Seria mesmo necessário com apenas cinco dias pela frente?

— O lixo fica aqui. — Retirou o saco e o fechou com uma fita plástica amarela. Então colocou um novo saco, embora isso fosse algo que Barrett sempre tivesse feito por conta própria. — E a lista sempre fica aqui.

Trey assentiu calado e pegou a lista.

— Está bem. Obrigado.

— Eu que agradeço — respondeu ela.

O rapaz saiu. India sentia falta do Barrett de verdade. E sentia falta de Chuck Lee, o primeiro homem de seus sonhos.

Sentada à mesa do jardim, ficou virando o pacote nas mãos.

Queria uma taça de vinho ou um cigarro — de preferência, os dois —, mas não havia tempo. Alguém poderia chegar a qualquer momento. *Então abra, abra!*

Era uma pintura. Melhor dizendo, parte de uma pintura, parte de um dos nus de India que Lula havia cortado num quadrado e emoldurado novamente. India analisou a pequena tela; virou-a para o sol. Então percebeu. Era a curva de seu quadril, delicadamente pintado para acentuar o caminho sensual que levava ao que ficava mais ao sul. India logo soube qual obra Lula havia cortado: era aquela tela maravilhosa que Spencer Frost comprara para a escola. Engasgou ao imaginar aquela linda imagem sendo vandalizada; Lula havia retirado o quadril da pintura como uma mulher recortando um cupom. Mas o ato nada tinha de casual, ela sabia. Lula devia ter retirado a pintura da parede e a levado para o seu ateliê. Isso era algo bem fácil de fazer sem ser notado; no verão, os corredores da Academia ficavam desertos, e a escola não tinha orçamento a ser gasto com medidas de segurança para os trabalhos dos alunos. Embora Lula tenha saído da escola, ela não precisaria devolver suas chaves ou desocupar seu ateliê até meados de agosto.

India pensou naquele local: ocupava um dos espaços mais desejados da Academia, em um dos cantos do prédio, com uma grande janela que dava vista para o sul da cidade. Havia um sofá de couro surrado, manchado de tinta, e um baú que servia de mesinha de centro. Também possuía uma geladeira pequena, uma prancheta que resgatara do lixo de uma grande empresa de arquitetura e pilhas e pilhas de livros de arte e revistas — *Vogue, Playboy, Nylon.* Além disso, uma caixa de som para seu iPod e um armário improvisado, no qual guardava algumas roupas, de forma que não precisasse retornar ao seu apartamento para se trocar quando saísse à noite. O ateliê era o seu lugar sagrado. Lula deve ter deitado a tela sobre a prancheta, analisando-a para decidir onde e quanto cortaria. Seu procedimento fora tão sério quanto o de um cirurgião. Ao cortar a tela, estava cortando a si mesma. O que lhe enviara, percebeu India, fora sua versão da orelha de Van Gogh. Era amor e insanidade.

Por um lado, a pequena pintura lembrava aqueles detalhes de obras maiores exibidos em textos de história — partes que eram ampliadas para mostrar ao leitor uma bela pincelada ou técnica. Mas, por outro lado, aquele pequeno pedaço se tornaria algo diferente. Poderia ser o interior de uma concha ou a curva de uma duna; Lula, como sempre, fora genial. Aquela pequena pintura, por si só, era completa.

Havia um pequeno envelope branco junto com ela, do tipo usado por floristas quando faziam entregas. India o abriu. Havia apenas uma palavra.

Tente?

O ponto de interrogação a emocionou. Lula perguntava, pedia, implorava. Tente? Ela poderia tentar?

Barrett mantinha uma caixa de ferramentas no fundo do armário do primeiro andar. India a verificou e a encontrou um martelo e um prego. Lá em cima, em seu quarto, pregou-o à parede. Em sua primeira tentativa, o prego atravessou o gesso. Precisava encontrar uma coluna. Tentou outro lugar, e o prego encontrou mais resistência. India martelou; as paredes da casa tremeram, e ela as imaginou caindo como uma casinha feita de cartas. Fixou o prego e pendurou o quadro. Estava perfeito ali, concluiu. Parecia a curva de Bigelow Point, ou o interior rosado de uma das conchas que as crianças costumavam pegar em Whale Shoal.

Olhou para Roger.

— O que você acha? — perguntou.

Seus cabelos de algas balançaram sob a brisa.

BIRDIE

Na ponta de Bigelow Point, ela telefonou para Grant.

— Ele está numa reunião — respondeu a secretária, Alice. — Peço para retornar a ligação?

— Não — respondeu Birdie. — Está tudo bem.

Desligou o telefone, ficando imediatamente desapontada. Está vendo? Esse era o Grant Cousins que ela conhecia havia trinta anos. Numa reunião. No oitavo fairway. Numa ligação com Washington, Tóquio, Londres. Jantando no Gallagher. Ocupado. Posso pedir a ele para retornar a ligação? Quer deixar recado? *Sim, diga que preciso dele. Tate empurrou outra criança do escorregador e quebrou o braço dela. Será um milagre se os pais não nos processarem. É urgente. Estou perdendo o bebê, de novo, a caminho do hospital. Por favor, se certifique de que ele buscará as meninas na escola. É uma emergência. Diga que eu gostaria de conversar sobre Ondine Morris. Alguém a ouviu elogiando o físico atlético de Grant no vestiário do clube. Peça a ele para me telefonar imediatamente. Estou entediada, solitária. Nunca deveria ter abandonado o meu emprego na Christie's, eu adorava tapetes, as histórias que contavam, as mãos que os fabricavam, ele sabia disso. Por que me pediu para sair do emprego? Diga a ele que ganhar 10 milhões de dólares por ano não quer dizer que ele pode, de fato, ignorar as filhas. Elas estão perguntando por ele.*

Eu estou perguntando por ele. Por favor, diga a ele para me telefonar.

Birdie queria conversar com Grant sobre as meninas. Ele era pai delas. Mas, quando soubesse que elas estavam brigadas, o que faria? Ficaria tão preocupado quanto ela? Ou aguardaria, como sempre, que ela lhe dissesse como deveria se sentir? Achara, naquelas semanas em que estavam ali, que sentira uma mudança em Grant. Uma sensibilidade crescente. Ele fora doce e atencioso ao telefone, amigo em relação aos seus desentendimentos com Hank; fora nostálgico e romântico. Mandara aquelas flores e um cartão com uma mensagem perfeita. Birdie achava difícil de admitir, mas cogitara ficar com Grant de novo. Nunca mais, nunca mais mesmo, moraria com ele, mas poderiam ser amigos. Poderiam fazer coisas juntos, só os dois, ou com as meninas. Achara que estava imune à antiga mágoa. *Ele está numa reunião. Peço para retornar a ligação?*

Mas não estava.

Encontrou Tate acidentalmente, embora Tuckernuck fosse um lugar pequeno e Birdie soubesse onde procurar. De início, achou que Tate iria para North Pond. Quando viu que ela não estava lá, tentou East Pond. East Pond era menor e não tão bonita quanto North Pond, embora tivesse seu charme; a parte do lago que ficava mais distante do mar era cercada pela perfumada rosa-rugosa e por ameixa da praia. Birdie desconfiou que Tate estaria com humor para ir a East Pond, sentindo-se pequena e feia.

A ILHA 421

Tinha razão. Tate estava ali, com fones de ouvido na orelha, apoiada sobre os cotovelos. Quando viu a mãe, caiu de costas na areia. Birdie ficou na dúvida se deveria passar direto. Tate não queria vê-la, e Birdie não tinha nada a ver com o que estava acontecendo entre suas filhas. Quando as meninas eram adolescentes, teve tantos problemas com as brigas delas que fora consultar um psicólogo; ele a aconselhara a deixar que resolvessem seus problemas sozinhas. Ouvira o conselho? Não. Elas eram suas filhas, queria que se amassem. Tentara acordos de paz no passado, e ali estava ela, fazendo o mesmo agora.

Continuou a andar e sentou-se ao lado de Tate. Tocou seu braço, ela tirou os fones e levantou o corpo novamente.

— Oi — disse Birdie.

— Birdie, não faça isso.

— Isso o quê?

— Não tente me fazer me sentir melhor. Porque não vai adiantar. Não é algo que uma mãe possa consertar.

— Tudo bem.

— Sinto saudades de Barrett. Eu o mandei embora e agora o quero de volta.

— Tenho certeza de que ele também sente sua falta.

— Você nunca achou que nós tivéssemos uma chance — disse. — Mas eu, sim. Porque eu o amo. Sempre amei.

— Não é que eu achasse que vocês não tinham chance...

— Você achou que era um sonho de criança. Uma fantasia boba de verão.

— Tate, não seja cruel.

— Vocês é que são cruéis. Você e minha irmã.

— Tate.

— Eu disse a Chess que a odiava, e realmente sinto isso. Eu a odeio. Tudo o que eu queria na vida, ela pegou.

— Isso não é verdade.

Tate apertou os lábios, e Birdie lembrou-se da menininha que havia sido: teimosa, desafiadora, irritada. Sempre fora amorosa, mas também sempre fora irritada. Nada que Birdie fizera nos últimos trinta anos conseguira mudar isso.

Ela se levantou e limpou a palma das mãos nos shorts.

— Vou deixar vocês duas resolverem isso sozinhas.

Tate murmurou alguma coisa enquanto virava de barriga para baixo, mas Birdie não ouviu o que era e não pediria que repetisse, como faria quando ela era adolescente. Mas, à medida que foi caminhando de volta para casa, ficou imaginando o que a filha teria dito. Provavelmente dissera "Tanto faz" ou "É, até parece". Ou talvez tenha dito "Obrigada", que era a melhor resposta que poderia esperar.

TATE

Naquela noite, ela saiu de casa na hora costumeira da varanda telada e desceu as escadas até a praia. A lua, que estivera gorda e cheia na noite da fogueira, estava agora reduzida e minguante, o que a deixou triste. Na manhã seguinte, teria apenas quatro dias pela frente, e na outra, três — e então elas começariam a fazer as malas. Do outro lado da água, as luzes de Nantucket cintilavam.

Barrett!

O que ele estaria fazendo naquela noite? Estaria em casa com as crianças ou com Anita em alguma festa chique beneficente, porque Roman estaria preso na cidade?

Tinha que estar sentindo saudades dela. Tinha que estar pensando nela. Estava apaixonado por ela. Dissera a Chess que estava apaixonado por ela (a não ser que Chess tivesse mentido, mas nem mesmo ela chegaria a esse ponto).

Rezar funcionava, lembrou. E então rezou. *Por favor por favor por favor por favor por favor por favor por favor.*

Amanhã, pensou, ele apareceria.

No dia seguinte, Tate estava de pé na praia quando o *Namorada* parou na enseada.

Trey pilotava o barco.

Acho que rezar não faz muita diferença.

— Como está Barrett? — perguntou.

Trey encolheu os ombros:

- Ocupado.

Minutos depois, Tate bateu à porta de tia India.

— *Entre!* — disse India.

Ela entrou e logo de cara percebeu alguma coisa diferente. Um quadro. Uma pintura pequena e pendurada na parede.

— O que é isso?

— O interior de uma concha — respondeu India. Estava deitada na cama, fumando e lendo.

— Ah, sim, acho que consigo ver isso. Quem fez?

— Uma aluna da Academia — respondeu India, soltando a fumaça. — Está me visitando por alguma razão especial ou só veio conversar?

— Tenho uma razão especial.

Não sabia ao certo se conseguiria continuar. Não gostava de pedir ajuda às pessoas. As pessoas é que *lhe* pediam ajuda. Esse era o seu trabalho; era assim que ela levava a vida.

— Diga — falou India.

Tate afundou na cama. O colchão era mesmo bem diferente. Era como se fosse recheado de areia movediça; você sentava nele, e ele sugava você para baixo. Tate tinha certeza de que, se algum dia o abrissem, descobririam que era recheado com alguma substância bizarra e horripilante, como o plasma sanguíneo de todos os seus antepassados mortos.

— Barrett tem uma cliente, Anita.

— Eu a conheci.

— Ela quer comprar Roger.

— Sim, eu sei. Barrett me disse. Cinquenta mil dólares.

— E você disse a ele que Roger não estava à venda, e ele contou para Anita. E ela ficou furiosa. Fez um joguinho de poder e ofereceu a Barrett um emprego em tempo integral, trabalhando somente para ela, com um salário que ele não poderia recusar. Ele deve a ela uma quantia enorme de dinheiro, de um tempo atrás, de quando sua esposa estava doente e precisou de enfermeiras particulares.

— Ah! — exclamou India. — Eu não sabia de nada disso.

— É por isso que eu estou lhe contando. Esse é o motivo pelo qual ele não está vindo mais. É por isso que está mandando Trey.

— Ah...

— E também não está vindo por minha causa, porque eu fiquei furiosa por ele aceitar trabalhar para Anita. — Tate ficou olhando para o quadro novo de India. Havia algo de atraente nele. — Acho que posso dizer que nós terminamos.

— Obrigada por me explicar — agradeceu India. — Eu imaginava, mas não cabia a mim perguntar. Sou apenas a tia.

— Não, você é muito mais do que isso. Você é uma de nós.

— Bem, obrigada por dizer isso. E saiba que amo você e Chess como se fossem minhas filhas.

Tate concordou com a cabeça. Engoliu em seco. Sua garganta estava coberta por uma camada de desespero.

— Então eu vim aqui para ver se você poderia reconsiderar a ideia de vender Roger.

Os olhos de India se arregalaram; mais por reconhecimento do que por choque ou raiva, esperava Tate.

— Achei que se voltasse para onde o problema começou, eu poderia consertá-lo. Se vendesse Roger para Anita, ela deixaria Barrett em paz.

— Quero que você segure Roger — respondeu India.

Tate pegou Roger da penteadeira — mas com todo cuidado! Era delicado e valioso. Ele era extremamente leve, feito de gravetos e algas secas, pedrinhas e conchas. Mas também era estiloso. Seus cabelos pareciam dreadlocks e seus olhos eram redondos, como os óculos espalhafatosos de Elton John.

— Como tio Bill fez para colar as pedrinhas e as conchas? — perguntou Tate.

— Chuck Lee lhe emprestou uma pistola de cola quente. Em segredo, acho. E então ele roubou um pouco da energia do gerador. Bill era cheio de recursos.

Tate acariciou os gravetos, que haviam se tornado cinza com o passar dos anos, fazendo com que Roger parecesse envelhecer como uma pessoa de verdade.

— Seu tio Bill o fez para mim depois que tivemos uma briga horrorosa — contou India.

Tate assentiu com a cabeça. Uma briga horrorosa.

— Não posso vendê-lo. O lugar dele não é com Anita Fullin ou em um museu. Nem mesmo comigo, na minha casa na Pensilvânia. O lugar dele é aqui, nesta casa. Ele vai ficar aqui... para sempre, eu espero. E esse é o segredo de algumas obras de arte. Elas têm sua própria integridade, e nós, humanos, temos que respeitar isso. — Jogou fora o cigarro. — Eu faria qualquer coisa por você, Tate. E sei que você ama Barrett e que está magoada, mas posso garantir que vender Roger para Anita Fullin não vai causar a mudança que você deseja. Só *você* pode fazer isso.

Tate colocou Roger de volta na penteadeira. Como uma criança, sentiu lágrimas quentes de decepção lhe encherem os olhos — como quando perdeu a corrida dos 100 metros no Campeonato Regional de Fairfield para Marissa Hart, a quem detestava. Como quando seu pai a deixou de castigo por ter tirado nota baixa em inglês, e ela perdeu o show de Bruce Springsteen no Meadowlands. Não crescera emocionalmente desde a adolescência — esse era o problema. Precisava, de algum jeito, descobrir como uma mulher adulta agiria.

— Eu sei. Só achei que deveria perguntar.

— Fico feliz por ter perguntado. Fico feliz por você vir a mim quando tem um problema. E, acredite, se pudesse ajudar, ajudaria.

Tate concordou. O fato de tia India ser tão legal piorava as coisas. Quando levantou, seus olhos foram atraídos novamente para a pintura. O interior de uma concha? Tate podia ver mais ou menos isso, mas, para ela, aquela curva clara, como uma pele, representava algo mais: solidão, dor.

CHESS

Tate não havia lido a confissão, e essa era uma infração que Chess não perdoaria. Havia dito que gostaria de entender "tudo o que havia acontecido", e lá estava tudo, escrito detalhadamente, mas ainda assim ela sequer abrira a primeira página. Colocara o caderno em cima da penteadeira, mas Chess podia jurar que ele não fora aberto.

Restavam apenas três dias ali. Por um lado, Chess estava feliz. Não suportava mais a tensão entre ela e a irmã. Não estavam se falando a não ser quando absolutamente necessário. Chess abrira acidentalmente a porta do banheiro enquanto Tate estava usando o vaso, e ela gritara *Estou aqui!*

E então, durante o jantar, pediu: *Passe o sal.*

A discórdia entre elas era como uma névoa sobre a casa. Porém, ainda assim, Chess não queria deixar Tuckernuck. Uma coisa se tornara verdade: sentia-se segura ali. Imaginou se poderia ficar sozinha na casa e, caso ficasse, o que aconteceria? Se transformaria em uma eremita estranha, mal-lavada e cheia de pelos, do tipo que falava sozinha. Mas poderia ler, escrever e cozinhar algumas coisas; poderia se interessar por astronomia ou por pescaria. Poderia ser autossuficiente e, após algum tempo, imaginava, suas lembranças de outras pessoas começariam a desaparecer.

Após o jantar, retornou ao sótão. Tate havia pegado a caminhonete para ver o pôr do sol no morro, a oeste; Chess queria ir também, mas não ousou perguntar. Estava deitada na cama, sabendo que deveria descer para se sentar na varanda telada junto com a mãe e a tia, mas estava sem vontade. Não poderia ficar sozinha naquela ilha; não seria saudável. Teria que voltar para Nova York e começar de novo. Só de pensar já se sentia exaurida. Ficou deitada na cama até a luz do dia sumir e a noite começar a escurecer. Chess ouviu a caminhonete chegando. Nada havia além de um silêncio que se adensava.

E então ouviu um barulho. Um som sibilante. Uma presença, ali no quarto. Sabia o que era, em algum lugar sobre sua cabeça, o bater de asas negras e escamosas. Sentou-se apavorada na cama. *Ai. Meu. Deus.* Durante toda a sua vida tivera medo disto: sacos pretos diabólicos que se desenrolavam para virar filhotes de vampiro. Um morcego! Ele passou voando por sua cabeça; ela sentiu o ar sendo deslocado por suas asas. E depois outro. Havia dois ali, indo na sua direção.

Chess cobriu sua cabeça com os braços. Pensou em se esconder debaixo das cobertas, mas não queria correr o risco de ficar presa. Precisava sair do sótão, mas estava apavorada demais para se mover. Tate sempre desdenhara do seu medo de morcegos — primeiro dizendo que não havia morcegos, depois dizendo que, mesmo se houvesse, eles têm um sistema de ecolocalização e nunca passariam perto dos cabelos ou do rosto dela. Mas esses morcegos deviam ser mutações genéticas, porque estavam enlouquecidos; ela podia ouvi-los gritando, um ganido agudo e alto.

Chess não sabia o que fazer, então começou a gritar. Gritou a plenos pulmões. *Aaaaaaiiiii! Socorro! Aaaaaaaiiiii!* Balançou os braços sobre a cabeça. Depois ficou com medo de que pudesse tocar em um deles. Ela não os queria por perto, com seus olhos vidrados, dentes pequenos e afiados, asas negras rendadas e assustadoras que poderiam cobrir sua boca e a sufocar. Ela gritou. Gritar foi bom, deixar sair, expressar não somente seu terror, mas sua tristeza e raiva. *Aaaaaaaiiiiiii!* Guinchou até a garganta doer.

A porta se abriu e Tate entrou de supetão, trazendo a vassoura da cozinha. Estava com luvas de borracha, que devia ter pegado da caixa de ferramentas de Barrett. Sempre dissera a Chess que morcegos comiam mosquitos e não pessoas, mas, se acreditava nisso, porque usava as luvas? Chess queria aquelas luvas; queria uma armadura. Na verdade, nunca ficara tão feliz ao ver a irmã.

Tate espantou os morcegos com a vassoura. Eles voaram em volta dela, fugindo de seus ataques. Havia um terceiro agora — Chess conseguiu abrir os olhos e ver três morcegos!

— Estou tentando encorajá-los a irem para a janela — disse Tate.

Chess quase sorriu. Que palavra mais adorável, "encorajar", quando o que parecia era que Tate estava tentando espancá-los até a morte. Chess permaneceu encolhida na cama enquanto a irmã corria pelo sótão com a vassoura, batendo na direção dos animais voadores. A janela, patética de tão pequena, estava aberta, mas levar os animais voadores até ela — na direção do céu aberto, do ar noturno para o bufê de mosquitos — não parecia estar funcionando.

— Tenho outra ideia — disse e saiu.

— Nãooooo! — gritou Chess. Dobrou os joelhos e cobriu o rosto, então pôs as mãos sobre a cabeça, a postura preferencial para a maioria das emergências e desastres naturais. — Tate! Taaaaaaaaate!

Tate retornou com uma rede em um cabo comprido, a rede que o avô delas usava para pescar peixes e caranguejos. Correu pelo quarto tentando pegar os morcegos com ela, e Chess, enquanto a observava — Tate ainda usava as luvas de borracha e agora um boné muito antigo de uma loja de artigos esportivos em Nantucket, provavelmente há muito inexistente —, percebeu que a irmã também tinha medo de morcegos. Ela estava com medo! Isso fez Chess se sentir melhor, e observar Tate em sua perseguição pelo quarto com a rede, no que era claramente um esforço inútil, de repente pareceu... engraçado. Uma risada emergiu da garganta de Chess; ela riu. Riu e riu até precisar segurar o estômago e começar a soluçar.

Tate olhou para ela e ficou imóvel. Deixou a rede cair no chão com um estalo. Então foi até a cama e abraçou Chess.

— Desisto, deixe que eles venham e nos peguem.

— Deixe que nos comam — concordou Chess.

— Talvez nós nos transformemos em vampiras. Isso está super na moda hoje em dia.

Elas ficaram sentadas em silêncio, num meio abraço, aguardando o que aconteceria.

Então Chess sussurrou:

— Onde estão Birdie e India?

— Na varanda — respondeu Tate. — Disse a elas que eu daria um jeito no problema, qualquer que fosse ele.

— Ah, você deu muito jeito mesmo — constatou Chess.

Elas se calaram. Os morcegos pareceram se acalmar. Voaram em círculos, desceram, fizeram acrobacias. Eram graciosos, concluiu Chess. Depois subiram, na direção do teto, e então desceram de novo — um, dois, três — em seu balé particular. Seus movimentos se tornaram hipnóticos enquanto Chess os observava. Perguntou-se o que eles buscavam, embora soubesse que a resposta era simples: estavam atrás de insetos. Os morcegos se juntaram; por um breve instante, pareceram suspensos no teto do sótão abafado. E então, um por um, descobriram a janela aberta, aquele quadrado de possibilidades, um portão para os seus sonhos mais ousados de liberdade.

A ILHA 431

* * *

Chess e Tate ficaram acordadas a maior parte da noite. Estavam com medo de que os morcegos voltassem, então fecharam as janelas e enfrentaram o calor sufocante. Tate vasculhou os cantos do sótão para ter certeza de que não havia mais morcegos à espreita. Estavam livres deles.

Chess leu sua confissão para a irmã à luz da lanterna, e Tate escutou tudo com extrema atenção. Isso lembrou Chess de anos atrás, quando lia livrinhos de contos para ela. Tate não teceu comentários sobre o que ouvia; talvez estivesse chocada ou talvez entendesse, Chess não sabia dizer. Apenas ficou deitada com os olhos fixados na irmã. A confissão parecia uma história, um texto de ficção, e, meu Deus, como Chess desejava, como *desejava*, que fosse ficção.

Depois que fechou o caderno e a verdade foi revelada, flutuando no ar em torno delas, Chess perguntou:

— E aí, o que você acha?

— O que *você* acha? — Tate devolveu a pergunta.

— Eu devia ter contado a Michael sobre os meus sentimentos por Nick — disse Chess. — Mas eu não tinha certeza se esses sentimentos eram verdadeiros. E como eles podiam não ser reais, eram fáceis de esconder.

Olhou para Tate e, mesmo na escuridão quase total, viu uma nova expressão no rosto da irmã. Aquilo a surpreendeu; foi quase como se estivesse no sótão com outra pessoa. Tate estava séria; parecia pensativa.

— Eu sei por que você não contou para Michael. Você não quis. Gostava de Michael. Amava-o. Não queria ser a pessoa que tinha uma obsessão louca pelo irmão mais novo dele, a estrela do rock.

Você nunca quis sair da sua rota, Chess. Você seguia um padrão, um molde, como a mamãe, o papai e as outras pessoas, onde tudo o que fazia era *certo*. Michael era o tipo de homem com quem você *esperava* se casar. Ele se encaixava com perfeição na sua vida perfeita. Acho que nem preciso dizer o que aconteceria se tivesse se casado com Michael. Você teria uma casa de 300 metros quadrados, um gramado bem-aparado, filhos lindos, mas seria infeliz. Você não traiu Michael ao não contar para ele sobre Nick. Você traiu a si mesma. Não queria ser a pessoa que tinha sentimentos por Nick, mas adivinhe só, Chess, você foi essa pessoa. Você é essa pessoa.

Chess ficou olhando para a mulher do outro lado da cama, que poderia ou não ser sua irmã.

— Você tem razão.

— Eu sei que tenho razão.

Chess apertou a ponte do nariz.

— Vou lhe contar uma coisa, irmãzinha. — Disse "irmãzinha" com ironia; neste momento, Tate era, definitivamente, a irmã mais madura. — O amor não vale a pena.

— Ah – disse Tate. — É aí que você se engana.

TATE

Ela escreveu na lista para Barrett, que era agora a lista para Trey: *Não vá embora sem mim!*

E quando voltou da corrida, Trey, jovem responsável que era, esperava por ela na praia. Ela não lhe disse a razão de estar indo a

A ILHA 433

Nantucket, e ele também não perguntou. Não estava curioso; não se importava. E era melhor assim.

Soubera — através de Barrett — que Tate era fã de Springsteen. E adivinhe só? Ele também! Queria conversar sobre o Boss, sobre os novos álbuns, os álbuns antigos. Esse tipo de conversa costumava divertir Tate, mas agora ela mal conseguia encontrar uma palavra para expressar o quanto gostava de "Jungleland" e como a achava tão genial quanto *Amor, Sublime Amor*. As coisas que costumavam importar, a pessoa que costumava ser, tinham desaparecido. Em sua mente, havia espaço apenas para Barrett.

O amor vale a pena.

Depois que chegaram, ancoraram o barco e foram de bote até a costa — Tate sentia uma dor quase física por fazer essas coisas com Trey e não com Barrett —, Trey perguntou se precisaria de carona para algum lugar.

— Tenho *Born to Run* na minha caminhonete — disse ele.

Ela aceitou a carona até a cidade e eles ouviram "Thunder Road" e "Tenth Avenue Freeze-Out". Trey tamborilava com os dedos no volante e balançava a cabeça como fã dedicado que era. Tate pediu que ele a deixasse na rua principal, em frente à farmácia.

— Como você vai voltar? — perguntou ele.

— De táxi. Estarei na enseada de Madaket às quinze para as quatro.

Ele fez um gesto de positivo e abriu um sorriso. Em sua cabeça, eram amigos agora.

A rua principal estava movimentada. Havia gente em toda parte: duas senhoras adoráveis do lado de fora de uma seguradora vendendo rifas para um tapete de crochê, numa campanha beneficente da igreja episcopal; uma grande quantidade de gente em torno do caminhão da Bartlett's Farm, comprando abobrinhas, bocas-de-dragão e espigas de milho; turistas com mapas, carrinhos e sacolas de compras. Todos pareciam felizes. Teriam todos naquela rua encontrado o amor, exceto ela?

Tate foi andando pela cidade e parou duas vezes para pedir informações sobre como chegar a Brant Point. As ruas foram se tornando mais residenciais, e então ela encontrou uma esquina familiar e virou à direita. Sentia-se tranquila por dentro, o que a surpreendeu. Estava parecendo um lago calmo e sereno.

Encontrou com facilidade a casa de Anita; ela era impossível de se esquecer. Espiou pelas treliças com roseiras. O gramado e os jardins da frente estavam desertos e silenciosos, não fosse o ruído dos aspersores de água.

Tudo bem, e agora? Deveria bater? Deveria entrar?

Não viu a caminhonete de Barrett. Estaria cumprindo uma das infinitas tarefas que Anita Fullin e sua casa exigiam? Tate analisou a frente pitoresca da casa — as telhas cinzentas, as diversas janelas com arremates brancos, os arbustos rechonchudos de hortênsias com seus botões azul-pervinca.

Tate abriu o portão e seguiu até a porta da frente. Estava ali para conversar com Barrett; não iria embora até conseguir. Para ela, os homens sempre se encaixariam em duas categorias: Barrett e aqueles que não eram Barrett. Bateu determinada. Aguardou. Pensou em Chess e em tudo o que havia acontecido. Chess acreditava que sua chance de ser feliz havia acabado; seu sistema se corrompera e não poderia ser salvo ou restaurado. Michael morrera; Nick não voltaria. Ela encontraria alguém um dia, ressaltara Tate.

Sim, dissera Chess. *Mas não será Nick.*

E Tate concordara; não seria Nick.

E Michael morreu.

A morte de Michael foi um acidente, dissera-lhe.

Foi suicídio, afirmara.

Você acredita mesmo nisso?, perguntara Tate.

Sim, acredito, concluíra Chess.

Tate estava pronta para qualquer coisa quando Anita Fullin abriu a porta. Ou pelo menos achava que sim.

Ela usava um biquíni laranja. Tinha os cabelos presos num coque e o rosto brilhante de protetor solar. Estivera tomando sol. Da porta, Tate viu uma toalha, também laranja, pendurada sobre uma espreguiçadeira no deque; viu um rádio sobre a mesa e uma taça de vinho branco. Era assim que Anita Fullin vivia? Não cabia a ela julgar; havia passado os últimos 25 dias fazendo exatamente a mesma coisa.

A expressão no rosto de Anita era levemente simpática, ansiosa, preocupada. Por que seu banho de sol fora interrompido?

Ela não está me reconhecendo, pensou. *Ela não faz ideia de quem eu seja.*

Tudo bem, isso era irritante. E a raiva lhe caiu bem; foi como se lhe desse um impulso.

— Olá, Anita, sinto muito por incomodar. Estou procurando por Barrett.

Anita sorriu de forma maníaca, e então soltou uma única risada, como um tiro.

— Ha!

Ai, meu Deus, pensou Tate.

— Você gostaria de entrar e sentar um pouco?

Tate respirou fundo.

— Não, obrigada. Estou só procurando por Barrett.

Anita colocou o dedo indicador sob o nariz e fungou:

— Bem, não vai encontrá-lo aqui.

— Não?

— Ele foi embora hoje de manhã.

— Embora... para onde?

— Para onde? Francamente! — respondeu irritada. — Para o seu pequeno negócio, para os seus outros clientes, pessoas que *precisam* dele, foi o que disse. Para aquela vida patética e solitária na qual ele nunca terá dinheiro para fazer nada de interessante e nunca terá a oportunidade de crescer e se tornar um homem de verdade. Foi embora porque acha que estou me comportando de forma inapropriada. Sou casada, disse ele, e é melhor eu começar a agir como tal, ou ele vai telefonar para Roman e me *dedurar*, como se eu fosse uma menina de 6 anos. — Deixou escapar uma risada estridente, que tremulou como o bater das asas de um bando de pássaros. — *Ele* acha que pode *me* chantagear. Não, não, não, não, não, não, não.

Tate deu um passo para trás. Anita segurou seu braço.

— Por favor, entre. Vamos tomar alguma coisa.

— Não posso — respondeu ela.

— Por favor? — pediu Anita. — Não sou o monstro que ele diz que sou.

A mulher chegou para trás, abriu mais a porta, e Tate ultrapassou a soleira. Na mesma hora, pensou em Chess, que fizera o que era esperado dela em vez de seguir seus instintos básicos. Tate sabia que não deveria invadir o território de Anita. Mas o que acabara de fazer? Entrara nele.

Anita parecia energizada por sua presença. Fechou firmemente a porta atrás delas e disse:

— Venha, venha, sente aqui; eu vou trazer uma taça de vinho. Chardonnay está bom?

— Hum — respondeu Tate. Não eram nem dez horas da manhã. — Tem chá gelado?

— Chá gelado? — retrucou Anita. Desapareceu pela cozinha e retornou segundos depois com duas taças de vinho. — Aqui está — disse, animadamente. — Por favor, sente-se.

Tate apoiou-se hesitante sobre o braço de uma poltrona, o que logo percebeu ser bem grosseiro, mas era tudo o que estava disposta a fazer. Não queria se sentar. Anita colocou as taças de vinho sobre a mesinha de centro com tampo de vidro e sentou-se à vontade no sofá. O que mais Tate poderia fazer? Fora criada por Birdie. Sentou-se na poltrona, sorriu e disse:

— Sua casa é linda.

Anita pegou a taça.

— Saúde!

Estendeu o braço para tocar a taça de Tate, forçando o *brinde*. Tudo bem, pensou Tate, mas Anita não poderia forçá-la a beber. Levou então a taça à boca. A anfitriã a observava. Tomou o menor dos goles, apenas o suficiente para molhar os lábios.

— Gostou?

— Uma delícia — respondeu.

— Parece nervosa. Está nervosa?

— Um pouco. Eu não queria incomodá-la.

— Ah, não está incomodando! Eu estava só relaxando ao sol. Sou muito preguiçosa.

Sorriu ao falar e, como Tate achou que ela estava brincando, riu de forma que considerou apropriada. Mas Anita colocou bruscamente a taça sobre o tampo de vidro, produzindo um som como o de um sino dissonante. E Tate achou que, talvez, sua risada tivesse sido inapropriada; deveria ter dito algo tranquilizador, como: *Bem, você está de férias*. Tate não era muito boa com deixas sociais, apesar da tutela da mãe.

— Roman acha que sou completamente inútil, ficando aqui em Nantucket, almoçando fora, jantando fora, gastando o dinheiro dele, não trabalhando, não contribuindo com a comunidade local ou com o que ele chama de o "mundo lá fora". Portanto, nós nos separamos; ele está em Nova York, e eu fiquei aqui, não somos mais um casal. E não vejo problema nenhum.

— Ah! – respondeu Tate. — Sinto muito.

— Sente? – perguntou Anita. – *Sente muito?* – Tomou mais um pouco de vinho, seus cabelos caíram sobre o rosto, e Tate imaginou o quanto Anita já teria bebido. Será que aquilo foi seu café da manhã? – Mas é claro que o que Roman não sabe, o que eu nunca teria lhe contado, é que eu tinha esperança de ter alguma coisa com Barrett. Fiquei *muito* próxima dele quando sua esposa estava à beira da morte e mais *próxima* ainda quando ela morreu. Emprestei muito dinheiro a ele, mas isso não importa, porque *adoro* Barrett e faria qualquer coisa por ele. E então, logo agora, uma semana atrás, quando o chamei para trabalhar exclusivamente para mim, achei que seria uma boa oportunidade para fazê-lo virar alguém.

— Virar alguém? – indagou Tate.

— Fazer dele um homem de sucesso – disse Anita. – Apresentá-lo às pessoas certas, encontrar um emprego para ele...

— Ele tem um emprego – argumentou Tate. – Tem uma empresa.

Anita ficou olhando para ela. Tinha o rosto bronzeado e sem nenhuma ruga. Seu batom estava perfeito.

A ILHA 439

— Ele pode fazer mais. Pode ser como Roman: um banqueiro de investimentos, um homem do mundo. Um homem com dinheiro e poder. Ele merece isso. Merece muito mais do que tem.

— Acha mesmo?

— Sim. — Terminou o vinho, olhou para a taça cheia de Tate, que quase a ofereceu a Anita. — Acho.

Alguma coisa na forma como Anita falou aquelas duas últimas palavras fez Tate perceber que, para ela, os homens também se encaixavam em duas categorias: Barrett e aqueles que não eram Barrett.

— Mas estragou tudo hoje de manhã. Foi embora. Decidi dar a ele até o meio-dia para voltar. Caso contrário, eu começarei a dar meus telefonemas.

— Dar seus telefonemas?

— Vou telefonar para todos os clientes dele e contar como é egoísta, vou telefonar para todos os meus amigos e pedir que liguem para os seus amigos. Vou tomar de volta o barco dele. Vou conversar com o meu advogado sobre todo o dinheiro que ele me deve. Vou acabar com todas as suas outras opções para que não tenha escolha a não ser voltar para mim. — Pegou a taça e levantou-se. — Telefonaria para vocês também, mas vocês não têm telefone. — Sorriu. — Que sorte você ter vindo aqui!

Tate pediu para usar o banheiro. Anita foi à cozinha buscar mais vinho. Tate seguiu até o final de um corredor comprido, passou pelo banheiro, parando numa varanda ensolarada. Não encontrou o que estava procurando. Tentou outra porta e se deparou com uma sala de estar com dois gatos malhados esparramados numa namoradeira. Virou-se e achou as escadas. Subiu para o segundo andar e olhou ao redor – suíte principal, quarto de hóspedes, quarto de hóspedes – até encontrar o escritório. O escritório residencial. Sentou-se à escrivaninha, na frente do computador, e encostou levemente em uma tecla no teclado. A tela ligou. Tate abriu um sorriso; a máquina era boa, um modelo caro da Dell, uma de suas marcas favoritas. Sentiu-se como se estivesse encontrando um velho amigo. Checou a configuração do desktop e começou a trabalhar. Seus dedos voaram. Podia fazer isso dormindo. Era assustador, na verdade, mas ser um gênio da computação tinha suas utilidades. Ouviu Anita gritar lá embaixo.

– Oi? Oi?

Tate digitou cada vez mais rápido até ter o sistema aos seus pés; se apertasse mais um botão, apagaria todo o disco rígido – todos os documentos, todos os e-mails, todas as fotos, todas as músicas, tudo. Apagaria tudo! Tate estava empolgada.

– Oi? – Anita chamou do alto das escadas. – Tate?

Tate balançou os dedos no ar, acima do teclado, um gesto um tanto teatral que ela usava para se lembrar da bruxaria que era capaz de fazer. Ter a habilidade de provocar um terremoto técnico no computador de Anita já era bom o suficiente. Levantou-se. Sentiu uma satisfação inesperada. Anita Fullin sabia seu nome.

Desceu as escadas. Anita a esperava lá embaixo.

– Acho que é melhor você ir embora.

Tate levantou as mãos para mostrar que não havia roubado nada. Lá em cima, o computador aguardava, sobrevivendo por um fio. Talvez Anita Fullin seria a pessoa a apertar o botão mágico.

– Acho que você tem razão.

* * *

A ILHA 441

Tate desceu a rua abafada, na direção do centro da cidade. Aquele era o momento em que Barrett deveria aparecer e tomá-la nos braços, para que pudessem desaparecer pelo horizonte sob o sol do meio-dia. Pedira demissão à Anita Fullin; se libertara. Mas onde *estava?*

Ela comprou duas garrafas de água gelada no centro da cidade e voltou andando para a enseada de Madaket. O dia estava ensolarado e quente e, ao contrário de Tuckernuck, a ciclovia ali era pavimentada e movimentada; as pessoas passavam zunindo de bicicleta, tocando suas buzinas. *Do lado esquerdo!* Carros passavam correndo e ela achava que Barrett estaria em algum deles. Mas não estava.

Chegou à enseada de Madaket às duas da tarde. Comprou um sanduíche e outra garrafa de água. Depois comeu no cais, com os pés mergulhados na água. Sentiu vontade de nadar, mas não havia levado roupa de banho. Pensou em pular de shorts e camiseta — mas estava determinada, a partir de então, a agir como uma mulher adulta. Não uma mulher adulta como Anita Fullin, Chess, sua mãe ou sua tia India, mas como a mulher que tinha dentro de si.

Mas então pensou: *A mulher adulta dentro de mim está com calor e suando.* E pulou para dentro da água.

Estava adormecida no cais, vestindo as roupas que secavam, quando Trey a cutucou com seus docksides.

— Ei! — chamou ele.

Ela abriu os olhos e logo os fechou. Quando os abrisse de novo, seria Barrett ali, não Trey. Percebia agora por que Chess dormia o tempo todo: quando a vida não corria do jeito que queríamos, era mais fácil estar inconsciente.

— Vamos — chamou Trey. — Estamos indo embora.

Tate sentou-se, os olhos inchados. A enseada de Madaket estava à sua frente como uma pintura. Água azul, vegetação verde, barcos brancos. Trey carregava um saco de gelo e uma sacola de compras; já desamarrava o bote. Ela foi cambaleante até a praia. As roupas estavam duras por causa do sal e preferia nem pensar nos cabelos.

Acomodaram-se no barco, e Tate perguntou:

— *Onde* está Barrett?

— Ele foi ao aeroporto para pegar o marido.

— O marido?

— Foi o que ele disse.

— Você quer dizer Roman? Achei que ele havia parado de trabalhar para Anita.

— Ele nunca vai parar de trabalhar para Anita — disse Trey.

O coração de Tate ficou apertado. Talvez fosse verdade. Anita deve ter ligado para lhe dar o ultimato: *Volte até o meio-dia ou eu vou arruinar você.* E Barrett faria a única coisa que poderia fazer e voltaria. Precisava pensar nos filhos. Ele era como um peixe que Anita prendera com um anzol pela boca. Não importava o quanto ele lutasse, ela não o soltaria.

Quando Tate voltou para casa, encontrou Birdie, tia India e Chess sentadas à mesa do jardim, bebendo Sancerre e comendo amêndoas. Os olhos de Tate se encheram de lágrimas de gratidão.

— Como foi o seu dia? — perguntou Birdie.

— Terrível — respondeu ela. E sentou-se no quarto lugar, que era onde deveria estar.

Chess e Tate puseram a mesa. Normalmente, com apenas duas noites pela frente, Birdie faria combinações bizarras de restos de comida, como ovos mexidos com milho e tomate, mas, naquela noite, elas comeriam bifes, batatas assadas, salada com molho de iogurte e pãezinhos.

Chess colocou o jogo americano no lugar, e Tate a seguiu com os talheres.

— Encontrou Barrett? — perguntou Chess.

— Não.

— Você está bem?

— Não.

Psst. Ouviram um barulho como o de um pneu sendo esvaziado.

Tate olhou ao redor, temendo que fosse a caminhonete.

Psst.

Subindo as escadas que vinham da praia, estava Barrett.

Era Barrett, não era? E não Trey aparentando ser Barrett?

Ele estava balançando os braços, chamando-a.

— Garota-macaco!

Sim, ela estava indo, estava correndo, exatamente como nos filmes, correndo para os braços dele. Meu Deus, como seu cheiro era bom. Ela beijou seu pescoço, como seu sabor era bom. Ele era real, ele estava ali, ela o amava, ela o *amava*. Barrett tinha os braços em torno do corpo dela e ria. Tate beijou-lhe a boca. Ele... deixou que ela o beijasse, mas não a beijou de volta, pelo menos não da forma arrebatadora que ela esperava. Alguma coisa estava errada. Ele contaria que ainda trabalhava para Anita. Era isso? E o que ela diria? Poderia conviver com isso? *Poderia?* Ele parecia feliz, isso era certo. Estava rindo.

— Ai, meu Deus, nunca me senti tão feliz por ver alguém em toda a minha vida!

Ele a apertou.

— Tenho uma surpresa — sussurrou.

Uma surpresa? Ela ouviu passos. Ele trouxera alguém. De novo? Sentiu seu pescoço ficar tenso. Tentou se afastar; Barrett a segurou. Olhou em volta e viu a pessoa que subia as escadas.

Era o seu pai.

BIRDIE

Concluiu que isto se tornaria parte das histórias da família em Tuckernuck, o dia em que ela quase pôs fogo na casa.

Birdie demorou um segundo para perceber o que estava acontecendo exatamente. Ficou surpresa ao ver que Barrett havia voltado; e feliz por Tate. Sua segunda preocupação era quem Barrett trouxera com ele. Um homem mais velho, bronzeado, em boa forma, atraente. Um homem que a fazia se lembrar de... que se parecia com... que era... Grant! Era *Grant*! Ali em Tuckernuck! Ali! Então Birdie lembrou que estava fumando e que não podia deixar Grant vê-la fumando. Jogou o cigarro no chão, o que nunca fazia. Não tivera intenção de sujar o local; queria apenas se livrar do cigarro antes que Grant a visse com ele na mão. Por obra do acaso, o cigarro não caiu na terra a seus pés, mas no saco de papel onde estocavam os jornais para reciclagem. O saco e os jornais lamberam em chamas em questão de segundos.

India apontou e gritou. Birdie estava confusa demais para perceber; fora invadida por uma avalanche de pensamentos, confusos, amontoados. Grant parecia bem, parecia *ótimo*, mais magro, bronzeado, havia algo diferente. Usava uma camisa polo branca, bermuda azul e branca e *chinelos*? Os calçados mais casuais que Grant usava eram sapatos de golfe e mocassins. Mas lá estava ele de chinelos, parecendo relaxado, à vontade e presente naquele momento: três coisas que Birdie pedira durante trinta anos.

Então sentiu cheiro de fumaça – não fumaça da churrasqueira, mas *fumaça* mesmo – e viu as chamas chegando ao telhado. Teve uma visão momentânea da casa adorada de seus avós completamente incendiada. Olhou em pânico para Barrett. Havia um caminhão de bombeiros na ilha, com um tanque com cerca de mil litros de água, todos em Tuckernuck sabiam disso, mas o que Birdie não sabia era quem dirigia o caminhão e a quem ligar para que viesse à sua propriedade.

Grant, enquanto isso, ia em sua direção.

– Para trás! – gritou ele. – Pelo amor de Deus, Birdie, para trás!

Pegou o jarro de água de cima da mesa e o jogou sobre as chamas. Seguiu-se um silvo e uma nuvem de fumaça. Grant foi verificar se o fogo havia apagado. Pegou o Sancerre de cima da mesa e encharcou o que restava das brasas. Birdie pensou: *O Sancerre não!* Mas é claro que isso era o certo a fazer.

Barrett, India e as meninas olhavam para a cena, confusos. Constrangida, Birdie admitiu:

– Joguei meu cigarro dentro do saco de papel, por acidente.

– Você estava fumando? – perguntou Grant.

– Mais ou menos.

India deu uma risada.

– Mais ou menos – imitou-a.

– Que diabo você está fazendo aqui, Grant Cousins?

Grant segurou suas mãos. Seus olhos pareciam estar um tom mais claro de azul, e os cabelos, mais compridos do que ele gostava, encaracolando nas pontas. Estava "atraente" na forma que as adolescentes achavam as estrelas do rock "atraentes" – estava cabeludo e sexy.

— Vim lhe ver.

Birdie ficou sem fala. Boquiaberta. Ele a beijou – Grant Cousins a *beijou* na frente de todos. E outra surpresa: sentiu desejo. Meu Deus, ela havia se esquecido disso.

INDIA

India analisou sua cama – aquela cratera molenga com cinco travesseiros novos e duros para compensar – e soube que não dormiria. Sentira a insônia chegando; era como um navio-fantasma no horizonte, cada vez mais perto. Em sua cabeça, ouvia um zunido eletrônico. Como se alguém a estivesse segurando pela nuca e não quisesse soltar.

A chegada de Grant abalara tudo. India o odiava por ter aparecido sem avisar e roubado a cena. Birdie estava em êxtase, as meninas, exultantes, e Barrett, impressionado. O *homem* da casa havia chegado! Como se tudo o que elas estivessem esperando durante aquelas semanas fosse um homem. *Não mesmo*, pensou. Estavam muito bem ali, as quatro, por conta própria. Do ponto de vista de India, Grant era um intruso nada bem-vindo.

Grant se aproximara nervoso de India, e ela pensou: *É bom estar nervoso mesmo! É bom estar tremendo na base!* Aquela era a casa da família Tate, casa delas, não dele; India não se lembrava de ele já ter feito qualquer coisa diferente de depreciar o estilo de vida de Tuckernuck, passando horas no celular analisando a pilha de documentos que lhe eram enviados diariamente por FedEx. Costumava transformar a mesa do jardim em seu escritório pessoal, usando pedras encontradas na praia como pesos de papel, pedindo a Birdie para lhe levar mais café. A irmã obedecia como uma esposa servil, mas India sabia que, no fundo, achava aquilo tão abominável quanto ela.

— India, sinto muito por me intrometer...

Ele estava prestes a se desculpar ou dar uma boa justificativa, mas India balançara a cabeça. Na Academia, fazer aquilo sempre causava impacto.

Baixara a voz:

— Vim por causa de Birdie.

Não soubera como interpretar seu comentário. Ele viera por causa de Birdie. Quer dizer, para buscar Birdie, reivindicá-la, levá-la para casa? Ou fora porque Birdie lhe pedira para ir? A irmã saíra em muitas missões misteriosas com o telefone celular; portanto, esta última interpretação não seria nada impossível.

India já tinha idade suficiente para exercer autocrítica. Imaginou se o que lhe aborrecera com relação à chegada de Grant fora, na verdade, o fato de ele ter vindo atrás de Birdie — enquanto ninguém fora até lá atrás dela. Sua raiva era baseada numa rivalidade entre irmãs que existia havia quase seis décadas. Birdie estava feliz — radiante! — e sentir inveja de sua felicidade também era algo abominável.

Eles poderiam ter tido um jantar longo, mas Tate fora embora com Barrett. Além de sentir inveja de Grant e Birdie, India também sentira inveja quando a moça e o namorado zarparam no barco

Namorada. Barrett, o herói romântico, voltara e roubara a jovem e bela sobrinha. Dera um beijo no rosto de India, e ela, em retribuição, beliscara seu traseiro. Então pensou: *Mulher, se controle!*

Depois do jantar, todos se reuniram na varanda telada. Grant levara uma garrafa de uísque para ele e outra de vodca e água tônica para India. (Sabia que ela seria sua crítica mais inflexível, filho da puta calculista). Uma vez que não havia motivos para se controlar, India ficara completamente bêbada. Ela e Grant entraram numa competição de contar histórias sobre Bill. Por um tempo, Bill e Grant haviam se envolvido num torneio de trotes: dobravam os lençóis das camas, de forma que fosse impossível se esticar debaixo deles; penduravam anchovas na porta dos quartos; roubavam a bebida, o cigarro ou o charuto um do outro; colocavam caranguejos nas camas, água nas garrafas de cerveja, pó de mico no pote de talco, camisinhas na salada. Grant, machão que era, tinha um gosto especial por esse tipo de brincadeira, mas Bill era o criativo. Formavam, então, uma boa dupla, adversários respeitáveis, que provavam o afeto que tinham entre si com base no tempo e no trabalho que despendiam nas brincadeiras.

As lembranças quase levaram India às lágrimas. Grant orquestrara um retorno digno de Lázaro, vindo do mundo dos mortos, mas Bill não poderia fazer o mesmo. Nem Michael Morgan. Chess devia ter pensando a mesma coisa, porque ela se espreguiçara, levantara e pedira licença. Beijara o pai primeiro e dissera: *Que bom que você está aqui, papai.* Então beijara a mãe. Depois aproximara-se e abraçara India, apertado, como se demonstrando solidariedade, e ela sentira lágrimas rolarem apesar de seus desejos mais frementes de não chorar; enxugara as lágrimas rapidamente e dissera:

— Vou me deitar também.

E quando India fixara os olhos na cama, pensara: *Não há a menor possibilidade de eu dormir.*

Fora agraciada com 27 noites de sono, com oito, nove, às vezes dez horas seguidas em um reino branco e macio feito de sonhos. Agora, estava cara a cara com a mão fria, o quarto vermelho, o alarme alto em sua cabeça. A insônia era um algoz, uma tortura. Tirou as roupas e se deitou no colchão esquisito que lhe dera tantas horas preciosas de sono. Relaxada, dormira como um bebê. Estava bêbada – talvez fosse essa a diferença. Pela primeira vez em semanas fora além do vinho; era a vodca que a mantinha acordada, ou a tônica, ou a quinina na tônica. Era Grant. Não Grant, mas as histórias de Grant sobre Bill. Era Bill que a mantinha acordada. Sempre era Bill que a mantinha acordada. Ele pilotava o navio-fantasma no horizonte; ele a queria por alguma razão. Queria que ela fizesse alguma coisa. Queria que ela ouvisse. Precisava lhe dizer algo.

Tudo bem, pensou, com raiva agora. *Pode dizer, a culpa foi minha! Você fez aquilo por minha causa! Você fez aquilo para me manter sua escrava! Viu que eu estava me afastando e precisava me trazer de volta, me manter prisioneira. Eu sou sua prisioneira! Sou sua prisioneira há quinze anos!*

Seus pensamentos foram interrompidos por um som. Sons, barulhos. De início, India não sabia o que era. Um estrondo, alguma coisa caindo no chão ou atingindo a parede, seguido por uma voz. Grant. Então seguiu-se um som ritmado, espalhando-se em ondas pelas paredes. Depois a voz de Birdie, um grito ou um gemido. Eles estavam fazendo amor. India fechou os olhos. Não acreditava que aquilo estava acontecendo. É claro que estava acontecendo. Precisava sair do quarto, descer as escadas, fumar na varanda, ou deixar a casa – caminhar na praia, talvez pegar a caminhonete para dar uma volta. Mas descobriu que não conseguia se mexer; estava presa à cama. Pensou em todas as noites em que ela e Bill haviam feito amor naquele colchão de gelatina, sem nunca se preocupar com quem poderia ouvi-los. Na época, sabia que Birdie e Grant estavam ouvindo deitados em suas camas estreitas como caixões, frios e rígidos (ou, no caso de Grant, indiferente e roncando), e aquilo a excitava. Ela estava transando, e a irmã, não!

Isso, então, era seu justo castigo, e ela o aceitava pelo que era.

Adormeceu por dois, três, quatro minutos – isso sempre acontecia em suas noites insones e era uma agonia. O gostinho de algo tão doce – sono, sono de verdade! – que logo depois desapareceria. Era como se alguém cortasse a linha de sua pipa e ela escapulisse de sua mão. Levantou-se da cama; o quarto ao lado estava silencioso, e India imaginou Birdie e Grant enroscados numa daquelas camas de solteiro, cansados e felizes.

Alguma coisa no quarto chamava por ela. Tudo bem, estava maluca, estava mentalmente doente da mesma forma que Bill estivera no final. Objetos inanimados conversavam o tempo todo com ele. Isto era ser escultor: ouvir as formas falarem. Depois era preciso dar corpo às vozes.

Ele a mantivera cativa por quinze anos.

India olhou pela janela. Não tinha uma vista boa; Birdie, sim. Porque aquela era, na verdade, a casa de Birdie; os pais a deixaram para ela enquanto India recebera o equivalente em dinheiro, que ela usara para comprar sua casa e um terreno na Pensilvânia. Fora tudo feito de forma justa e, mesmo assim, Birdie nunca tocara no assunto de que a casa era dela. Assumia todas as despesas, nunca pedira nem um centavo à India e a deixava livre para usar a propriedade quando bem entendesse. Birdie era uma pessoa boa, uma mulher pequena, mas com um coração imenso. Merecia que o homem de quem havia se divorciado por estar frustrada voltasse para ela de joelhos.

Alguma coisa no quarto chamava por ela. Nada havia do lado de fora, nenhum pretendente sob sua janela, nenhum vizinho bêbado ou adolescente baderneiro, nada além de Tuckernuck, suas estradas de terra, seus mistérios.

Seria Roger? Ele estava sobre a penteadeira. Pequeno, leve, perfeito. Pegou-o da forma como pegaria um pintinho e o aninhou em suas mãos. *Está falando comigo, Roger?*

Silêncio. Ela estava enlouquecendo. Deixou Roger de lado. Ele não era uma pessoa de verdade; não era um talismã nem um objeto místico. Não era um símbolo sagrado nem um ícone religioso. Era uma escultura.

Alguma coisa no quarto chamava por ela. Ela tentou ouvir. Seria Chess, lá do sótão? Seria outro morcego? Haveria um morcego ali, em seu quarto? Ou um camundongo? Ou uma cobra? Uma viúva-negra? India tirou o quadro de Lula da parede. Era a única presença estranha na casa; afora os travesseiros e lençóis que Birdie comprara naquele verão, todos os objetos e móveis estavam ali havia décadas.

Estava tão escuro que ela não conseguia ver o quadro, mas isso não tinha importância: sabia como ele era. Exibia, afinal de contas, o seu corpo. Seu quadril, a leve curva abaixo dele. Uma duna de areia. O interior de uma concha. Lembrava-se de estar deitada no sofá de camurça branca de Lula; a lembrança por si só era tão intensa quanto sexo. Lula desenhando, o lápis arranhando o papel. Fora muito sensual ter os olhos da pupila lhe devorando, seus cabelos caindo sobre o rosto, sua pele transpirando levemente, o delineador borrado em torno dos olhos. Sentira um perfume no quarto, cheiro de mulher, cheiro de sexo – seu cheiro ou dela, ou o das duas juntas. Fantasiara como seria fazer sexo com Lula – seja lá como fosse –, mas Lula estava pensando em trabalho. O corpo de India era o trabalho de Lula, seu maior trabalho até então, a obra de um gênio. India nunca fora a musa de Bill daquela forma. Seu trabalho era quadrado, masculino demais, cívico demais. Mas fora a musa de Lula.

Será que me enganei sobre você?

O que eu preciso fazer?

Tente?

Como seria a vida com Lula? Seria pouco convencional, até mesmo chocante. Dentro de poucas semanas, India se tornaria avó. Poderia uma mulher com um netinho ter uma amante com metade de sua idade? O que seus filhos diriam? O que os docentes da faculdade, a administração, os diretores – Spencer Frost – diriam? (Spencer Frost aprovaria, concluiu India. Era um homem do mundo, com sensibilidade europeia.) O que Birdie, Chess e Tate diriam? India se importava com o que as outras pessoas pensavam? Ela, aos 55 anos, ainda se importava?

Havia outra coisa em seu caminho, impedindo-a de abraçar a felicidade, de dizer *Sim, vou tentar*. Era o piloto do navio-fantasma. Era o próprio fantasma.

Alguma coisa no quarto chamava por ela. India pendurou o quadro de volta na parede. Analisou seus arredores. A voz estava ficando mais próxima, mais alta; India estava chegando perto, como uma criança brincando de Marco Polo. Deitou-se na cama. Seus olhos ardiam. Seus olhos. Virou-se para a mesinha de cabeceira – seu livro estava ali e... os óculos de Bill. *Os óculos dele*. Estavam praticamente brilhando. As lentes refletiam a luz da lua, que vinha da janela, exceto que não havia lua no céu. Então, de onde vinha a luz?

India segurou os óculos. Estavam frios contra sua mão, do jeito que deveriam estar. A armação era de plástico verde, um verde-jade mosqueado, que as pessoas elogiavam: *Adorei seus óculos de leitura. Ah, obrigada. Eram do meu falecido marido.*

India pegara os óculos no quarto do hotel em Bangkok. Estavam na mesinha de cabeceira, ao lado de um bloco de papel e uma caneta, artigos básicos do hotel. Imaginou Bill usando os óculos ao levantar a caneta sobre a página em branco, tentando decidir o que escrever. Caso tivesse havido um bilhete de suicídio, ela o teria levado, porém não havia bilhete algum. E como Bill não encontrara uma única palavra para dizer em sua própria defesa, India pegara os óculos. Não tinham nada de mais. India sabia que Bill os comprara numa farmácia em Wayne. Mas os levara como uma lembrança do marido, e, durante quinze anos, eles ficaram pendurados em torno de seu pescoço. Haviam repousado sobre seu coração.

India abriu a porta, saiu para o corredor e desceu as escadas na ponta dos pés. Passou pela sala, pela cozinha e saiu pela porta. A noite estava escura e brilhante. Havia um salpico de estrelas — diamantes em contraste com a obsidiana —, mas não havia lua. Elas haviam superado a lua. India deveria ter voltado para buscar uma lanterna; não conseguia enxergar nada. Mas estava em Tuckernuck: poderia chegar à praia sem enxergar ou estando sonâmbula. Atravessou o pátio e sentiu o corrimão das escadas; estava exatamente ali, onde ela sabia que estaria. Desceu à praia. As escadas novas eram mais resistentes. Lembrou-se do verão em que Teddy pisara em uma das velhas tábuas e fora ferido por uma farpa. Bill a retirara com uma de suas pinças de escultor. Havia uma lembrança para tudo, percebeu India; não adiantava tentar escapar delas.

Mas isso não queria dizer que ela teria que passar o resto da vida sendo assombrada pelo fantasma de seu falecido marido. Ela ainda era jovem. Não precisava passar o resto de sua existência olhando para o mundo pelos olhos de Bill Bishop.

Quando India chegou à beira do mar, os óculos já estavam quentes em sua mão. *Tente?* pensou. *Tente?* Jogou o braço para trás numa pose clássica de arremesso (havia arremessado muitas bolas para os meninos durante a época dos inúmeros campeonatos infantis. Fora uma boa mãe e também fora uma boa esposa. Fora uma boa esposa, droga!) e zuuuuuuum... deixou os óculos voarem.

Ouviu-os baterem na água e torceu para que tivessem caído longe o bastante para a maré os levar para sempre. Se aparecessem na praia, decidiu que os enterraria.

Voltou às escadas e subiu letargicamente. As pálpebras estavam fechando. O alarme fora desligado; o quarto em sua cabeça estava escuro e calmo. Estava pronta para ir para cama.

TATE

Acordou de manhã na cama de Barrett, com os braços dele ao seu redor.

Felicidade perfeita, pensou.

Os meninos dormiam em seus quartos. Quando Tate aparecera ali na noite anterior, eles pularam para seus braços, ficaram felizes, deram gritinhos de alegria, e Tate se sentira como Bruce Springsteen. Sentira-se amada. Fora intoxicante.

A ILHA 🐚 455

Barrett quis lhe contar exatamente o que havia acontecido. Falava rapidamente, e Tate teve que pedir para que explicasse devagar.

Devagaaaaaar.

Havia prometido para si mesmo que, acontecesse o que acontecesse, trabalharia para Anita por três dias. Tudo começara de forma estranha, contou, com a patroa levando-o ao quarto dela, abrindo as portas do armário de Roman e dizendo a Barrett que ele poderia escolher o que quisesse. Havia uma coleção de belas camisas Jay Gatsby feitas à mão, em Londres. Suéteres de cashmere, calças de golfe, sapatos italianos.

— Não preciso de roupas. Tenho roupas — dissera para Anita.

Ela lhe implorara para que vestisse uma camisa cor-de-rosa de Roman, uma camisa polo simples, mas, ainda assim, era uma camisa de Roman. Barrett se sentira mal. O que o marido faria quando o visse usando uma camisa sua?

— Ah, não se preocupe. Ele não vai voltar — explicara Anita.

Então, ela lhe contara que eles haviam se separado. Eles iriam testar a situação; Roman odiava Nantucket mesmo. Essa fora uma das razões pelas quais Anita empregara Barrett em tempo integral. Estava por conta própria agora.

Barrett vestira a camisa. Pendurara um quadro novo para Anita, depois limpara seu Hinckley de popa à proa e a levara junto com as amigas para um cruzeiro em torno da enseada. Havia um bufê a bordo do barco, mas as mulheres nada comeram, a não ser algumas folhas de alface e umas poucas uvas; sendo assim, Jeannie, a cozinheira, ofereceu todo aquele almoço maravilhoso para Barrett, que comeu à vontade e levou o resto para casa.

— Não foi ruim — admitiu ele. — Essa parte.

Às cinco da tarde, quando ele tinha que pegar os meninos na casa dos pais, Anita não queria que fosse embora. Queria que ficasse e tomasse uma taça de vinho. Que ele lhe fizesse uma massagem.

— Uma *massagem*? — perguntou Tate.

Anita tinha um massagista que a atendia diariamente, mas ele vinha faltando muito nos últimos dias, cancelara a visita naquele dia, e ela estava com o pescoço e os ombros doendo. Será que Barrett não poderia massageá-los um pouco? Tudo o que ela precisava era de mãos pesadas.

Barrett dissera que não. Não faria a massagem. Também não poderia ficar para tomar vinho. Tinha que pegar os meninos.

Ela ficara emburrada, mas parecera aceitar.

No dia seguinte, contou, recebera outra camisa. Azul, com listras brancas.

— Tem alguma coisa errada com a que estou vestindo? — perguntara ele.

— Por favor, use essa camisa — pedira ela.

Ele considerara aquilo como um tipo de uniforme. Um uniforme para fazê-lo parecer seu marido. Não estava certo, mas ele não conseguia encontrar nada de descaradamente *errado* naquilo. Ela o mandara ir ao correio para enviar uma caixa para a irmã, que morava na Califórnia; ele a levara de carro ao Galley para almoçar, com as mesmas amigas do dia anterior. Oferecera-se para lavar as janelas da casa, e ela respondera:

— Vou contratar alguém para fazer isso.

— Você já contratou alguém para fazer isso. Eu.

— Não ouse lavar as janelas. Vou contratar alguém.

— Deixe que eu faço isso, Anita. Não há razão para pagar outra pessoa.

— Quem é a patroa aqui? Você ou eu?

Enquanto ela almoçava, ele começara a limpar as janelas. As que davam vista para a enseada estavam cobertas de sujeira salgada. Quando Anita chegara em casa, encontrara-o na escada com um rodo. Estava vestindo sua própria camisa.

A ILHA   457

Ela ficou parada na base da escada, as mãos nos quadris. Pela expressão em seu rosto, Barrett logo viu que ela havia tomado vinho no almoço.

— O que você está fazendo? — perguntou.

— O que pareço estar fazendo?

Ela entrou feito uma bala dentro de casa.

No terceiro dia, ela ficara fora do caminho dele. Havia uma lista de tarefas mundanas na bancada — levar o lixo para a caçamba, pedir flores, ir a Bartlett's Farm comprar salada de lagosta e bró-colis. (Gostava de ter essas coisas na geladeira, embora nunca as comesse.) No fim da lista, estava escrito: *Jantar às sete da noite.*

Anita ficara na varanda do quarto a maior parte do dia, e impor-tuná-la seria o mesmo que acordar um leão adormecido. Enquanto se preparava pra sair às cinco horas, ela descera as escadas vestindo um roupão branco. Trazia um paletó azul-marinho. Barrett tivera um mau pressentimento.

— Aonde você está indo?

Ele olhara para o relógio.

— Para casa pegar meus filhos.

— Mas você voltará às quinze para as seis? Estão nos aguar-dando às sete horas.

— Aguardando onde?

— Jantar no Straight Wharf. Os Jamiesons e Grahams me convi-daram, e eu não posso ir sozinha.

— Bem, não posso ir com você.

Ele achara que ela voltaria ao joguinho de poder. Achara que o lembraria do quanto estava pagando a ele. (Ele vivia lembrando a si mesmo disso. Era muito dinheiro.) Em vez disso, ela pergun-tara.

— Não pode?

— As crianças.

— Você não pode arrumar uma babá? Isso é muito importante para mim.

Ele resolvera ceder.

— Por quê? — pergutou Tate. — Não sabia que ela estava usando você?

Ele se sentira mal por ela. Ela era muito infeliz. Barrett chamara uma babá para ficar com os meninos. Usara seu próprio paletó azul-marinho. Encontrara-se com Anita no restaurante. Ela o beijara nos lábios ao cumprimentá-lo. Tocara sua perna por debaixo da mesa. Ele se afastara. Conversara com os outros homens da mesa sobre pescaria. Era o insulano especialista nesse ramo; os outros dois homens ouviam com atenção. Barrett achara que se sentiria inferior naquele jantar, mas acabara se sentindo muito bem consigo mesmo. Aquelas pessoas queriam conhecer Nantucket. Ele era Nantucket.

Anita exagerara bastante no vinho tinto durante o jantar e depois, durante a sobremesa, tomara uma taça de champanhe. Estava bêbada, falando enrolado, melosa demais. Barrett a levara para casa. Ela tentara persuadi-lo a entrar; ele não aceitara. Ela pedira que ele a acompanhasse até a porta. Tudo bem, ele a acompanharia até a porta. Ela se lançou para Barrett, mas ele se despediu dela.

— E assim foram os três primeiros dias — contou Barrett a Tate.

— E aí, o que aconteceu? — perguntou ela. — Você simplesmente decidiu pedir demissão?

— Não. Aí o seu pai telefonou.

Grant Cousins ligara para Barrett às onze horas daquela noite, quando ele estava voltando para a casa em Tom Nevers.

O sr. Cousins queria surpreender as mulheres em Tuckernuck. Chegaria às cinco horas da tarde do dia seguinte no aeroporto e precisava que o pegasse e o levasse à ilha.

Barrett dissera:

— Vou mandar Trey. É o rapaz que está trabalhando para mim agora.

— Se não for muito trabalho, eu gostaria que *você* fosse me buscar, Barrett.

Barrett ia lhe dizer que não trabalhava mais como caseiro. Ia dizer que teria que ser Trey ou ninguém. Mas percebera que queria ser a pessoa que levaria o sr. Cousins a Tuckernuck.

— Está bem, vejo o senhor às cinco — respondera.

Pela manhã, explicara à Anita que precisaria sair quinze minutos mais cedo.

Anita argumentou:

— Mas você não trabalha mais para aquela família.

— Sim, eu sei. Mas é um favor pessoal.

— Bem, pois você não sairá daqui nem um minuto antes para fazer favores pessoais *para aquela família.*

Seu tom de voz o incomodara.

— O que elas fizeram contra você?

Anita fungara. E pedira:

— Poderia, por favor, trocar o rolo de papel-toalha da cozinha? Ele acabou.

Trocar o rolo de papel-toalha da cozinha? Ele havia se tornado vítima de sua própria piada.

— E foi assim? — perguntou Tate.

— Foi assim — respondeu Barrett. — Pedi demissão. Anita começou a dar seus telefonemas a partir de meio-dia e cinco, como havia prometido, e, às duas da tarde, cinco pessoas já haviam telefonado e me chamado para trabalhar com elas.

— Você está brincando — duvidou Tate.

— Inclusive Whit Vargas, que tem uma propriedade imensa em Shawkemo e que disse que vai me pagar o dobro do que Anita estava me pagando só *porque* eu deixei a casa dela. Ele disse que é muito amigo de Roman Fullin e que também é cliente do seu pai. Perguntou se nós ainda estávamos namorando.

— E o que você disse?

— Eu disse que sim.

Tate se sentiu tanto empolgada quanto assustada. Tinha Barrett de volta! Mas iria perdê-lo.

— Vou embora amanhã — disse ela.

— Eu sei — respondeu ele.

Ela pensou: *Peça para eu ficar! Peça para eu me mudar para cá! Posso ajudar você a pagar Anita! Posso ajudar com os meninos! Posso me encaixar muito bem na sua vida aqui! Posso, posso, posso!*

Devagar!, concluiu.

— Começo a trabalhar em Reading, na Pensilvânia, para a Bachman Pretzels, na segunda-feira.

Ele a apertou.

— Quanto tempo isso vai levar?

— Depende da gravidade do problema. Cinco, seis dias...

— E então você vai voltar?

— Voltar...?

— Para cá — respondeu ele. — Você vai voltar para cá depois que terminar esse trabalho, não vai? Sei que fica caro, mas...

— Ai, meu Deus! Caro? Não ligo se for caro. Não ligo se tiver que ir e voltar de avião uma dezena de vezes. Estar com você vale o esforço. Você, Barrett Lee, vale *o esforço*!

Ele a silenciou e a puxou para perto de si. Não queria que as crianças acordassem ainda.

BIRDIE

Já ouvira falar de casais que se divorciavam, depois reatavam e se casavam de novo. Todo mundo já ouvira falar de casais assim. A história tinha um apelo romântico, principalmente para os filhos, que passavam pela experiência singular de verem os pais se casarem. Mas, no caso de Birdie e Grant, ela não seria tão acomodada assim. Não seria influenciável, nem mesmo uma Poliana. Havia se divorciado de Grant por um motivo: após trinta anos de esgotamento emocional, tocaria a vida para a frente. Ou viveria sozinha e teria uma vida plena e estimulante, ou encontraria outra pessoa que gostasse das mesmas coisas que ela.

Birdie se permitiu um último e longo pensamento nostálgico sobre Hank.

Hank!

Grant Cousins era figura conhecida para ela. Advogado, estrategista, excelente nas finanças, expert em recursos de lei, jogador de golfe, louco por uísque, carne maturada, charutos e automóveis caros. Fora um pai correto, acreditava ela, embora apenas sob sua orientação. Era um provedor generoso, esse mérito ela lhe daria.

Qual era a probabilidade de, com 65 anos, Grant Cousins mudar? Nenhuma. Era mais provável uma montanha mudar, ou uma geleira. Ainda assim, o Grant que aparecera em Tuckernuck era um homem diferente daquele com quem Birdie se casara.

O mero fato de ter aparecido já era prova disso! E por livre e espontânea vontade!

— O que veio fazer aqui? — perguntou-lhe. — De verdade.

— Eu já disse — respondeu ele.

— E quanto ao seu trabalho?

— O que *tem* o meu trabalho? Tenho direito a uns cinco anos de férias e vou aproveitá-los.

— É, claro — respondeu. Birdie parecia uma adolescente emburrada, mas quem poderia culpá-la?

Mais tarde, após o jantar, após uma hora de reminiscências na varanda telada com India (Birdie percebeu como Grant estava gentil com India, contando todas aquelas histórias engraçadas sobre Bill), eles passaram pelo estranho momento de decidir onde Grant dormiria. Sua mala permaneceu na sala de estar.

— Você pode dormir na outra cama no meu quarto — sugeriu Birdie.

— Tem certeza?

— Tenho.

Grant havia mudado, pensou Birdie. Ou isso, ou ela estava sendo enganada. Estava mais gentil; relaxado, mais leve. E seus cabelos! Estavam tão compridos!

Subiram juntos as escadas. Birdie havia tomado suas costumeiras taças de vinho, mas, por causa da presença de Grant, bebera mais que o normal — ou, talvez, por causa da presença dele, a bebida a tivesse afetado de uma forma diferente. Sentia-se ligeiramente bêbada, zonza, com um nervosismo adolescente que não sentia desde aqueles fins de semana em Poconos, anos atrás, quando Grant costumava visitar seus aposentos no meio da noite.

No quarto, colocou a camisola de algodão branco. Chegou a pensar em mudar de roupa no banheiro, com a porta fechada, mas seria ridículo. Grant fora seu marido durante trinta anos. Vira-a nua milhares e milhares de vezes. Ainda assim, sentiu-se desconfortável e tímida, principalmente quando ouviu o barulho dele tirando a roupa do outro lado do quarto. Depois que vestiu a camisola (não era exatamente uma lingerie, mas era uma camisola nova – comprada para passar as noites com Hank –, bonita e feminina) e ele já estava de pijama (que ela havia comprado na Brooks Brothers anos antes), eles olharam um para o outro e sorriram. Ela estava nervosa!

— Venha cá – disse ele, chamando-a. – Venha se sentar comigo aqui na cama.

Ela obedeceu, grata pela instrução. Sentou-se na cama, Grant se sentou ao seu lado e a cama gemeu. Birdie achou que a partiriam em duas. Eles haviam feito amor naquelas mesmas camas. Birdie se lembrava dessas ocasiões como aquelas em que cumpria seus deveres de esposa; lembrava-se de ficar preocupada se as crianças ouviriam, ou se Bill e India ouviriam (porque Birdie e Grant definitivamente conseguiam ouvi-los), ou se seus pais ouviram. Lembrava-se das acrobacias e da flexibilidade necessária para transar naquele local estreito. Queria que Grant falasse antes que ela dissesse alguma besteira.

— Fui franco quando disse que vou tirar cinco anos de férias. Vou me aposentar, Bird.

Ela engasgou. Homens como Grant não se aposentavam. Eles continuavam a trabalhar até terem um enfarto, sentados em suas mesas.

— Quando?

— No final do ano.

Sentiu-se tentada a expressar ceticismo; ele não ia se aposentar *de verdade*. Falaria isso, mas ainda continuaria a ir diariamente ao escritório para se manter informado sobre os clientes e seus casos.

— Sinceramente? Não acredito. Nunca imaginei que você se aposentaria. Achei que morreria primeiro.

— Meu coração não está mais ali. O fogo apagou — disse ele.

— De verdade? — duvidou.

Sentiu-se tentada a perguntar onde andava seu coração e o que que reacenderia o fogo, sem considerar ela jogando fora um cigarro aceso.

— De verdade.

Grant virou o rosto e a beijou. Beijou-a como um outro homem. Meus Deus, que estranho — aquele *era* Grant, certo? —, mas que excitante também. Eles se deitaram na cama, Birdie percebeu que faria amor com seu ex-marido e quase deu uma risada de tão surpreendente que aquilo era. Grant!

Mais tarde, depois que acabaram e ela estava deitada e com a cabeça nas nuvens, e enquanto Grant dormia e roncava na outra cama (dormir juntos lhe parecera desnecessário), Birdie começou a pensar sobre outros casais que haviam se divorciado e casado de novo. Teriam eles sido atraídos de volta ao casamento por causa da solidão, por que não conseguiram encontrar nada melhor? Por força do hábito? Ou se sentiam atraídos como duas pessoas diferentes com coisas novas a descobrir e apreciar um no outro?

Ao cair no sono, rezou pela última opção.

Tinham um dia inteiro ainda e mais a metade de outro. Normalmente, Birdie passava o último dia arrumando as malas, fazendo faxina, reunindo roupas sujas e cozinhando refeições exóticas com as sobras na geladeira. Mas, como Grant a lembrara, uma equipe de limpeza chegaria depois que eles fossem embora, e, se acabassem jogando fora meio tablete de manteiga, o mundo não iria acabar. Ele queria preparar alguns sanduíches, caminhar até North Pond, sentar-se na areia, nadar e pescar um pouco. Queria que Birdie fosse também.

— E preste atenção — alertou, colocando o BlackBerry em cima da bancada. — Vou deixar o meu celular aqui.

— E quanto a Chess? E India? É o nosso último dia aqui...

Sem problemas Grant querer um dia romântico a sós com Birdie, mas ela fora à ilha por um motivo, que era passar um tempo com as filhas e a irmã.

— Iremos todos — propôs ele.

Birdie fez café, bacon e panquecas de mirtilo. Grant repetiu duas, três vezes. Lambeu os lábios e disse:

— Senti falta da sua comida, Bird. Não como comida caseira desde que nós nos separamos.

Ela tentou pensar numa resposta (não acreditava nele), mas, antes que pudesse falar, Tate e Barrett entraram na cozinha. Birdie ficou radiante. Temera que Tate não voltasse, mas, claro, lá estava ela. Não perderia o último dia deles juntos.

— Café da manhã? — perguntou Birdie.

— Estou faminta — respondeu Tate.

Barrett entregou o último saco de gelo, assim como os produtos de limpeza que Birdie havia pedido.

— Aqui está. A última entrega.

India desceu as escadas.

— Acho que vou chorar.

— Deve ter sido um mês e tanto — comentou Grant.

— Ah, se foi! – confirmou Tate.

— Você pode voltar para jantar conosco? E trazer os meninos, por favor? – pediu Birdie a Barrett.

— E passar a noite aqui? – acrescentou Tate. – Por favor? Os meninos podem dormir no beliche.

— Os meninos estão com os outros avós neste fim de semana – respondeu Barrett. – Mas eu voltarei para o jantar. E isso quer dizer que posso passar a noite aqui. Mas vou dormir no sofá.

— É claro que você vai dormir no sofá – observou Grant.

— De toda forma, quero mesmo dormir com Chess – disse Tate. Seus olhos se encheram de lágrimas e Birdie lhe entregou um pedaço de papel-toalha. Os lenços de papel haviam acabado. – Não acredito que acabou.

Eles ainda tinham o dia de hoje. Um último dia azul resplandecente em Tuckernuck, que lhes pareceu incrivelmente precioso. Birdie sentia, agora, que não dera valor aos outros dias. Não os apreciara o suficiente; não aproveitara cada minuto; não vivera com toda a plenitude que deveria ter vivido. Tanto tempo perdido sentindo falta daquele tolo e velho Hank!

Não desperdiçaria aquele dia! Preparou almoço para todos e embalou batatas fritas, bebidas, ameixas e biscoitos. Caminharam juntos ao longo da trilha para North Pond. Estava um dia claro e quente, embora o ar estivesse fresco e decididamente menos abafado do que estivera antes, e Birdie achou que o que mais lhe despertaria saudade quando voltasse para casa, no dia seguinte, seria a qualidade excelente daquele ar, sua pureza absoluta. Imaginou se Grant conseguiria apreciar a beleza imaculada da ilha, agora que não estava mais consumido pelo caso pendente do sr. Fulano de

Tal da Comissão de Valores Mobiliários. Havia íris florescendo, tordos-sargentos e o perfume penetrante de rosa-rugosa. No dia seguinte, Birdie voltaria à I-95, a redes como Cracker Barrel, Olive Garden e Target; até mesmo o ambiente elitizado do New Canaan Country Club, seu bistrô e sua livraria independente favorita lhe pareceriam ofensivos, artificiais, feitos pela mão do homem. Será que ela suportaria viver? Não fazia ideia. Era sempre assim quando ia embora: sentia como se seu coração estivesse sendo arrancado do peito.

Chegaram ao lago e montaram acampamento: cadeiras acomodadas com firmeza na areia, toalhas esticadas, cooler com o almoço colocado na sombra formada pelas cadeiras. Grant tinha consigo sua vara de pesca e levou Tate com ele ao outro lado do lago. India queria caminhar até Bigelow Point; não conseguiria terminar seu livro, disse, porque havia perdido os óculos de leitura.

Birdie ficou surpresa.

— Você perdeu os óculos de leitura de *Bill*?

— Perdi — assentiu India. Parecia estranhamente despreocupada. Os óculos que ela tratava com se fossem um animal de estimação, limpando-os todas as manhãs com produtos de limpeza e papel-toalha, mantendo-os pendurados no pescoço, exceto quando nadava ou dormia, estavam *perdidos*? — Talvez ainda os encontre, mas duvido.

India então saiu andando na direção do pontal à procura de conchas. Era isso o que queria levar para todos em casa, como recordação: conchas brancas e perfeitamente espiraladas, com um interior cor de pêssego, liso e brilhante. Queria levar uma para o presidente do conselho, Spencer Frost, uma para sua secretária, Ainslie, e outra para uma aluna.

— Está bajulando seus favoritos?

— Mais ou menos.

Assim, Birdie ficou sozinha com Chess, que estava deitada de bruços em sua toalha. De repente, sentiu o peso dos 29 dias. Não tivera a conversa que planejara com a filha. Não ouvira toda a história, ou nada da história. Forçar uma discussão agora seria estranho e injusto. Aquilo, não era típico de suas estadias em Tuckernuck ou de quaisquer férias de verão? As horas se esticavam como se nunca fossem acabar e, de repente, haviam passado. Evaporado. E ali estava Birdie em seu último dia, tentando resolver tudo de uma vez.

Sentou-se na areia ao lado da tolha da filha.

— Chess? — chamou.

Não houve resposta. A respiração de Chess estava profunda e regular. Seu sono parecia tranquilo. Birdie não teve coragem de acordá-la.

CHESS

Todos teriam um final feliz, menos ela.

Seus pais estavam reatando. Era isso o que estava acontecendo, não era? O pai fora lá para Tuckernuck, um lugar do qual Chess diria que ele jamais gostara antes — mas estava gostando agora. E estava olhando para sua mãe de uma forma que ela nunca o vira olhar antes. Estava atencioso — afetuosos até; carregara as cadeiras e o cooler para o lago, saíra correndo atrás do chapéu de palha

A ILHA   469

de Birdie quando ele fora levado pelo vento, voando pela estrada de terra. Prendera a cadeira dela e passara protetor solar em seus ombros. Beijara-a nos lábios de uma forma tão afetuosa que Chess ficara constrangida. Sabia que os pais haviam dormido na mesma cama na noite anterior e, quando vira o beijo, pensara: *Sexo*. Seus pais haviam feito sexo. Estava confusa – provavelmente mais confusa do que havia se sentido quando eles lhe disseram que estavam se separando. O divórcio doera lá no fundo, mas fizera sentido. Aquele reencontro a fazia sentir-se feliz lá no fundo, mas a preocupava. Se o pai decepcionasse a mãe de novo, seria bem pior do que se qualquer outro homem o fizesse. Se o pai iria voltar, precisaria fazer tudo certo.

Ele faria; Chess sentia isso no fundo do coração. A história deles seria uma história incomum, uma história a ser invejada. Chess queria que fosse Nick que tivesse aparecido do nada. Se aconteceu com o pai dela, por que não poderia acontecer com Nick também?

Tate tinha Barrett. Contara a Chess a história dele e de Anita Fullin enquanto caminhavam até o lago.

— Então, o que você vai fazer? Ficar aqui?

— Tenho um trabalho na Pensilvânia na segunda. Vou trabalhar lá e depois voltar para ficar uns dias, depois vou para Beaverton fazer um trabalho para a Nike, e então volto de novo. Estou tentando não pensar muito no futuro. Sabe como isso é difícil?

Chess sabia. Estava encarando um vácuo. Mas tinha tido uma ideia, como uma fagulha num quarto escuro. Queria cozinhar. Tinha formação em gastronomia, afinal de contas. Sabia que a vida em um restaurante era difícil — as horas, o calor, o machismo —, mas um pouco de sacrifício seria bom para ela. Cozinhar fora a primeira coisa que lhe despertara uma paixão desde a morte de

Michael. Cozinhar — em algum lugar bom, ambicioso, limpo, consistente, num bairro residencial, no centro da cidade, East Side, West Side. Ela teria opções.

Opções: não era o amor verdadeiro, mas era alguma coisa.

Chess ficou de pé na beira de North Pond e atirou pedras na água. *Livre-se das coisas pesadas. Livre-se delas.* Depois, deitou-se na areia quente. Teria somente mais um dia para dormir ao sol.

Acordou com Birdie olhando para ela.

Pensou: *Ela quer me ver sorrir. Quer saber que ficarei bem.*

Chess sorriu. Birdie retribuiu o sorriso e disse:

— Eu amo você.

— Eu também amo você, Bird.

E quanto a India? A tia fora um coringa quando elas começaram aquela viagem, alguém de um valor inestimável. Chess a conhecia melhor agora. India era muito, muito forte; passara pelo que ela passara, só que pior, e saíra inteira da experiência. Tentando o relacionamento com a pintora ou não, de qualquer forma, ela ficaria bem. Era ela a pessoa que Chess mais invejava. India era a pessoa que Chess queria ser: ela era o seu próprio final feliz.

BARRETT

Graças a Deus ele estava usando óculos escuros. Ninguém poderia ver o quanto estava perto das lágrimas.

Precisava lidar com a logística: esvaziar o cooler e descongelar o refrigerador, checar, e depois checar de novo, se as janelas estavam fechadas e trancadas, recolher os lençóis e as tolhas para mandar para a lavanderia, desligar o gerador, guardar o gás do fogareiro, colocar a capa na caminhonete e pendurar a chave no gancho ao lado da porta da frente. Guardar a mesa do jardim e, por fim, tirar a placa que dizia TATE e guardá-la em seu lugar, dentro de uma gaveta na cozinha. Uma equipe de limpeza iria para lá depois que eles fossem embora; mais tarde, Barrett levaria de volta os lençóis e as toalhas embalados em sacos plásticos e vedaria as janelas e as portas.

Grant levou as malas para o barco. Isso deixou Barrett e as quatro mulheres olhando, infelizes, para a frente da casa.

— Vai levar mais treze anos até essa ilha ver vocês de novo? — perguntou ele.

Um soluço escapou de Birdie, que, de repente, estava nos braços dele, abraçando-o.

— Não sei o que nós teríamos feito sem você. Simplesmente não sei o que teríamos feito.

India surgiu também, abraçando-o pelo lado esquerdo.

— Os dias que você mandou Trey no seu lugar foram um verdadeiro inferno — acrescentou ela. — Ele não é tão *lindo* quanto você. Eu nem sentia vontade de assobiar para ele.

Chess abraçou-o pelo lado direito.

— Obrigada por ter me levado ao hospital. Você salvou a minha vida.

E por trás veio Tate. Sua garota.

— Eu amo você — disse ela.

As quatro mulheres estavam agarradas a ele em seus quatro pontos cardinais. Abraçaram-no e apertaram-no, e alguém beliscou o seu traseiro; ele suspeitou que tivesse sido India.

Grant subiu as escadas arfando.

— Grant! Tire uma foto nossa! Rápido, nós quatro com Barrett! — pediu India.

Ela entregou sua câmera descartável a Grant. Barrett e as mulheres se arrumaram numa pose e sorriram.

— A vida é bela! — exclamou Tate.

— A vida é bela! — exclamou Birdie.

— A vida é bela! — exclamou India.

Seguiu-se uma pausa. Grant estava aguardando para tirar a foto. Barrett estava emocionado demais para falar.

— A vida é bela! — exclamou Chess.

Grant tirou a foto, depois outra, para garantir. Olhou para Barrett por cima da câmera.

— Você é um cara de sorte — disse ele.

EPÍLOGO

Dia 25 de setembro era o dia marcado para o casamento de Mary Francesca Cousins e Michael Kevin Morgan.

TATE

Tate estava em Fenway Park. Deixara seu lugar para ir ao banheiro, pegar pipoca para Tucker e sorvete para Cameron. A carrocinha da pipoca ficava no caminho, mas o sorvete – o tipo que Cameron queria, servido num mini-capacete de beisebol – ficava a meio estádio de distância. Tate acabou encontrando a barraquinha, mas esperou por tanto tempo na fila que não conseguia mais lembrar se deveria virar à esquerda ou à direita para voltar. Estava sem o canhoto do ingresso e havia deixado o celular dentro da bolsa, que ficara sobre seu assento. Centenas e mais centenas de pessoas passavam por ela, todas elas diferentes e, ao mesmo tempo, iguais por serem todas desconhecidas.

Meu Deus, havia tanta gente no mundo! Como ter certeza de que havia encontrado a pessoa certa?

Conversara com Chess na tarde anterior, sabendo que aquele dia deveria ter sido o dia do jantar após o ensaio do casamento, petiscos e caipirinhas para uma centena de amigos íntimos no Zo, com Chess radiante em seu vestido laranja de bolinhas – mas não era para ser. Sabendo disso, as duas decidiram que era melhor ignorarem a data. Chess pareceu chorosa, mas encerrou a chamada com a voz firme; estava a caminho do trabalho. Conseguira um emprego de *sous chef* num popular bistrô francês vietnamita, no Village; a equipe era formada apenas por mulheres e a chef se chamava Electa Hong, que se tornara sua amiga. Chess voltara a morar em seu antigo apartamento, mas estava pensando em se mudar para outro lugar mais perto do trabalho. Havia lembranças demais naquele local.

Tate telefonou para a irmã naquela manhã, e elas chegaram à conclusão de que, se a vida tivesse se desenrolado de outra forma, naquele momento, as duas estariam na casa da mãe, se arrumando, fazendo o cabelo, bebendo mimosas e, provavelmente, implicando uma com a outra.

Tate lhe perguntou se tinha algo planejado para aquele dia. Chess respondeu que faria hora extra. O restaurante era um lugar seguro. Bom plano, pensou Tate.

— Estou com saudade de você – disse Tate.

— Eu também – respondeu Chess.

* * *

A ILHA   475

Kevin Youkilis do Red Sox fez um ponto e a plateia urrou. Tate olhou para as milhares de pessoas no estádio e sentiu o coração pesado. Tinha dois tempos e meio até encontrar o seu lugar; o sorvete estava derretendo na mão. Praguejou por não ter prestado mais atenção à seção ou fila em que estavam, mas fora bom deixar Barrett liderar a todos daquela forma. Quando chegaram ao estádio, Tate levara Tucker ao banheiro, e uma mulher dissera:

— Seu filho é uma coisa fofa.

— Obrigada — agradeceu.

Deu a volta para a esquerda; passou por uma barraca de cachorro-quente e outra de salsichão e achou que aquele lugar lhe parecia familiar. Alguém ali vendia sorvetes italianos. Então passou pela banca da Legal Sea Foods, onde havia uma fila imensa para comprar caldo de peixe. Uma mulher de óculos escuros no topo da cabeça exclamou:

— Não acredito que o verão já acabou!

Tate também não acreditava. No carro, a caminho dali, Cameron e Tucker conversavam sobre suas fantasias de Halloween.

O casamento de minha irmã, pensou.

Seção dezenove. Isso! Virou à esquerda e desceu as escadas. Mesmo lá de cima, enxergou a parte de trás da cabeça de Barrett. Estava sentado entre Cameron e Tucker; Tucker estava sentado num assento de criança de plástico porque não tinha peso suficiente para manter a cadeira rebaixada.

Barrett se virou em seu assento e esticou o pescoço, observando as arquibancadas atrás dele. Estava procurando por ela, Tate sabia. Já fazia um tempão que ela havia saído.

Acenou para ele vigorosamente, da forma que as pessoas acenam para as outras nos estádios. *Estou aqui! Estou bem aqui!*

476   🐚   *Elin Hilderbrand*

Ele a viu. Abriu um sorriso. Fechou a mão e a pôs sobre o coração. *Eu amo você.*

INDIA

Em 21 de setembro, no equinócio de outono, William Burroughs Bishop III nasceu no Hospital Universitário da Pensilvânia, pesando 4,3 quilos e medindo 55 centímetros. Heidi ficara quase vinte horas em trabalho de parto, até que optaram pela cesariana. Tanto mãe quanto bebê passavam bem.

India fora diariamente ao hospital para visitar o neto. Era um bebê enorme para um recém-nascido; parecia já ter um mês de idade. Mas, mesmo assim, era pequenino, uma pessoinha, um montinho de gente. India o segurou no colo, chorou e sorriu, olhou para Billy e Heidi e disse:

— Bill adoraria estar aqui. Segurar este bebê o deixaria *exultante*.

Havia alguma coisa especial em ter um neto. O que era? Bem, em primeiro lugar, India se livrara do peso da maternidade, da responsabilidade impossível de criar uma criança – navegando pelas dificuldades e maravilhas que a vida apresentava a todos os seres humanos. E havia também algo sobre ter um neto que a fazia se sentir imortal – como se, através dele, ela fosse continuar: um quarto dela naquela criança, um oitavo dela no filho que ela viesse a ter. Isso fazia com que se sentisse ao mesmo tempo pequena e maravilhada.

A ILHA 477

Em 25 de setembro, no dia que seria o casamento de Chess, fato que não fugiu à memória de India, foi visitar o bebê em seu primeiro dia em casa, e levou Lula consigo.

Lula estava nervosa. Tinha os cabelos presos num coque, então soltou-os de forma que caíssem sobre os ombros, e depois os prendeu de novo. Checou a maquiagem no espelho do lado do carona da Mercedes de India. India não teve coragem de dizer, mas sua maquiagem ou seu penteado importariam muito pouco. O fato de ser uma *mulher* na faixa dos *20 anos* e de ter um relacionamento – cujos parâmetros seriam nebulosos para Billy e Heidi – com India é que seria muito importante. Ela estava quase decidida a fazer o possível para manter seu relacionamento com Lula em segredo, pelo menos para os filhos. (Todos na Academia, e ela queria dizer *todos* mesmo, sabiam que elas eram um casal e que fora por causa disso que Lula voltara para a escola. Spencer Frost dera um ataque quando Lula destruíra o quadro que ele havia comprado, e, por isso, ela passara o final do verão pintando outra tela para colocar no lugar. Por fim, Spencer Frost ficara aliviado por Lula não ter ido para Parsons. Aquela garota ficaria famosa e a Academia ganharia os créditos.)

Somente naquele dia, ao acordar e se lembrar de Chess, India mudara de ideia com relação a apresentar Lula a Billy e Heidi. A vida era curta demais, pensara. Levaria Lula com ela, custasse o que custasse.

India e Lula foram andando pelo caminho de tijolinhos que levava à casa maravilhosa de Billy e Heidi, toda de pedras, em Radnor. Lula segurava o presente que havia comprado – um macacão pequenininho de brim, uma camisa listrada e um par de tênis miudinhos. E, como não conseguia se segurar, comprara também para o bebê uma caixa de massinha colorida. Ele não a usaria nos próximos dois ou três anos, mas e daí?

India telefonara para Billy e Heidi naquela manhã para dizer que estava indo lá e que levaria alguém.

— Ah! – exclamou Heidi, parecendo intrigada, apesar do cansaço. – Alguém especial?

— Alguém especial.

* * *

India bateu à porta e, juntas, ela e Lula ficaram aguardando.

Billy recebeu-as, viu India, viu Lula, sorriu e disse:

— Pode entrar sem bater, mãe. Achei que vocês eram da Avon.

— Billy, esta é a minha amiga, Lula Simpson. Lula, esse é o meu filho mais velho, Billy Bishop.

Billy estendeu a mão.

— Prazer em lhe conhecer, Lula.

— Ouvi falar muito de você. Parabéns pelo novo membro da família.

Billy abriu um sorriso.

— Obrigado. Estamos muito felizes. Cansados, mas felizes.

Heidi estava na biblioteca com Tripp nos braços, adormecido.

— Não se levante – disse India.

— Tudo bem, não vou me levantar – respondeu Heidi, e todos riram.

Ela olhou para Lula, mas não houve qualquer mudança em sua expressão, nenhum olho arregalado, lábio torcido, sorriso hesitante. Talvez tivessem esperado que quando India trouxesse "alguém especial" para conhecê-los, essa pessoa obviamente seria uma bela jovem indiana iraniana. Ha! India quase chegou a rir. Disse:

— Heidi, quero que você conheça uma amiga muito especial, Lula Simpson.

— Olá, Lula – cumprimentou-a Heidi.

Lula tocou o ombro de Heidi de uma forma educada, mas sua atenção se voltou para o bebê.

— Meu Deus – disse. – Ele é *lindo*!

— Você gostaria de segurá-lo? – perguntou Heidi.

— Posso?

Quando Heidi colocou William Burroughs Bishop III nos braços de Lula, India teve certeza de ouvir Bill rindo.

Ela vai querer filhos, India, ouviu o fantasma benevolente de Bill dizer.

Ah, cale essa boca!, respondeu India. Mas sorriu mesmo assim.

BIRDIE

Ela e Grant acordaram cedo e descobriram que o sol brilhava. Birdie adorava dias quentes. Mas, naquele dia, por Chess, esperava que chovesse.

Grant foi à cozinha e retornou momentos depois com duas xícaras de café com leite. Acabara virando um hábito seu levar café na cama para Birdie, mesmo nas manhãs em que ia ao escritório. Ela adorava aquele gesto, a atenção, e o café que ele preparava – esquentando o leite no fogão – era mais gostoso do que qualquer outro que já havia tomado na vida.

Ele se sentou na cama ao lado dela.

480   *Elin Hilderbrand*

— Belo dia para um casamento — comentou Birdie.

— É verdade — confirmou ele.

* * *

Haviam feito planos de se manterem ocupados. Brunch no Blue Hill, que era maravilhoso, e depois um passeio prolongado de carro para ver a nova folhagem das árvores. Passaram por algumas lojas de antiguidades, onde pararam para olhar. Grant costumava detestar olhar vitrines, mas agora se embrenhava à vontade pelas prateleiras, segurando uma peça ou outra, perguntando o que Birdie achava.

Birdie pensou: *Não acredito que esse é o mesmo homem com quem me casei*. Não falara sobre golfe nem uma só vez durante todo o dia. E os Yankees, que estavam nos playoffs, jogariam logo mais naquela tarde. E não falara deles também.

Ela pensou: *Ele tem muito bom gosto*.

Pararam na frente de casa às quinze para as cinco. O sol já estava atrás das árvores; os longos dias de verão haviam chegado ao fim. Birdie não conseguia parar de pensar... a cerimônia de casamento teria começado às quatro e, às quinze para as cinco eles estariam recebendo os cumprimentos dos convidados ou posando para os fotógrafos. Se ela, Birdie, estava tão abalada, como Evelyn Morgan deveria estar se sentindo?

— Vou telefonar para Chess — disse.

— Daqui a um minuto — sugeriu Grant. — Agora, tenho uma surpresa.

Uma surpresa? Grant?

A ILHA 481

Levou-a ao quintal. Estava tão lindo que chegava a doer. Os olmos estavam metade amarelos, metade verdes, e as peras Bradford começavam a amadurecer. Grant parou ao lado da mesa de ferro, na qual havia um aparelho de CD que Birdie reconheceu como o que Grant comprara para seu próprio loft, em South Norwalk. Apertou um botão, e Gordon Lightfoot começou a cantar "If You Could Read My Mind". Aquela fora a música do casamento deles.

Grant levou Birdie ao lago, e eles atravessaram, um de cada vez, a ponte que os paisagistas haviam construído para se chegar à ilha flutuante. A ilha era um círculo perfeito no meio do lago, coberta por uma grama verde que havia crescido enquanto Birdie estivera em Tuckernuck. Grant retirou os sapatos e ela o imitou.

— Você prometeu que dançaria comigo — disse ele.

CHESS

Pensara em tirar o dia de folga e visitar o túmulo de Michael no cemitério de Nova Jersey, mas, depois de refletir melhor, Chess achou que seria doloroso demais e, se analisasse francamente, um tanto desonesto. Não precisava ir ao túmulo de Michael para se lembrar dele. Homenagearia sua memória ao continuar a buscar uma nova vida para si, da forma como vinha fazendo. Honraria a si mesma ao ser direta e honesta: aquele deveria ter sido o dia do seu casamento, mas não dera certo. Sendo assim... ou poderia se sentar no túmulo de Michael e chorar, ou poderia fazer algo útil.

Concordara trabalhar dobrado naquele dia, no almoço e jantar, o que significava chegar ao restaurante às oito horas da manhã, se certificar de que as encomendas haviam sido entregues corretamente e fazer o resto da equipe da cozinha começar a preparar o *mise en place*. Ficou com o pior trabalho: as alcachofras.

Quando Electa chegou, às dez horas, tocou suas costas.

— Obrigada por manter as coisas sob controle — disse. — Como está se sentindo?

Electa sabia que dia era aquele. Chess lhe confidenciara uma noite, após o expediente, enquanto tomava uma garrafa de Screaming Eagle Cabernet, daquelas que não se encontra facilmente por aí.

— Estou bem — respondeu Chess, e ficou surpresa ao perceber que isso era verdade.

O trabalho não lhe dava tempo para pensar. Os pedidos chegavam, um atrás do outro, como bolas que precisava equilibrar. Como era sábado, o restaurante estava lotado — casa cheia com fila de espera —, e a cozinha, num ritmo alucinante. Chess preparava e arrumava rolinhos de siri com manga e salada de rosbife com molho de gengibre. Então, Nina, uma cozinheira lituana alta e elegante que trabalhava com as frituras, foi pegar uma frigideira sem proteção e acabou queimando a mão. Chess logo começou a cobrir os afazeres de Nina e continuou a operar os seus próprios. Em circunstâncias normais, isso a levaria à loucura, mas, naquele dia em especial, ficara grata pelo trabalho extra.

Houve momentos de pouca atividade no meio da tarde, nos quais os pensamentos surgiram como névoa por baixo da porta. Tudo aquilo era culpa dela. Magoara Michael. Mas será que fora responsável por sua reação? Escalar sem equipamento de segurança. Sem equipamento de segurança! *Por que você foi tão negligente? Queria*

A ILHA 483

quebrar regras? Ser ousado? Não estava se importando com o que poderia acontecer? Chess não acreditava mais que Michael quisesse morrer. Michael amava demais a vida, era bom nela, era um líder, gostava de desafios, era vitorioso. Se Nick roubara sua noiva, Michael encontraria outra noiva, uma noiva melhor, uma supermodelo que também fosse inteligente, uma campeã de vôlei de praia que fosse membro da Mensa International. Havia uma série de mulheres belas e maravilhosas neste mundo aguardando por ele. Michael nunca, nunca cairia de forma intencional. Se fora escalar sem equipamento de proteção, era porque acreditava que era invencível.

Chess estava chorando sobre a frigideira fumegante de filé de peixe com molho de limão.

O que acontecera não fora culpa de Michael. Fora um acidente; ele caíra. O que acontecera não fora culpa de Chess. Gostara muito de Michael e aprendera a amá-lo como pessoa. Queria ter sido uma mulher apaixonada por ele, que se casaria com ele, teria filhos e seria feliz. Não fora essa mulher, mas tentara ser.

Tentara.

Terminou o expediente às dez e meia naquela noite. As outras cozinheiras haviam ido embora cerca de uma hora antes, mas Chess permanecera ali para arrumar tudo, limpar o chão, deixar as coisas prontas para o serviço de brunch do dia seguinte. Electa apareceu e perguntou se ela gostaria de se sentar ao bar para beber alguma coisa.

— Sem Screaming Eagle desta vez — disse, desculpando-se. — Mas que tal martínis de lichia?

Chess declinou com a cabeça.

— Vou para casa.

— Tem certeza? — perguntou Electa. — Bem, você teve um dia cheio hoje.

484 ✦ *Elin Hilderbrand*

Um dia cheio, sim. Chess tirou o avental e o jogou no cesto de roupa suja. Passou as mãos pelos cabelos. Cresceram de novo, espetados no início, mas tornaram-se mais macios depois. Decidira mantê-los curtos, o que era conveniente para o trabalho na cozinha. Na parte da frente, havia agora uma mecha de fios brancos. Cabelos brancos aos 32 anos de idade: ou eram uma punição ou uma medalha de honra.

Chess chegou à portaria de seu prédio às onze e quinze. Estava exausta – cansada demais para pintar as unhas dos pés, passar roupas ou sequer pensar. O que era bom. Pegou as correspondências de uma semana inteira na caixa de correio e subiu ao apartamento.

Acendeu a luz, caiu no sofá, colocou a correspondência na mesinha de centro. *E agora?* Estava tão mole quanto um pudim e, ainda assim, temia não conseguir dormir. Pensou em sua tia India e então na mãe e na irmã, nas quatro juntas em Tuckernuck. Seus olhos se encheram de lágrimas. Precisava admitir: estava solitária.

Foi então que viu um cartão-postal sobre a pilha de correspondências. Um cartão-postal do Central Park, no outono, as árvores cheias de cor. Em letras brancas, na margem superior, lia-se: *Nova York.*

Nova York?, pensou Chess. Quem lhe enviaria um cartão-postal de Nova York quando ela morava em Nova York? Sentiu um arrepio na nuca e levantou a cabeça. Central Park. Virou o cartão.

Nele, estava escrito:

OK, baby, OK.

Chess sentiu o coração bater nos pés como uma pedra que pudesse pegar e atirar.

Nick.

A ILHA   485

Levantou-se e foi à cozinha. A geladeira estava quase vazia — tomava café numa lanchonete de rua e fazia as outras refeições no restaurante —, mas guardara a garrafa de Veuve Clicquot que Tate lhe dera em Tuckernuck, para uma ocasião especial.

Tirou-a da geladeira. Estava estupidamente gelada.

OK, baby, OK.

Estourou a rolha.

AGRADECIMENTOS

Há dois desafios em escrever sobre a ilha de Tuckernuck. Um é a dificuldade em situar um romance num lugar em que não acontece muita coisa. (Quando perguntei a antigos habitantes da ilha o que eles *fazem* ali, a resposta foi: "Fazer? Ora, nós ficamos lá!") O outro desafio é ter acesso a ela, pois é de propriedade privada. Por esse motivo, as primeiras pessoas as quais eu gostaria de agradecer são Mark Williams e Jeffrey Johnsen, que me levaram a Tuckernuck num dos mais belos dias no verão de julho. Fiquei loucamente apaixonada pelo lugar, o que se deve, em grande parte, aos meus excelentes guias. Qualquer um que algum dia tenha morado ou se hospedado ali tem uma história para contar, e eu ouvi muitas dessas histórias, a mais interessante delas vinda de meu agente, Michael Carlisle, cuja família tem uma propriedade na ilha há séculos. Os veranistas de Tuckernuck são pessoas fechadas, e minha esperança é a de que esse livro celebre o lugar onde vivem em vez de explorá-lo.

A ILHA 487

Saindo da ilha para a cidade, eu gostaria de agradecer a todas as pessoas maravilhosas que conheci na Pennsylvania Academy of Fine Arts, a Academia. Em especial, a Gerry e Rosemary Barth (também conhecida como Mary Rose Garth) que me apresentaram ao mundo da Academia, assim como a Anne McCollum, membro da diretoria, e ao presidente do quadro de diretores, Don Caldwell e sua esposa, Linda Aversa (também conhecido como Spencer e Aversa Frost). Muitíssimo obrigada a Stan Greidus, por ter me passado os fatos mais importantes sobre a vida dos alunos, e ao presidente da Academia, David Brigham, que me guiou a um tour completo pelo museu e me fez sentir parte da família.

Em Nova York, eu gostaria de agradecer à dupla dinâmica de agentes composta por Michael Carlisle e David Forrer, da Inkwell Management, assim como a todas as mentes brilhantes e generosas na Little, Brown/Hachette, incluindo meu editor, Reagan Arthur, Heather Fain, Michael Pietsch, David Young e ao meu mágico-guru em relação a tudo o que se refere ao comércio de brochuras, Terry Adams.

Em Nantucket, um beijo e um abraço enormes ao meu círculo de amigos — vocês sabem quem são — que ficaram ao meu lado durante dois anos que mais pareceram uma montanha-russa de tanta agitação. Dignos de nota neste ano são Wendy Hudson, livreira independente estrelar e dona da livraria Nantucket Bookworks (que me contou a história sobre atravessar Tuckernuck numa bicicleta sem freios!) e Wendy Rouillard, autora dos livros infantis Barnaby, que há mais de uma década conversa exaustivamente comigo sobre publicação de livros. Um agradecimento gigante e entusiasmado para Chuck e Margie Marino, simplesmente por serem as pessoas mais gentis da face da Terra e por eu amá-los demais.

Obrigada à minha babá de verão, Stephanie McGrath, por ainda sorrir mesmo após 101 viagens a Delta Fields e 42 viagens a Hub para comprar chicletes. Um obrigada enorme a Anne e Whitney Gifford pelo uso de sua casa em Barnabas Lane — nenhum livro teria sido escrito se não fosse por Barnabas! E obrigada sempre, eternamente, em todas as situações, a Heather Feather, por seu amor, apoio, amizade e força positiva.

Em casa, obrigada ao meu marido, Chip Cunningham, o melhor pai dono de casa do mundo; aos meus filhos bem-humorados, criativos e muito engraçados Maxx e Dawson, que sabem muito bem como deixar, tudo mais animado (!); e à minha filha cantante e pulante, Shelby, que todos os dias preenche nossa casa com a luz do sol.

Este livro é para a minha mãe. Não só por me permitir voltar para casa por um mês, todos os outonos, para que eu possa fazer minha revisão em paz, como por ter me ensinado absolutamente tudo o que sei sobre o amor incondicional. Obrigada, mãe.

Impresso no Brasil pelo
Sistema Cameron da Divisão Gráfica da
DISTRIBUIDORA RECORD DE SERVIÇOS DE IMPRENSA S.A.
Rua Argentina 171 – Rio de Janeiro, RJ – 20921-380 – Tel.: 2585-2000